志立正知著

『平家物語』語り本の方法と位相

汲古書院

目　次

Ⅱ　テキストの位相

Ⅲ　〈平家物語〉と語り本

『平家物語』語り本の方法と位相

序章　『平家物語』研究史概観

一　語り論と語り本論の展開

近年、延慶本を中心とした古態論や成立論が盛んになるなかで、かつて『平家物語』研究を主導し、その文芸としての評価を論じた語り論・語り本論はやや低調となっている。その理由のひとつに、こうした論の理論的拠り所とされた「語りによる本文の形成・成長」というテキスト生成モデルが、諸本研究の進展によって大きく揺らいでいることがあげられる。覚一本を語り本のひとつの到達点とみなし、そこにみられるさまざまな特徴に解釈を施し、それを語りによる成長と説明する方法が、有効性を失ってしまったのである。

語りという行為と『平家物語』とを本質において結びつけるようとするのは、状況的にみれば当然といえる。『平家物語』を琵琶法師が語ったとする記録は、十三世紀末成立と目される『普通唱導集』に「平治保元平家之物語、何レモ皆暗《ソラニシテ》而無レ滞、音声気色容儀之体骨、共ニ是レ麗シテ而有レ興」と記されるほか、十四世紀以降には『看聞日記』『康富記』などの記録類に多くの上演の記事がみられる。また、なによりも『徒然草』第二百二十六段の『平家物語』成立に関する記事、「(慈円が扶持した) この行長入道、平家物語を作りて、生仏といひける盲目に教へて語らせけり」、

「かの生仏が生れつきの声を、今の琵琶法師は学びたるなり」が、『平家物語』と語りとの関係を証しするものとして注目されてきた。この伝承を慈円の大懺法院経営と結びつけて論じたのが、筑土鈴寛氏『復古と叙事詩』（青磁社、一九四二年一二月）であった。筑土氏が着目した延慶本の唱導的性格は、後に延慶本の古態性論議のなかであらためて注目され、小林美和氏『平家物語生成論』（三弥井書店、一九八六年五月）ほかの諸氏によって、積極的に論じられるようになる。また、民俗学の立場からは、折口信夫氏が農村の信仰行事と関連させて「いくさ語り」の問題を提起しており（「八島語りの研究」『多磨』一九二九年二月）、柳田国男氏は「有王と俊寛僧都」（『文学』一九三〇年一月）において、登場人物と語り手の関係、高野聖の関与などの問題を指摘している。その影響下に角川源義氏『語り物文芸の発生』（東京堂、一九七五年九月。本来は一九六〇年の学位請求論文集）が聖の参加の問題について論を発展させ、五来重氏『高野聖』（角川書店、一九六五年五月）、福田晃氏『軍記物語と民間伝承』（岩崎美術社、一九七二年二月）などの多くの論稿も生み出されている。

こうした生成論的な視点と結びついた語り論とは別に、『平家物語』の本質に語り的なものの関与を指摘して、戦後の研究を主導したのが、石母田正氏であり、永積安明氏であった。石母田氏『中世的世界の形成』（伊藤書店、一九五六年六月）は歴史学の立場から、中世的社会の形成過程を庄園とその支配を軸として論じたものであるが、『平家物語』の成立を、この社会構造の転換と連動した現象として捉え、農村的民衆的な古い語りの精神と都市的貴族的な散文精神との結合の結果生み出された国民文学として高く評価した。このような把握は、後に『平家物語』（岩波新書、一九五七年一一月）へと展開されてゆく。

石母田氏の示した、歴史・社会との結びつきのなかで『平家物語』を評価しようとする方向性は、後に歴史社会学派と呼ばれた永積安明氏（『中世文学の展望』岩波書店、一九五六年一〇月。『中世文学の成立』岩波書店、一九六三年六月等）

や谷宏氏（『平家物語』三一書房、一九五七年一一月。『中世文学の達成』三一書房、一九六二年六月等）らによって継承され、活発に論じられるようになる。彼らの研究において追求されたのは、主として中世的世界観や中世的人間像と、その基盤となった社会的変革との関連性の問題であったが、それを生み出してゆく重要な要素として、叙事詩的精神と語りの問題が注目された。ことに永積氏が提起した、語りという行為と、それによるテキスト生成・変化（叙事詩的な原『平家物語』から抒情的な後出本へ）という仮説（「平家物語の形成——原平家のおもかげ——」〔『日本文学講座Ⅳ　日本の小説Ⅰ』東京大学出版会、一九五四年一二月。『中世文学の展望』所収〕がその代表的論文）は、後の諸本論・古態論の理論的な拠り所となってゆく。こうした状況下で刊行されたのが、日本古典文学大系『平家物語　上・下』（岩波書店、一九五九年二月・一九六〇年一一月）であり、渥美かをる氏の大著『平家物語の基礎的研究』（三省堂、一九六二年三月）であった。

日本古典文学大系は、琵琶語りの問題を強く意識したテキストである。底本に当道の正本である覚一本を採用、近世の版本である流布本や『源平盛衰記』が主体であった『平家物語』享受のあり方を転換し、覚一本にスタンダード・テキストとしての地位を与えたという意味で、画期的なテキストであった。その背景には、編集を主導した高木市之助氏の、「平家物語の論」（『文学』一九五三年一月）に代表されるような、『平家物語』における語りと文芸性との関連についての強い主張があった。こうした主張をうけ、永積氏の仮説を理論的背景として、諸本の問題を実証的に論じ、その系統化をはかったのが、渥美氏『平家物語の基礎的研究』である。渥美氏は、灌頂巻の有無をひとつの基準として諸本を分類した山田孝雄氏『平家物語考』（国語調査委員会編、一九一一年一二月）や、「語り系古本」の覚一本から流布本へという見取り図を提起した高橋貞一氏『平家物語諸本の研究』（冨山房、一九四三年八月）を批判的に継承し、諸本を「語り系」と「増補系」に大別する。そして、「語り系」では叙事的な屋代本を古態とし、「増補系」では、増補記事が少なく、史実との整合性・真字表記などの特徴を有する源平闘諍録や四部合戦状本を古態とした系統論をうち立てた。その緻密な論理と実証性によって、氏の論は一時期なかば定説と化し、ことに語り本研究においては、屋代本＝古態、覚一本＝語りによる詞章醸成の成果、屋代本から覚一本へという語りによる文芸的な達成、という文脈に沿った論が数多く生み出されることになる。佐々木八郎氏『平家物語の達成』（明治書院、一九七四年四月）はそうした流れを代表する研究であろう。山下宏明氏『軍記物語と語り物文芸』（塙書房、一九七七年九月）、『軍記物語の方法』（有精堂、一九八三年）なども、基本的にはこの流れを汲むものであり、松尾葦江氏『平家物語論究』（明治書院、一九九五年三月）も、批判的ながらも覚一本に文芸的達成をみるという点において、その延長上にある。

その後、渥美氏の諸本論を発展的に継承したのが山下宏明氏『平家物語研究序説』（明治書院、一九七二年三月）であった。氏は山田氏以来、灌頂巻の有無を基準に八坂系古本と分類されていた屋代本と覚一本の本文的な近似性に着目、屋代本を一方系としたほか、渥美氏によって屋代本から覚一本への過渡本とされていた一連の諸本（氏はこれを「覚一系諸本周辺本文」と命名）が、両本の混態現象の産物であるとして、一時期両テキストが並存していた可能性を指摘した。しかしながら、その一方で、屋代本に古態性を認め、屋代本から覚一本へという語りによる成長という仮説を大筋では踏襲する。

こうした諸本研究の進展は、覚一本以外の諸本の刊行、厳密な本文批判の姿勢など多くの副産物を生み出してゆくが、その一方で、系譜法的本文批判の方法や当道伝承などの外的資料に依拠した方法に対しては、小西甚一氏「平家物語の原態と過渡形態――第一部本文批判の基本的態度――」（『東京教育大学文学部紀要』72、一九六九年三月）のような批判もなされている。また、テキストそのものに語りの影響をみるという点に関しては、『平家物語』を語り物とすること自体への批判が、犬井善壽氏「『平家物語』の「語り」と「読み」――口承と書承の概念規定から――」（『軍記と語り物』11、一九七四年一〇月）や、麻原美子氏「中世後期の語り物における「語り」の徴証――特に「説経」を中心として――」（『軍記と語り物』12、一九七五年九月）などなどによってなされているのを忘れてはならない。また、信太周氏は、『新版絵入　平家物語延宝五年本』（和泉書院、一九八一年～一九九二年）の一連の解説において、詞章形成における琵琶法師の役割が極めて限定的であったと指摘する。

山下宏明氏の諸本論をうけて、その積極的な検証を試みたのが千明守氏の一連の業績であった。千明氏は「鎌倉本・享禄本・平松家本『平家物語』非過渡本説の照明」（『国学院雑誌』一九八八年七月）、「平家物語「覚一系諸本周辺本文」の形成過程」（『国学院雑誌』一九九〇年一二月）などの論稿において、渥美かをる氏が屋代本から覚一本へという語りによる成長の過程を示すとした過渡本が、じつは屋代本と覚一本の混態現象によって生まれたものであることを具体的に検証し、山下氏の指摘を論証した。同時に、語り本の古態とされてきた屋代本についても、「屋代本平家物語の成立――屋代本の古態性の検証・巻三「小督局事」を中心として――」（『平家物語の成立　あなたが読む平家物語1』有精堂、一九九三年一一月）「『平家物語』巻七〈都落ち〉の考察――屋代本古態説の検証――」（『軍記と語り物』30、一九九四年三月）「『平家物語』屋代本古態説の検証――巻一・巻三の本文を中心に――」（『野州国文学』67、二〇〇一年三月）などの一連の論文において、覚一本と比べて必ずしも全面的には古態とはいえないことを指摘した。これは、部分における古態性の証明は必ずしもテキスト全体の古態性を証明するものではないとして、部分に即した古態性検証の必要性を指摘する佐伯真一氏「平家物語古態論の方法に関する覚書」（『帝塚山学院大学日本文学研究』17、一九八六年二月。『平家物語遡源』若草書房、一九九六年九月再録）の問題提起をうけての、語り本における実践的試みであった。

屋代本から覚一本へ、語りによる詞章の段階的な発展という仮説が揺らぐなかで、『平家物語』において語りとは何か、その語りという行為とテキストとはいかなる関係にあるのか、このような問いがあらためて投げかけられる。

それは、『平家物語』の文芸的特質の中心に語りを置いてきた従来の研究の根本的な見直しを意味した。雑誌『日本文学』一九九〇年六月号が「『平家物語』、〈語り〉と〈書くこと〉」と題した特集を組む。また、『国文学』一九九五年四月号が、「平家物語――語りのテキスト――」をテーマとしたのも、こうした状況を反映した企画である。この『日本文学』に掲載された福田晃氏「語り本の成立――台本とテキストの間――」（『日本文学』一九九〇年六月）は、読み本のような平家物語を、唱導僧らが台本として琵琶語りに応じた詞章に作文し、琵琶法師が語ることによってテキストとして成立、次第に台本とテキストが同一化していったという見取り図を提示する。従来の「語りによる詞章形成」という通念に対する新たな仮説の提示として注目される。

語りとテキストとの関係が問い直されるなかで、覚一本の規制を強く受けた一方系諸本に比べ、より自由な変化を遂げてきたとされる八坂系諸本にその手掛かりを求めようとする動きが生まれてくる。その中心となったのが科学研究補助金による共同研究「平家物語八坂系諸本の総合的研究」である。その成果は、山下宏明氏編『平家物語八坂系諸本の研究』（三弥井書店、一九九七年一〇月）、松尾葦江氏『軍記物語論究』（若草書房、一九九六年六月）、櫻井陽子氏『平家物語の形成と受容』（汲古書院、二〇〇一年二月）などによって公にされている。それらの論考に共通しているのは、八坂系諸本の本文変化は、もっぱら「混態」「取り合わせ」といった書承的現象によって生じたものであり、そこに琵琶語りが介在した積極的な徴証は見いだしがたいという認識であった。同じく、一九九〇年代に、覚一本・屋代本と延慶本との本文近似・書承的関係の可能性が、村上学氏「『平家物語』の〈語り〉性についての覚え書き」（『平家物語　説話と語り　あなたが読む平家物語2』有精堂、一九九四年一月。『語り物文学の表現構造』風間書房、二〇〇〇年一二月再録）、千明守氏の前掲論文などにおいて指摘されるようになる。

これらの指摘は、語りによる本文形成、成長・変化という従来の語り本に対する認識を、根底から揺り動かすものであった。同時に、このような仮説に基づいて積み上げられてきた、語り本を対象とした文芸的評価の議論も、根本から見直しを迫られることになる。語り本とは何か、それはどのような目的で、どのような過程を経て作られたものなのか。また、それは琵琶語りを含む語りの問題とどのように関わるものであるのか。読み本とはどのような関係にあるのか。たとえば、テキストにおける語り的な特徴を、従来とは異なる視点から捉え直そうとした試みとして、村上学氏『語り物文学の表現構造』がある。「語り本『平家物語』の統辞法の一面――幸若舞曲・『浄瑠璃物語』の表現法を足掛りにして――」（『中世文学』35、一九八九年六月）以下の論文をおさめたこの書で、氏は、同文の繰り返しという語り的な統辞法を手掛かりに、丹念な分析を試みるが、それをストレートに行為としての語りと結びつけるのには否定的で、書記言語化における擬似的な方法との認識を示している。語りの問題を最も実体的に捉えようとした兵藤裕己氏も、テキストに関しては「書きことばによる翻訳作業」（『平家物語の歴史と芸能』吉川弘文館、二〇〇〇年一月）の介在を指摘する。結局のところ、書くという行為なくしては成立しえないテキストの問題と、語るという行為との位相差をどのように捉えていくかが、語り論における今後の大きな課題として浮かび上がっている。もちろん、テキストの形成に関して、語りの影響をまったく無視してよいわけはない。その影響は今後も積極的に解明されなければならない。しかし、その際に最大の障害となっているのが、中世における琵琶法師の『平家物語』上演の実態がいまひとつ明らかではなく、語りという行為と、テキストの詞章形成とを結びつける実証的な決め手を欠いているという現状である。兵藤裕己氏は『語り物序説――「平家」語りの発生と表現――』（有精堂、一九八五年一〇月）とそれに続く一連の論考（『平家物語の歴史と芸能』等）において、現存する語り芸能の実態的調査を背景として、従来の語り論とは異なる視点から、語りという行為の本質と、テキストとしての『平家物語』の関係を問題とし続けている。しかし、氏の主張する、固定的なテキストを一字一句暗誦するのではなく、発話行為によってはじめて生み出される語りのテキストという問題提起を突き詰めてゆけば、文字テキストの異同を問題とする行為そのものが意味を失いかねないことになってしまう。近年の享受史研究は、中世において多様な本文が作られる一方、享受においてはそのような本文的な異同が、あまり問題視されていなかったという側面が指摘され始めている（松尾葦江氏『軍記物語論究』など）。こうした指摘の根底には、そもそも『平家物語』とは何かという、文芸作品としての枠組みそのものに対する本質的な問いかけが存在する。

作品テキストの確定は文芸研究の基本である。文芸作品はこのテキストを介して享受されるわけであり、だからこそ、本文批判に基づくテキストの校訂作業がさまざまに試みられてきたのである。その一方で、『平家物語』がそうしたテキストの異同を超えて同一性をもって認識され、享受されてきたという事実を正しく受け止めなければならない。『平家物語』が語りという行為と密接に関わってきたきたという現象は、おそらくこれと根本においては関連する問題であろう。我々はそれはどのようなかたちで捉えうるのか。その先に、こうした新たな枠組みをふまえての、『平家物語』の文芸としての再評価の問題が待ち受けているのである。

二　古態論・延慶本論と語り本

『平家物語』は、本来、文字によって書かれたテキストの枠組みを超えて論じられなければならない側面を、本質的に有するのではあるが、そのことを念頭に置きながらも、実際に議論するに際しては現存するテキストを直接の対象とせざるを得ない。ところが、『平家物語』の場合、議論の対象となるテキストとしての『平家物語』に厖大な異本群があり、しかも諸本の異同が非常に大きい点が、研究に際しての大きな問題となる。

異本群の存在は、『平家物語』研究において大きな課題であり続けてきた。この異本群とどう取り組むかという方法の問題として、『平家物語』研究には、大きくは、古態・成立の問題を中心とした流れと、文芸としての本質・評価の問題を中心とした流れがあるように思われる。両者は必ずしも明確に区分できるものではなく、相互に密接に関わりながら展開してきている（武久堅氏『日本文学研究大成　平家物語Ⅰ』「解説」国書刊行会、一九九〇年七月。『平家物語の全体像』和泉書院、一九九六年八月再録）わけであるが、その議論においてひとつの鍵となってきたのが諸本論であった。近代における文芸作品という概念が、作者の創造性を評価の中心に据えるものである以上、その成立に遡り、オリジナルな姿を求めようとするのは当然であり、文芸的評価が、そうしたオリジナルなものに対する評価であろうとする以上、原態の問題と作品評価の問題が不可分であるのはいうまでもない。しかしながら、『平家物語』の場合、その原態は見失われ、しかも多くの人々の手を経て改編を遂げてきたものが、いわゆる「作品」として流通・評価されてきたという経緯があり、何をもって『平家物語』という文芸作品を評価するのかは、一概に論じえないという側面を有する。近世から近代にかけてであれば、『平家物語』といえば、琵琶語り、流布本を中心とした語り本系のテキスト、読み本として後次的形態とされる源平盛衰記等によって作られた枠組みを意味していた。ある特定の単一のテキストのみをもって『平家物語』とされてきたわけではない。榊原千鶴氏『平家物語　想像と享受』（三弥井書店、一九九八年一〇月）はこの点に着目、強調する。このような一定の幅が許容されていたのは、つまるところ、『平家物語』が、作り物語などの特定の作者によって作られた創作物ではなく、まさに歴史に取材し、歴史を物語るものであったからではなかったか。したがって、オリジナルなもの（原態）への評価とは別に、多くの人々の手を経て、ほぼその姿が定着したところをもって、文芸作品としての『平家物語』を評価しようとするのも、ひとつの主張としての正統性を有するであろう。

日本古典文学大系が覚一本を底本としたのはひとつの見識であった。近世に広く流通した流布本が、奥書に一方検校衆の吟味を謳い、その祖型が覚一本に求められる点において、覚一本はまさに近世以降流通した流布本『平家物語』に対するオリジナル・テキスト的な位置にある。その一方で、それ以前にさまざまな変化・改訂を経て、当道の正本としての地位を与えられたという点において、『平家物語』流動におけるひとつの到達点としての意義も有していた。日本古典文学大系刊行当時は、この流動の要因として語りが最大限に意識されていたがゆえに、「当流之師説、伝受之秘決、一字不闕以口筆令書写之」という奥書を有する覚一本は、文字通り語りによる詞章形成の到達点として認識されていた。そして、語りによる成長を『平家物語』の本質とする視点から、覚一本は文芸としての『平家物語』評価の焦点とされてきたのである。しかし、これを支えた語りによる成長という仮説と、語りの詞章とテキストを直結する議論への批判が高まっているのは、先に述べたとおりである。

これに対して、原態の生成や、より原態に近い古態を求める研究がなされてきたのも、また文芸としての『平家物語』追求の必然的要請であった。水原一氏によって提起された延慶本古態説は、その後の活発な研究によって、素材の問題、成立圏の問題、増補・成長の問題など、さまざまな課題を明らかにしてきており、今日最も活発な研究分野となっている。

永積氏の仮説に支えられた、叙事詩的で記事量的に簡略な屋代本・四部合戦状本・源平闘諍録などを古態とする議論に対し、延慶本の古態性を積極的に主張したのが、水原一氏『平家物語の形成』（加藤中道館、一九七一年五月）、『延慶本平家物語論考』（加藤中道館、一九七九年六月）であり、赤松俊秀氏『平家物語の研究』（法蔵館、一九八〇年一月）であった。赤松氏は『愚管抄』と『平家物語』諸本を比較して、慈円が延慶本的なテキストを参照した可能性を指摘、延慶本の古態性を主張した。氏の古態性認定の方法に対しては、冨倉徳次郎氏他多くの批判がなされたが、なかでも赤松説を批判しながら独自の延慶本古態説を展開したのが水原氏であった。

水原氏の立論の最大の特徴は、延慶本における異質な文体の混在、雑纂的側面に注目し、そこに素材となった史料や説話を、原型を保って摂取した痕跡を認め、延慶本の古態性の証左としたところにある。そして、原『平家物語』＝記録的・叙事的との仮説に即して、史実との整合性や記録的文体である真字表記という形態を論拠として、山下宏明氏や信太周氏によって主張されていた四部本古態説を、具体的に批判していったのである。これは、簡略で記録的で叙事的な（だからこそ史実に近いとみなされた）性格を古態とし、記事の増補や詳細な場面描写、美文調の叙述（だから洗練されている）等を有するテキストを後出本とみなしていた従来の見取り図を、根本から覆す重要な問題提起であった。

この主張を支えたのが延慶本における原説話・原資料保存の指摘である。延慶本には『平家物語』に摂取されるに先立って、独立的に存在したさまざまなテキスト（『澄憲作問集』のような唱導資料、『六代勝事記』や『冥途蘇生記』等）が比較的原文に近い姿で取り込まれており、また、『玉葉』や『吾妻鏡』などとも共通する文書類も数多く含まれている。水原氏はこの点に着目したのである。こうした要素は、その後さまざまな面で明らかにされてゆく。その一方で、それらの記事の多くが、延慶本成立に至る加筆過程において増補されたものであることも指摘されるようになる。たとえば武久堅氏『平家物語成立過程考』（桜楓社、一九八六年一〇月）は、聖書学によって培われた方法を援用し、伝承部と著述部という概念によって本文を分析、その増補加筆による形成過程を明らかにしようと試みる。また、多くの研究者による原説話・原資料の解明が、個々の増補の時期・背景などをある程度明らかにしている。たとえば、渥美かをる氏「延慶本平家物語に見る山王神道の押し出し」（『愛知県立大学創立一〇周年記念論集』一九七五年一一月。『軍記物語と説話』笠間書院、一九七九年五月再録）は、延慶本の山王神道色を鎌倉中期以後の増補とし、牧野和夫氏も鎌倉後期の記家の関与の指摘によってこれを補強、さらに根来寺伝法院方の加筆整理も指摘する（『中世の説話と学問』和泉書院、一九九一年一一月）。原資料・源説話をめぐる研究は、延慶本の成立背景を徐々にではあるが明らかにしてきている。その一方で、こうした研究が浮き彫りにしたのは、延慶本が多くの増補・加筆によって成立しているという、かつて冨倉徳次郎氏によって指摘されていた（『応永書写延慶本平家物語』「解題」勉誠社、一九三五年二月）問題、すなわち延慶本といえどもさらに遡る古態本に対しては後出形態であるという問題である。

水原氏の提起した異質な文体の混在や雑纂的性格の問題は、現存諸本における延慶本の古態的性格を示すものとして、今日の諸本論においてほぼ共通の認識を得ている。またその後の諸本研究によって、現存テキストには、総体として延慶本を遡りうるものが存在しないこともほぼ確認されている。ただし、それはあくまでも総体としての問題であり、部分においては、延慶本を遡りうる古態性を示すテキストが存在してもなんら不都合はない。佐伯真一氏が部分に即した古態性の議論を主張するところである。また、古態とされる延慶本であっても、それが増補本である以上、それに先行する『平家物語』が存在したはずであり、おそらくは量的にはより小さなものであったとみられている。この点に関しては、古くは山田孝雄氏が三巻本・六巻本・十二巻本という段階的成長の仮説を提示しているが、水原一氏も日本古典文学集成『平家物語　下』（新潮社、一九八一年一二月）「解説」において、東山文庫蔵『兵範記』紙背書簡の治承物語六巻から、永観文庫蔵『普賢延命鈔』紙背書簡の平家物語合八帖〈本六帖、後二帖〉を経て延慶本他諸本に至る見取り図を示す。また、八帖本と延慶本との関係については、牧野和夫氏「深賢所持八帖本と延慶本『平家物語』をめぐる共通環境の一端について」（『延慶本考証　一』新典社、一九九二年五月）が醍醐寺圏をその成立過程の鍵を握る空間として注目している。こうした延慶本形成の具体的な過程は、今後、次第に明らかにされると思われるが、最大の問題は、延慶本を遡る『平家物語』がいかなる姿を有していたのかという点である。現存テキストを対象とした文字表現レベルにおいては、それらはいずれも延慶本的テキストを介して成立しているとしても、それらの有する構造的問題と延慶本以前の姿との関係が問われるところであり、そこに兵藤裕己氏の、「文字化された時点でヨミ本が古いとしても、構造的には、語り本が『平家』語りの発生する初原に近いということはあり得る」（『日本文学研究資料新集』「解説」有精堂、一九八七年五月）というような問題提起も生まれてきているのである。

三　テキストの位相

延慶本の古態性がさまざまな角度から検証されるなかで、語り本との関係性も新たな注目を集め始める。先にも述べたが、たとえば千明守氏は、前掲の屋代本と覚一本の古態性を論じた論稿において、両本における延慶本との同文性に着目、本文の崩れ・文脈の混乱という視点から、延慶本的な形態がより原態に近く、覚一本や屋代本が延慶本的本文から変化した後次的形態であることを指摘する。村上学氏は、前掲著書で、覚一本の本文に延慶本の本文がしばしば取り込まれていることを繰り返し指摘する。つまり、本文の書承的関係という意味においては、延慶本的本文（現存の応永書写延慶本そのものではない）が先行し、語り本はそれを整理・簡略化することで作られた本文という見通しが提示されているのである。ただし、現存の応永書写延慶本には、覚一本的なテキスト摂取の痕跡があるとの指摘もあり（櫻井陽子氏「延慶本平家物語（応永書写本）本文再考――『咸陽宮』描写記事より――」『国文』95、二〇〇一年八月・「延慶本平家物語（応永書写本）の本文改変についての一考察――願立説話より――」『国語と国文学』78―2、二〇〇二年二月・「延慶本平家物語（応永書写本）における頼政説話の改編についての試論」『軍記物語の窓　第二集』和泉書院、二〇〇二年一二月・「延慶本平家物語（応永書写本）巻一、巻四における書写の問題」『駒澤国文』40、二〇〇三年二月等）、現存本を対象に、直接的に先後関係を考えるには慎重な検討が必要であろう。しかしながら、こうした問題はあるものの、よりオリジナルに近いテキストに即した作品評価という観点からすれば、『平家物語』評価の対象は延慶本ないしはこれに類したテキストということになるはずである。そして、延慶本を軸とした古態性の追求、成立過程や成立圏の解明は、当然『平家物語』の本質に深く関わる問題であり、文芸的な評価の問題にもつながらなければならない。ところが、それが現段階では必ずしも原『平家物語』の姿を明らかにするものではなく、また多くの異本群を包括した『平家物語』全体の文芸的評価へとは必ずしも結びついていないところに大きな課題が存在する。そもそも、覚一本が文芸的評価の中心となったのは、これがオリジナルに近いからではなく、「語りによる成長」という仮説に基づくひとつの到達点と認識されたからではなかったか。しかも、一方で流布本などのかたちで広く享受された『平家物語』像の原典という意義を有していたからであったはずである。文芸としての『平家物語』の場合、オリジナルへと遡行する方向性と、「作品」としての流布・享受の間にはさまざまな変遷があり、それらを総体として文芸として評価する方法が求められているのである。たとえば、原『平家物語』が発見されたとしても、それが必ずしも今日的な『平家物語』評価とイコールになるとは限らない。それが『平家物語』なのである。テキストのレベルで議論するならば、原態ないし古態と流布形態との間は、単純に系譜法的に捉えられるものではなく、幾次にもわたる、複雑な交流関係として理解されるべきものであり、それには複数の異なるテキストの並存が想定されなければならない。そしてその複数のテキストの並存を許容するところに、『平家物語』という枠組み（これを本論稿では〈平家物語〉と呼ぶ。詳しくは第四章参照）は存在するはずである。大橋直義氏「『嗣信最期』説話の享受と展開――屋島・志度の中世律僧唱導圏――」（『伝承文学研究』51、二〇〇一年三月）は、テキストとしての『平家物語』に対する「テクスト外の〈平家物語〉」という概念を提示する。〈平家物語〉とは、『平家物語』を中核とすることで結びついた周辺的な事象に関する言説をも含んだ概念であり、そのなかには『平家物語』から派生的に作り出された『平家物語』とは異なる『平家物語』関係記事も含まれる、そのような漠然とした枠組みである。近時刊行された『『平家物語』の転生と再生』（小峰和明編、笠間書院、二〇〇三年三月）なども、こうした問題意識を内包した取り組みであった。周辺部を含む〈平家物語〉という枠組みと個別のテキストとの関係をどのように捉えるか、テキストとテキストを単に先後という縦系列としてではなくどのように関係づけて捉えるか、『平家物語』研究が各テキスト個別の『平家物語』論に陥らないためにも、こうした全体と部分、部分と部分を関連づけながら、それらを包括するような視点が必要とされるのである。それは、言語構造体としてのテキストに「作品」の基本を求める近代的な枠組みを超えた、『平家物語』観の模索へとつながるものである。近代的な文芸観はテキストを基本とし、テキストから浮かび上がる「作品」像を、テキスト言説の分析を通して追求する。だからこそ、議論の土台となる「作品」テキストの確定を大きな課題としてきたのである。ところが、『平家物語』の場合は、複数の異なるテキストが相互に否定されることなく並存し、その個別テキストの枠組みを超えたところに結ばれた漠たる像（〈平家物語〉）によって、『平家物語』が認識されるという側面を有する。現存する各テキストの評価は、こうした〈平家物語〉に対する、各テキストの位相の問題との関連でしか下しえないものである。

『平家物語』が、個別のテキストを超えた〈平家物語〉という大きな枠組みのなかで享受されていたという事実は、『平家物語』が、本来、近代的な文芸観に即して成立し享受されてきたのではなく、テキストの外側に広がる歴史認識の枠組みの内側に置かれることで、歴史の物語として機能してきたという側面に起因する。歴史認識とは、必ずしも近代歴史学の実証的史実認定に立脚したものではない。ただ人々がそのように語り伝え、またそのようにあれかし、そのようにあるべきと意識した歴史像である。

近代における『平家物語』研究は、歴史学者による軍記への決別宣言によって、文芸という枠内に位置づけられることで出発した。明治二十〜三十年代において歴史学の立場から、軍記というジャンルの作品群に対して、歴史資料としての価値に対する批判がなされる。久米邦武氏「太平記は史学に益なし」(『史学会雑誌』17〜22、一八九一年五〜九月)などは、その最も先鋭的な主張であろう。それと時期を同じくして、『平家物語』を含む軍記は、次第に文芸・文芸史という枠組みのなかに規定されるようになる。たとえば、西欧の叙事詩に比定しうる古典的作品として、生田弘治氏「国民的叙事詩としての平家物語」(『帝国文学』一九〇六年三月〜五月)、岩野泡鳴氏「叙事詩としての『平家物語』」(『文章世界』一九一〇年一一月)などによって、文芸として積極的に論じられるのである。文芸作品として論ずる以上、テキストの確定が重要な問題となる。『平家物語』の厖大な異本群の整理を最初に試みた、山田孝雄氏の研究が、『平家物語』研究の始発として位置づけられる所以であろう。以後、諸本研究が『平家物語』研究の大きな柱となってきたのも、テキストに基盤を置く文芸作品という概念で捉えるならば当然の成り行きであった。そのこと自体は、必要不可欠の営みであり、決して否定されるべきものではない。しかしながら、諸本研究が進み、個々のテキストの問題が個別に追求される傾向が深まっている今日、その一方で『平家物語』を〈平家物語〉として全体的に把握する視点が求められているのも、また必然的要求であろう。その際にまず考慮すべきは、近代以前の、諸本・諸説が並存・共存していた姿、内在する要素が歴史と文学に区分される以前の姿ではなかろうか。この〈平家物語〉の枠組みと個別テキストとの関係をいかに捉えるか、それが本書の掲げる最大の課題である。この問題について、かつての文芸的評価の中心となった語り本と、古態論の中心となっている延慶本というテキストを軸として、テキストの方法とテキストの形成過程、さらにはテキストの位相と〈平家物語〉という枠組みに対してテキストが具現化したものという角度から検討を試みる。

四　本書の課題

以上のような認識に基づき、本書では、〈平家物語〉と『平家物語』の関係、文字テキストの位相の問題について、大きく三つの角度から論じていくこととする。

「Ⅰ　テキストと〈語り〉」は、従来『平家物語』の最大の文芸的特質とみなされてきた語りの問題とテキストの問題を扱う。文字テキストとしての『平家物語』を相対化する大きな要素のひとつに、音声による上演・享受の問題がある。文字テキストは、さまざまな意味において、この語りとの関係のなかで形成されてきた。語りは、本来、音声によるパフォーマンスの問題である。当然、文字化されたテキストとの間には大きな位相差があるはずである。しかし、『平家物語』研究においては、語りによるテキストの成長・発達という仮説のもとに、テキストのなかに直接的に語りの影響をみようとしてきた。諸本論の発達をふまえ、従来の方法に対する反省に立って、第一章では、語りとテキスト形成との関係性について、まずは、その理論的可能性として、語りがテキストに影響を与えていく過程を、いくつかのモデルパターンに分類して、テキストの叙述において語りを摂取するということの意味を明らかにする。語りの摂取とは、単に口語りの表現を取り入れることではない。語りの言葉をそのまま筆記するだけでは、テキストは必ずしも語り的な印象を与えるものとはならない。語りを成り立たせる、物語世界・語り手・語りの場という三要素を、いかにテキスト言説のなかに位置づけていくのかが、第一に考えられなければならないのである。それは、平安時代以来の物語の伝統でもあった。一方にこうした語りの方法を用いて書くという文芸的な叙述方法の伝統をふまえ、もう一方に、実体的な琵琶語りという行為・享受を想定しながら、その接点において『平家物語』が語りを摂取するとはいかなる現象として理解すべきであるのか。具体的なテキスト分析の前提となるこのような問題を、理論的考察によって明らかにした。

第二章では、第一章をふまえて、語り本（覚一本・屋代本）における〈語り〉（本書では、文字テキストにおける叙述の方法としての意味で用いる）の方法の分析を試みる。語りを成り立たせる三要素（これに聞き手を加えれば四要素）が、いかにテキスト言説の上に実現されているのか。それは、テキストを通して語りを印象づける重要な要因である。対象である物語世界を、語り手が語りの場において、どのように提示するのか。本質においては、実体的な語りの場における音声を媒体とした行為である語りを構成する要素を、テキストはいかに叙述の方法として実現しているのか。テキストにおける語り手の設定という視点を軸に、覚一本・屋代本の方法的相違を検証する。そして、テキストにおける〈語り〉の方法的相違こそが、両本の語り的な印象の相違を生み出していることを明らかにする。

第三章では、読み本（延慶本）と語り本（覚一本・屋代本）の本質的な相違を、語りの方法化という視点から論じる。先にも述べたが、語り本と延慶本との間には、詞章の近似性が多く認められる。それは、あるまとまった叙述の単位での場合もあれば、個別的な表現レベルでの場合もあるが、そうした近似性は、語り本と延慶本がなんらかの書承的関係（必ずしも直接的関係とは限らない）を有することを示唆している。しかしながら、その近似した叙述において、読み本と語り本が享受者にもたらす印象は明らかに異なっている。個々の詞章としては同じような素材を用いながらも、異なる印象を生み出す仕組みを、語り手設定を軸とした〈語り〉の方法という視点から解明する。そして、語り本が実際には書承的な操作を経て形成されたにせよ、この〈語り〉という点で、読み本との間に本質的相違が認められることを明らかにする。

「Ⅱ　テキストの位相」では、多様な異本を許容する『平家物語』とは、そもそもどのように意識された作品であるのか、という疑問を出発点に、語り本を中心としたテキストの位相を、テキスト形成の視点から考察する。

第四章では、中世に行われていた琵琶語りと、琵琶法師の座である当道の正本としての覚一本の関係を軸に、テキストの位相について論じる。覚一本は、当道の正本として最も権威的なテキストであるが、中世においては、覚一本に含まれない章段（「祇王」「小宰相身投」「菖蒲前」等）も、広く琵琶法師によって語られ、『平家物語』（の一部）として享受されていた。この琵琶語りの実態が示唆する〈平家物語〉という認識と、正本というテキストとの関係をどのように理解すべきであるのか。また、このように琵琶語りとの落差を有するテキストが、正本として規制・規定しようとしたのは何であったのか。テキストには含まれない語りを許容する正本のあり方の検討を通して、語りとしての〈平家物語〉に対する語り本の位相の問題について論じた。

第五章では、覚一本が「平家物語一部十二巻付灌頂」と奥書に記しながらも、琵琶語り全体を包摂する『平家物語』を目指していたわけではないという前章の結論をうけて、覚一本の編纂作業が、〈平家物語〉全体のどこまでを視野に入れながらであったのかを探る。覚一本に含まれないのは、琵琶語りの章段（句）・記事ばかりではない。中世においては、こうした句ばかりでなく、読み本の周辺的・解説的な記事、さらには今日では『平家物語』とは認識されなくなってしまったような記事までもが、大きく〈平家物語〉として認識されていたのではないか。覚一本は、こうした〈平家物語〉を意識しながら、そのエッセンスとしてのテキストを意図していたのではないか。覚一本には、延慶本的テキストによって加筆・改訂したと思われる痕跡がしばしば認められる。それは、覚一本が先行の語り本祖本から、テキスト内部の論理によってのみ改訂がなされたのではなく、祖本と平行して流通する異なる『平家物語』をも視野に入れて、それもまた『平家物語』として認識していたことを意味する。一部語りの台本としての語り本という枠組みを越えて、多様な〈平家物語〉を視野に入れながら、そのなかで覚一本という正本を意図していたのである。

その根底には、テキストを相対化する意識が作用している。第四章で琵琶語りと文字テキストとの位相差として論じた問題を、テキスト間のレベルにおいて検証し、〈平家物語〉における覚一本の位相を明らかにした。

第六章では、第五章と同じ問題を屋代本を対象に論じた。平家都落関連記事の本文・記事配列改訂の論理の解明を通して、そこには屋代本には書かれない記事・情報が用いられていることを指摘する。それは、テキスト編纂が、テキストには含まれない〈平家物語〉の情報との関連において行われていたことを意味する。同時に、そうした情報を新たなテキストにあえて書き込まないところに、〈平家物語〉に対する屋代本の位相が浮かび上がってくる。こうした現象を、延慶本との比較を通して明らかにした。

第七章では、広範な周辺領域を含む〈平家物語〉を、テキストという固定的言説によって『平家物語』とするにあたっての方法的問題を論じた。『平家物語』の本質が、「歴史の物語」としての〈平家物語〉にあるとするならば、『平家物語』諸本のいずれもが〈平家物語〉に対する不完全な『平家物語』として位置づけられる。一般に、読み本は〈平家物語〉の主要部分に対する周辺的事象の記事を多く取り入れようとする傾向がある。それは、〈平家物語〉をより総体としてテキスト化しようとする志向性によるものであろう。本章では、延慶本を中心に、〈平家物語〉を『平家物語』とするための方法について、叙述における時間軸の問題という視点から論じる。『平家物語』には、主要な事件展開を流れる時間軸に対し、これとは異なる周辺的事象の属する複数の時間軸があり、それが〈物語る今〉から回想されながら叙述が展開される。その叙述を支配するのが物語る時間の経過である。物語の享受とは、この物語る時間の進行にあわせて繰り広げられる物語世界の展開を受け止める行為である。この単線的・直線的に進行する物語る時間を隠された軸として、複数の異なる時間軸を構造的に組み合わせることで、テキストは構成される。語り本は、物語る時と物語世界の時間が一致するという〈語り〉的叙述方法ゆえに、多くの周辺的事象をテキスト外とせざるを得ない。これに対し、延慶本はこれらの時間軸を重層的に構造化し、それが周辺的事象の自在な摂取を可能としている点を明らかにした。

「Ⅲ　〈平家物語〉と語り本」では、〈語り〉という方法ゆえに生じる叙述方法の面での制約を越えて、語り本が〈平家物語〉とどう関わっているのかという問題について、享受の視点を交えながら論じる。

第八章では、語り本が、そもそも〈平家物語〉の総体的包摂を意図したテキストではないとの第四章をうけて、その叙述方法の制約のなかで、いかにテキストには含まれない〈平家物語〉と結びついた世界を作り出しているのかを検討した。そもそも、語りの上演は一句ないし数句を単位とするが、その享受は決して語られた一句だけの享受ではなく、『平家物語』全体（ないしは〈平家物語〉）の想起を意味する。それは、〈平家物語〉が、享受者にとって繰り返し伝えられてきた周知の物語である、ということが大前提となっていた。このように、部分によって全体を喚起する仕組みに着目し、従来あまり注目されていなかった説話の断片的・要約的な叙述が、〈平家物語〉という記憶を共有する享受環境にあって、『平家物語』周辺の独立的説話の記憶を喚起する機能を有していることを指摘した。また、〈平家物語〉の共有という享受環境が失われたということが、テキストの独自性を際だたせ、文字化された範囲での享受というあり方が、テキストの文芸的評価を生み出している点についても言及した。

第九章では、今日最も文芸的評価の高い覚一本を中心に、その評価の一因となっている構想性の問題を論じた。覚一本で強調される構想は、必ずしも覚一本独自のものではない。むしろ〈平家物語〉として共有されていた認識の一部を、テキストとして明確化したところにその特質がある。したがって、〈平家物語〉が共有されていた時代には、今日ほど他のテキスト（たとえば屋代本）との差異は問題とされていなかったのではないか。しかし、〈平家物語〉の共有という享受環境を失った今日、テキストにおける構想の明確化は大きな意味をもって、文芸的という価値観の元に評価の一要因としてクローズアップされている。この、覚一本における構想の明確化を具体的に検証しながら、それが、いわゆる屋代本との混態本形成において採用されていないという現象を捉えて、〈平家物語〉との関連においてこれを論じた。

最後に、「結び」を置き、以上の考察を整理しながら、〈平家物語〉という概念を導入する意義と、見通しについてを述べる。異本を個別的に捉え、その個と個の関係として影響関係を捉えるのではなく、〈平家物語〉の枠組みにおける相対的関係として把握する必要性があろう。同時に、〈平家物語〉の流動を明らかにしながら、それとの関係において『平家物語』の享受における位相を捉える必要性を指摘した。

《使用『平家物語』テキスト一覧》

覚一本……日本古典文学大系『平家物語　上・下』（岩波書店、一九五九年二月・一九六〇年一一月）を使用し、適宜、影印本（『平家物語　一～四』龍谷大学善本叢書、思文閣出版、一九九三年三月）を参照した。また、高野本については、新日本古典文学大系『平家物語　上・下』（岩波書店、一九九一年六月・一九九三年一〇月）を使用し、適宜、影印本（『高野本平家物語　一～十二』笠間書院、一九七三年一〇月～一九七四年三月）を参照した。

屋代本……『屋代本高野本対照　平家物語　一～三』（新典社、一九九〇年五月～一九九三年六月）を使用し、適宜、影印本（『屋代本平家物語』貴重古典籍叢刊9、角川書店、一九七三年一一月）を参照した。

延慶本……『延慶本平家物語　本文篇　上・下』（勉誠社、一九九〇年六月）を使用し、適宜、影印本（『延慶本平家物語　第一～六』汲古書院、一九八二年九月～一九八三年二月）を参照した。

盛衰記……『源平盛衰記　慶長古活字版　一～六』（勉誠社、一九七七年一〇月～一九七八年八月）を使用し、句読点等については、『源平盛衰記　一～六』（三弥井書店、一九九一年四月～二〇〇一年八月）、『源平盛衰記　一～六』（新人物往来社、一九八八年八月～一九九一年一〇月）を参照した。

片仮名百二十句本……『百二十句本平家物語』（斯道文庫古典叢刊之二、汲古書院、一九七〇年一月）。

平仮名百二十句本……『平家物語　百二十句本』（思文閣、一九七三年十月）。

平松家本……『平松家旧蔵本平家物語』（古典刊行会、一九六五年七月）。

竹柏園本……『平家物語　竹柏園本　上・下』（天理図書館善本叢書、八木書店、一九七八年一一月）。

鎌倉本……『鎌倉本平家物語』（古典研究会叢書第二期、汲古書院、一九七二年九月）。

長門本……『長門本平家物語の総合研究　校注篇上・下』（勉誠社、一九九八年二月・一九九九年二月）。

源平闘諍録……『内閣文庫蔵　源平闘諍録』（和泉書院、一九八〇年二月）。
＊引用に際しては、必要に応じて句読点・濁点等を私に付し、また、漢字を一部常用漢字にあらためた。

I　テキストと〈語り〉

第一章　テキストと〈語り〉

一　『平家物語』と語り

『徒然草』第二百二十六段を持ち出すまでもなく、『平家物語』が語りという行為との密接な関係のなかで、成立、発展してきたことは今更いうまでもない。従来の研究においても、『平家物語』の最大の特色は、この語りにあるとの指摘がしばしば行われ、近年の研究においても『平家物語』と語りとは不可分のものとして扱われてきた。しかしながら、その重要性が当然のごとく強調されてきたがゆえに、ともすると文字テキスト化された『平家物語』におけるさまざまな現象を、語りと短絡する傾向があったのは否定しがたい。また、語りの概念についての明確な定義が行われてこなかったために、この語は研究者それぞれの関心の範囲で用いられ、それが議論が噛み合わない遠因となっている例も見受けられる。この点について、松尾葦江氏は語りをめぐる研究史を整理し、研究者達の用いる語りの語の対象範囲を上のように分類し、これを区別して議論するよう提言する。(1)

- 芸能として
  - 平曲
  - 平曲以前
- 伝承として
- 文学的方法として

『平家物語』研究において、語り論・語り本論を主導していたのが、琵琶語りによるテキストの生成という仮説であった。『平家物語』の場合、琵琶法師による上演という享受形態が確立されていたため、逆にそれが先入観となって、琵琶法師の言葉＝『平家物語』（語り本）の詞章、という図式が無意識のうちに築かれがちであった。渥美かをる氏が提示した語り本の系統論(2)が、語りによる段階的変化・成長という仮説を補強するかたちで、この図式を支えてきた。これに対する批判、語り本諸本の成立に関する混態・取り合わせといった書承的現象を捉えた新たな見解が、従来の語り本論の再考を促していることについては、序章において述べたとおりである。しかし、現存する語り本テキストが混態等の書承的改編によるものだとしても、テキストに対する語りの影響が完全に否定されるわけではない。その混態等の痕跡は後次的な語り本を対象としての指摘であって、必ずしも覚一本成立以前に遡りうるものではない。その覚一本に関しては、「当流之師説、伝受之秘決、一字不闕以口筆令書写之」と奥書に記され、これが当道の正本として制定されたという事情からしても、琵琶語りという行為と密接に関係するところに成立したテキストであるのは明らかである。ただし、それが従来の通説のように、琵琶語りによって紡ぎ出された詞章をそのまま筆録した、というような関係として想定できるかは別問題である。

たとえば松尾氏の分類による「芸能として――平曲」の議論をするにしても、それをいかに抽出するかが問題である。文字化されたテキストを対象としてその本文形成・変化に対する影響を議論しようとする限り、そこには「書く」という行為が介在しており、厳密には「文学的方法として」というレベルの議論と明確に区別するのは困難である。極端な言い方をすれば、文字テキストである『平家物語』に認められる語り的な特徴・方法は、一義的にはすべて「書く」という行為によって定着した叙述の方法ということになろう。問題は、その方法がいかに形成・獲得されたかという点についてであり、それをどこまで遡りうるのか、あるいはどこまでを射程として捉えうるのかというところにある。すなわち、文字テキストの詞章を対象としながら、実体的琵琶語りの問題と、「文学的方法として」とされたテキストの方法としての接点をどこまで捉えうるかという点が問われるのである。そして、それに先だって、これまで漠然と語りによるとされてきた要素を、あらためて整理し、テキストの叙述方法という視点から捉えなおしてみる必要があるだろう。

上演された語りをテキストに書き留めるというかたちでの成立を想定する場合、語り手と聞き手によって形成される場があってはじめて成立する語りという行為のもつ特性を、どのように方法化し、叙述・表現するかを抜きにしては、『平家物語』と語りとの関係は論じえない。これは単に語り本系テキストの場合ばかりではない。『平家物語』が本質的にさまざまなレベルで語りという行為と関わりながら形成されてきている以上、読み本系テキストの場合でもこの問題は避けて通ることはできない(3)。従来語りによって説明されてきたさまざまな問題についても、行為としての語りという位相と、その語りを方法として「書く」という位相の両面から、再検討してみる必要があるのではないか。それによって、『平家物語』諸本のもつ独自の特性、それぞれのテキストを支える方法意識についてもより明確になるのではないかと思われるのである。

二　叙述方法としての〈語り〉

そもそも、語りという行為と密接な関係にある作品としては、文芸史上『平家物語』が最初というわけではない。たとえば、『竹取物語』をはじめとする平安朝物語が、基本的には語りという行為を背景とし、それを叙述方法化することで成立している点については、すでに多くの指摘のなされるところである。『源氏物語』の語り論は、『岷江入楚』（中院通勝）が、「桐壷」の末尾の一節、「光る君といふ名はこまうどのめできこえてつけ奉りけるとぞいひつたへたるとなん」に対して付した注、「つけ奉りけるとぞと、人のいひつたへたるとぞ、人がしるしおいたをみおよびたるやうに書きたるなり」などに、その淵源が認められ、草子地との関わりのなかで多く論じられてきた。玉上琢也氏は、テキスト内部を「作中世界」・「語り伝える古御達」・「筆記・編集者」と構造化した上で、さらにその外側に「読み聞かせる女房」・「観照者（姫君）」を想定した。(4) 氏の音読論を受けて、藤井貞和氏は「①ひとの伝承（言いつたえ）、②それを筆録（しるしおき）、③それを披見（見および）、④虚構化（書きなし）」という構造を指摘し、(5) 高橋亨氏は、「(イ)過去の事実を、(ロ)さまざまに伝聞し、(ハ)それを語りまた筆録して、(ニ)編集し草子化した、(ホ)ように書いた（虚構化）」、「〈語り〉の表現構造によって〈書く〉ことで成立した物語文学」と論じている。(6) こうした議論においては、女房達の語る物語をそのまま書き留めたとはされず、むしろ語りを方法化することによって成立したテキストという捉え方が定着している。

物語という叙述の様式そのものに、語りという行為との密接な関係を認める指摘は、多くの研究者によってなされてきた。三谷栄一氏の編になる『大系物語文学史』第一巻（有精堂、一九八二年九月）には、三谷栄一氏「物語文学とは何か」「物語文学と口承文芸」、藤井貞和氏「物語の発生」、三谷邦明氏「物語文学の成立」などの、「物語」という語の語源の探求と、上代の口頭伝承から物語へという大きな流れを見据えた意欲的な論稿が並ぶ。そこで繰り返されるのは、物語るという行為を始発として、その有する構造的な問題を変質させながら内包しつつ成立した物語というジャンルについての認識である。こうしたさまざまな議論のなかで、テキストの叙述方法と語りとの関係について、藤井貞和氏は次のように指摘する。(7)

確認しておきたいことは、「語り手」とは、本来、民間文芸ないし口頭伝承において存在すべき行為者だ、ということです。……（中略）……語りが物語文学のなかに構造化されている、というふうに言う場合にせよ、「語りの行われる現場」が物語文学の内部に虚構として作り出されている、といった意味合いで考えるのが第一の筋というものです。……（中略）……そのような構造は、文学が書かれようとした時に、深い必然の奥からたぐり寄せられ、実現させられたものでした。けっして、安易に、話主を設定してやろうなどといった近代主義的な方法意識から生み出されたものではありません。語るように書く、という要請から、語り手が必要になったのです。

『平家物語』テキストにおける語り（本書ではこれを仮りに〈語り〉と呼ぶ）を検討するに際して、とくに留意すべき点であろう。

ただし、「語るように書く」といっても、叙述される言葉は必ずしも語りの場における語り手の発話そのものを文字化したものとは限らない。『源氏物語』にみたように、実際のテキスト言説は、語り手の言葉を人々が聞くという享受の場をテキスト内に取り込むことでこれを実現している場合もあることには注目する必用があるだろう。すなわち、語るように書くという叙述方法は、書き手が語り手の立場に立つことによってばかりではなく、ときに聞き手の立場に立って語り手の言葉を書き留めるというスタイルによって実現されるものであった。

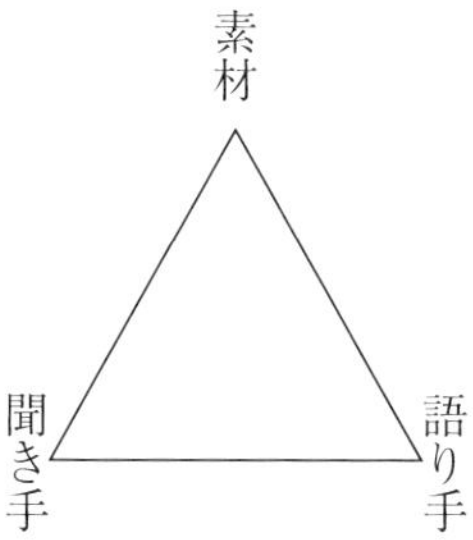

テキストにおける語りの方法化（〈語り〉）について論ずる場合、まず検討されなければならないのが、物語るという行為を成立させる条件となる語り手と語りの場の設定の問題である。発話行為に関する時枝誠記氏の論（言語存在には、①主体〔話手〕、②場面〔聞手、その他を含めて〕、③素材、の三条件が必要であるとの指摘[8]）を受けて、森正人氏は、物語の存立条件として、①語り手、②聞き手、③素材をあげ、その関係を上のような三角形として図示、「三者は相互に他を規定する関係にあって、それらの働き

かけあう関係が物語自体を変化させ、展開させていく」[9]と述べる。このような関係のなかに成立する実際の物語行為は、語りの場、語り手と聞き手の関係などによって、同じ素材を用いつつも、微妙に異なった物語を生産するという、流動的、当座的性格を本来的に有している。書かれた物語テキストは、この三者関係をテキスト言説の内部に想定することによって成立した。その端的な例が『大鏡』である。

『大鏡』は、万寿二年という時間における雲林院の菩提講という空間を語りの場として設定、大宅世継、夏山繁樹の二人の古老を語り手に、菩提講に集まった人々を聞き手として、歴代の帝および大臣達の列伝を物語るという結構をとっている。ちなみに、この物語を記した筆記者も、聞き手の一人としてこの場に参加した人物とされている。このように、『大鏡』においては、語り手、聞き手（＝書き手）が、完全にテキスト内部に取り込まれており、虚構された語りの場を枠組として歴史語りの言説が展開されているのである。語るように書くという要請が、叙述の方法である〈語り〉として結実した注目すべき例であろう。[10]

また、説話の場合では、『今昔物語集』が「今昔……トナム語リ伝ヘタルトヤ」という定型で口承を装うように、語りの場をテキスト内部に設定し、これを枠組とすることによって成立している。これに関連して、小峯和明氏が「説話は口承文芸の基層から文字筆録との接触交錯を経て、読み物の文字文芸となり、ふたたび逆流して口承文芸として語られる円環の構造をもつ」[11]と論じている点は、『平家物語』テキストの生成の場合にも共通する問題であろう。

森氏は、右のようなテキストが、その叙述方法として語りを取り込む場合について、大きく次の三つに分類する。[12]

Ⅰ．語り手、聞き手、および素材の世界を対象化した言語を本文化した物語
Ⅱ．語り手、および素材の世界を対象化した言語を本文化した物語
Ⅲ．素材の世界のみを対象化した言語を本文化した物語

語りが成立するには、語り手・聞き手・素材（物語内容）の三つが不可欠であるが、それらのすべてが、テキスト内部に顕在化している『大鏡』のような方法がⅠである。これに対し、Ⅱ、Ⅲの区分には、いささか微妙な点が含まれるが、森氏自身は、『源氏物語』の草子地のようなかたちで語り手が顕在化している形態をⅡ、「語り手の存在自体は本文化されていないけれども、『けり』は物語られる世界と語っている現在とを媒介する言葉であり、本文の背後に語り手が潜んでいる」『竹取物語』のような形態をⅢに相当するものとしてあげている。

「素材の世界のみを対象化した言語を本文化した物語」であっても、それが物語として成立するためには、少なくともテキストの背後に語り手・語りの場がうかがえるような要素が不可欠である。まったく純粋に、素材（物語内容）だけが言説化されただけでは、それは単なる記録にすぎない。それが物語となるためには、発話する主体としての語り手の介在が、不可欠な存在として必要とされる。川田順造氏は、「叙事詩と年代記——語られるものと書かれるもの——」(13)において、次のように指摘する。

主題は同種でありながら、文字に記された『カノ年代記』と、口承でうたわれることが基本である『バガウダーの歌』が示している表現形式上の違いは興味深い。『歌』は、全体が歌い手である「私」の直接話法で歌われ、「私」は表現形式上の主語としてもたえず出てくるが、『年代記』では記録者である「私」は姿を消している。『年代記』では直接会話法が頻繁に用いられているが、それは第三者として叙述された登場人物同士の間で交わされるものだ。『歌』では、歌い手と聞き手が差し向かいで多分に情動的に関わっているが、筆者の現前しない『年代記』では、両者の関係も叙述も、より〝乾いて〟いて、いわば「知的理解」に頼っている。そして、「年代記的志向」と「叙事詩的志向」に関して、次頁の表のような特徴を認める。

川田氏のこのような指摘を受けて、山本吉左右氏が、『平家物語』の語り手が「登場人物」としての姿をみせてい

叙事詩的志向	年代記的志向
口頭的構成法、テキスト不在	語り不変、語りのテキスト性大
顧客としての聞き手、叙事詩的共同体	語り手聴き手ともに当事者として、内容の真実性に関与
賛美、記念、鎮魂（情動的）	叙述、記録（知的）
演戯性重要、語りとしての感興	情報伝達性・行為遂行性大、事実の尊厳
文字化により語りの価値の大半は消滅	文字化しても本質不変、文字と馴染みやすい
語り手の「私」の現前、パフォーマンスの状況依存性大	語り手の「私」不在、パフォーマンスの状況依存性小
過去を語り手が内在化し、声によって現在に甦らせる（実年代の無化）	現在を語り手が外在化し、過去に送りこむ（実年代重要）

ないという点に触れて、「語り手とその語りの内容の聞き手」とが「統一的関係」にあるような「共同体にとって公的な性格」をもつ語りを書き留めた場合、「生身の語り手の姿が消えて、姿をみせない語り手だけがテキストのなかに残る」と指摘している(14)のが興味深い。事実の叙述としての性格が強く、詞章が固定的な語りの場合、これをそのまま記録すると語り手がテキスト表層から消滅してしまうという現象が生じる可能性があるとのこの指摘は、語りの詞章を忠実に記録しただけでは、語り本来の特性が失われてしまうという可能性をも示唆している。

虚構による創作としての物語等の場合、この発話主体としての語り手をどのように設定するかが、作品の性格を決定する上で重大な意味をもつ。『源氏物語』をはじめとする物語、『今昔物語集』等の説話、『大鏡』に代表される鏡物、それらはいずれも語りを叙述の方法とし、素材（物語内容）・語り手・聞き手の三要素を、あるいはテキストの内側に、あるいはその外側に設定することで、それぞれにおける語りの方法を実現していた。そして、各作品独自の語りの方法化は、その作品の文芸としての特質と密接に結びついているのである。

これらの作品の場合、テキストにおける語りの場の設定は、まさに「語るように書く(15)」という要請に基づく虚構であり、あくまでもテキスト叙述の方法として意識されていた。実際に行われていたさまざまな行為としての語りをふまえて、読者に語りの場を想起させ、彼らが自らを聞き手の位置に置きうるような表現方法として確立されているのである。たとえば、説話集などの場合、個々の説話の大半はその場における聞き書きによってではなく、編者に書承によって享受され、あらためて独自の説話的〈語り〉の方法によって、叙述されているのである。それを支えているのは、明確な叙述における方法意識である。

『平家物語』の場合、いずれの諸本においても、聞き手の姿が直接テキスト内部に『大鏡』のようなかたちで顕現することはなく、基本的には、森氏の分類する、ⅡないしⅢの方法をとっている。ただし、各テキストにおける語り手の設定については、その姿が比較的明確か希薄かという差があり、また物語内容（素材）との関係、および語りの場、対聞き手意識等の面でも、それぞれに異なっている。〈語り〉の方法が微妙に異なっているのであり、それが記事内容の異同とは別の次元で、諸本の質的相違を生み出す重要な要因となっているのである。従来の『平家物語』研究にあっては、諸本間にみられるそうした〈語り〉の方法の差異を、さまざまなレベルで実際の語り行為と結びつけて解釈しようとする傾向が強かった。しかしながら、前述のように、先行の文芸テキストにおいては、実体的語り行為と直接的関係をもたないままに、伝統的に叙述方法としての〈語り〉が虚構されていた。『平家物語』の場合でも、これを書かれたテキストとして享受している以上、同様の可能性を探ってみる必要があるのではなかろうか。一方に、実際の上演としての琵琶語りが行われ、またテキスト生成の場における唱導などとの強い結びつきを有するだけに、その分『平家物語』が、実体的語りの影響を深く受けているのはほぼ間違いない。しかしながら、その影響がどのような回路を通じて現存テキストに反映されているかについては、もう一度検討してみる必要があるように思われるのである。

三　テキストの形成と語り

『平家物語』語り本系テキストを対象として、そこに実際に行われていた行為としての語りとの関係を見出そうとする場合、テキストの詞章=琵琶法師の言葉との図式が成立するか否かが、ひとつの問題点であろう。たとえば、覚一本の奥書「当流之師説、伝受之秘決、一字不闕以口筆令書写之」を、文字通りに覚一による語りの口述筆記的成立と理解してもよいのか。あるいは、語りとテキストとの間に、もう一段階「書く」という行為を想定すべきか(16)。そこでまず具体的叙述を離れて、一般論として語り本のようなテキストにおける、語りと文字テキスト生成との関係を整理してみる。

先行『平家物語』テキストによって、物語内容を享受した編著者が、それを自らの手で書き記した新たなテキストとして再生産する方法としては、およそ次のような場合が想定できる。

1．先行『平家物語』テキストに基づいた再生産（書写等）

2．独自の叙述方法による言説化（創作・改変）

①『平家物語』異本等の表現・叙述からの影響

②他の先行文芸作品等の表現・叙述からの影響

③琵琶法師による「平家語り」の方法からの影響

④平曲以外の語りの方法からの影響

1の最も典型的な形態は書写である。書写は、先行テキストの一字一字を正確に書き写すのを原則とするが、そのような書写作業にあってすら、単純な誤脱以外にも、何らかの解釈行為に基づく（場合によっては誤解に基づく）訂正・改変が施される例が少なからずみられるのは周知のとおりである。[17] 琵琶法師による上演の忠実な聞き書きも、書写に準じるものとして考えうるが、その際に生じる語られた言葉（詞章）とのずれは、書写以上に問題となろう。覚一本奥書「当流之師説、伝受之秘決、一字不闕以口筆令書写之」の解釈をめぐっては、未だ不明な点も多いが、たとえば、もし筆記者とされる有阿が覚一の口誦した言葉を正確に記録したつもりで、しかもまた、その書き留められたものを覚一が自分の口誦と同じであると認めたとしても、その書き留められたテキストが、最初に覚一が語った文言と、完全に同一であるという保証には必ずしもならない。[18]

2は、編著者が先行テキストを、意識的に改変し、独自のテキストを生み出す場合である。『平家物語』の多様な異本群は、主としてこのようなかたちで生成されたと考えられる。ただし、ここで意識的と言う意味には、積極的に「先行テキストを改変しよう」という意識ばかりではなく、「先行テキストにより忠実に」、「先行テキストをより正確に」、あるいは「先行テキストをよりわかりやすく」という意識等も含まれる。[19] ①〜④は、その際に作用する要素の主なものを、列挙したものである。

2－①は、『平家物語』諸本に多くみられる切り継ぎなどの混態現象として理解できよう。積極的改変の意図によるばかりではなく、底本の部分的欠損などを他本によって補った結果である場合も、広い意味でこれに分類される。

2－②は、『平家物語』諸本に指摘される、さまざまな先行文芸の影響等を念頭に置いたものである。たとえば、巻五「月見」の場面については『源氏物語』「宇治十帖」の影響が指摘されたりするが、こうした先行文芸の影響が、単に場面設定や詞句のレベルのみに留まるものであるのか。もっと本質的な物語の構想、叙述の方法の面での影響を考慮すべきなのではないのか。その際、多くの先行文芸それぞれの研究において、語りと叙述方法との関係が指摘されている点は、大いに注目すべきであろう。

2－③は、いわゆる琵琶法師の語りによる本文変化と称される問題に関わる部分であるが、同時に、それが編著者の叙述に際しての方法意識の面にも深く関わっている点に注目したい。実際に琵琶法師が語り込むなかでの詞章形成があり、編著者が実際に語られた言葉を口述筆記によって文字テキスト化したとしても、「書く」という行為の側からすれば、編著者が琵琶法師の用いている語りの方法を、自らの叙述の方法として採用したともいえるわけで、その意味も含めて、テキストを対象としている限り、それは一義的には書く位相における叙述の方法の問題として把握されなければならないだろう。書写の場合ですら、編著者の独自の解釈による改変がありえたのは、1でも触れたとおりである。まして、「語る」と「書く」（享受の側からいえば「聞く」と「読む」）とでは、明らかに位相を異にする行為である。語られたテキストを聞いて、それを一字一句まで正確に書き記すことがはたして可能であったかどうか。また、もし可能だとしても、語られた言葉（詞章）を完全に文字化したとして、それが文芸として受け入れられうるものになりえたかどうか。[20]「書く」という位相の介在が不可欠である以上、基本的には、「語る」という位相をいかにテキスト化するか、という問題としてまずは捉えるべきであろう。語りの完全な筆記という行為も、あくまでも、そうした口頭言語の文字化に際してのひとつの可能性として理解すべきである。

2－④には、民間芸能などの〈語り〉からの影響の側面と、『平家物語』に数多く摂取された説話の発生・伝承などにおける語り（口承）との関連性の両面が考えられる。たとえば、語り的言い回しとしての定型句の問題などがそのひとつとして考えられる。しかし、実際にそれが直接語り的な方法を意識した叙述によるのか、口頭芸能等の文句を採取したものなのかは、判断が求められるところである。[21]また、口頭伝承からの直接的採録の影響なのか、文字化された説話の語り的手法による言説化〈語り〉によるのかというような区別も求められる。これも現段階では明確な答えは出しにくい。

右のような区分は、あくまでも論理的可能性として指摘しうるものにすぎず、実際には、あるひとつの現象をとって、いかなる影響によるのかを明確に峻別するのは困難である。ただし、山下宏明氏の「事実の選択、説話的解釈から、歴史の叙述・順序・表現そのものが虚構であり、物語である」[22]との指摘は、文芸作品を研究する我々が、忘れてはならない基本認識であろう。したがって、原則的には、原形態がいかなるものであれ、いったんは筆記者によって享受され、解釈されて、それに相応しいと考えられる表現方法によって言説化された結果として現存テキストを理解するのが、研究のひとつの出発点になるはずである。

さて、本章でとくに問題としているのが2―③の問題であるが、現存テキストを対象とする限り、これには2―①の要素が密接に関連してくる。その点を含めて、パフォーマンスとしての語りとテキストとの関わりについて、一般論として想定できる関係のいくつかを、単純モデル化したのが次のⅠ〜Ⅲである。

〔Ⅰ　文字テキスト成立以前の語り〕

物語内容　a_0　語られるべき出来事の基本的骨格となる内容。

↓

〈語り手〉　a_1　a_0を音声言語a_1によって発話。（a_1は即興的、流動的であり、必ずしも詞章は固定化されていない）

↓

〈聞き手〉　a_2　a_1をパフォーマンスとしての語りによって享受、理解・認識という作用によって自己内部にa_2としてイメージ化。（a_2は、a_1・語り・聞き手の素養によって形成される）

〔Ⅱ　文字テキスト成立以後の語り〕

物語内容　a_1　物語内容a_0を、設定された語り手の言表a_1として言説化したもの。

↓

〈語り手〉　a_2　〈語り手〉は、物語内容a_0をテキスト言説a_1によって享受、それを自らの言葉a_2として発話。（a_1とa_2の相違は、語り手の創造性、演出力等の要素による）

↓

〈聞き手〉　a_3　〈聞き手〉は、物語内容a_0を語りという行為を通して音声言語a_2として享受、理解・認識を通して自己内部にa_3としてイメージ化。

Ⅰのモデルにおいては、ある物語は、物語内容a_0としての同一性を有するものの、それを具象化する〈語り手〉の音声言語a_1としては流動的であり、即興性が強い。

それに対して、『平家物語』のように文字に固定化されたテキストが用意されている場合には、〈語り手〉は物語内容を基本的にはそのテキストの言説によって享受し、その言説に準じて自らが言葉を発するかたちとなる。すなわち、テキスト内の語り手の発する言葉によって物語を享受し、その言葉を自らの言葉として（あるいは自らの言葉に置き換えて）、あらためて聞き手に向かって発話行為を行うのである。これをモデル化したのがⅡである。

たとえば、福田晃氏は、読み本のような平家物語を、唱導僧らが「台本」（本稿ではこれをテキストと呼ぶ）として琵琶語りに応じた詞章に作文し、琵琶法師が語ることによって「テキスト」（福田氏はこれを語られた文言・詞章という意味で用いる）として成立、次第に「台本」と「テキスト」が同一化していったという見取り図を提示する。(23) この仮説などが、Ⅱ（と後述するⅣ）に適合する例のひとつである。テキストに記された言葉をそのまま音声に置き換える場合と、Ⅰに準じて自らの言葉に置き換えて音声化する場合とが考えられるが、Ⅰのモデルに比べると語りは言説のレベルでかなり厳格な制約を受け、大幅な言説上の変更は制限される。曲節面も、詞章の固定化に伴って定着化するであろう。しかしながら、音声表現面（声色・口調・音量・テンポ等）には、なお語り手の裁量が幅広く残される。こうしたパフォーマンス的な要素が固定化されるには、ある程度厳格な師弟関係に基づいた流派等による伝授の系統化が必要とされる。

以上をふまえて、テキスト成立以前の語りから聞き取るかたちでテキストを生成する場合を想定したのがモデルⅢである。

〔Ⅲ　語りから文字テキストへ〕

物語内容　a_0　語られるべき出来事の基本的骨格。

↓

〈語り手〉　a_1　物語内容a_0を、音声言語a_1によって、パフォーマンスとして表現（a_1は可能性として、ある幅での流動性を有する）

↓

〈聞き手〉　a_2　a_1をパフォーマンスとしての語りによって享受、自己内部にa_2としてイメージ化。

＝

〈筆記者〉　a_3　聞き手として自己内部にイメージ化したa_2に基づき、筆記者は「書く」という行為によって言説a_3（＝テキスト）として固定化。場合によっては、繰り返し語りa_1を聞くことに修正が施される。

物語内容a_0を〈語り手〉が語る場合、物語は音声言語としてのa_1を用いて表現される。〈聞き手〉＝〈筆記者〉がもし一字一句も違えず記録したとすれば、テキストa_3は、〈語り手〉の言葉a_1と詞章的には一致する。しかし、実際にそれが可能であるとは考えにくい。また、仮に可能だとして、そのように筆録が行われた可能性がどこまであるのか。しかも、a_1が兵藤氏が肥後琵琶について報告されたような流動性を有するものであれば[24]、語り手が語るたびにa_1はa_1'・a_1''と微妙に変化する可能性があり、〈聞き手〉＝〈筆記者〉がa_1を一字一句も違えずにテキスト化したかを問題視すること自体、あまり意味をもたなくなる。

語りの享受とは、〈聞き手〉が〈語り手〉の言葉a_1の詞章としての側面に、発話行為に伴うさまざまな要素を付加して、新たに自己内部に物語をa_2としてイメージする行為である。したがって、〈聞き手〉はa_1を用いた語りを聞きつつ、a_2をイメージする作業を常に行っている。〈筆記者〉も第一義的には〈聞き手〉であり、書き記されたテキストに何らかのかたちで〈聞き手〉のイメージa_2が影響する可能性は否定しがたい。しかも、自己内部にイメージするのと、それをふたたび言説として表現するのとでは、これまた別問題であり、そこに筆記者の叙述主体としての意識が作用するのは避けがたい。したがって、出来上がったテキストはa_1とは異なったa_3とならざるをえないであろう。その際、〈筆記者〉が忠実にa_1を記録しようとすれば、a_3はa_1に近いものとなり、自己内部のイメージに忠実であればa_2に近いものとなるだろう。これは書写という行為の場合を想定しても同様である。現存するさまざまな作品の書写本間に、単なる誤写の範囲を超えて、むしろ再編集されたかのような異同がしばしば認められるのは、今更指摘するまでもないであろう。

一方、『平家物語』のようなテキストの成立を考えるにあたっては、語りが先かテキストが先かという問題が考えられるが、ここでは原『平家物語』テキストについてではなく、現存する後出本を対象としているのであるから、一応問題を何らかの『平家物語』テキスト成立以降の変化に限定してもよかろう。これをモデル化したのがⅣである。

〔Ⅳ『平家物語』語り本の変化〕

テキスト　a_1　物語内容a_0を、テキスト内部に設定された語り手の言表a_1として言説化したもの。

←

〈語り手〉　a_2　〈語り手〉は、物語内容a_0をテキスト言説a_1によって享受。それを自らの言葉a_2として発話。（a_1とa_2の相違は、語り手の創造性、演出力等の要素による）

←

〈聞き手〉　a_3　〈聞き手〉は物語内容a_0をパフォーマンスとしての語りa_2を通して享受。自己内部にa_3としてイメージ化。

＝

〈筆記者〉　a_4　〈聞き手〉として自己内部にイメージ化したa_2に基づき、〈筆記者〉はこれを書くという行為によって言説a_3（＝テキスト）として表現。場合によっては、繰り返し語りa_2を聞くことにより、あるいは別の語り手による語りa_2を聞くことにより、さらには、テキストa_1（ないし異本a_1'）を読むことにより修正が施される。

Ⅲのような過程で成立したテキストa_1が、Ⅱのように上演され、それがふたたび〈聞き手〉＝〈筆記者〉によってテキストとして定着する。その際には、〈筆記者〉が台本となったテキストa_1を熟知していたか否かが新たな要素として加わるであろう。たとえば、〈筆記者〉が〈聞き手〉として語りを享受する一方で、既存のテキストをも目にしていた場合、あるいは、既存のテキストを片手に語りを聞き、そこに書き入れをするようなかたちで新たなテキストを作ろうとした場合などは（本稿は、一九九四年度に国文学研究資料館で行われた共同研究の成果をふまえたものであるが、研究会の席上で千明守氏がテキストを手にしながら語りを聞くという記録の形態の可能性を指摘した）、既存のテキストの影響を強く受ける結果を生むのではないか。その際、〈筆記者〉が目にしていた既存のテキストの範囲は、必ずしも語り本系統の先行本に限定できるものでもない。当然、読み本系テキストの影響等も考慮する必要が生じてくる。たとえば闘諍録にみられる譜の書き込みなどは、このようにしてはいった可能性も考えられよう。こうした過程が繰返され、各段階でさまざまな要素が複雑に絡み合うなかで、テキストはさまざまに変貌していくと考えられる。さらに、〈語り手〉の側の問題として、琵琶法師が原則的に盲目であったがゆえに、テキストａ１を直接読書という形態では享受できず、他の晴眼者に音読してもらうしかなかった点にも留意すべきであろう(25)。

以上のように、語りのテキスト化の過程をモデル化してみると、語られる言表と並んで、語りのもつパフォーマンスとしての要素が、〈聞き手〉のイメージ形成における重要な問題として浮かび上がってくる。筆記する側に立つならば、詞章に付随する他のパフォーマンスとしての部分をどう表現するかという問題である。

四　『平家物語』における〈語り〉

〈聞き手〉が物語を享受する際に重要なのは、言うまでもなくひとつは物語言説である。が、それだけではない。物語を語りというパフォーマンスによって享受する場合、言説とならんで〈語り手〉の語り口（口調・曲節等）が、〈聞き手〉のイメージ形成上重要な要素となるはずである。川田順造氏は「声による言述の機能」を、「(イ)情報伝達性、

(ロ)行為遂行性、(ハ)演戯性」に分類し、(ハ)については、「『古典的』とされる演目では、聞き手は内容を熟知していて、なおかつその語り手による声のパフォーマンスの演戯性を楽しむのである。この場合、筋立ては聞き手が知っているわけであるから、演戯性の大小を決めるのは、言述の細部での個々の語り手による改変や新しい挿入などテキストのレベルでの工夫に加えて、声の音質、調子、間など語りの言語の韻律特徴に依るところが大きい」と指摘する。(26)その発せられる言葉をそのまま書き留めたのでは、こうした「声のパフォーマンスの演戯性」は、ほとんど失われてしまう。その場合、テキストとして読む物語と、語りを通して享受する物語とでは、享受の印象としてはまったくの別物となりかねない。語りをテキストに定着させる過程を考察する際に忘れてはならないのは、〈筆記者〉が〈筆記者〉である以前に〈聞き手〉であるという事実である。もちろん、覚一本奥書に「一字不闕以口筆令書写之」とあるように、〈語り手〉の言葉を一字一句までも忠実に筆録した可能性も否定できない。しかしながら、書写という行為によって固定化されたテキストを書き写した場合でさえ、単なる誤脱の範囲を越えた異同をもつテキストを生み出してきている。まして、享受に際して語りという音声パフォーマンスを介在させた場合において、語りを通して新たに付加された要素が〈聞き手〉のイメージ形成に与えた影響を、〈筆記者〉が何らかのかたちでテキストに反映させようと試みた可能性を無視すべきではない。少なくとも、覚一が正本制定を意図して本文の整備をはかった際に、語りというパフォーマンスの有する非言説的要素を言説化する、何らかの工夫を試みた可能性は無視しえないであろう。それは覚一本に限らず、他のテキストに関しても共通する。

たとえば、上演されている劇を、観劇している観客の一人が台本として記録しようとした場合を想定してみよう。その記録方法としては、

1、セリフだけを書き留める。

2、セリフの他にト書をつける。

の、二つの場合が考えられる。また、2を選択した場合でも、

2―1、ト書として語り口・口調までを書き留める。

2―2、ト書として語り口・口調の他に、動作までも書き留める。

等、いくつかの段階が想定される。そして、そのいずれの場合においても、聴衆（観客）としての印象と、筆記者としての〈書く〉意識が、台本の文字化に際して大きく作用したであろうことは言うまでもない。

『大鏡』を例として考えてみよう。『大鏡』において語り行為の主体は大宅世継・夏山繁樹等である。彼らは歴史の物語の〈語り手〉である。物語内容は彼らの言葉によって提示されると同時に、テキストに記された彼らの姿、表情によって印象づけられるのである。しかし、彼らはテキストの言説を統括する主体ではなく、あくまでも登場人物の一人にすぎない。テキストにおける真の語り手は、彼らによって語られた歴史（物語）を、語る彼らの姿とともに記録する第三の人物である。語られた物語も、それを語る世継・繁樹等の姿も、すべてはこの人物の認識のフィルターを経たものである。しかも、その人物は彼らによる語りの場に同席した目撃者として、テキストの内側に位置づけられている。これを図式化するならば、次頁の図のようになろう。

『大鏡』に内在するテキストの構造は、本来語りをテキスト化する際には必ず生じるはずのものである。ただし、実際のテキスト内に、この構造のどこまでを組み込むかは作者（叙述主体）の方法意識による。『大鏡』は、目撃者＝筆記者の姿までをもテキスト内に顕在化させた。〈語り手〉は骨肉を備えた登場人物として目撃し、自らの体験を伝えた。テキストの内部に語りの場を虚構し、その中で物語を語らせる。それが『大鏡』における〈語り〉の方法であった。ただし、『大鏡』は完全に虚構されたテキストであり、実際の語り行為を記録したものではない(27)。

では、実際の語りを記録した場合はどうなるのか。『大鏡』で、一見作者のごとく錯覚される筆記者は、あくまでもテキストの枠の外側に位置する作者によって仮構された存在であった。語りの記録という行為は、この仮構された筆記者が実在し、世継等による歴史語りを見聞したという場合を想定してみればよい。この場合、筆記者＝作者（叙述主体）という関係となる。つまり、実在の作者が一人称の〈語り手〉としてテキスト内に登場してくるのである。

その筆記者は目撃者として、語り手の言葉とともに、語り手の姿形、その所作・口調までも、自らの印象に基づいて記録していることになる。ここに『平家物語』にも通じる方法の可能性が認められるのではなかろうか。

『平家物語』の場合、テキストの内側には筆記者は存在しない。表面上は、物語とそれを語る語り手がいるのみである。しかしながら、たとえテキスト内部にはいなくとも、〈筆記者〉はテキスト生成の場には厳然と存在していたはずである。語りは〈筆記者〉の享受体験を介してはじめてテキストとして成立する。モデルⅣに戻ってこれを当てはめてみよう。もし、〈語り手〉が台本（テキストa_1）の言葉を一字一句も違えずに語り、〈筆記者〉もまたそれを忠実に筆録したのであれば、そこに生成されたテキストa_4はa_1と完全に一致する。そこには〈語り手〉の介在する余地はない。〈語り手〉

が台本a_1を若干なりとも変化させて語り（a_2）、その言葉を〈筆記者〉が忠実に記録したのであるならば、テキストa_4はa_2と一致することになる。これがテキスト変化のひとつの可能性である。従来、語りとテキスト変化との関係を問題とする場合、この可能性の追求が主であった。しかしながら、〈筆記者〉を想定するならば、テキスト変化にはもうひとつの段階を想定しなければならない。〈語り手〉の言葉a_2を、そのパフォーマンスの要素まで含めて享受した〈聞き手〉としての印象a_3が、テキストに反映する可能性である。しかも、その印象形成に際して、〈筆記者〉が既存のテキストの享受者でもあったという事実を無視するわけにはいかない。〈筆記者〉は既存のテキスト（たとえば台本a_1のような）と、〈聞き手〉として得た印象a_3の双方からの影響を受けながら、新たなテキストa_4を生み出すのである。覚一本の奥書は、そうしたテキストが自らの語ったa_2と同じであると認めたものである。盲人である覚一が、どのようにしてテキストと自らの語りとの同一性を認めたのかはわからない。たとえばa_4を晴眼者に朗読させたとするならば、自らが晴眼者に朗読させて語りの詞章の母胎とした台本（テキストa_1）との同一性が強く意識されることも十分にありうる。あるいは、音声によるパフォーマンスの少ない朗読によるa_4享受のなかに、自らが語ろうとするa_2との同一性を認めたとするならば、テキストa_4は、台本a_1に音声言語のパフォーマンス性を加味した何らかの要素を、その詞章のなかに含んでいなければならない。そのあたりの事情については、今のところ不明としかいえないが、テキストを対象として語りの問題を扱おうとするならば、テキスト形成に関わるこのような可能性を十分に認識していなければならない。

先行するテキストからは、一方ではそれを台本とした語りの詞章が生み出され、語りというパフォーマンスを介して〈聞き手〉＝〈筆記者〉に新たな『平家物語』像が生み出される。他方、同じテキスト（あるいは異なるテキスト）が、読むという行為によって享受され、新たな『平家物語』形成の場において活用される。語り本のようなテキストを対象とした〈語り〉の分析は、先行テキストを軸としたこのような作用のなかで、仮構された語り手による言葉としてテキストが再構成された可能性を想定しながら、試みられなければならない。テキストに認められる語り的な現象を、琵琶法師が実際に語った言葉と直結するのではなく、右のような過程を経た〈語り〉の方法化の問題として、あらためて議論を進める必要があるのである。その「方法」の実態を探るために、第二・三章では、まずは実体的な語りから離れて、文字テキスト内で森氏の提示する語り手・素材・聞き手という三者の関係がいかに実現されているかの分析を試み、右の問題を考えるための第一歩としたい。

注

(1)「語りとは何か——軍記物語研究における〝語り〟の意味——」(『日本文学史を読むⅢ　中世』有精堂、一九九二年四月。『軍記物語論究』若草書房、一九九六年六月再録)。
(2)『平家物語の基礎的研究』(三省堂、一九六二年六月)。
(3)たとえば小林美和氏は、「延慶本平家物語の語りとその位置」(『文学・語学』82、一九九八年六月)、「『平家物語』と唱導——延慶本巻二を中心に——」(『伝承文学研究』29、一九八三年八月。ともに『平家物語生成論』三弥井書店、一九八六年五月再録)などにおいて、延慶本と説経唱導の方法との関係性を指摘する。
(4)「物語音読論序説」(『国語国文』一九五〇年一二月)、「源氏物語の読者」(『女子大文学』7、一九五五年三月。ともに『源氏物語研究』源氏物語評釈別巻一、角川書店、一九六六年再録)。
(5)「『草子地』論の諸問題」(『国文学』一九七七年一月)。
(6)『源氏物語の対位法』(東京大学出版会、一九八二年五月)一二三頁。
(7)『物語の方法』(桜楓社、一九九二年一月)、四〇頁。
(8)『国語学原論』(岩波書店、一九三一年一二月)。

（9）「〈物語の場〉と〈場の物語〉」（『説話論集』第一集、清文堂、一九九一年五月）。なお、この三条件については、高橋亨氏も、前掲注（5）などで指摘する。

（10）拙稿「『大鏡』の〈筆記者〉――一人称の表現主体としての機能をめぐって――」（『文芸研究』128、一九九一年九月）参照。

（11）「説話の言説」（『説話の言説――口承・書承・媒体――』説話の講座2、勉誠社、一九九一年九月）。

（12）注（9）論文。

（13）『口頭文芸研究』13（一九九〇年三月。『口頭伝承論』平凡社、一九九二年八月に再録）。

（14）「座談会　語りと書くこと――平家物語へ向けて――」（『日本文学』一九九〇年六月）。ちなみに、こうした行為としての語りを意識して作られた『大鏡』他の鏡物や説話集などにおいては、多くの場合、様態の違いこそあるものの、テキスト内に内在する語り手という姿によって、語り手が顕在化する傾向がみられるようである。実際の語りをそのまま筆記した場合、本来生身の語り手が果たしていた語り手としての役割が、潜在化してしまうこともありうるという川田・山本氏らの指摘とあわせ、検討すべき課題である。

（15）注（7）参照。

（16）兵藤裕己氏『平家物語の歴史と芸能』（吉川弘文館、二〇〇〇年一月）は、覚一本を「（基本的に）覚一の口述の「書写」作業の産物であったろう」としながらも、その一方で口述を筆記するという問題について、「口頭言語と書記言語に大きな位相的落差のあった時代、語りを筆録する作業は、不可避的に書きことばの文法による翻訳作業をともなわざるをえなかったろう」（四五頁）と指摘する。また、早川厚一氏「覚一本の背景」（『国文学』一九九五年四月）は、覚一本や屋代本の表記に、仮名書き本文が介在したゆえの過誤が認められると指摘する。

（17）千明守氏「『平家物語』屋代本の成立に関する一・二の問題」（『日本文学論究』50、一九九一年三月）は、現存屋代本には、書写過程における解釈の跡が認められると指摘する。同様の指摘が、源平闘諍録については、真野須美子氏「『源平闘諍録』の法文の性格に関する一考察」（『緑岡詞林』13、一九八九年三月）等でなされる。なお、犬井善壽氏「『平家物語』

の『語り』と『読み』――口承と書承の概念規定から――」(『軍記と語り物』11、一九七四年一〇月)は、こうした本文形成における変化を、「著作性本文変化」と区別して「書写性本文変化」として論じるよう提唱する。

(18)　菊地仁氏「口伝と聞書」(『説話の言説――口承・書承・媒体――』)は、天理図書館蔵の吉田兼倶自筆本『中臣祓抄』の加証奥書をめぐって、「自分が行った〝講釈〟についての弟子の『聞書』をわざわざおのれの備忘録のために書写している」点に注目、「聞書」が逆に師によって「一言一句無遺漏之恨」として権威化されていく過程についての興味深い考察を展開している。

(19)　『冷泉為秀筆　詠歌一体』(和泉書院、二〇〇一年一〇月)に付された小林一彦氏の「解説」は、祖父為家の著作である『詠歌一体』を、為秀が家の証本として復元する過程についての、興味深い推定を試みる。若き為秀がかつて書写した河野本に対し、後に父為相の手による写本と競合した結果、これを「若さゆえに自らが犯した誤り」と判断して、あらためて為相筆本を書写し、さらにこれに補筆・訂正を加えたものに、「此一帖以祖父入道大納言〈為家卿〉自筆本令書写校合訖」と記したとする氏の見解は、中世における、テキストを作る意識と、同一性認定に関する意識の問題をクローズアップする。

(20)　麻原美子氏「中世後期の語り物における『語り』の徴証――特に『説経』を中心として――」(『軍記と語り物』12、一九七五年一〇月)は、聴覚世界を基盤とした語り物に要求される条件をみたした場合、視覚的世界において確立された文芸的価値基準に対立する要因となることを指摘する。また犬井善壽氏は注(3)論文や「『平家物語』の成立基盤――その書承的側面――」(『平家物語の成立　あなたが読む平家物語1』有精堂、一九九三年一一月)において、「口誦性の本文変化が生じたこともあった」が、本質的には「『平家物語』は書承の文学である」と指摘する。

(21)　村上学氏は、「語り本『平家物語』の統辞法の一面――幸若舞曲・『浄瑠璃物語』の表現法を足掛かりにして――」(『中世文学』35、一九九〇年六月)、「『平家物語』の『語り性』についての覚え書き」(『平家物語　語りと説話　あなたが読む平家物語2』有精堂、一九九四年一月)、「『平家物語』の〈語り〉表現ノート」(『名古屋大学文学部研究論集』124〔文学42〕一九九六年三月)、「語り本『平家物語』の定型表現――屋代本巻第十を手掛りとして――」(『名古屋大学文学部研究論集』127〔文学43〕一九九七年三月。以上は『語り物文学の表現構造』風間書房、二〇〇〇年一二月再録)などの一連の論考において、同文の繰り返し・定型表現による統辞法の効果という観点からの分析を試み、『平家物語』の「疑似語り」性を指摘する。語りの方法を用いて書くという問題に対して、正面から取り組んだ論考として注目される。

（22）「延慶本平家物語成親説話の叙法――物語と登場人物――」（『樟蔭国文学』28、一九九一年三月。『平家物語の成立』名古屋大学出版会、一九九三年六月再録、二〇六頁）。また、栃木孝惟氏「文学の方法としての『語り』――保元物語を対象として――」（『常葉国文』7、一九八二年五月。『軍記物語形成史序説』岩波書店、二〇〇二年四月再録）は、テキスト内の〈語り〉が現実の目撃報告ではなく、虚構化され、再構成されたものであり、機能として設定された〈語り〉であると指摘する。

（23）「語り本の成立――台本とテキストの間――」（『日本文学』一九九〇年六月）。

（24）「座頭琵琶の語り物伝承についての研究（一）／（二）」（『埼玉大学紀要　教養学部』26／28、一九九一年三月／一九九三年三月）、「『平家』語りの伝承実態へ向けて」（『日本文学史を読むⅢ　中世』有精堂、一九九二年三月。『平家物語の歴史と芸能』吉川弘文館、二〇〇〇年一月に再録）、「語りの場と生成するテクスト――九州の座頭（盲僧）琵琶を中心に」（『課題としての民俗芸能研究』ひつじ書房、一九九三年一〇月。『平家物語の歴史と芸能』に再録）など。

（25）注（23）論文は、肥後琵琶をよくする盲僧野添栄喜翁が、古浄瑠璃のテキストを晴眼者に朗読してもらい、それをもとに節付等を行って自分の語りのテキストを作るという過程を紹介している。

（26）注（13）論文。

（27）注（10）拙論参照。

第二章　語り本における〈語り〉の方法
――覚一本・屋代本を中心に――

一　テキストにおける語り手

第一章で指摘したように、テキストを対象に、〈語り〉の方法化という問題を考えるに際しては、語り手・物語内容・聞き手という三要素からなる語りの場が、どのようにテキスト内部に取り込まれているかが問題となる。(1)『平家物語』の場合、『大鏡』のように、語り手や聞き手が直接的にテキスト内部に登場することはないので、テキストが伝えるのは、基本的には語り手の言葉である。問題はその言葉を通して、〈語り〉の三要素をいかに把握しうるかという点にある。このテキストの方法としての〈語り〉をいかに把握するかという点に関して、栃木孝惟氏は、「作者が設定した物語の語り手が、ひとつの〈状景〉の目撃者として機能し、その〈状景〉を物語のなかに実在せしめていくという」のが「軍記物語のひとつの基本的創作方法」であると指摘する。(2)『平家物語』の素材となった説話・伝承が、実際には誰のどのような視点からの目撃譚であったかという問題と、『平家物語』における語り手の視点の問題を峻別しているという点において、テキストの生成とテキストにおける語りの方法という問題の本質をつき、示唆に富んでいる。(3)

『平家物語』に摂取されたさまざまな〈状景〉を、その説話の発生にまで遡る時、それらをある特定の個人の目撃体験に還元しえないのはいうまでもない。『平家物語』は、多くの人々のそれぞれ異なった目撃体験から生まれた多数の伝承を素材としている。したがって、それぞれの伝承はその担い手によって異なる価値観、異なる視点から対象を捉え、異なる場において継承されてきたはずである。水原一氏が指摘するように、義仲像の分裂などは、こうした事情を反映するものであろう。(4) しかし、このような分裂を内包しつつも、『平家物語』はある一人の語り手が、その目撃・伝聞の体験に基づいて物語を語っているかのような体裁をとる。種々雑多な伝承を『平家物語』という作品にまとめあげる過程において、さまざまに手を入れ、編集を重ねて叙述を統一した結果である。たとえば素材となった伝承の叙述が、実在した人物の実際の目撃談であったとしても、『平家物語』テキストに摂取された時点で、「作者（ないしは編者）」の意図により新たに組み換えられた語り手として理解すべきである。実在の誰かがどこから目撃したかではなく、誰がどこから目撃したかのように描写したかが問題となるのであり、あくまでも、「作者」によって仮構された目撃者の言葉によって描出された情景として理解すべきなのである。

目撃者の虚構は、同時に語り手の設定と密接に関わっている。どこから目撃したかが問われるのは仮構された目撃者の言葉によってである。『平家物語』の場合、この目撃者は、同時に聞き手を前にした語り手でもある。目撃者の証言を伝え聞いた語り手が、その伝聞内容を聞き手に伝えるといったスタイルはとっていない。したがって、聞き手を前にした語り手が、自らの目撃体験としてどのように語ってみせたかという方法の問題ということになる。これは表現する主体としての語り手の設定、さらには表現の場としての物語る場の設定とも不可分の関係にある。テキストとしての『平家物語』の言説から読み取りうる語り手は、説話創作者あるいは説話伝承者としての姿そのものではなく、あくまでも〈執筆者（編者）〉によってテキスト内に仮構された存在にすぎないとの認識は、テキストを通しての

〈語り〉の分析の大前提である。(5) 琵琶語りとの関係は、こうした叙述方法に対する琵琶語りという行為の有する方法面での影響の問題として捉えるべきである。

テキストにおける語り手の設定に際しては、いくつかの要素を考えなければならない。第一に栃木氏が指摘した目撃者としての位置の問題である。対象を空間的にどこから目撃したものとして設定するのか。これは目撃者としての視点の問題になるが、テキストにおいては語り口と不可分の関係にある。第二に、その目撃体験を語っているのはいつ・どこでなのかという、物語る場の設定の問題である。『平家物語』に描かれるのは過去の歴史的事件であり、その文体も主として過去の目撃・伝聞を回想する形態をとっている。その際、物語世界の時間（過去）と回想しながら物語る時間（現在）との関係をどのように設定しているのか。実際の上演形態を想定するならば、物語世界と〈語り〉の場との関係と換言してもよかろう。第三に、登場人物の内面にどのように関わっているのかという、語り手の登場人物に対する心情的関係の問題がある。目撃という行為による外面的把握を中心とした『平家物語』であっても、登場人物の内面に踏み込む場合、あるいは踏み込まざるをえない場合が生じるのは当然である。多くの場合、外的状況から登場人物の内面を洞察し、それに対する自己の感想を評として付け加えるかたちをとっているのであるが、そうした表現方法には、登場人物に対する語り手の微妙な心情に基づく位置関係が反映されている。空間的、時間的側面とあわせて、語り手と対象世界との関係設定をめぐる重要な一側面であろう。(6)

二　語り手の設定（一）——目撃者としての位置をめぐって——

目撃者としての語り手という点からまず問題となるのが、ある場面を目撃する視点の空間的な設定であろう。場面を空間上のどの位置から目撃しているかのごとくに描写しているのかという問題である。この視点の問題に関しては、物語空間内における物理的な位置としての側面と、語り手が物語世界という場面に対し、その内側にいるのか外側にいるのかという、やや抽象的な側面をあわせて検討する必要があろう。『平家物語』の場合、語り手が場面内の登場人物と化することは決してない。しかしながら、たとえば年代記的な叙述にみられるような場面の外に立つ観察者であるのか、あるいは場面の一隅に位置し空間を共有しているかのような視点をとるのか、登場人物の視点に自らの視点を一致させているのか、その関わり方は多様である。もちろん、屋代本でも覚一本でも、それぞれその多様な視点が場合に応じて使い分けられているのであるが、両本に共通する場面における視点の相違は、その基本的叙述姿勢の相違として注目すべきであろう。

では、なにをもって空間的位置を判断するのか。これは単に叙述が詳細であるから視点が近いというような理解では不十分である。焦点の絞り方、視界の範囲などはひとつの重要な手掛かりになるだろうが、たとえそれが同じであっても、必ずしも空間的距離が等しいと判断する条件としては十分ではない。この距離の印象に関して最も重要な要素は語り口である。目撃者がどこに立っているかのように語り伝えているのか。矢の飛び交う合戦場に我が身を置いて、激戦のさなかから現場報告しているように表現しているのか、戦場の遙か上空から俯瞰するように伝えているのか。同じ俯瞰であっても、人物ひとりひとりの活躍を躍動感をもって伝えているのか、単に事実のみを記録しているのか。語り手の空間的視点は、叙述する姿勢や描写のもつ臨場感によって捉え直すことができる。

A【覚一本巻十一・鶏合壇浦合戦】平家は千余艘を三手につくる。山賀の兵藤次秀遠、五百余艘で先陣にこぎむかふ。松浦党、三百余艘で二陣につゞく。平家の君達、二百余艘で三陣につゞき給ふ。兵藤次秀遠は、九国一番の勢兵にてありけるが、我程こそなけれども、普通ざまの勢兵ども五百人をすぐ（ッ）て、船々のともへにたて、肩を一面にならべて、五百の矢を一度にはなつ。源氏は三千余艘の船なれば、せいのかずさこそおほかりけめども、処々よりゐければ、いづくに勢兵ありともおぼえず。大将軍九郎大夫判官、ま（ッ）さきにすゝ（ン）でた、かふが、楯も鎧もこらへずして、さん〴〵にゐしらまさる。

a【屋代本巻十一・長門国壇浦合戦事】平家ハ千余艘、舟ヲ三手ニ分ツ。先陣ハ山鹿兵藤次秀遠ヲ前トシテ五百余艘、二陣ハ松浦党三百艘、後陣ハ平家ノ公達二百余艘ニテ進給フ。先陣山鹿兵藤次秀遠ガ謀ト覚テ、精兵ヲ五百人揃テ五百余艘ノ船共ノ舳ニ立テ射サセケルニ、鎧モ楯モ射徹サレ、源氏射シラマサレテ漕退ク。

この山鹿兵藤次秀遠が先陣をきる様子について、覚一本は、「九国一番の勢兵」である秀遠が、配下を指揮して「五百の矢を一度に」射させる颯爽たる姿や、「ま（ッ）さきにすゝ（ン）で」奮戦する義経などの姿が、躍動感をもって具体的に描写されている。こうした描写の口調からは、登場人物達と同じく、矢の飛び交う戦場近くに位置した目撃者の興奮ともいうべき感情が伝わってくる。源平両軍を等しく捉える視点でありながらも、登場人物達と等しい目線の高さの等身大の目撃者による生の報告ともいうべき口調であり、場面空間の内側に入り込んで、対象を間近に捉えうるところに位置する視点からの叙述といえる。同時に、「せいのかずさこそおほかりけめども」「いづくに勢兵ありともおぼえず」のように主観的判断を示すかたちで、語り手の姿がテキスト上に浮びあがってくる。これに対し、屋代本では、秀遠が自らの率いる船の舳に精兵五百人を揃えて矢を射たために、源氏が退いたという事実のみが、俯瞰的視点から記される。そこには、事実の積み重ねによる緊迫感はあるものの、等身大の目撃者としての眼差しはうかがえない。「先陣山鹿兵藤次秀遠ガ謀ト覚テ」という叙述には、眼前の事態進行に引き込まれる目撃者というよりは、状況を客観的に把握する語り手の姿勢がうかがえる。場面空間の外にあって、事実を記録的に叙述する視点と考えられる。

B【覚一本巻十一・鶏合壇浦合戦】門司・赤間・壇の浦はたぎ（ッ）ておつる塩なれば、源氏の舟は塩にむかふて、心ならずをしおとさる。平家の船は塩におうてぞいできたる。おきは塩のはやければ、みぎはについて、梶原敵の舟のゆきちがふ処に熊手をうちかけて、おや子主従十四五人のりうつり、うち物ぬいて、ともへにさん〴〵にないでまはる。分どりあまたして、其日の高名の一の筆にぞつきにける。

b【屋代本巻十一・長門国壇浦合戦事】門司・赤間・壇浦ハタギツテ落ル塩ナレバ、源氏ノ船ハ塩ニ引レテ心ナラズ引落サル。平家ノ船ハ塩ニヲフテゾ来リケル。奥ハ塩ノ早ケレバ、渚ニ付テ、梶原敵ノ船ノ行チガフ処ヲ熊手打懸乗リ移テ、散々ニ戦ヒ、分取アマタシタリケリ。其日ノ高名ノ一ニゾ付ニケル。

両本の叙述内容にはほとんど相違はない。また表現面でも両本はきわめてよく似ている。にもかかわらず、その印象はいくぶん異なる。相違点の第一は、梶原一党の描写である。屋代本が、「散々ニ戦ヒ」と簡略に記すのに対し、覚一本は、「おや子主従十四五人のりうつり、うち物ぬいて、ともへにさんぐにないでまはる」と具体的である。梶原一党の姿が、個々の肉体をもった人間の具体的な行動として、躍動感をもって描き出されている。文の区切り方からくる違いも見逃せない。屋代本では、「分取アマタシタリケリ」と、梶原一党が「分取アマタ」したという点に力点が置かれ、敵船に乗移って「散々ニ戦」ったというのは、あくまでもその経緯の説明にすぎない。高名を得たのも、「分取アマタ」の結果であるかにも読める。覚一本の叙述では、力点は梶原一党の活躍に置かれる。「分どりあまた」

したのはその結果であり、「其日の高名の一の筆」に記されたのも、その活躍ゆえである。

この梶原一党の描写の相違とならんで、この叙述の印象を大きく左右するのが、両本における文末表現の相違である。覚一本では、「をしおとさる」「いできたる」「ないでまはる」と、現在眼前で進行中の出来事のように、叙述をたたみかけている。そして、梶原一党の活躍の描写が終わったところで、その結果としての「分どり」と「高名」を、「其日の」出来事、壇浦合戦という過去の一日の出来事として回想するのである。屋代本も、短文のたたみかけ、という点では同様であるが、その文末は「引落サル」「来リケル」「シタリケリ」と統一されていない。そして、この「ケリ」という過去回想の助動詞を用いた文末が、現在進行中の出来事という印象を妨げるのである。場面としては緊迫しながらも、描写全体が過去の出来事の回想となっている。これが臨場感という点で、両本の印象を異なるものとしている。

C【覚一本巻十一・鶏合壇浦合戦】新中納言、あはれきやつが頸をうちおとさばやとおぼしめし、太刀のつかくだけよとにぎ(ッ)て、大臣殿の御かたをしきりに見給ひけれども、御ゆるされなければ、力及ばず。

c【屋代本巻十一・長門国壇浦合戦事】新中納言、アツハレ、キヤツガ頸ヲ切バヤト被思ケレ共、大臣殿許ナケレバ、切給ハズ。

覚一本も屋代本も、知盛や宗盛の姿を間近に捉える視点からの叙述である点は共通している。ただし、屋代本では、知盛・宗盛・重能の三者が対峙する緊迫した空間から一歩下がった視点からの説明的叙述によって描写がなされており、語り手自身は場面の内側までは入り込もうとしていない。これに比べると、覚一本では、「太刀のつか」を「くだけよ」とばかりにぎりしめる知盛の様子までも克明に描き出されている。語り手は、対決する三者と緊迫した空間を共有し、その傍らから目撃する影のごとき存在として設定されているといえよう。

このような相違は、描写内容から割り出される純粋な空間的位置の相違というよりは、対象を描写する語り手の口調というべきものによる。目撃者としては、場面に近接した空間的位置でありながらも、対象からは一歩下がったかのような説明的な屋代本の口調からは、場面空間の内側と外側の境界上とでもいうべき位置に立つ語り手が見て取れる。これに対し、対象にむかって身を乗り出さんばかりの臨場感あふれる覚一本の口調からは、場面の内側に入り込もうとする姿勢の語り手が浮かび上がってくるのである。そして、説明的な叙述では語り手の姿は希薄であるのに対し、臨場感あふれる口調の叙述からは、目撃者の興奮を伝える口調によって語り手の姿がテキスト表層に顕在化しやすいという傾向が認められる。この語り口の問題について、杉本圭三郎氏は次のように指摘する。(7)

語られていく世界は、過去のものであるが、語り手は、いま現に展開している状況を聴衆に伝えるかのように、登場する人物のきびきびとした行動をいきいきと語ることもしばしばある。「橋合戦」などはその最もよい例である。常套句をつらねながら状況を迫真的に喚起していく力を持っているのが「語り」における表現の特徴であろう。全体としては、過去の歴史的事件を客観的に語るものでありながら、ときとして現在進行している事態のなかに聴衆をひきこむ劇的構成が、「語り本」の流動のなかで成長してきたことは、従来指摘されてきたところである。語られている「今」は、再現される過去の時空と合一し、その緊張のなかに聴衆を巻き込んでいくのである。しかし、それらの場面は、物語のなかに織りなされた花模様のようなものであって、地をなすものは過去形の叙述である。

「いま現に展開している状況を聴衆に伝えるかのように、登場する人物のきびきびとした行動をいきいきと語」ろうとするがゆえに、そこに目撃者の興奮が語り手としての熱気として表出するのである。その結果、テキスト内の語り手が、実体的な存在感を獲得する。この場合、目撃者としての興奮は視点の空間性に関わる問題であるが、「いま現に展開している状況を聴衆に伝えるかのよう」な語り口は、一方で〈物語る今〉と〈物語世界の今〉を重ね合わせようとする行為でもあり、その意味では時間性にも密接に関わっている。

D【覚一本巻十一・遠矢】阿佐里の与一いできたり。判官の給ひけるは、「奥よりこの矢をゐて候が、ゐかへせとまねき候。御へんあそばし候なむや」。「給て見候はん」とて、つまよ(ッ)て、「是はすこしよはう候。矢づかもち(ッ)とみじかう候。おなじうは義成が具足にてつかまつり候はん」とて、ぬりこめ藤の弓の九尺ばかりあるに、ぬりのにくろぼろはいだる矢の、わが大手にをしにぎ(ッ)て、十五束ありけるをうちくはせ、よ(ッ)ぴいてひやうどはなつ。四町余をつ(ッ)とゐわたして、大船のへにた(ッ)たる仁井の紀四郎親清がま(ッ)たゞなかをひやうふつとゐて、ふなぞこへさかさまにゐたうす。生死をばしらず。阿佐里の与一はもとより勢兵の手きゝなり。二町にはしる鹿をば、はづさずゐけるとぞきこえし。其後源平たがひに命をおしまず、おめきさけんでせめたゝかふ。いづれおとれりとも見えず。されども、平家の方には、十善帝王、三種の神器を帯してわたらせ給へば、源氏いかゞあらんずらんとあぶなうおもひけるに、しばしは白雲かとおぼしくて、虚空にたゞよひけるが……

d【屋代本巻十一・長門国壇浦合戦事】アサリノ与一、小船ニ乗テ出来ル。「何ニアサリ殿、此矢返シ給ヘ」ト宣ヘバ、アサリノ与一此矢ヲ取テツマヨテ見テ、「此矢ハ束ガ少シ短ク候。篦モ弱ク候。義成ガ私物ニテ仕テ見候ハン」トテ、大中黒ニテ矯タル矢ノ十五束有ケルヲ取テ番ヒ、暫シ持テヒヤウド射ル。遠矢イテ、思事ナク大船ノ舳ニ立タル新居紀四郎ガ裏甲ト、アナタヘツト射出サレテ、船底ニゾ倒ケル。サル程ニ、源平乱合テ数刻戦ニ、白雲一村源氏ノ船ノ陣ノ上聳テ見ケルガ……

覚一本・屋代本ともに義経と与一の側近くの一隅に視点を置いて、そこからこの場面を描写しているということにかわりはない。主従の会話を間近で捉える語り手の眼差しは、与一が射る矢の行方を、この源氏の軍船の側から追うことになる。「大船ノ舳ニ立タル新居紀四郎ガ裏甲ト、アナタヘツト射出サレテ」と、矢はこちら側から向こう側へ、という表現が、語り手の位置をよく示している。この出来事を義経・与一の側近くから捉えた視点は、ここで一転して遠ざかり、「サル程ニ、源平乱合テ数刻戦ニ」「其後源平たがひに命をおしまず、おめきさけんでせめたゝかふ。いづれおとれりとも見えず」と、源平双方を等しく捉えるような視点、戦場空間を全体的に俯瞰する位置へと移動する。これを映像的に考えるならば、登場人物と同じ目の高さから主人公達をズームアップしていたカメラが、一転してズームアウトし、戦場空間を遠景として捉えるカメラへと切り替えられるのである。ただし、屋代本の叙述に比べると、覚一本の方がより目撃者の興奮を強く印象づける。「よ(ッ)ぴいてひやうどはなつ」「ふなぞこへさかさまにゐたうす」「生死をばしらず」のように文末が結ばれており、たたみかけるような短文の叙述とあいまって、あたかも現在眼前で進行している事態であるかのような臨場感・緊迫感をもたらす。語り手が物語世界の時空に入り込んで、現在進行中の出来事を目撃している目撃者の位置に立っている。波線を付した「生死をばしらず」は、その興奮のなかで、客観的第三者であるべき立場から踏み出して、自らの印象を思わず表出してしまった言葉として理解される。そして、この言葉とともに、語り手の姿がテキストの表層に浮上するのである。

この語り手の浮上とともに叙述は一転する。「阿佐里の与一はもとより勢兵の手きゝなり。二町にはしる鹿をば、はづさずゐけるとぞきこえし」は、顕在化した語り手による解説であるが、語り手の意識は〈物語の今〉を離れ、〈物語る今〉へと回帰している。「二町にはしる鹿をば、はづさずゐけるとぞきこえし」の「けるとぞきこえし」という文末は、与一の技量に関する伝聞表現であるが、同時にこの場面そのものをも過去のものする語り手の位置を示している。こうした特徴は、杉本氏が「状況を迫真に喚起し」「全体としては、過去の歴史的事件を客観的に語るものでありながら、ときとして現在進行している事態のなかに聴衆をひきこむ劇的構成」がある一方で、「地をなすものは過去形の叙述である」と指摘していることと通底する。覚一本の場合、この語り手の顕在化と、それに伴う解説的叙述によって、語り手は一旦〈物語る今〉という本来の位置に立ち戻る。そして、これを契機として場面描写の視点が大きく転換されているのである。場面転換に際して、この物語る場への語り手の回帰という方法が、意図的に用いられているのである。屋代本も、文末表現という点では「出来ル」「ヒヤウド射ル」と現在進行のかたちで推移している。その意味では、場面があたかも今眼前で展開されているかのように叙述されている。そして、矢を射た結果として、新居紀四郎が倒れたところで、「船底ニゾ倒ケル」と過去回想の助動詞が用いられ、そこから、「サル程ニ」と視点が転換されていくのである。しかしながら、覚一本の場合には、目撃体験のような一連の描写が、伝聞情報の回想による解説的叙述によって結ばれていたのとは異なり、〈物語の今〉（過去）と〈物語る今〉（現在）の対比の構図を、屋代本の文末表現のみから読み取るのは困難であろう。したがって、覚一本では解説する語り手というかたちで顕在化していた語り手の姿は、屋代本ではほとんど意識されずに終わっている。両本における語り手設定の相違として注目すべき点である。

目撃者の視点の問題は、極言すれば、臨場感の問題に置き換えられる。それは、単に物理的な空間的距離としてばかり捉えうるものではない。たとえば、場面空間における視点の高さも重要な要素となる。これが登場人物達と同じ高さであれば、その視点からの場面は、等身大の目撃者の目撃体験としての性格を強め、臨場感は高まる。(8) また、出来事が今目の前で進行しているかのごとくに叙述されるというのも、臨場感を高める大切な要素である。それは、「物語の空間」と「物語る空間」の関係性の問題であるが、これは同時に〈物語の今〉と〈物語る今〉という時間的関係性の問題でもある。その意味で、時間的側面と空間的側面とは密接に関わっており、臨場感はこの両要素によって生み出されるといってもよい。語り手が対象へ大きく迫ろうとするときに、対象にむかって身を乗り出すような姿勢として、語り手はテキストの表層に顕在化する。さらに、覚一本の場合、場面描写が一段落して、語り手が一旦対象から遠ざかろうとするとき、〈物語る今〉を確認するような叙述がしばしばみられる。この点を、次節では確認してゆくことにする。

三　語り手の設定（二）――〈物語の今〉と〈物語る今〉をめぐって――

時間的側面とは、対象世界の時間と表現する時間との関係、つまり物語の時間と物語る時間の問題である。いうまでもなく、『平家物語』に描かれる事件はすべて過去に属するものである。それゆえ、その過去の事象（〈物語の今〉）と表現する今（〈物語る今〉）とが、テキスト内でいかに表現されているかが、テキストの叙述方法を考える上できわめて重要である。

この問題については、杉本圭三郎氏が先に引いた論文で次のように指摘する。(9)

これら（「とぞ聞えし」「とぞ承る」等＊稿者注）は琵琶法師の聴衆との関連をしめすものであって、聴衆を前にして、書かれたテキストとしての「平家物語」を語るのではなく、「皆暗《みなぞらん》」じた物語の世界を、過去の伝承的事実として伝える、叙事詩の吟誦にみられる表現であるといえよう。

さらに、「状況を迫真に喚起」していく手法によって聴衆を引き込んだ〈物語の今〉から〈物語る今〉へと、語り手が回帰してくる表現について、次のように論ずる。

砺波山の合戦で、木曾義仲の奇襲に大敗を喫した平家の大軍が、倶利迦羅谷へ追い落されたありさまを語った叙述につづいて、

されはその谷のほとりには、矢の穴刀の疵残りて今にありとぞ承はる。

と述べられる。手に汗を握るすさまじい戦闘として語られてきた状況が、

さばかり深き谷一つを平家の勢七万余騎でぞうめたりける。巖泉血をながし、死骸岳をなせり。

と終熄すると、その合戦は過去のできごととして、語りの「今」は、戦いの激しさを痕跡として残す古戦場の場景を聴衆に伝えるのである。

（中略）

…過去のできごとを「今」の聴衆に伝達する琵琶法師の「語り」の機能をしめすこのような表現にも、叙事詩としての「平家物語」のありかたをみることができる。

このような〈物語る今〉に残る事件の痕跡の指摘によって、自らの物語った内容の事実性を強調する手法は、聴衆を前にした語り手による常套手段であったらしく、『大鏡』でも世継の歴史語りなどに用いられている。[10] 出来事の事実性を保証する手法であるが、同時に、〈物語の今〉（過去）とそれを〈物語る今〉（現在）との時間的隔たりを強調する機能を有するとの指摘に注目すべきであろう。緊迫した合戦状況を、「迫真に喚起」して「現在進行している事態」であるかのように描写すればするほど、この叙述によってもたらされる時間的落差は強く認識される。そして、聴衆はこの表現において浮かび上がる〈物語る今〉によって、今自分の立つ語りの場を、過去から連続する現在として認識するのである。

伝聞表現と〈物語る今〉の意識との関係について、日下力氏はいっそう踏み込んで指摘する。氏は覚一本に顕著な「けるとぞきこえし」という表現を捉え、「この伝聞表現は、伝聞主体が自らの姿を隠蔽しながら、過去の出来事を過去のうちに定着させようとする、つまり、過去との間に時間的距離を設定しようとする表現」であり、この表現を介して「対象との間に空間的、時間的にある種の距離を保つ立場へ、常に立ち帰ってくる構造になっている」と指摘する。さらに、「……とて、錦の直垂を御免ありけるとぞきこえし。昔の朱買臣は錦の袂を会稽山に翻へし、今の斎藤別当は其名を北国の巷にあぐとかや。朽もせぬむなしき名のみとゞめをきて、かばねは越路の末の塵になるこそかなしけれ」（覚一本巻七・実盛）を例に、「語り手である『私』が、この言葉の使用に伴って顕在化してくる場合が多い。今、琵琶語りの場を想定してみれば、語り手は過去の物語世界から語りの現在の時点へ、自らの素面体を回復しつつ浮上してくる過程で、この一句を使っていると言えよう」、と説く。[11]

「けるとぞ聞えし」という伝聞表現によって伝えられるのは、物語の時間とは異なった時間に属する出来事である。「実盛」の場合も、自らは名乗らずに討たれた錦の直垂を着た黒髪の老武将の首実験をしたところ、じつはそれが実盛であり、黒髪は白髪を染めたものであった、というのが物語世界における事件である。実盛が錦の直垂を宗盛から許可されていた事情は、時間的には〈物語の今〉よりも前の出来事であり、討たれた実盛が大将軍でもないのに錦の直垂を着用していたのを不思議に思った語り手が、後に伝え聞いたその事情を解説として物語に差し挟んだのである。過去の出来事である〈物語の今〉を語る叙述のなかに、同じく過去の事象でありながらも、〈物語の今〉とは異なる時間に属する出来事を解説的に挿入する。本来ならば連続する同一の時間軸上の異なる時点に位置する二つの出来事は、〈物語の今〉における「語る（叙述する）」という行為を介してはじめて、連続的に叙述されうる。それゆえ、解説的な叙述の挿入は、物語るという行為の場とそこにおいて解説する語り手の姿を浮かび上がらせるのである。「……とかや」「……悲しけれ」という表現もまた、〈物語の今〉に対する〈物語る今〉を認識させ、物語る主体としての語り手をテキスト表層に顕在化させるという点において、同様の働きをする表現である[12]。

覚一本と屋代本を比較した場合、このような〈物語の今〉と〈物語る今〉の対比・往還の手法は、ことに覚一本に顕著に認められる。

E【覚一本巻十一・嗣信最期】能登殿の童に菊王といふ大ぢからのかうの物あり。萌黄おどしの腹巻に、三枚甲の緒をしめて、白柄長刀のさやをはづし、三郎兵衛が頸をとらんとはしりかゝる。佐藤四郎兵衛、兄が頸をとらせじとよ（ッ）ぴいてひやうどゐる。童が腹巻のひきあはせをあなたへつ（ッ）とゐぬかれて、犬居にたふれぬ。能登守是を見て、いそぎ舟よりとんでおり、左の手に弓をもちながら、右の手で菊王丸をひ（ッ）さげて、舟へからりとなげられたれば、敵に頸はとられねども、いた手なればしにけり。是はもと越前の三位の童なりしが、三位うたれて後、おとゝの能登守につかはれけり。生年十八歳にぞなりける。この童をうたせてあまりにあはれにおもはれければ、其後はいくさもし給はず。

e【屋代本巻十一・讃岐国屋島合戦事】能登ノ前司ノ童ニ菊王丸トテ生年十八歳ニ成ル童有。萌黄威ノ腹巻ニ甲ノ緒ヲシメ、白柄ノ長刀鞘ヲバツヰテ、船ヨリ飛テ下、射落タル敵ガ頸ヲ取ント寄処ニ、佐藤三郎兵衛カ弟四郎兵衛忠信、ヨ引テ射ル。菊王丸ガ腹巻ノ引合後へ射出サレテ、犬居ニ倒レヌ。能登ノ前司見レ之、菊王ガ頸ヲ敵ニ取セジト舟ヨリ飛デ下、菊王ヲ提テ船へ乗給フ。頸ハ敵ニ取レネ共、痛手ナレバ聴テ死ニケリ。指モ不便ニシ給シ菊王討セテ、能登ノ前司、其ノ後軍モシ給ハズ。船ヲバ奥へ押出サス。

屋島合戦という大きな状況のなかの一場面に焦点をあてたもので、狭く限定された空間において短い時間展開された出来事を描写した叙述である。その意味で、杉本氏が例としてあげた「橋合戦」などと同類とみてよい。ことに覚一本は、「かうの物あり」「はしりかゝる」「ひやうどゐる」「たふれぬ」と結ばれる短文をたたみかけるように連ね、「いま現に展開している状況を聴衆に伝えるかのよう」な「状況を迫真的に喚起」していく語り口を以て、「登場する人物のきびきびとした行動」を「いきいきと語」っている。

『平家物語』において、文末表現の時制が比較的統一されている叙述としては、まず、一般に年代記的叙述と呼ばれている漢文訓読調の文体があげられる。この年代記的叙述においては、基本的に漢文訓読調の文体が用いられているが、その多くにおいて文末表現に「き」「けり」は用いられない。これは、西田直敏氏が指摘するように(13)、公卿の日記などにも多くみられる文体であり、漢文表現の影響を強く受けたものと思われる。この場合、事件が現在のものとして語られているわけではなく、明確に過去として認識されている。ただし、その位置づけは、執筆する現在に対する過去といった相対的関係としてではない。執筆・享受する今も、記される出来事の今も、年号等によって示される絶対的な時間座標のなかにおいて等しく位置づけられている。それゆえ、年代記的叙述では、文末表現において記憶の回想を示す表現を必ずしも必要としないのである。引用Eのような叙述の場合は、年代記的叙述とは異なり、場面は語り手の回想のなかで再生されてゆく。したがって、叙述の基本は、「地をなすものは過去形の叙述である」と杉本氏に指摘されるように、語り手がこの目撃体験を過去の記憶として回想するところにある。この場面も当然過去の目撃体験の回想として語られている。しかしながら、「き」「けり」を用いない文末表現に統一された短文をたたみかけるような文体は、事態が眼前で進行中であるような印象を享受者にもたらす。先にも述べたように、「状況を迫真に喚起し」「現在進行している事態のなかに聴衆をひきこむ」方法のひとつであり、緊迫感・切迫感の要求される合戦場面の描写などにおいて多く用いられている。

覚一本の叙述は、忠信・菊王丸らの激しい行動の応酬を右のように描写したのち、菊王丸の死を告げる一文を、「いた手なればしににけり」と、「けり」をもって結ぶ。これによって、この一連の叙述が語り手の回想であったことが、あらためて確認されるのである。(14) そして、それに続けて菊王丸についての解説的な叙述が、「つかはれけり」「なりにける」と、過去回想を文末とする表現によって記される。これは明らかに〈物語る今〉に立った語り手によって加えられた享受者への説明であるが、この一節によって本来の位置である〈物語る今〉に立つ語り手の姿が、享受者に意識されるのである。その〈物語る今〉の位置から、菊王丸の死によって能登守教経が戦闘を中断したことが語られ、この場面は幕を閉じる。

屋代本の場合も、「有」「ヨ引テ射ル」「倒レヌ」「乗給フ」と結ぶ短文を連ねている点は、覚一本と共通する。「萌黄威ノ腹巻ニ……」の一節が、やや長くなっているので、たたみかけるような緊迫感という点ではやや劣るものの、「いま現に展開している状況を聴衆に伝えるような」口調とみてよい。菊王丸の死を伝える一文の文末に「ケリ」が用いられ、これが過去の記憶の回想であることが確認されているのも、覚一本と共通する。しかしながら、覚一本のような解説的叙述がそこに挟まれていないため、場面はそのまま教経が戦闘を中止して、船を沖へと返したところへ連続している。したがって、覚一本のような〈物語の今〉と〈物語る今〉の対比はなく、語り手の姿がテキスト表層で意識されることもない。この点は、前節で確認した引用C・c「遠矢」の場合と同じである。

覚一本のような〈物語の今〉と〈物語る今〉の対比構造が、実際の琵琶語りによって生み出されたと考えているわけではない(15)。琵琶語りの現場においては、〈語り手（琵琶法師）〉は〈聞き手（聴衆）〉の前にはっきりとその姿を見せている。〈語り手〉は自らの語る声によって過去の記憶を喚起し、〈物語の今〉を〈語りの場〉に甦らせる。〈聞き手〉は〈語り手〉の口調によって〈物語の今〉に引き込まれ、〈語り手〉とともに〈物語の今〉を体験する。しかし、声によって〈物語の今〉に引き込まれたとしても、声の調子が変化すれば、〈聞き手〉の意識はふたたび〈物語る今〉へと引き戻されたはずである。琵琶語りの現場においては、〈語り手〉の声こそが最大の表現手段であって、詞章の微妙な異同がさほど〈聞き手〉に意識されたとは考えにくい。しかし、テキストにおいては、〈語り手〉と〈聞き手〉が向き合う語りの場と、〈語り手〉の音声によるパフォーマンスという、語りの最も重要な要素が消失してしまう。実際に、屋代本の叙述には、〈物語る今〉としての語りの場や語り手の姿が希薄である。これに対し、覚一本の叙述は、場面の転換点などにおいて、〈物語の今〉と〈物語る今〉を対比的に構成することで、物語の場とそこに立って物語る語り手の姿をテキストのなかに顕在化させている。たとえば日下氏が着目した「けるとぞ聞えし」（「けるとぞ聞えける」を含む）は、覚一本に三十三例、屋代本には九例しかない。このあたりにも、〈物語の今〉と〈物語る今〉をめぐる覚一本と屋代本の相違がうかがえる。こうした現象のなかに、語りの方法化という問題における、覚一本と屋代本の相違の一端を認めることができるのである。

四　語り手の設定（三）――登場人物との心情的距離をめぐって――

以上は、物語世界の時間・空間と語りの場・語り手との距離の問題であったが、つぎに、これらとはやや次元の異なる語り手の登場人物に対する心情的関係の問題を取り上げる。これは、従来指摘されてきた屋代本の叙事性・覚一本の抒情性の問題[16]、語りという行為が本質的に有すると指摘される「物語への一体化の傾向[17]」、登場人物への同化の傾向と深く関わる問題である[18]。

そこでまず注目されるのは評語である。評語は語り手の対象（人物・事件）に対する姿勢の最も直接的な表出であり、『平家物語』の随所に認められる。ただし、構想、世界観といった叙述主体（「作者（編者）」）の価値観に基づくものも多いので、それらは心情的距離を考える際には対象外とする必要がある。そこで、語り手と登場人物の心情的距離が最も端的にあらわれやすい抒情的場面を対象として、語り手の感情的側面に密着した表現に限定して検討を試みるものとする。ある状況下に置かれた人物を同情的に描くか批判的に描くかは、作品の構想における人物の位置づけや、主張したい価値観による側面も大きい。しかし、もし仮に異なるテキストにおいて同じように対象を同情的に描いた同一場面において下される評語に、同情の深さや内面への共感の差が認められるならば、それをテキストによって異なる語り手と登場人物（対象）との心情的距離の反映として読み解くことができるだろう。そこで、まずは抒情的場面において評語を中心に検討を進める。

覚一本と屋代本とでは、同一場面の描写で本文間の近似性が高く、おそらくは何らかの影響関係が想定される一連の叙述において、評語部分だけが顕著な異同を示すというような部分がしばしば認められる。

F【覚一本巻二・大納言流罪】西の朱雀を南へゆけば、大内山も今はよそにぞ見給ける。とし比見奉りし雑色牛飼に至るまで、涙をながし袖をしぼらぬはなかりけり。まして都に残りとゞまり給ふ北方、おさなき人々の①心のうち、おしはかられて哀也。（中略）南の門に出て、舟をそしとぞいそがせける。「こはいづちへやらむ。おなじううしなはるべくは、都ちかき此辺にてもあれかし」との給ひけるぞ②せめての事なる。（中略）熊野まうで、天王寺詣な（ン）どには、ふたつがはらの、三棟につく（ッ）たる舟にのり、次の舟二三十艘漕つゞけてこそありしに、今はけしかるかきすゑ屋形舟に大幕ひかせ、見もなれぬ兵共にぐせられて、けふをかぎりに都を出て、浪路はるかにおもむかれけむ③心のうち、おしはかられて哀也。

f【屋代本巻二・成親卿備前児嶋遷流事】朱雀ヲ南へ行バ、大内山ヲモ今ハヨソニゾ見給ケル。年比日来見馴奉リシ者共モ、今此有様ヲ見テ、泪ヲ流シ袖ヲ湿《ヌラ》サヌ物ゾナキ。増テ都ニ残リ留リ給フ北ノ方、少キ人々ノ①心ノ内コソ悲ケレ。（中略）南ノ門ニモ成シカバ、船ヲ遅シトゾ急ガセケル。大納言「コハ何チヘヤラム。同ク可ㇾク被ㇾレ失ハ都近キ此辺ニテコソ」ト宣ヒケルゾ、②糸惜キ。（中略）熊野、天王寺詣ノ有シニハ、二ッカハラノ三ッムネ作リノ船ニ乗リ、次ノ船二三十艘漕ツヾケサセテコソ御坐シニ、今ハケシカルカキスヱヤカタ船ニ大幕引マハサセ、見モナレヌ兵共ニ乗具テ、今日ヲ限ノ都ノ内ヲ出給ヒケム③心ノ内コソ悲シケレ。

鹿の谷事件の首謀者として平家に捕らえられ、都から配流先へと旅立つ大納言成親の悲嘆に暮れる心情を同情的に描写した典型的な抒情的場面のひとつである。場面を描写する両本の叙述はほとんど同文といってよいほど近似し、それが直接的あるいは間接的の別はともかくとして、そこに何らかの書承的な関係を想定してもほぼ間違いなかろう。

ところがこれほど詞章の近似している両本において、描写される成親の姿に対して発せられる語り手の評語だけは、F①とf①、F②とf②、F③とf③のように、意図的に改変されているのである。両本に共通して基調となっているのは、悲劇的な境遇に置かれた成親やその妻子への同情であり、「心のうちおしはかられて哀也」と「心ノ内コソ悲シケレ」、「せめてのことなる」と「糸惜キ」の間にあるニュアンスの相違は、さほど大きなものではない。おそらく、琵琶語りなどにおいて音声によって表現されてしまえば、この程度の本文異同が意識されることはないだろう。聴衆の意識を支配するのは、主として琵琶法師の語り口であって、その語り口の相違こそが評価の対象となったはずである。それにもかかわらず、テキストのレベルにおいては、このような微細な表現上の相違が意図的に生み出されているところに注目すべきである。これは評語以外の叙述の近似性からすれば特異な現象であり、だからこそ、そこにテキストにおける語り手の、対象である登場人物に対する微妙なスタンスの相違を、意識的に生み出そうとする姿勢がうかがえるように思われるのである。それが声のパフォーマンスにおいては埋もれてしまうような微細な相違であるだけに、テキストの作成という段階、すなわち〈書く〉という行為において意識された相違である可能性は高い。登場人物に対するテキスト内部における語り手の設定という意味において、〈語り〉の方法化という問題を捉える手掛かりとなりえよう。

この評語の異同からは、どのような語り手設定の相違が読み取れるであろうか。まずは、「心のうちおしはかられて哀也」と「心ノ内コソ悲シケレ」の相違から検討を加えてみたい。この評語の相違点の第一は、「あはれ」と「かなし」という違いである。木之下正雄氏は、平安時代の用例の検討から、「アハレナリは傍観者の感動であるが、カナシは、心の底から揺り動かされる当事者の切実感であ」り、「(カナシを)他者の状態としていう場合は『(心の底から揺り動かされるほど)かわいそうだ、ふびんだ』の意味である」(19)と指摘する。また、堀竹忠晃氏は、評語として用いられる「あはれ」について、「心情表現ではあるが、その場の心情を客観的にあるいは、第三者の立場から概念づけた表現であって、全くその事件の当事者に感情を移入してしまえば、『哀なり』という心情表現は出てこない。それができるのは、当事者の心情を冷静に客観化できる自分の目があるからである」と述べている。(20)

このように「あはれ」と「かなし」を認識するならば、覚一本の「心のうちおしはかられて哀也」は、成親の置かれた苦境と、当事者の心中を推察し、同情しながらも、これを客観化して捉える語り手のあり方を示しているといえよう。「心のうちおしはかられて」という表現が、こうした語り手の立場をいっそうはっきりさせている。登場人物である成親やその妻子の心情は、語り手にとって推量の対象であって、直接的に知ることはできないのである。語る主体（語り手）と語られる対象（登場人物）との間には、明確な彼我の区別があり、語り手は成親に同情しながらも、自らは状況に対する「傍観者」として「あはれ」の語を発しているのである。これに対して、屋代本の「心ノ内コソ悲シケレ」には、「当事者の切実感」が籠められている。したがって、「かなし」と感じる主体は、当事者である成親や妻子でなければならない。物語世界に対する第三者である語り手は、本来、対象である登場人物の内面を直接的に知ることはできない。それを、このように直接踏み込んで表現できるのは、語り手が、悲嘆に暮れる成親・妻子の姿に、「（心の底から揺り動かされるほど）かわいそうだ、ふびんだ」と感じているからである。成親・妻子を描写の対象として、外側から客観的に捉える視点ではなく、彼らの内面に自らの心情を重ね合わせて「同化」(21)しているからこそ、「心ノ内コソ悲シケレ」と強い口調で断定するのである。そこには、覚一本の語り手のように、登場人物の内面を客体として推量する主体の姿はない。「かなし」は成親・妻子の心情であると同時に、語り手の心情でもある。そして、この語り手の言葉に導かれて、享受者も彼らと心情を共有するように「カナシ」と感ずるのである。

この語り手は、叙述主体（作者・編者）によってテキストの言説を統括するために作り出された主体である、とするのが、本論稿の基本的な認識である（いうまでもなく、近代小説のような意識的方法と考えているわけではない。あくまでも「語るように書く」という枠内での問題としてである）。この認識に立つならば、覚一本の叙述は、語り手が物語世界から語りの場に立ち戻るのとともに、享受者も享受する場に立って、外側から登場人物の心情に同情し、第三者として「あはれ」と認識するように仕組まれているといえる。これに対して、屋代本の叙述は、語り手とともに登場人物に「同化」しながら「かなし」という感情を共有するように仕組まれているのである。

ここで例とした「心のうちおしはかられて哀也」は、覚一本においてきわめて特徴的な表現であり、佐々木巧一氏はこれを琵琶法師による語りのなかから生み出されてきたものとして、詳細な検討を加えている。(22) 序章でも述べたが、語り本の形成が書承的に行われた可能性が強く指摘されている現在、琵琶法師の語りによるという点についてはそのまま首肯はできないが、そう考えたくなるほどに語り的な要素を有する表現であるのは確かであろう。「心のうちおしはかられて哀也」は、覚一本に全部で十六例あるが、屋代本にはわずかに次の一例があるにすぎない。

G【覚一本巻十・藤戸】平家の人々の心のうち、さこそはおはしけめとをしはかられて哀也。

g【屋代本巻十・新帝御即位事】平家ノ人々ノ心ノ中、被二レ推シ量一テ哀ナリ。

これに対して、覚一本の十六例のうちの六例が、屋代本では「心ノ内コソ悲シケレ」に置き換えられている。Ｆｆに引いた二例（①③）以外を次にあげておく。

H【覚一本巻二・小教訓】今はいとけなきおさなき人々ばかり残りゐて、又事とふ人もなくておはしけん北方の心のうち、をしはかられて哀也。

h【屋代本巻二・重盛卿父禅門諷諫事】今ハ幼ケナキ少キ人々斗留テ、亦タ事問フ人モナクテ御坐ケム北ノ方ノ心ノ中コソ悲ケレ。

I【覚一本巻七・一門都落】前途万里の雲路におもむかれん人々の心のうち、おしはかられて哀也。

i【屋代本巻七・平家一門落都趣西国事】前途万里ノ雲路ニ趣キ給フ人々ノ心ノ中コソ悲ケレ。

J【覚一本巻十二・平大納言流罪】別の涙をさへて面々におもむかれけん心のうち、おしはかられて哀なり。

j【屋代本巻十二・平大納言時忠卿能登国配流事】越路ノ旅ニ趣ムキ給ヒケン心ノ中コソ悲シケレ。

K【覚一本灌頂巻・女院出家】あさましげなるくち坊にいらせ給ひける御心の内、おしはかられて哀なり。

k【屋代本巻十一・建礼門院吉田御房入御事】浅猿ゲナル朽坊ニ立入セ給ケン御心ノ中コソ悲シケレ。

逆に、屋代本に特徴的な「心ノ内コソ悲シケレ」が覚一本に用いられているのは、わずかに次の一例のみである。

L【覚一本巻九・落足】いくさにやぶれにければ、主上をはじめたてま（ッ）て、人々みな御船にめして出給ふ心のうちこそ悲しけれ。

l【斯道文庫本巻九・小宰相身投】平家ハ軍破ニケレバ、先帝ヲ始奉リ、人々船ニ被乗テ、海ニゾ浮玉ヒケル。

＊屋代本は巻九が欠巻となっているので、比較的屋代本に近い片仮名百二十句本（斯道文庫本）によって、該当個所を引いておく。

叙事的性格の強い『平家物語』では、対象を外側から捉える視点を叙述の基本とする。たとえば、評語として用いられる感動表現としては、数量的に「あはれ」が圧倒的に多数を占める。「あはれ」は覚一本で評語に用いられる感動表現の54％余り、屋代本で約46％となっている（第三章〈表1〉参照）。指摘されるように、「あはれ」は対象に対する心情的な近接傾向をあらわす表現ではあっても、基本的には登場人物に対する「傍観者」として外側から捉える視点、対象を「客観化」する視点に立つ語り手のあり方を示すものである。山下宏明氏が指摘するように、覚一本には、「対象を、ことばの主体である語り手の関心・心情の側からとらえ」ようとする傾向や「単なる語り手のシンパシイを越えて、語り手が忠度の情を自らのものとする」[23]ような側面は確かにある。しかしながら、評語全体をみるならば、そのような「同化」は例外的で、対象を外側から客観的に捉えようとする視点を示す用例の方がはるかに多い。圧倒的な「あはれ」の用例が示すように、原則的には対象と一定の距離を保ち、あくまでも外側からの把握する、それが覚一本の基本的なあり方なのである。「心のうちおしはかられて」という推量表現は、その最も端的な例である。

だからといって、覚一本の語り手が第三者的な冷静さをもって記録的に叙述を進めているわけではない。

M【覚一本巻十・内裏女房】中将なのめならず悦て、人に車か（ッ）てむかへにつかはしたりければ、女房とりもあへずこれにの（ッ）てぞおはしたる。ゑんに車をやりよせて、かくと申せば、中将車よせにいでむかひ給ひ、「武士どものみたてまつるに、おりさせ給べからず」とて、車の簾をうちかづき、手に手をとりくみ、かほにかほをおしあてて、しばしは物もの給はず、たゞなくより外の事ぞなき。やゝ久しうあ（ッ）て中将の給ひけるは、「西国へくだりし時、今一度みまいらせたう候しかども、おほかたの世のさはがしさに、申べきたよりもなくてまかりくだり候ぬ。其後はいかにもして御ふみをもまいらせ、御かへり事をもうけ給はりたう候しかども、心にまかせぬ旅のならひ、あけくれのいくさにひまなくて、むなしくとし月をおくり候き。いま又人しれぬありさまをみ候は、ふたたびあひみたてまつるべきで候けり」とて、袖をかほにおしあてて、うつぶしにぞなられける。たがひの心のうち、おしはかられてあはれ也。

捕らえられた重衡が、知時の献身的働きと「なさけあるおのこ」実平のはからいによって内裏女房との対面を実現する場面である。事の推移は、場面に近接する第三者の視点をもって語られているが、第三者といってもその位置は重衡に限りなく近い。「中将なのめならず悦て、人に車か（ッ）てむかへにつかはしたりければ、女房とりもあへずこれにの（ッ）てぞおはしたる」の部分では、語り手は、重衡と車に乗って訪れる女房をともに視野におさめうる、その意味では全貌を把握しうる位置に立っている。ところが車が到着し、重衡が「車の簾をうちかづき」車中に入ってしまう段になると、語り手もその動きとともに重衡に急接近し、ともに車中に入り込んでしまうのである。必然的に語り手の視野は狭まり、重衡と女房のみによって構成される閉鎖された空間のみしか把握できなくなる。同時に心情的にも重衡に寄り添い、「西国にへくだりし時……」と語る重衡にまさに重ならんばかりとなる。しかしながら、実際には重衡と心情を完全に共有するに至ることはない。「うつぶし」になる重衡からは一歩下がって、重衡・女房の姿を等距離に捉えうる位置に立って「たがひの心のうち、おしはかられて」と外側から両者の心情を類推し、第三者の立場として「あはれ也」と感ずるのである。

「心のうちおしはかられて哀也」が発せられる場は、およそこのような例に代表される。山下氏の表現を借りるならば、「確立」された「座」から「場面に身を寄せて」登場人物の「行動を息をつめて見つめる語り手の姿勢」が、逆に「内面描写よりは外面描写に徹する」登場人物への肩入れとして「語り手の対象世界への接近を一層強めている」のである。[24] 氏はこうした「語り手の座の確立」について、どちらかといえば叙事的場面といえる巻一「内裏炎上」の時忠描写を例として述べているが、これはなにも叙事的場面にかぎったことではあるまい。先の例のような抒情的場面においても、同様の傾向は確かに認められるのである。この「語り手の座」とは、物語世界に対する物語る場であり、そこに位置するという語り手の自覚である。語り手は場面の叙述を通して、物語世界へと接近する。それは、対象場面に対する視点の空間的な位置の問題であり、それは時として、場面を見つめる語り手の視点と登場人物の視点の一体化という傾向を生む。[25] その一方で、描写の節目節目において発せられる評語において、語り手は本来の立脚点である語りの場に立ち返り、その「確立」された「座」から対象への心情的な傾斜を「あはれ」と表現しているのである。「心のうちおしはかられて哀也」が多く用いられているのは、覚一本が「語り手の座の確立」の効果をふまえた上で、対象との距離が最も流動化しやすい抒情的場面において、語りの場の確立を試みた結果ともみられるのである。

屋代本の「心ノ内コソ悲シケレ」には、このような物語世界と語りの場というような彼我の対比はみられない。語り手は、悲劇的な状況に置かれた登場人物に同情し、それに寄り添うような視点からその姿を描写する。そして、その寄り添うような視点からいっそう「同化」の傾向を強め、登場人物の心情に自らの心情を重ねるようにして、「心ノ内コソ悲シケレ」の語を発しているのである。そこには覚一本のような「語りの座の確立」はみられない。

語り手と登場人物の内面との距離という観点から、「心のうち」という表現と結びついた評語を抽出したのが〈表1〉である。また、これと類似した表現である「心のほど」という言葉と結びついた表現を、〈表2〉としてあげておく。

〈表1〉

「心のうち」	屋代本	覚一本
おしはかられて哀なり	1	16
こそ哀なれ	1	0
こそむざんなれ	0	2
こそたっとけれ	0	1
こそたのもしけれ	1	1
こそ悲しけれ	6	1
こそたよりなからめ	0	1
いかばかり悲しかりけむ	0	1
いかばかりうれしかりけむ	1	0
さこそはうれしかりけめ	0	1
さこそはあはれにもうれしうもありけめ	0	1

〈表2〉

「心のほど」	屋代本	覚一本
こそはかなかけれ	0	1
こそめでたけれ	0	1
こそおそろしけれ	0	1
こそうたてけれ	1	0

覚一本の場合、「おしはかられて哀なり」以外では、「むざんなれ」「たつとけれ」「たのもしけれ」「はかなけれ」「めでたけれ」「おそろしけれ」などの評語が用いられているが、これらはいずれも当事者の内面を直接表現した語ではなく、第三者的立場にある者によって下された評である。同時に、当事者の内面を直接的に表現した語「たよりなし」「かなし」「うれし」などは、いずれもが助動詞「らむ」「けむ」を用いた推量表現「たよりなからめ」「かなしかりけむ」「うれしかりけめ」となっている点が注目されよう。覚一本では、登場人物の「心」は、あくまでも「おしはかる」（推量する）対象であり、第三者的立場から評されるべきものなのである。もちろん、心内語のようなかたちで登場人物の内面が直接的に描かれる場合も多く認められる。しかしながら、叙述の節目に置かれる評語においては、語り手は自らの主体性を回復し、第三者の立場から登場人物の内面を評するのである。それは同時に、語り手の姿を、テキストの表層に顕在化させる効果を有する。彼我の距離が明確になる時、彼に対する我、登場人物に対する語り手の姿が鮮明になる。ことに「おしはかられて」という推量表現は、テキスト内において対象の内面を推量する主体としての語り手を強く意識させる。

屋代本の場合、これに対応するのが「心ノ中コソ悲ケレ」である。前述のように、これは語り手の対象への「同化」の傾向を端的に示した表現であろう。しかしながら、それ以外の用例に関しては覚一本と類似した傾向を示している。「哀ナレ」「憑モシケレ」「ウタテケレ」などは、いうまでもなく語り手の第三者的立場を示す表現であるし、直接的に登場人物の内面に踏み込んだ「何計ウレシカリケム」では、推量の助動詞が用いられている。用例は少ないが、屋代本においても、基本的には、登場人物の「心」は外側から推量され、第三者的に評されるべき対象だったと考えられる。屋代本においても、評語としては「あはれ」が圧倒的であるのも、こうした基本的性格を示唆していると考えられるのである。ところが、「かなし」というきわめて強い感情を前にすると、その感情に引きずられるようにして、語り手は登場人物の内面に「同化」し、その結果、「悲ケレ」という表現が使用される。同時に、この表現は語り手を対象である登場人物のなかに埋没させるという結果を生む。彼我が一体化する時、登場人物の強い印象の影となって、語り手の姿はテキスト表層から見失われてしまうのである。

「心のうちおしはかられて哀也」「心ノ中コソ悲ケレ」以外で、語り手と対象との位置関係という点で注目されるのが、たとえば、覚一本と屋代本の用例数の違いが顕著な「いとほし」である。

「いとほし」は、『古語大辞典』（小学館、一九八三年）には、「心を痛めているの意から、自己に向かってはつらい、心苦しいの意、他者に向かってはかわいそうだ、気の毒だの意となる。このかわいそうだの意が、さらにかわいいの意に転ずるが、両者は保護感情をそそられる状態という点で共通する」と記される。注目すべきは「保護感情をそそられるような状態」という指摘である。

たとえば、「熊谷あまりにいとおしくて、いづくに刀をたつべしともおぼえず、めもくれ心もきえはてて、前後不覚におぼえけれども」（巻九「敦盛最期」）などのように用いられ、「あはれ」よりもいっそう、対象に近接した切実な心情として理解してもよいように思われる。覚一本でも、評語としては、右衛門督清宗が処刑を前にして父を案ずる姿や（「『大臣殿の最後いかゞおはしましつる』ととはれけるこそいとをしけれ」覚一本巻十一・大臣殿被斬）、逮捕の武士に囲まれながら母を慰める六代の姿（「『……しばしも候はば、いとまこうてかへりまいり候はん。いたくな歎かせ給ひそ』と、なぐさめ給ふこそいとおしけれ」覚一本巻十二・六代）など、少年達[26]のけなげな様子を描いた場面二箇所で用いられている。この「いとほし」が屋代本では比較的多く用いられているのである。

巻十「熊野参詣」で、本宮に詣でて後世を祈りながらも、都に残した妻子に思慕を馳せる維盛の姿を描いた場面には次のようにある。

N【覚一本巻十・維盛出家】「あはれかはらぬ姿を、こひしき者共に今一度みえもし、見て後かくもならば、おもふ事あらじ」との給ひけるこそ罪ふかけれ。

n【屋代本巻十・惟盛高野登山并熊野参詣同入水事】「古郷ニ留メ置シ北方ニ、此ノ姿ヲ見ヘモシテ角ナラバ、思事アラジ」ト宣ケルゾ糸惜キ。

また、巻十一「副将被斬」で、なにも知らずに処刑場に連行されていく副将の姿を描いた場面でも、次のごとくである。

O【覚一本巻十一・副将被斬】「又昨日のやうに父御前の御もとへか」とてよろこばれけるこそはかなけれ。

o【屋代本巻十一・平家生虜内八歳童副将殿被誅事】若君驚テ、「昨日ノ様ニ大臣殿ノ御方ニ又参ンズルカ」ト悦給ゾ糸惜キ。

これらのように、同じ場面でありながら、両本の評語は微妙にニュアンスを異にしている。覚一本の「罪ふかけれ」「はかなけれ」にも、対象に対する深い同情・憐憫の感情が含まれているのはいうまでもない。しかしながら、「罪ふかけれ」「はかなけれ」は、同情しながらも批判する第三者的な語り手のあり方に基づく評語である。これに対して、屋代本の「糸惜キ」には批判の要素は全くなく、対象に対してひたすら深い憐憫を注ぐ語り手の切実な感情があふれている。同じく心の底からの同情を表現しながらも、評語にあらわれる語り手の姿勢には、屋代本と覚一本とでは微妙な相違が認められるのである。ちなみに、「いとほし」の用例は、覚一本二例、屋代本十例となっている。感情表現の評語全体の数は、覚一本百九例、屋代本七十二例と、約三対二の比率になっている（第三章〈表1〉一二二頁参照）ことを思えば、この差は大きい。

「いとほし」とは逆に、屋代本に少なく覚一本に顕著な評語として「うたてし」があげられる。その用例の多くは「無下にうたてき事共也」（覚一本巻二・大納言死去）、「俊寛僧都一人赦免なかりけるこそうたてけれ」（覚一本巻三・御産／頼豪の二箇所に同文）のように、屋代本にはこれに相当する叙述がない部分で用いられている（覚一本の「うたてし」全十五例中九例、ただし三例は屋代本が欠巻の巻四にあり）。ここに引いた「うたてけれ」という批判が、当事者である成親・俊寛に対してではなく、彼らに悲惨な境遇を強要した清盛に対して向けられたものであるのはいうまでもないが、[27]成親・俊寛の運命に注目しつつも、その原因としての清盛の姿をも視野におさめているところに、対象をより客観的に把握する覚一本の語り手のあり方が示されているのではないだろうか。

「うたてし」の場合は、屋代本・覚一本ともに評語があり、かつその語に異同がある例は計六例が認められる。屋代本巻三「鬼界島流人少将成経并康頼法師赦免事」の「其瀬ニ身ヲモ投ザリシ心ノ程コソウタテケレ」と、覚一本巻三「足摺」の「その瀬に身をもなげざりける心の程こそはかなけれ」という語感の相違については、山下氏が、「『ウタテケレ』（屋代本）という処世風の批判」に対し、「『……はかなけれ。……いまこそ思ひしられけれ』（覚一本）とその感傷の色を深めるのであった」と述べている。[28] これは屋代本よりも覚一本の方が「感傷の色を深めている」例であったが、これらの語の用例全体を調べるならば、むしろ覚一本に「うたてし」のような批判の語が多く認められる（覚一本十五例、屋代本二例。詳しくは第三章〈表1〉参照）。たとえば、覚一本巻三「有王」の「俊寛僧都一人、うかりし嶋の嶋守になりけるこそうたてけれ」と屋代本巻三「有王丸鬼海島尋渡事并俊寛死去事」の「俊寛一人残リ留リ、憂リシ島ノ島守リト成ニケルコソ哀ナレ」、あるいは、壇浦合戦後に鎌倉に送られて頼朝と対面した宗盛の態度を評した、覚一本巻十一「大臣殿被斬」の「ゐなをり畏り給ひけるこそうたてけれ」と屋代本巻十二「宗盛清宗父子関東下向事」の「居直リ畏テ被レ聞ケルコソ口惜ケレ」など、微妙なニュアンスの問題ではあるが、理知的批判性の強い「うたてし」に比べ、屋代本はやや主情的な語を用いているのである。「いとほし」の場合とあわせて検討すべき問題であろう。

五　テキストにおける〈語り〉の方法

以上、語り手の設定をめぐって、空間、時間、心情の三つの側面について、場面空間に対する目撃者としての位置、物語の時間（〈物語の今〉）・物語る時間（〈物語る今〉）と語り手の位置、登場人物と語り手の関係の問題として検討してきた。これら三つの要素は厳密には区分しがたく、複雑に絡み合いながらひとつの語り手像を形成しているが、結局のところ、物語世界と語り手、および語りの場といった対象・発話主体・発話の場の関係を、テキスト内部にいかに設定するかという方法の問題として理解できよう。物語内容をいかに、あるいはいかなるものとして享受者に受け止めさせるのか、語り手の言説を通して享受者の脳裏にいかなる世界として再現させるのか。それには、物語世界そのものだけではなく、それを享受する場の問題が大きく関与している。覚一本の叙述には、物語世界に対する語り手および語りの場というものが、しばしば構造的にあらわれていた。そこに、琵琶法師の語りという享受形態の投影をみることができるのかもしれない。だからといって、琵琶語りによる詞章形成と結論するのは誤りであろう。諸本の本文批判の進展は、語り本形成過程における先行テキストの影響を強く指摘する。たとえば、覚一本の詞句・表現の多くは、延慶本などのなかに見出すことができるものであり、覚一本はそうした先行テキストの詞章をつなぎ合わせながら自らの叙述を生み出している(29)。問題は、そのような書承的影響のもとに作り出された覚一本が、このように方法的な意味で語り的側面を見せているのはなぜか、という点にある。そうした方法の獲得に至った背景として、実体的な琵琶語りとテキストとの関係が問われなければならない。

空間・時間・心情の三側面における屋代本と覚一本の相違は、物語世界と物語る場の対置の構造化と、その二つの時空を行き来しながら物語る語り手のテキスト表層における顕在化にあった。しかし、覚一本で語り手の姿が顕著であるからといって、語りの筆録と結論するわけにはいかない。第一章で触れた、川田順造氏や山本吉左右氏の指摘（語られた言葉をそのまま文字にすると、語り手の姿が消えてしまうという現象(30)）と、語り本形成過程に関するモデルを思い出してほしい。『平家物語』にどの程度語りの影響を認めようとするのかという問題はあるが、第一章のモデル分析とも深く関わる、語りの文字化によるテキスト形成の可能性のひとつが提示されている。

そこで、個々の特徴についてもう少し別の角度から検討してみる。

〈表3〉

	覚	屋	平	竹	鎌	百	四	延	長	盛
心のうちおしはかられて哀なり	16	1	5	4	11	5	0	1	2	2
それ以外の登場人物の内面への推量表現を用いた評							6	9	9	4
推量表現はないが第三者的立場からの評		1		1		1		4	7	5
登場人物の内面への同化を示唆する評		6	3	5	1	4		2	1	1
覚一本とは別の対象に対する評		1	1	1						
登場人物自身が「泣く」場合		3	2	3	4	3	1	3	1	1
登場人物の周囲の人々が「泣く」場合		1				1	1	1	1	3
客観的叙述のみの場合		2	1	1		1	2	2		
計	16	15	12	15	16	15	10	22	21	16

覚＝覚一本　屋＝屋代本　平＝平松家本　竹＝竹柏園本　鎌＝鎌倉本　百＝百二十句本（以上語り本）
四＝四部本　延＝延慶本　長＝長門本　盛＝盛衰記（以上読み本）

心情的側面においては、「心ノウチコソ悲ケレ」「心のうちおしはかられて哀なり」等、ことに登場人物の内面を対象とした評語のあり方から、両本における〈語り手〉設定の相違を捉えた。では、語りという行為とは直接的には関わらない読み本系の場合、覚一本の「心のうちおしはかられて哀なり」という表現と対応する箇所はどのようになっているのであろうか。佐々木巧一氏の手による対照表[31]に基づいて、用いられた評の性格別にこれを整理してみたのが〈表3〉である。

覚一本の「心のうちおしはかられて哀なり」に対応する部分に限定した比較であり、また、本文が大きく異なる読み本系と当該箇所をどう対応させるかという問題も残るが、語り本系と読み本系とではかなり明瞭な相違が認められよう。まず、問題となる「心のうちおしはかられて哀なり」であるが、鎌倉本の十一例を除き、語り本諸本においてもこの表現は必ずしも多くない。全般的に、第三者的評は読み本系での用例が圧倒的に多く、ことに推量表現を伴った評にその特徴が顕著である。他方、屋代本に特徴的であった「心ノウチコソ悲ケレ」のような同化傾向を示唆する評語は、鎌倉本を例外とすれば、読み本系よりも語り本系でかなり多く用いられているとみてよい。こうした傾向は、「語る」という行為と「書く」という行為の本質的相違を反映したものとは考えられないであろうか。覚一本のように類型的表現、あるいは常套句を繰り返すというのは、確かに語りの特徴であろう。その一方で、「おしはかる」という登場人物を対象化する姿勢、その内面を第三者として推量するという態度には、むしろ書くという行為のもつ、対象を客体化する傾向が認められる。読み本のなかでも比較的語りとの関係が深いと指摘される延慶本では計七例ある「心ノウチコソ悲ケレ」という表現は、長門本では三例、盛衰記では全く用いられなくなっている。また、「心のうちおしはかられて哀也」を含めて、「心のうち」と推量が結びついた表現が、覚一本十七例、屋代本一例、延慶本二十八例、長門本十九例、盛衰記二十八例となっている点などもあわせて注目すべきである。覚一本・屋代本は、延慶本のようなテキストをもとに、その詞章・表現を抄出・再編してつくられた祖本から分化したとみられるが、その過程において、使用される評語にこのような偏りが生じているのはなぜか。語り本と読み本の本質的相違を示唆するものとして興味深い。同時に、覚一本の「心のうちおしはかられて哀なり」が、常套句という語りの方法を用いて「書く」位相のなかで好んで用いられてきた可能性を、より詳細に検討する必要があろう。(32)

空間的側面と時間的側面についても、物語場面への目撃者としての近接と、語りの場に立ち返っての解説者という、二つの時空を行き来しながら物語を伝える語り手の姿が、覚一本で顕著であった。屋代本のような平板な視点は、語りの場にあって語りを享受するという感覚を生じにくい。これに対し、二つの時空を対比的に構造化する覚一本は、語りの場と聞き手を前にした語り手の姿を意識させ、いかにも語り的な印象を生み出していた。しかし、それを語りという行為によって自然に生み出された語り口、とするのは早計であろう。たとえば、引用Eの覚一本の叙述は、延慶本とほぼ同文であり、延慶本で描写の途中にあった解説的叙述の位置を、描写の末尾へと移したにすぎない（この異同については第三章で検討する）。書承的操作によった可能性はきわめて高く、語りによるとは到底言いがたい。むしろここで考えなければならないのは、覚一本がなぜそれを末尾へと移動したのか、という点であろう。覚一本がそれによって獲得した表現効果という視点から論じられなければならない。

語り本と読み本（延慶本的テキスト）との本文近似、その書承的関係性が指摘される現在、問題とすべきは語りによるといわれてきた印象を生み出している叙述の方法的な解明と、それを獲得するにいたったその過程の探求であろう。第一章では、その可能性をモデル化したが、それはあくまでも可能性にすぎない。語りというパフォーマンスの実態と、それに先行する台本的テキスト、パフォーマンスの影響を受けて生み出された文字テキスト、その三者の関係を実態に即して解明し、そこからあらためて『平家物語』を捉え直してみる必要がある。盲僧琵琶をフィールドとした兵藤裕己氏の一連の論稿[33]は、この問題に対する精力的な研究成果である。しかしながら、氏の採録した語りの本文は、必ずしも文芸的とはいいがたい。一方に、語りの実態を見据えながらも、それが文芸作品として成立するために必要とされるものは何か、テキストと語りを融合させる仕組みと、その過程を、『平家物語』の文芸的評価と関連させながら、さらに追求する必要があろう。

注

（1）語り手とは、テキスト表層にあって、テキスト言説を統括・発話する主体の意味であり、仮構された物語の場における発話主体的な存在である。ただし、叙述主体（テキストから想定しうる作者的な主体）のような作品を構想するものではなく、その役割はあくまでもテキスト表層の言説を発話するにとどまるものとする。『平家物語』の語りの問題については、従来、語り本を対象に、琵琶法師の語りによるテキスト形成という通念が支配的であった。これに対して、犬井善壽氏「『平家物語』の『語り』と『読み』——口承と書承の概念規定から——」（『軍記と語り物』11、一九七四年一〇月）が、「口承文芸」の概念を明確に定義した上で、『平家物語』が本来的な意味での口承文芸ではないことを指摘、本文形成に対する〈語り〉の作用を限定的に捉えるべきであると主張し、「『平家物語』の成立基盤——その書承的側面——」（『平家物語の成立　あなたが読む平家物語1』有精堂、一九九三年一一月）で、その主張を発展させている。また、麻原美子氏「中世後期の語り物における「語り」の徴証——特に『説経』を中心として——」（『軍記と語り物』12、一九七五年九月）は、説経などにみられる語り物としての特質が、従来の文芸的尺度からは逸脱することを指摘、文芸的に高い評価を得ている軍記物を「語り物」と呼ぶことに疑問を投げかける。信太周氏は、『新版絵入　平家物語延宝五年本』（和泉書院、一九八一年〜）に付された一連の解説において、詞章形成における琵琶法師の役割がきわめて限定的であったことを検証し、実際の〈語り〉と文芸の方法としての語りとの峻別を提言している。

（2）「文学の方法としての『語り』——保元物語を対象として——」（『常葉国文』7、一九八二年六月。『軍記物語形成史序説』岩波書店、二〇〇二年四月再録）。

（3）目撃体験の物語化という点に関しては、『平治物語』における金王丸の語りについて一類本と四類本を比較・考察した、山下宏明氏「語り物における〈語り〉の構造——軍記物語を中心に——」（『日本文学』一九七八年一一月。『軍記物語の方法』有精堂、一九八三年八月再録）、「平家物語——方法としての〈語り〉——」（『国文学』一九八〇年三月。『平家物語の生成』明治書院、一九八四年一月再録）などが示唆的である。

（4）「平家物語に於ける義仲説話の形成」（『文学語学』18、一九六〇年一二月。『平家物語の形成』加藤中道館、一九七一年五月に加筆・再録。『延慶本平家物語論考』加藤中道館、一九七九年六月に再加筆改稿・再々録）。

（5）テキストにおける語り手および語りの方法の問題については、注（1）〜（3）論文のほか、杉山康彦氏「平家物語における語り主体の位置——その思想と文体——」（『文学』一九六五年一二月。『散文表現の機構』三一書房、一九七四年一〇月再録）、山下宏明氏「語り物における〈語り〉の構造――軍記物語を中心に――」（『日本文学』一九七八年一一月。『軍記物語の方法』有精堂、一九八三年八月再録）、「平家物語――方法としての〈語り〉――」（『国文学』一九八〇年三月。『平家物語の生成』明治書院、一九八四年一月再録）、「『平家物語』の〝語り〟再考」（『軍記と語り物』21、一九八五年三月。『語りとしての平家物語』岩波書店、一九九四年五月再録）、日下力氏「『保元・平治物語』の琵琶語り」（『解釈と鑑賞』一九八六年四月。『平治物語の成立と展開』汲古書院、一九九七年六月再録）などの各論がさまざまな角度から検討を加えている。

（6）これには、登場人物の内面をどのように把握してみせるか（登場人物の内面に自在に踏み込みうる全知的視点をとるのか、あるいは直接的には把握しえない第三者的視点をとるのか）という、描写方法という側面と、登場人物への共感・同情などの表現と関連した心情的距離感の側面が含まれる。両者は本来は区別されるべき要素ではあるが、「平家物語」の場合、第三者としての外面的な描写を基本としながらも、対象への共感から心情的に同化し、結果的に登場人物の内面を直接吐露したかのような表現が用いられる場合などもあり、明確に区分するのが困難であるため、その両要素を含めて「心情的」の語を用いた。

（7）「叙事詩としての平家物語」（『国文学解釈と鑑賞』一九八二年六月）。

（8）拙稿「『平家物語』における場面描写の方法」（『軍記と語り物』30、一九九四年三月）において、この視点の高さの問題について触れた。

（9）注（7）論文。

（10）花山院の御時、ある夜宮中で道長が兄たちと行った肝試しにおいて、深夜の大極殿に行った証しに、高御座の南面の柱のもとを削ってきたという、「その削り跡は、いとけざやかにてはべめり」と世継は語る（道長伝）。

（11）注（5）『保元・平治物語』の琵琶語り」。「素面体」は注（5）杉山康彦氏論文の用語。また、犬井善壽氏は『流布本平家物語　一～四』（加藤中道館、一九八〇年一〇月～一九八四年七月）の脚注において、テキストの方法としての「作中時間・作中場面」と「語り時間・語り場面」の分析を詳細に試みている。

（12）テキストにおけるこのような時間構造の問題については、第七章参照。

（13）「平家物語の語法と文体」（『国文学解釈と鑑賞』一九八二年六月。『平家物語の国語学的研究』和泉書院、一九九〇年三月再録）。

（14）『岩波古語辞典』（大野晋氏他編）は、一般に過去の助動詞とされる「き」「けり」について、次のように指摘する。

ヨーロッパ人は、時を客観的な存在、延長のある連続と考え、それを分割できるものとみて、そこに過去・現在・未来の区分の基礎を置く。しかし、古代の日本人にとって、時は客観的な延長のある連続ではなかった。むしろ、極めて主観的に、未来とは、話し手の漠とした予想・推測そのものであり、過去とは、話し手の記憶の有無、あるいは記憶の喚起そのものであった。（中略）日本人は、動詞の表わす動作・作用・状態について、それが完了しているか存続しているか、確認されるかどうかを「つ」「ぬ」「り」「たり」で言い、ついで、それらに関する記憶の様態を「き」「けり」で加えた。

その上で、「き」については、「『き』の承ける事柄が、確実に記憶にあるということである」とし、「けり」については『そういう事態なんだと気がついた』という意味である」と指摘する。

（15）たとえば、語り物的な要素を多く留める説経には、語り手の言葉による解説が物語の進行に介入することは希で、解説は登場人物の言葉によってなされることが多い。

（16）永積安明氏「平家物語の形成——原平家のおもかげ——」（『日本文学講座Ⅳ　日本の小説Ⅰ』東京大学出版会、一九五四年一二月。『平家物語の展望』東京大学出版会、一九五六年一〇月再録）などが、その代表的な論文である。

（17）兵藤裕己氏「軍記物の流動と〝語り〟」（『国語と国文学』一九七九年一月）。

（18）山下宏明氏「平家物語注釈史の検討——『足摺』をめぐって——」（『諸説一覧平家物語』明治書院、一九七〇年七月）、「平家物語と琵琶法師——その抒情的側面をめぐって——」（『文学』一九七一年二月。ともに『軍記物語と語り物文芸』塙書房、一九七二年九月再録）など。

（19）『平安女流文学のことば』（至文堂、一九五八年一一月）四五～四七頁。また、野口進氏「平家物語に於ける『あはれ』の考察」（『金城学院大学論集』37、一九六八年一二月）なども、『平家物語』における「あはれ」の意味を詳しく分析している。

（20）「『平家物語』（覚一本）の成立――『あはれ』を中心として――」（『日本私学教育研究所紀要』10、一九八三年一二月。『平家物語序説』桜楓社、一九八五年一〇月再録）。

（21）山下宏明氏の用語。注（18）の二つの論稿において、語り手が、〈語り〉を通して、対象である登場人物の視点や心情に、自らの視点・心を重ね合わせてゆく傾向を捉えて、これを「同化」と呼んでいる。

（22）「『心の中推し量られて哀なり』――琵琶法師の詞章　その二――」（『野州国文学』37、一九八七年三月）。

（23）注（18）「平家物語と琵琶法師――その抒情的側面をめぐって――」。

（24）注（3）「平家物語――方法としての〈語り〉――」。

（25）空間を目撃する語り手の視点が登場人物の視点と重なるという叙述について、杉山康彦氏は注（5）論文でこれを「作中人物主体化の文」と呼ぶ。この現象については、山下宏明氏も注（18）「平家物語と琵琶法師――その抒情的側面をめぐって――」で指摘するほか、兵藤裕己氏も注（17）論文で、覚一本から流布本へ至る過程において、このような傾向が強まることを指摘、山下氏・兵藤氏はこうした現象の背後に琵琶語りの影響をみる。ただし、直接的な意味で琵琶法師が語りという行為を通して詞章を改編、それを筆録した結果とするのには、覚一本成立に対する書承的影響の指摘が強まっている現在では、大きな疑問が残る。むしろ、琵琶語りを含めたさまざまな影響のなかで、テキストがいかに語り的な方法を獲得していったのか、という問題として議論を進めるべきであろう。

（26）このとき清宗は十五歳、六代は十二歳。

（27）拙稿「覚一本『平家物語』の「あはれ」と「かなし」――抒情的場面における評語から見た語り手の位置について――」（『米沢国語国文』19、一九九一年四月）参照。

（28）注（18）「平家物語注釈史の検討――『足摺』をめぐって――」。

（29）この問題については序章で触れた。延慶本と覚一本・屋代本との関係について、近年、村上学氏「『平家物語』の「語り」

性についての覚え書き」（『平家物語　説話と語り　あなたが読む平家物語2』有精堂、一九九四年一月。『語り物文学の表現構造』風間書房、二〇〇〇年一二月再録）が指摘するほか、千明守氏が「屋代本平家物語の成立——屋代本の古態性の検証・巻三『小督局事』を中心として——」（『平家物語の成立　あなたが読む平家物語1』有精堂、一九九三年十一月）、「『平家物語』巻七〈都落ち〉の考察——屋代本古態説の検証——」（『軍記と語り物』30、一九九四年三月）、「『平家物語』屋代本古態説の検証——巻一・巻三の本文を中心に——」（『野州国文学』67、二〇〇一年三月）など、積極的な発言を繰り返している。なお、その具体的な問題については、第五・六章参照。

（30）川田順造氏「叙事詩と年代記——語られるものと書かれるもの——」（『口頭文芸研究』13、一九九〇年三月。『口頭伝承論』平凡社、一九九二年八月に再録）。山本吉左右氏「座談会　語りと書くこと——平家物語へ向けて——」（『日本文学』一九九〇年六月）の発言。

（31）注（23）論文。

（32）たとえば、小林美和氏「『平家物語』と唱導——延慶本巻二を中心に——」（『伝承文学研究』29、一九八三年八月）、「延慶本平家物語の語りとその位置」（『文学・語学』82、一九八六年五月。ともに『平家物語生成論』三弥井書店、一九八八年六月再録）などは、延慶本の文体形成の背後に唱導の影響をみる。

（33）「座頭琵琶の語り物伝承についての研究（一）／（二）」（『埼玉大学紀要　教養学部』26／28、一九九一年三月／一九九三年三月）、「座頭（盲僧）琵琶の語り物伝承についての研究（三）——文字テクストの成立と語りの変質——」（『成城国文学論集』26、一九九九年三月）、「『平家』語りの伝承実態に向けて」（『日本文学史を読むⅢ　中世』有精堂、一九九二年三月。『平家物語の歴史と芸能』吉川弘文館、二〇〇〇年一月再録）、「語りの場と生成するテクスト——九州座頭（盲僧）琵琶を中心に」（『課題としての民俗芸能史』ひつじ書房、一九九三年一〇月。『平家物語の歴史と芸能』再録）など。

第三章　読み本における〈語り〉の方法

――延慶本を中心に――

はじめに

『平家物語』における語りの問題というと、とかく語り本ばかりが議論の対象とされがちであるが、実は語りの語をもって論じられている問題はさまざまなレベルに及び、その要素の多くは読み本にも深い関係がある。たとえば、素材としての説話の形成・伝承における語りの問題は、諸本の区別なくあらゆる『平家物語』テキストの本質に関わる問題であろうが、テキストの古態性という面からすれば、ことに延慶本に深く関わる側面があろう(1)。唱導との関係性などについても、『言泉集』『澄憲作問集』等の唱導資料を、最も多く、しかも原文に近い姿で取り込んでいるのは延慶本であり(2)、小林美和氏はこうした唱導の語り口の影響を延慶本の文体のなかに指摘する(3)。また琵琶法師による『平家』語りという点に関しては、これが十三世紀末には行われており(4)、十四世紀初頭には一部語りの記録もみられるが(5)、いわゆる語り本系のテキストでその頃まで確実に遡りうるものは現存しない。延慶本と現存語り本との近似性を考慮するならば、その時期にあっては、延慶本に近いテキスト、ないしは読み本系に近いテキストのようなものが、台本的に用いられていた可能性も視野に入れておく必要があるように思われる(6)。たとえば、読み本の一種とされる源平闘諍録の一部には、その本文行のなかに「三重」「中音」という曲節名の書き入れがみられるが、これに関して渥美かをる氏は、「現存本を筆写した時の元本、すなわち奥書に言う『本云建武四年（一三三七）二月八日』の筆写本には、傍書してあったか、同じく本行の中にあったか不明である」としながらも、「二カ所に曲節が付いているからには、建武頃にはこの部分が語られていたことであろう」と指摘している[7]。

延慶本のような読み本と琵琶法師の語りとがどう関わっていたかは、現在のところ確認の方法はないが、その成立背景には、多様な語りの問題が広がっているのはこれまでにも多くの指摘があるところである。その一方で、延慶本と屋代本・覚一本といった語り本との本文の近似性、影響関係が注目されている[8]。たしかに、延慶本と屋代本・覚一本とでは、まったくの同文といってもよいほどの近似性を示している箇所が、それぞれに多数確認しうる。これら語り本に関しては、従来から語りによる影響がさまざまに指摘されてきているが、とすれば、こうした延慶本との近似性はどのように考えるべきなのであろうか。一方に語り本の書承的形成過程の可能性という問題が想定されるのは当然であろうが、他方、延慶本にも語り本と共通するような語り的要素が認められるということはないのであろうか。その一方で、そのような本文的近似性を有しながらも、延慶本と語り本とでは確実に享受における印象が異なるのもまた事実であろう。

このような問題をふまえ、延慶本と屋代本・覚一本とが比較的近似した本文を有する部分において生ずる印象の相違について、語り手の設定・テキストに内在する語りの方法という角度から捉えてみようというのが本章の目的である。そもそも、テキストを分析の対象とする限り、そこに抽出される語りの問題は、第一義的には叙述の方法として捉えるべきものであり、その意味においては、語り本・読み本に関わりなく論じうる問題である。そこに認められる〈語り〉の方法的差異の背景はさまざまであろうが、はじめからその背景の相違を前提として議論する前に、まずは、テキストそのものに内在する方法的差異そのものを明らかにする必要があろう。ことに、ほぼ同様の記事内容、近似性の高い詞章を用いながらも、結果的には微妙な印象の相違を生み出していくメカニズムを明らかにするのをひとつの課題としたい。

一　場面描写の視点

同一事件の描き方をめぐる延慶本と語り本との相違については、山下宏明氏が延慶本の重層性・複眼的な性格を一連の論考で指摘している(9)。その指摘は、ひとつの場面を描写するに際しての語り手の視点のレベルから、ある事件・事態全体を捉える編者としてともいうべき意識・視点のレベルにまで及び、延慶本と語り本との本質的相違を示すものとして示唆的である。しかしながら、その一方で延慶本と語り本とで、内容・本文が大きく異なっている場合に、それが各テキストの方法意識の問題なのか、それとも各テキストの素材・祖本となった先行テキスト自体の相違によるのかが、必ずしも判然としなくなってしまう。ことに素材を比較的原型に近い姿で摂取する傾向のある延慶本を検討の対象とする場合、この点は重要であろう(10)。

次に引く「坂落」も、本文的には必ずしも近いとはいえない。ただし、叙述内容や場面の構成要素には多くの共通性がみられ、部分的には近似本文も認められる箇所である。その共通した要素を用いながらも、配置や構成の面では大きく異っており、それが両本における視点の相違を端的に示している箇所である。（引用文中に付した英小文字は延慶本の構成要素を示し、覚一本で共通する部分にも用じ記号を付した。また、覚一本独自の部分には英大文字を付した。）

【延慶本第五本・源氏三草山幷一谷追落事】

a九郎義経ハ、一谷ノ上、鉢伏、蟻ノ戸ト云所へ打上テ見ケレバ、軍ハ盛ト見タリ。下ヲ見下セバ、或ハ十丈計ノ谷モアリ、或ハ二十丈計ノ巖モアリ、人モ馬モスコシモ通ベキ様ナシ。bコヽニ別府小太郎スヽミイデヽ申ケルハ、「先度田代殿御一見ノ如ニ、老馬ガ道ヲ可知ニテ候。其故ハイカニト申候ニ、伊与殿、八幡殿、奥ノ十三年ノ合戦ノ時、出羽ノ金沢ノ城ニテ七騎ニ打成レ、スデニ御自害候べカリケルニ、駿川国ノ住人大相大夫光任、老タリケル馬ヲ鉢伏ノタウゲカラ下ス。此馬二十余丈ノ滝ヲ落テ、迎ノ尾へ付ク。其時七騎ツヾイテカケヲ下リ、其後ニ五万余騎ニ成テ、貞任等ヲ御追発ノ候ケルトコソ承候へ。カヽル御計ヤ有べク候ラム」ト申タリケレバ、「尤トモ可然」トテ老馬ヲ御尋アリケルニ、c武蔵房弁慶相構タルコトナレバ、二疋ノ馬ヲ奉ル。一疋ハ葦毛、一疋ハ鹿毛ナリ。鹿毛ハ奥国ノ住人岡八郎ガ進タレバ、岡ノ嶋ト申。是ハ三十一歳ニナリニケル馬ナリ。イカケヂノクラニ、キニカヘシタル轡ヲハゲタリ。〈コレハ平

【覚一本巻九・坂落】

是を初て、秩父・足利・三浦・鎌倉、党には猪俣・児玉・野井与・横山・にし党・都筑党・私の党の兵共、惣じて源平乱あひ、入かへ〳〵、名のりかへ〳〵おめきさけぶ声、山をひゞかし、馬の馳ちがふ音はいかづちの如し。ゐちがふる矢は雨のふるにことならず。手負をば肩にかけ、うしろへひきしりぞくもあり。うすでおふてたゝかふもあり。いた手負て討死するものもあり。或はおしならべてくんでおち、さしちがへて死ぬるもあり、或はと(ッ)ておさへて頸をかくもあり、かゝるゝもあり、いづれひまありとも見えざりけり。かゝりしか共、源氏大手ばかりではかなふべしとも見えざりしに、A九郎御曹司搦手にまは(ッ)て七日の明ぼのに、一谷のうしろ鵯越にうちあがり、すでにおとさんとし給ふに、e其勢にや驚たりけん、大鹿二妻鹿一、平家の城墎一谷へぞ落たりける。

家ノカサジルシナリ〉葦毛ハ石橋ノ合戦ニ被打㆒シ、岡前ノ悪四郎能実ガ子ニ、サナダノ与一能定ガ乗タル馬也。ヨニ入テイサメバ、ユフガホト名付ク。是ハ二十八歳也。白鞍置テカヾミ轡ヲハゲタリ。〈此ハ源氏ノカサジルシナリ〉d二疋ヲ源平両家ノカサジルシトテ鵯越ヨリ落ス。此馬岩ヲ伝テ落ケルニ、e坂ノ中ニヲシカノ三臥タリケルガ、馬ニ驚テサキニ落シテ行。馬モ鹿モ共ニ落シテ行。夜半ニ上ノ山ヨリ岩ヲクヅシテ落ニケリ。f平家、「スワヤ敵寄ハ」トテ、各馬ニ乗、甲ノヲ、シメテ、矢ハズヲ取テ相待処ニ、敵ニハアラデ、大鹿三、平大納言ノヤカタノ前へ落タリ。平家ノ人々申ケルハ、「里ニ有ラム鹿モ人ニヲハレテ山深コソ可入㆒ニ、此鹿ノ是へ落タルコソアヤシケレ。敵軍野ニ臥ス時ハ、飛鳥行ヲ乱ト云事ノ有物ヲ。アワレ上ノ山ヨリ敵寄ニコソ」トテ、アワテサワギケル処ニ、g伊与国住人武智武者所清章ト云者、二ヲバ射テ取テケリ。今一ヲバ逃シテケリ。此鹿海ヲ指テ落ケルヲ、女方達ノ召タル船バタヲタ、イテケレバ、本ノ山ヘカヘル。マレイノ三郎トヾメテケリ。「心ナラ

---

f城のうちの兵ども是をみて、「里ちかからん鹿だにも、我等におそれて山ふかうこそ入べきに、是程の大勢のなかへ、鹿のおちやうこそあやしけれ。いかさまにもうへの山より源氏おとすにこそ」とさはぐところに、g伊予国住人、武知の武者所清教、すゝみ出て、「なんでまれ、敵の方より出きたらん物をのがすべき様なし」とて、大鹿二ついとゞめて、妻鹿をばゐでぞとをしける。越中前司「せんない殿原の鹿のゐやうかな。只今の矢一では敵十人はふせかんずるものを。罪つくりに、矢だうなに」とぞせいしける。

a御曹司城墎遙に見わたいておはしけるが、「馬共おと

ヌカリシタリ」トテ咲フ所ニ、hツヾキテ馬二疋ゾ落ニケル。カゲハナニトカシタリケム、死テ落タリ。葦毛ハ尻足ヲシキ、前足ヲノベテ、岩ニ伝テ落ケルホドニ、事故ナク城ノ内ヘ落立テ、御方ニ向テ、タカラカニ二音三音ゾイナ、キケル。

i源氏ノ兵ノ其時色ナヲリテ、人々我先ニ落ムトスル処ニ、j三浦ノ一門ニ佐原十郎義連ス、ミイデ、申ケルハ、「人モ乗ヌ馬ダニモ落シ候。義連落シテ見参ニ入ラム」トテ、威シマゼノ鎧ニ、栗毛ノ馬ニ乗テ、幡一流指上テ、マ（ッ）逆ニ落ス。五丈計ゾ落タリケル。k底ヲ見タレバ猶五丈計ゾ有ケル。御方へ向テ申ケルハ、「是ヨリ下へハイカニ思トモ叶マジ。思止給へ」ト申ス。「三草ヨリ是マデハル〳〵ト下タレバ、打上ムトストモカナウマジ。下へ落シテモ死ムズ。トテモ死バ敵ノ陣ノ前ニテコソ死メ」トテ、手綱ヲクレ、マ（ッ）逆ニ落サレケリ。l畠山申サレケルハ、「我レガ秩父ニテ、鳥ヲモ一羽、キツネヲモ一立タル時ハ、カホドノ巖石ヲバ馬場トコソ思候へ。必ズ馬ニマカスベキニ非」トテ、馬ノ左右ノ前足ヲミシ

いてみん」とて、d鞍をき馬をおいおとす。或は足をうちお（ッ）て、ころんでおつ、或はさうゐなく落て行もあり。h鞍をき馬三疋、越中前司が屋形のうへに落つゐて、身ぶるいしてぞ立たりける。

N御曹司是をみて、「馬共はぬし〳〵が心得ておとさうにはそんずまじゐぞ。くはおとせ、義経を手本にせよ」とて、まづ卅騎ばかり、ま（ッ）さきかけておとされけり。大勢みなつゞゐておとす。後陣におとす人々のあぶみのはなは、先陣の鎧甲にあたるほどなり。小石まじりのすなごなれば、ながれおとしに二町ばかりざ（ッ）とおといて、壇なるところにひかへたり。Kそれよりしもをみくだせば、大盤石の苔むしたるが、つるべおとしに十四五丈ぞくだ（ッ）たる。兵共こ、ぞ最後と申てあきれてひかへたるところに、jm佐原十郎義連す、み出て申けるは、「三浦の方で我等は鳥ひとつたてても、朝ゆふかやうの所をこそはせありけ。三浦の方の馬場や」とて、ま（ッ）さきかけておとしければ、兵共みなつゞゐておとす。ゑ

ト取テ引立テ、鎧ノ上ニカキ負テ、カチニテマ（ツ）前ニ事故ナクコソ落サレケレ。m是ニツヾキテ佐原十郎義連、「実ニ三浦ニテ朝夕狩スルニ、是ヨリ嶮シキ所ヲモ落セバコソ落スラメ。イザヤ若党」トテ、一門引具テ、和田小太郎義盛、同次郎義茂、同三郎宗実、同四郎義胤、葦名太郎清際、多々良五郎義治、郎等ニハ物部橘六アマ太郎、三浦藤平、佐野平太、是等ヲ始トシテ、義経前後左右ニ立並テ、手縄カヒクリ鐙フミハリ目ヲフサギテ、馬ニ任テ落シケレバ、n義経、「ヨカメルハ。落セヤ、若党」トテ、先ニ落シケレバ、落トヾコホリタル七千余騎モ我ヲトラジト皆ヲトス。o畠山ハ赤威ノ鎧ニウズベヲノ矢ヲイテ、黒馬ノ三日月ト付タリケリ。一騎モ損ゼズ城ノ仮屋ノ前ニゾ落付タル。

p落ハツレバ白旗卅流サトサ、セテ、平家ノ数万騎ノ中ヘ乱入テ、時ヲド（ツ）、作タリケレバ、我方モ皆敵ニミヘケレバ、肝心モ身ニソハズ、アワテ迷事ナノメナラズ。馬ヨリ引落シ射（落）サネドモ落フタメキ、上ニナリ下ニナリシケルホドニ、q城ノ後ノ仮屋ニ火ヲ係タリケレ

い〱声をしのびにして、馬にちからをつけておとす。余りのいぶせさに、目をふさいでぞおとしける。大方人のしわざとは見えず。たゞ鬼神の所ゐとぞみえたりける。

pおとしもはてねば、時をど（ツ）とつくる。三千余騎が声なれど、山びここたへて十万余騎とぞ聞えける。q村上の判官代康国が手より火を出し、平家の屋形、かり屋をみな焼払ふ。おりふし風ははげしゝ、くろ煙おしかくれば、r平氏の軍兵共余にあはてさはいで、若やたすかると前の海へぞおほく馳いりける。汀にはまうけ船いくらもありけれども、われさきにのらうど、舟一艘には物具したる者共が四五百人、千人ばかりこみのらうに、なじかはよかるべき。汀よりわづかに三町ばかりおしいだひて、目のまへに大船三艘しづみにけり。其後は「よき人をばのす共、雑人共をばのすべからず」とて、太刀長刀でながせけり。かくする事とはしりながら、のせじと

バ、西ノ風ハゲシク吹テ、猛火城ノ上へ吹覆ケル上ハ、煙ニムセビテ目モミヘズ。r取物モ取アヘズ、只海ヘノミゾ馳入ケル。助ケ船アマタ有ケレドモ、船ニツクハ少ク、海ニ沈ムハ多リケリ。所々ニテ高名セラレタリシ能登守、イカヾ思ワレケム、平三武者ガ薄雲ト云馬ニ乗テ阪磨ノ関へ落給テ、ソレヨリ船ニテ淡路ノ岩屋へゾ落給ニケル。

する船にとりつき、つかみつき、或はうでうちきられ、或はひぢうちおとされて、一谷の汀にあけにな（ッ）てぞなみふしたる。能登守教経は、度々のいくさに一度もふかくせぬ人の、今度はいかゞおもはれけん、うす黒といふ馬にのり、西をさいてぞ落給ふ。播磨国明石浦より船に乗て、讃岐の八嶋へわたり給ひぬ。

この内容を延慶本・覚一本に即して整理すると、次のようになる。

【延慶本】

a. 義経、坂上より見下ろす
b. 別府小太郎、前九年合戦における老馬の故事を披露
c. 弁慶、老馬二疋を進上（＋各馬の来歴）
d. 二疋の馬を落とす。
e. 驚いて鹿三疋坂を落とす
f. 平家、落ちてきた鹿に驚きあわて騒ぐ
g. 武知清章、鹿二疋を射取る

【覚一本】

A. 義経、坂上に到着。合戦の状況
e. 鹿三疋、源氏の兵に驚き坂を落とす
f. 平家、鹿に不審を覚える
g. 武知清教、鹿二疋を射取る

h. 遅れて、馬二疋が坂下に降り立つ（一疋は死）
i. 坂上の源氏、坂を落とそうとする
j. 佐原義連、先を駆けて中程まで落とす
k. 義連坂の途中で躊躇。さらに続けて落とす
l. 畠山重忠、馬の前足を担いで落とす
m. 義連、一門を率いてこれに続く
n. 義経残る七千余騎の先陣をきって落とす。人々これに続く
o. 重忠の装束
p. 源氏、坂下に着き白旗を掲げ平家の中へ乱入
q. 源氏、平家の陣に火をかける
r. 平家の混乱。海上への逃亡。教経の逃走（須磨から淡路へ）

---

a. 義経下の城墎を見下ろす
d. 馬三疋を落とす
h. 馬、坂下に降り立つ
N. 義経三十騎を率いて中程まで落とす
K. 人々、中段にて躊躇
i m. 佐原義連、先頭をきって落とす「たゞ鬼神の所ゐとぞみえたりける」
p. 源氏、坂下に降り着き、鬨をつくる
q. 村上康国、平家の城墎に火をかける
r. 平家の混乱、逃亡。教経の逃走

覚一本の場合、bの記事は鵯越に至る山中での出来事として「老馬」に置き、cを欠く。また、畠山の台詞を義連のものとしてl－oの畠山記事を欠き、なによりも、N坂の上から最初に先陣を切るのを義経としているなどの内容的異同を示している。これは、場面全体を義経を焦点として集約化し、その英雄的な姿を強調しようとの意図に基づくものと思われるが、今はそのことは問わない。注目したいのは、全体を構成する個々の場面についての構成意識の

相違である。

覚一本の場面展開は、坂の上の源氏対坂の下の平家という明確な空間的対比をみせている。前半部は、A義経の到着、生田森における源平合戦の状況を俯瞰した後、e鹿の行動を契機として焦点が一谷の平家に絞り込まれ、fgが平家に近接する視点から語られる。その後、aでカメラを切り替えるようにして目を坂上の源氏に転じ、義経を中心に源氏勢に即してその行動をd～mと躍動的に描写する。義経らの果敢な迫力あふれる姿を、「大方人のしわざとは見えず、たゞ鬼神の所ゐとぞみえたりける」と、現場の目撃者的な言葉として評した後、それと同じ視点から、坂の下に降り着いた源氏勢の鬨の声を「三千余騎が声なれど、山びここたへて十万余騎とぞ聞えける」と伝え、康国による城墎への放火を語るのである。a～qまでは描写の焦点・対象空間は源氏に据えられ、この対象空間の一隅に立つ目撃者のように源氏勢に即した視点が設定される。そこから、あらためて火が放たれた状況を「おりふし風ははげし、くろ煙おしかくれば」と記すのを境に、描写対象は源氏から平家へと移行し、平家方の混乱、潰走ぶりが克明に描写されていくのである。源氏と平家という描写対象が明確に対比され、語り手の視点はそれぞれにおいて対象に近接する空間に定められている。たとえば、「Kそれよりしもをみくだせば、大盤石の苔むしたるが、つるべおとしに十四五丈ぞくだ(ッ)たる」などには、源氏の兵共が足下の急坂をのぞき見るのに伴って、視点が彼らに重ね合わせられていくような語り手の姿が認められる[11]。

これに対し、延慶本ではこの対比構造が希薄である。前半の坂上における義経・別府小太郎・弁慶の相談場面（abc）から、d馬の逆落、e驚いた鹿の先行にしたがって、場面は平家勢へと移行したかにみえるが（fg）、遅れて坂下に着いた馬のいななきとともに（h）「源氏ノ兵ノ其時色ナヲリテ」（i）と、描写対象はふたたび坂上の源氏勢へと移行している。平家と源氏の描写は連続し、語り手の視点の転換をうかがわせる要素はない。坂の上と坂の下という異なる空間であるにもかかわらず、時間進行に準じるかたちで二つの空間の描写は連続しているのである。後半部においても、坂を落しきって攻撃する源氏と、混乱する平家とが連続的に描写される。両者の結節点にあたる叙述、「p落ハツレバ白旗卅流サトサ、セテ、平家ノ数万騎ノ中へ乱入テ、時ヲド(ッ)、作タリケレバ、我方モ皆敵ニミヘケレバ、肝心モ身ニソハズ、アワテ迷事ナノメナラズ」では、一文のなかで前半(源氏)後半(平家)と、その行為の主体が入れ替わっている。ここにうかがえるのは、源平両軍の動静を同時に確認しうるような語り手の視点であり、覚一本が、源氏と平家とを区分し、それぞれに即した視点からの描写によって全体を対比的に構成していたのとは明らかに異なっている。

延慶本の叙述は、結果的に場面全体を同一の視点から捉えているかのような印象をもたらす。坂下の平家と坂上の源氏の動静を、同時に、しかも等しく捉えうるような視点であり、個々の叙述、表現においては、対象との距離という面において微妙な揺れを内包しながらも、全体としては語り手と対象世界との距離感を印象づける結果を生んでいるのである。たとえば引用部の冒頭、「a九郎義経ハ、一谷ノ上、鉢伏、蟻ノ戸ト云所へ打上テ見ケレバ、軍ハ盛ト見タリ。下ヲ見下セバ、或ハ十丈計ノ谷モアリ、或ハ二十丈計ノ巖モアリ、人モ馬モスコシモ通ベキ様ナシ」の叙述において、傍線部は、語り手の認識であるとともに、「見る」という行為にともなう義経自身の認識でもあるはずである。したがって、このような叙述には語り手と登場人物の視点の同化が認められる場合が少なくない。この延慶本の場合でも、この部分だけを取り出してみれば、視点の同化傾向を認めることもできよう。しかしながら、この叙述によって義経に接近した視点が、その後の叙述において持続されることはない。叙述の焦点は、別府小太郎のいささか長い台詞による老馬の故事の披露へと移り、さらに弁慶によって献ぜられた二疋の馬の来歴の解説へと進んでゆく。この解説の介入が、場面空間と語り手との距離を享受者に意識させ、一連の叙述全体としては義経との視点の同化・

空間的近接化の印象は希薄化している。

こうした延慶本の叙述が、どの程度方法的に意識されていたのかは必ずしも明らかではない。延慶本の場合、「坂落」にまつわる複数の叙述を素材としながら、そのそれぞれを分解し、時間進行に随ってそれらを再編した際に生じたとみられるある種の混乱がみられるからである。たとえば、坂を落とす源氏の叙述の背後には、義連を中心とした説話と重忠を中心とした説話がそれぞれ独立的に存在した可能性が高い。

坂を落とす源氏勢の描写は、佐原義連が自ら名乗り出て先陣を切る様子（j）からはじまる。「五丈計」を落した義連は、残りの急坂を前に、「是ヨリ下ヘハイカニ思トモ叶マジ」と躊躇しながらも、「トテモ死バ敵ノ陣ノ前ニテコソ死メ」と決死の覚悟を決め、ふたたび「マ（ッ）逆ニ落」してゆく[12]（k）。続いて、「カホドノ巌石ヲバ馬場トコソ思候ヘ」と豪語する重忠が、馬の前足を担いで「カチニテマ（ッ）前ニ事故ナクコソ落」した様子が記される（l）。「是ニツヾキテ」義連もまた、「実ニ三浦ニテ朝夕狩スルニ……」と、一門を引き連れて、「手縄カヒクリ鐙フミハリ目ヲフサギテ、馬ニ任テ落」したと記すのである[13]（m）。続いて、義経が残りの七千余騎の先頭をきって落したと語った（n）後に、重忠の装束が記され（o）、「一騎モ損ゼズ城ノ仮屋ノ前ニゾ落付」た（p）とするのである。叙述の順序に随えば、最初に落としたはずの義連が、重忠の行動の後に再度重複して登場し、またすでに坂下に到着しているはずの重忠の装束が、遅れて落とした人々のなかに記されるのは、明らかにある種の齟齬である。おそらくは、坂落記事には、義経の行動を記した叙述に加えて先陣を切った義連・重忠それぞれに関する説話があり、それらを同時進行的に記そうとしてそれらを切り継いだために、このような混乱が生じたものであろう。重忠の装束の叙述も、「事故ナクコソ落」した重忠と、「一騎モ損ゼズ仮屋ノ前ニゾ落付」た軍勢の行動を同時進行的に認識した、編集の痕跡と思われる。平行して進行する複数の行動を、坂落という集団による同時進行的行為と認識し、その認識に基づく時間進行に即して、個々の情報源となった素材としての叙述を解体・再編した結果、このような混乱が生じたものであり、そこには自ら場面を目撃し報告する語り手の姿ではなく、文字情報を机上で操作する編者の姿がうかがわれるのである。この点、覚一本はこれらの情報が整理され、最初に義経を中心として中段まで落とす軍勢の姿が、続いて義連に先導されて落とす集団の姿が、「後陣におとす人々のあぶみのはなは、先陣の鎧甲にあたるほどなり」と、あたかも眼前の出来事を目撃しているかのような視点から、躍動的に描写されている。

次に、壇の浦合戦の一場面についても、検討を加えてみたい。

【延慶本第六本・壇浦合戦事付平家滅事】

平家ハ七百余艘ノ兵船ヲ四手ニ作ル。山鹿平藤次秀遠ガ一党、二百余艘ニテ一陣に漕向フ。阿波民部成良ヲ先トシテ、四国者共百余艘ニテ二陣ニ漕続ク。平家ノ公達三百余艘ニテ三陣ニ引ヘタリ。九国住人菊池原田ガ一党、百余艘ニテ四陣ニ支ヘタリ。

一陣ニ漕向ヘタル秀遠ガ一党、筑紫武者ノ精兵ヲソロエテ、舟ノ舳ニ立テ舳ヲ並テ、矢サキヲ調テ散々ニ射サセケレバ、源氏ノ軍兵、射白マサレテ兵船ヲ指退ケレバ、「御方勝ヌ」トテ、攻鼓ヲ打テ訇リケル程ニ、

【覚一本巻十一・鶏合壇浦合戦／遠矢】

平家は千余艘を三手につくる。山賀の兵藤次秀遠、五百余艘で先陣にこぎむかふ。松浦党、三百余艘で二陣につゞく。平家の君達、二百余艘で三陣につゞき給ふ。

兵藤次秀遠は、九国一番の勢兵にてありけるが、我程こそなけれども、普通ざまの勢兵ども五百人をすぐ(ッ)て、船々のともへにたて、肩を一面に並べて、五百の矢を一度にはなつ。源氏は三千余艘の船なれば、せいのかずさこそおほかりけめども、処々よりゐければ、いづくに勢

源氏、ツヨ弓精兵ノ矢継早ノ手全共ヲソロヘテ、射サセケル中ニ、山鶏ノ羽ヲ以テハギタリケルガ、本巻ノ上一寸計置テ、「三浦平太郎義盛」ト漆ニテ書タリケルゾ、物ニモツヨクタチ、アダ矢モ無リケル。サテハ可然矢無リケリ。平家是ヲミテ、大矢皆止テ、伊与国新井四郎家長ヲ以テ射サセタリ。手ゾ少シアバラナリケレドモ、四国ノ内ニハ第一ト聞ヘタリ。三浦平太郎ガ射タリケル遠矢ニ今三段計射増タリケリ。其後源氏モ平氏モ遠矢ハ止ニケリ。三浦平太郎、遠矢ヲ射劣タリトヤ思ケン、アキマ算ノ手呈ニテ有ケレバ、小船ニ乗テ漕廻テ、面ニ立者ヲ指ツメ〳〵射伏ケリ。都テ矢先ニマワル者、射取ズト云事ナシ。

兵ありともおぼえず。大将軍九郎大夫判官、ま（ッ）さきにすゝ（ン）でたゝかふが、楯も鎧もこらへずして、さん〴〵にゐしらまさる。平家みかた勝ぬとて、しきりにせめ鼓う（ッ）て、よろこびの時をぞつくりける。／

源氏の方にも、和田小太郎義盛、船にはのらず、馬にうちの（ッ）てなぎさにひかへ、甲をばぬいで人にもたせ、鐙のはなふみそらし、よ（ッ）ぴいてゐければ、三町がうちとの物ははづさずつようゐけり。そのなかに、ことに遠うゐたるとおぼしきを、「其矢給はらん」とぞまねひたる。新中納言是をめしよせて見給へば、しらのに鶴のもとじろ、こうの羽をわりあはせてはいだる矢の、十三束ふたつぶせあるに、くつまきより一束ばかりをいて、和田小太郎平義盛とうるしにてぞかきつけたる。平家の方に勢兵おほしといへども、さすがとを矢ゐる物はすくなかりけるやらん、良久しうあ（ッ）て、伊予国の住人仁井の紀四郎親清めしいだされ、この矢を給は（ッ）てゐ返す。是も奥よりなぎさへ三町余をつ（ッ）とゐわたして、和田小太郎がうしろ一段あまりにひかへたる三浦の石左近の太郎が弓手のかいなに、したゝにこそた（ツ）たりけれ。三浦の人共これを見て、「和田小太郎がわれにすぎて遠矢ゐるものなしとおもひて、恥かいたるにくさよ。あれを見よ」とぞわらひける。和田小太郎是をきゝ、「やすからぬ事也」とて、小船にの（ツ）てこぎいださせ、平家のせいのなかをさしつめひきつめさん〴〵にゐければ、おほくの物どもゐころされ、手負にけり。

この場面においても、先に「坂落」でみたのとほぼ同様の特徴が読みとれる。覚一本は、場面を空間・時間ごとに切り取って独立させ、あたかもカメラを切り替えるような構成を生み出している。まず平家の全軍を遠望した後、視点は平家軍の一角をなす秀遠勢に急接近、彼らの姿をクローズアップする。この視点から源氏の方を見渡すと、義経を先頭として、こちらを上回る大群でしきりに矢戦を挑んでくるが、その矢はまばらでさほどの効果もあげていない。一方こちらの射る矢は一斉射撃としての集中力をもって源氏を圧倒してゆく。前半の描写からはこのような情景が浮かび上がってくる。後半は、場面空間がさらに義盛と親清の遠矢の応酬に絞り込まれ、遠矢を射た義盛の姿、これを受けた平家諸将の姿が近接した視点から描写された後、「三浦の人共」の姿を捉えるところから、視点は対象から遠ざかりはじめ、同時に視野が拡大、やや離れたところから義盛が平家の兵船のなかに攻め込む様を全景として捉えるのである。そして、この一連の叙述の臨場感・緊迫感を支えていたのが、歯切れのよい文体であった(14)。

これに対し、延慶本の叙述では、このような場面空間の切り替え、視野の拡大、視点の移動が極めて曖昧である。

たとえば、覚一本で明確に場面が転換し（章段がここで替わる）、義盛の遠矢へと話題が移るところでも、延慶本は『御方勝ヌ』トテ、攻鼓ヲ打テ訇ケル程ニ」と、時間的連続性がその移行を主導する一方で、場面を空間的に転換するという意識には欠ける。結果的に、全体を遠望する変化に乏しい単一の視点から、場面全体が捉えられているような印象がもたらされるのである。ひとつの山場である秀遠の活躍も、「射サセケレバ」「指退ケレバ」「訇リケル程ニ」と、躍動感の乏しい平板な文体のために、時間推移のみに主導された解説的な叙述となっている。また、後半で「アダ矢モ無リケル」「無リケリ」「射サセタリ」「聞ヘタリ」「射増タリケリ」「遠矢ハ止ニケリ」と、短い単文を連ねるような文体を用いながらも、このような遠望する視点であるがゆえに、覚一本のような臨場感・緊迫感を生み出すことはない。延慶本においては、個々の文・叙述においてどのような表現が用いられているかに関わらず、全体としては語り手は場面全体を遠望するような視点に立って、時間経過を主たる原理として解説的に描写しているのである。

二　解説する語り手

延慶本のいわゆる「坂落」の叙述において、語り手と場面との距離を意識させるひとつの要因となっていたのが、二疋の老馬をめぐる解説的な叙述であった。延慶本にあっては、このような解説叙述が、臨場感の阻害、語り手と対象場面との時間的距離を意識させるようなかたちで、しばしば描写のなかに介入してくる[15]。

【延慶本第六本・八嶋ニ押寄合戦スル事】其時奥州ノ佐藤三郎兵衛継信ハ、黒革縅ノ鎧ニ黒ツバノ征矢ヲウテ、黒鴾毛ナル馬ニ乗テ蒐出タリケルガ、頸ノ骨ヲ射サセテ、マ（ッ）逆ニ落ニケリ。能登殿ノ童ニ菊王丸トテ、大力ノ早者ニテ有ケルガ、元ハ能登守ノ兄、越前ノ三位ノ召仕ケルガ、三位湊川ニテ打レ給テ、能登守ニ付タリケリ。萌黄ノ腹巻ニ左右ノ小手指シテ、三枚甲ノ緒ヲシメテ、大刀ヲヌキ、舟ヨリ飛下テ、佐藤三郎兵衛ガ頸ヲ取ントテ打カヽル所ヲ、弟佐藤四郎兵衛ヨリハアワデ、立留テヨ（ッ）引テ射箭ニ、菊王丸ガ腹巻ノ引合ヲツト射ヌク。一足モ引ズ、ウツブシニ倒レニケリ。能登守是ヲ見テ、太刀ヲヌキテ船ヨリ飛下テ、童ガカイナヲムズト取テ、船へ投入給ケレバ、童ハ船ノ内ニテ死ニケリ。

問題は傍線部の菊王丸の前歴についての解説的な一節の置かれている位置である。これを、覚一本の叙述と比較してみると、その働きの相違は明らかである。

【覚一本巻十一・嗣信最期】なかにもま（ッ）さきにすゝむだる奥州の佐藤三郎兵衛が、弓手の肩を馬手の脇へつ（ッ）とゐぬかれて、しばしもたまらず、馬よりさかさまにどうどおつ。能登殿の童に菊王といふ大ぢからのかうの物あり。萌黄おどしの腹巻に、三枚甲の緒をしめて、白柄長刀のさやをはづし、三郎兵衛が頸をとらんとはしりかゝる。佐藤四郎兵衛、兄が頸をとらせじとよ（ッ）ぴいてひやうどゐる。童が腹巻のひきあはせをあなたへつ（ッ）とゐぬかれて、犬居にたふれぬ。能登守是を見て、いそぎ舟よりとんでおり、左の手に弓をもちながら、右の手で菊王丸をひ（ッ）さげて、舟へからりとなげられたれば、敵に頸はとられねども、いた手なればしににけり。是はもと越前の三位の童なりしが、三位うたれて後、おとゝの能登守につかはれけり。生年十八歳にぞなりける。この童をうたせてあまりにあはれにおもはれければ、其後はいくさもし給はず。

延慶本・覚一本において、傍線部の叙述はほぼ同文である他、叙述全体としても、内容はもちろん、一節一節の表現そのものまでもがよく似ている。たとえば、破線を付した箇所などは、「大力ノ早者（覚一本「大ぢからのかうの物」）」、「左右ノ小手指シテ（覚一本にはなし）」、「大刀ヲヌキ、舟ヨリ飛下テ（覚一本は「白柄長刀のさやをはづし」）」などの異同はみられるものの、その表現は極めて近い。おそらくは、同一の素材となる本文から分化したものと考えられるが、このように近似した表現を用いながらも、結果的には異なる印象を享受者に与えている。

この覚一本の語り方については第二章で分析を試みたが、基本的には物語世界の時空にあって、場面空間に近接した目撃者の視点からの実況中継的な語り口による一連の描写を基調としながらも、それが一段落したところであらわれる傍線部の解説的叙述によって、聞き手を前にした物語る時空における語り手としての位置が確認されるという、一種の対比的構図が読みとれた。

これに対し、延慶本の場合では、傍線部「元ハ能登守ノ兄、越前ノ三位ノ召仕ケルガ、三位湊川ニテ打レ給テ、能登守ニ付タリケリ」が、「菊王丸」という名前に付随した割注を本文に取り込んだようなかたちで、場面空間に即した視点からの視覚的な描写（破線部）に介入している。それによって一連の叙述が分断され、破線部の表現ひとつひとつに関しては覚一本に近似しながらも、全体としては覚一本のような場面空間内部に位置する視点による描写としての一貫性を獲得するに至っていない。というよりは、登場人物についての視覚的描写と解説的叙述が同次元で並存しうるような視点、すなわち、物語世界からは切り離された物語る場から、物語世界を対象としてながめるような視点からの叙述になっているのである。同時に、覚一本が「…かうの物あり」「…はしりかゝる」「…ひやうどゐる」「…たふれぬ」と、一文一文を短く区切る独特の文体で緊張感を高めているのに比べ、「…大力ノ早者ニテ有ケルガ」「…打カヽル所ヲ」「…ヨ（ッ）引テ射箭ニ」と、叙述が一文として連続しており、緊迫感を欠き、傍線叙述の介入とあいまってどちらかといえば説明的印象をもたらしている。

実際に声に出して語ってしまえば、両本の相違はほとんど意識されないであろう。語りにおいては、語り手は聞き手の目の前におり、語りの場と物語世界の対比は、享受における当然の条件となる。聞き手は、語り手の実際の声によって物語世界を享受しているのであり、そこで、物語世界と物語る場の対比が意識されるのは、その内容以上に、語り手の口調によるところが大きいからである。音声化してしまえばほとんど意識されないような異同、それをあえて変えているところに、延慶本とは異なる覚一本の工夫があり、その結果得られる印象が語り的なのである。

このような解説的叙述の配され方に関してひとつの示唆を与えてくれるのが、前節で引用した「坂落」における「〈コレハ平家ノカサジルシナリ〉」「〈此ハ源氏ノカサジルシナリ〉」という割注の存在である。この割注なくしては、「一疋ヲ源平両家ノカサジルシトテ」の意味、あるいはそれぞれどちらを源平両氏の笠印とするのかが判然としない。そのため、「カゲハナニトカシタリケム、死テ落タリ。葦毛ハ尻足ヲシキ、前足ヲノベテ、岩ニ伝テ落ケルホドニ、事故ナク城ノ内へ落立テ、御方ニ向テ、タカラカニ一音二音ゾイナ、キケル」という一節の有する、占い（予見）的意味合いも見失われてしまう。しかしながら、割注という形式は、これらが後代の増補である可能性を示している。おそらくは、この割注のない本文が先行し（その時点では、説明の必要がなかったか、あるいはそもそも占い的意味合いは意識されていなかったか）、ある時点で不明な意味を補う解説として、割注が付されたものではなかったか。この割注記事は、盛衰記に至ると次のようなかたちで本文のなかに取り込まれていく。

【盛衰記巻三十七・義経落二鴨越一】軍将宣ケルハ、「一ハ馬ノ落様ヲモ見、一ハ源平ノ占形ナルベシ」トテ、葦毛馬ニ白覆輪、白ケレバ白旗ニ准テ源氏トシ、鹿毛ノ馬ニ黄覆輪、赤ケレバ赤旗ニナゾラヘテ平氏トテ追下ス。……

源氏ノ馬ハ、蚑起ツ、身振シテ、峯ノ方ヲ守リ一声嘶《イバウ》、篠草ハミテ立リ。平家ノ馬ハ、身ヲ打損ジ、臥テ再起ザリケリ。

ここに、延慶本の形成過程を解き明かすひとつの手掛りがあろう。延慶本は、さまざまな増補・改編の手が加えられて現在の形態を形成してきた。そうした増補・改編作業の一要素として、ここにあげたような割注のような解説的叙述の付加があった。それが割注という形式であったのか、傍書という形式であったのか、あるいは貼紙によったのかは不明である。が、そうした作業がなされた本文が、後に書写されるにあたって、それらの解説的叙述の本文中への取り込みを繰り返してきたのが、現存の本文ではなかったか(16)。本来、本文中には存在しなかったこれらの解説的叙述が、このような作業によって取り込まれた結果、本来の叙述が有していたであろう物語世界を物語るという連続性が断ち切られることとなった。それが方法的に意図されたものかどうかは別として、解説的叙述によってもたらされた物語る時空の介入は、物語られる世界と物語る世界との距離を意識させるものであり、そこに対象を客体化して捉えようとする語り手を生み出している。

延慶本の語り手を、対象世界から距離をとってこれを客体化する存在としているのは、なにも後次的な解説の摂取の方法によるものばかりではない。語り本と比較して豊富な記事・叙述が、場面を詳細にいきいきと描写しようという方向性ではなく、主としてある事件・ある事象に解説を加える方向性においてなされているところに、延慶本が本来的に有する解説への志向性が認められる。たとえば、覚一本の巻七「忠度都落」に該当する第三末「薩摩守道ヨリ返テ俊成卿ニ相給事」に続けて、「行盛ノ歌ヲ定家卿入新勅撰事」の一段が置かれているが、これなどは解説・解釈という志向性を端的に示した付加的記事であろう。俊成が忠度の歌を『千載和歌集』に「読人シラズ」として入れたのを「口惜ケレ」と評する語り手は、それに対する「ヤサシクアワレ《延慶本ママ》」な例として、俊成の息定家が、『新勅撰和歌集』に行盛の「ながれての」の歌を「左馬守行盛卜名ヲアラワシテ」入集させた事実を記す。単に類似例を載せたというのではなく、俊成の行為を批判的に照しだそうとしているのは明らかである。[17]

解説は必ずしも地の文（＝語り手の言葉）によってのみなされるのではない。前項で引用した「坂落」には、割注、地の文による二疋の老馬の説明のほか、老馬を落とす行為の根拠となった前九年の乱における義家の故事が、登場人物である別府小太郎の言葉によって語られている。本来は、故実に基づく有効な作戦の提案という別府小太郎の手柄話としての性格を有するものであろうが、延慶本において二疋の老馬の説明と並べて配されることにより、老馬を落とし、それに続くことで貞任等との合戦に勝利を収めたという故事から予測される、今の行為の結果を予見する、いわばこれからの展開に対する解説としての側面が強調されるのである。しかしながら、それはとりもなおさず場面描写という側面において、臨場感、緊迫感を阻害する要因ともなっている。それにもかかわらず、こうした解説的叙述を重ねる背景には、描写よりも解説をという、延慶本の語り手の基本的姿勢があるのは間違いなかろう。それは、物語世界に没入し、物語の時空に自らを置くような視点からの語りによって、物語世界を享受者の現前に幻出させようとするような語り本の志向性とは異なり、対象世界を完全なる過去としてその距離を確認、客体化しながら、物語る現在においてこれに解説を加えるところに力点を置く語り手のあり方を示唆するものであろう。

語り手と対象世界との関係を探る手掛かりのひとつとして、伝聞表現の問題がある。これについては、「けるとぞ聞こえし」という表現に着目した日下力氏の示唆的な指摘がある。[18]氏は、覚一本において、「けるとぞ聞こえし」が三十五例（屋代本九例、延慶本十六例）、似たような伝聞表現の「けるとかや」十九例、「けるとぞ承る」二例などに比べ突出している点に注目する。そして、この表現のもつ微妙なニュアンスに（「けり」と「き」という二つの過去の助動詞を用いることで、「二段構えで過去を遠ざけつつ、語り手は語り現在へと浮上してくる」一方で、「この伝聞表現は、伝聞主体が自らの姿を隠蔽しながら、過去の出来事を過去のなかに定着させようとする」特性を有する）覚一本の語りの構造を捉える。この指摘をふまえて、逆に延慶本における伝聞表現をみるならば、五十八例という「ケルトカヤ」（「ケルトゾ承ル」は四例、なお「ケリ」を伴わない「トカヤ」が二十一例ある）にひとつの特徴をみることができよう。文末表現としての「トカヤ」に関しては、小林美和氏が「故事説話を記す場合、現実の事件を伝承風に記す場合、そのいずれにも用いられている」ものであり、「説話伝承者としての語り手自身を顕示するもの」、「既存の説話の引用を『トカヤ』で結び、次に著述者の批評を付け加える」「説話文学の手法と共通するもの」として、その基盤に説経唱導の存在を指摘している。[19] 注目すべきは、延慶本の「ケルトカヤ」の用例箇所が、覚一本・屋代本の用例箇所とほとんど重ならない点である。五十八例中、覚一本または屋代本と共通するの三箇所のみ（うち一箇所は覚一本「けるとぞ聞えし」）、十六箇所は延慶本で「ケルトカヤ」と伝聞表現になっている記事が語り本では伝聞表現をとらない用例であり、残る三十九例は、「ケルトカヤ」によって結ばれる伝承記事そのものが語り本に存在しない。この第三の用例には、大きくは語り本などと共通ないし近似した本文に、付加的な一節が加えられているところに用いられている場合（①②）と、語り本にはまったく含まれない解説的叙述に際して用いられている場合（③）があるが、基本的には解説的記事が多いという延慶本の特徴と合致している。

①【延慶本第一本・八人ノ娘達之事】此成範卿ヲ桜町中納言ト云ケル事ハ、此人心スキ給ヘル人ニテ、東山ノ山庄ノ町々ナリケルニ、西南ハ町ニ桜ヲ殖トヲサレタリ、北ニハ薬ヲ殖ヘ東ニハ柳ヲ殖ラレタリケル、其中ニ屋ヲ立テ住給ケリ。来レル年ノ春毎ニ花ヲ詠ジテ、サク事ノ遅ク、散ル事ノ程ナキヲ歎テ、花ノ祈リノ為ニトテ、月ニ

三度必ズ泰山府君ヲ祭リケリ。サテコソ、七日ニチルナラヒナレドモ、此桜ハ三七日マデ梢ニ残リアリケレ。西南ノ惣門ノ見入ヨリ桜見エケレバ、異名ニ桜町中納言トゾ申ケル。桜待中納言トモ云ケルトカヤ。

【覚一本巻一・吾身栄花】抑此成範卿を桜町の中納言と申ける事は、すぐれて心数奇給へる人にて、つねは吉野山をこひ、町に桜をうへならべ、其内に屋をたててすみ給しかば、来る年の春毎にみる人桜町とぞ申ける。桜はさいて七箇日にちるを、余波を惜み、あまてる御神に祈り申されければ、三七日まで余波ありけり。

②【延慶本第二末・南都ヲ焼払事付左少弁行隆事】焼死ル所ノ雑人、大仏殿ニテ千七百余人、山階寺ニテ五百余人、或御堂ニハ三百余人、或御堂ニハ二百余人、後日ニ委ク算レバ、惣一万一千四百余人トゾ聞ヘシ。軍ノ庭ニテ討ル、所ノ大衆七百余人ガ内、四百余人ガ首ヲバ都ヘ上ス。其中ニ尼公ノ首モ少々アリケルトカヤ。

【覚一本巻五・奈良炎上】ほのをのなかにてやけしぬる人数をしるいたりければ、大仏殿の二階の上には一千七百余人、山階寺には八百余人、或御堂には五百余人、或御堂には三百余人、つぶさにしるいたりければ、三千五百余人なり。戦場にしてうたるゝ大衆千余人、少々は般若寺の門の前にきりかけ、少々はもたせて都へのぼり給ふ。

③【延慶本第一末・成親卿流罪事付鳥羽殿ニテ御遊事成親備前国へ着事】此大納言、宰相カ中将カノ程ニテ、異国ヨリ来リタリケル相人ニ遇給タリケレバ、「官ハ正二位大納言ニ昇給ベシ。但シ獄ニ入ル相ノヲハスルコソ糸惜シケレ」ト相シタリケルトカヤ。今被思合テ不思議也。

これに対し注目したいのが次の④⑤の場合である。この場合、延慶本では「ケルトカヤ」と伝聞形となっているのとほぼ同様の内容・叙述が、語り本では直接叙述のなかに取り込むかたちで表現される。そこに、語り手・物語世界の関係の微妙な相違が認められるように思われるのである。

④【延慶本第四・木曾法住寺殿へ押寄事】主水正近業ハ大外記頼幸真人ガ子ナリ。薄青ノ狩衣ニ上括テ、葦毛ナル馬ニ乗テ七条川原ヲ西へ馳ケルヲ、木曾郎等今井四郎馳並テ、妻手ノ脇ヲ射タリケレバ、馬ヨリ逆ニ落テ死ニケリ。狩衣下ニ腹巻ヲ着タリケルトカヤ。「明経道博士也。兵具ヲ帯スル事不可然二」ト人傾申ケリ。

【覚一本巻八・鼓判官】主水正親成薄青の狩衣のしたに、萌黄の腹巻をきて、白葦毛なる馬にのり、河原をのぼりに落てゆく。今井四郎兼平を（ッ）かけて、しや頸の骨を射てゐおとす。清大外記頼成が子なりけり。「明経道の博士、甲冑をよろふ事しかるべからず」とぞ人申ける。

【屋代本巻八・法住寺殿合戦事】水母正親済ハ、薄ス青ノ狩衣ニ萌黄ノ腹巻着テ、白葦毛ナル馬ニ乗テ、川原ヲ上リニ落行ヲ、今井四郎追懸テ、頸骨ヲ射テ射落ス。是ハ清大外記頼済ガ子也。「明経道ノ博士甲冑ヲヨロウ事不レ可レ然」トゾ人申ケル。

右の例では、延慶本と覚一本・屋代本の内容はほぼ一致し、本文的にも近似しているが、物語るスタンスは明らかに異なっている。覚一本・屋代本の叙述（両本はほぼ同文）は、「主水正親成薄青の狩衣のしたに、萌黄の腹巻をきて」と、物語世界の時空にあって対象である登場人物に近接した視点からの描写ではじまり、親成が射落されたという事件の顚末を、現場の目撃者的視点から語り終えて後、「清大外記頼成が子なりけり」と、物語る場から解説し、さらに「…とぞ一申ける」と当時の人々の評を伝える。これに対し、延慶本は、「主水正近業ハ大外記頼幸真人ガ子ナリ」とまず解説的に登場人物を紹介した後、事件の顚末を描写、さらに「狩衣下ニ腹巻ヲ着タリケルトカヤ」と、近業が腹巻を着用していたことを伝聞形態で伝える。この一連の叙述で語り手は一貫して、物語る現在に位置し、しかも語られる内容があくまでも自分自身も伝え聞いた過去の出来事であるという、いわば対象との時間的距離を明確に意識した視点を保っている。覚一本の語り手は、ときに物語の時空に視点を移して描写を行い、その節目節目に語りの場に立ち戻って解説・批評するという、言ってみれば物語世界と物語る現在の間を行き来しながら叙述を展開する語り手である。これに対して、延慶本の語り手は、一貫して物語る現在から物語世界を客体化している。伝聞表現が、こうした語り手のあり方を印象づけ、対象との距離感をいっそう強調しているのである。

⑤【延慶本第六本・平氏生虜共入洛事】年比重恩ヲ蒙テ、親祖父ノ時ヨリ伝タル輩モ、身ノステ難サニ、多ク源氏ニ付タリシカドモ、昔好ハ忽ニワスルベキニ非ズ。何計カハ悲カリケム、被推量一テ無慙也。サレバ袖ヲ顔ニ覆テ、目モ見揚ヌ者共モアリケルトカヤ。

【覚一本巻十一・一門大路渡】年来重恩をかうぶり、父祖のときより祗候したりし輩の、さすが身のすてがたさに、おほくは源氏につゐたりしかども、昔のよしみ忽にわするべきにもあらねば、さこそはかなしくおもひけめ。されば袖を貞にをしあてて、目を見あげぬ物もおほかりけり。

【屋代本巻十一・生虜共被渡大路事】親父祖父ノ代ヨリ伝テ、重代被二召仕一タル者共モ、身々ノ難レ捨サニ、皆源氏ニ付キタレ共、昔ノ好ミヲ忘ネバ、袖ヲ顔ニ押当、涙ヲ流ス人モ多カリケリ。

この例では、延慶本と語り本の相違はいっそう際だっている。語り本が「されば袖を貞にをしあてて、目を見あげぬ物もおほかりけり（だから、袖を顔におしあてて、目を上げぬ者も多かった）」（覚一本）と、過去を回想し、その情景を現在によみがえらせるようにして詠嘆的に語っているのに対し、延慶本は、「サレバ袖ヲ顔ニ覆テ、目モ見揚ヌ者共モアリケルトカヤ」と、それが自分自身にとって実体験ではなく伝聞情報であることを明示し、一連の叙述によって描写された場面と自己とを、目撃体験ではなく伝聞情報としてより明確に遠ざけるのである。語り本の語り手が物語世界に視点を移行させ、登場人物達に寄り添うようにして場面を伝えるのに比べ、延慶本の語り手には、対象世界の時空に自ら入り込んで、そこから描写しようとしたり、登場人物に寄り添って感情移入したりする傾向は希薄である。そこには、客観的に過去を伝聞情報として伝えるという語り手のあり方がはっきりと浮かび上がっている。前節でも論じたが、覚一本の方法が、物語世界と物語る場の間を行き来するようにして叙述を展開する語り手によって支えられているのに対し、延慶本においては、基本的に物語る場にあって物語世界を対象化・客体化する語り手の存在が、その語りの方法の基調をなしているのである。

三　評語からみた語り手の位置

以上のような場面描写における語り手の視点設定の相違は、対象世界・登場人物との関係に対してはどのようにあらわれてくるであろうか。次に、対象（登場人物）との心情的距離を示す評語の問題に目を向けてみたい。

まずは、延慶本に用いられている評語全体を屋代本・覚一本と比較しながら〈表1〉として大雑把に把握しておく。「あはれ」「かなし」が使用数の一・二位にある点については三本は共通するが、興味深いのは延慶本の両語の比率が、覚一本と屋代本のほぼ中間に位置している点である。覚一本・屋代本の評語について検討を加えた際にも注目されたた点であるが(20)、第三者的な同情・感慨である「あはれ」を基調としながらも、そのなかに主観的情意性の強い「か

〈表1〉

	あはれ	かなし	いとほし	やさし	くちをし	はかなし	うたてし	むざんなり	計
屋代本	30（41.7）	20（27.8）	10（13.9）	3（4.2）	3（4.2）	2（2.8）	2（2.8）	2（2.8）	72
覚一本	59（54.1）	17（15.6）	2（1.8）	5（4.6）	1（0.9）	5（4.6）	15（13.8）	5（4.6）	109
延慶本	139（46.0）	69（22.8）	21（7.0）	16（5.3）	9（3.0）	4（1.3）	8（2.6）	36（11.9）	302

※「用例数（比率％）」で表した。

※感動語の選択については、佐々木八郎『平家物語の研究』上（早稲田大学出版会、一九四八年五月）、第二章第二篇第二節「抒情」を参照した。また、どの語を評語として認定するかについては、堀竹忠晃「『平家物語』（覚一本）の成立――『あはれ』を中心として――」（『日本私学教育研究所紀要』10、一九八三年一二月。『平家物語論序説』〔桜楓社、一九八五年一〇月〕に、第一章「『平家物語』覚一本の成立――『あはれ』を中心として――」として再録）における「あはれ」分類の基準に準拠した。

なし」が入り込んでくる、その割合の問題として理解できよう。「かなし」の比率と同様の傾向を示すのが「いとほし」である。覚一本・屋代本においては、この語もまた対象に対する深い同情・憐憫の感情を表していた。屋代本が比較的多くこの語を用いるのに対し、それに該当する箇所で、覚一本がやや対象との距離を示していた点が注目されたが、延慶本でもこの語が比較的多く用いられている点は、「かなし」との関連性とあわせて注意を要する。その一方で、覚一本が比較的多く用いていた「うたてし」は、屋代本・延慶本ともに少なく、延慶本ではそれにかわって「むざんなり」が多く用いられている点も注目される。

まずは、延慶本で特徴的な「むざんなり」の用例をいくつかあげてみる。

⑥【延慶本第一末・新大納言ヲ痛メ奉ル事】地獄ニテ獄卒阿坊羅刹ノ浄頗梨ノ鏡ニ罪人ヲ引向テ……刑罰ヲ行ラム

モカクヤト覚テ無慚也。

【覚一本巻二・小教訓】其躰冥土にて、娑婆世界の罪人を、或は業のはかりにかけ、或は浄頗梨のかゞみにひきむけて、罪の軽重に任つゝ、阿防羅刹が呵嘖すらんも、これには過じとぞみえし。

【屋代本巻二・重盛父禅門諷諫事】其体、冥途ニテ阿防羅刹ノ罪ノ随二テ軽重一ニ、罪人ヲ呵責スランモ角ヤト覚テ哀ナリ。

⑦【延慶本第一末・新大納言ヲ痛メ奉ル事】如案一大納言クモデノ間ヨリ内府ヲ見付テ、地獄ニテ地蔵菩薩ヲ見奉リタラムモ、是ニハ過ジトウレシクテ……ハラ〳〵ト泣給モ無慚也。
【覚一本巻二・小教訓】其時みつけ奉り、うれしげに思はれたるけしき、地獄にて罪人どもが地蔵菩薩を見奉らむも、かくやとおぼえてあはれ也。

【屋代本巻二・重盛父禅門諷諫事】其ノ時目ヲ見開テ、ウレシゲニ被レ思タル景気、地獄ニテ地蔵菩薩ヲ罪人共ガ見奉リタル覧モ是ニハ過ジトゾ見シ。


「むざん」とは本来仏教語で、『古語大辞典』（小学館、一九八三年一二月）によれば、「罪を犯して恥じることを知らないこと」であり、転じて「道を知らず心や行状が凡俗であること」を意味した。形容動詞の場合は、「罪を恐れず残酷なことをするさま」の意から、むごい境遇にある者に同情を意味する、「いたましい。かわいそうだ」の意に転じてゆくとされる。本来は批判の意を含んでいた語が、後にそうした行為の犠牲となった対象への同情、憐憫へと変化したものであるが、ここでも、鹿の谷の謀議発覚によって清盛に捉えられた成親の境遇に対して、「むざん」が発せられている。ちなみに、覚一本・屋代本が同じ場面で、近似した詞章を用いながら、「これには過じとぞみえし」

「哀ナリ」（⑦の場合は逆）としているのが注目される。「むざん」は、基本的には「あはれ」に近いニュアンスをもった、第三者的な同情・憐憫と理解してよかろう。ただし、

⑧【延慶本第六本・経正ノ北方出家事付身投給事】（経正北方は）サテ百日ニ満ジケル日、渡部川ニ行テ、西ニ向テ手ヲアザヘ、高声念仏千返計申テ、身ヲ投給ヒニケリ。哀ニ無慚ノ事ナリ。

のような「あはれ」と重ねた用例もみられ、「あはれ」が純然たる情動であるとするならば、「むざん」は批判から転じた同情という、やや思惟性を含んだ側面を有する語と理解できるのではなかろうか。

⑨【延慶本第一末・成経康頼俊寛等油黄嶋へ被流事】加様ニ心憂所へ被放タル各ガ身ノ悲ハサル事ニテ、旧里ニ残留ル父母妻子、此有様ヲ伝聞テ、モダヘコガルラム心ノ内、思ヤラレテ無慚也。

⑩【延慶本第一末・成経康頼俊寛等油黄嶋へ被流事】（成親・康頼・俊寛は）サコソ便ナク悲シカリケメ。押ハカラレテ無慚也。

⑪【延慶本第六本・平氏生虜共入洛事】年比重恩ヲ蒙テ、親祖父ノ時ヨリ伝タル輩モ、身ノステ難サニ、多ク源氏ニ付タリシカドモ、昔好ハ忽ニワスルベキニ非ズ。何計カハ悲カリケム、被推量テ無慚也。サレバ袖ヲ顔ニ覆テ、目モ見揚ヌ者共モアリケルトカヤ。

【覚一本巻十一・一門大路渡】年来重恩をかうぶり、父祖のときより祇侯したりし輩の、さすが身のすてがたさに、おほくは源氏につゐたりしかども、昔のよしみ忽にわするべきにもあらねば、さこそはかなしくおもひけめ。

されば袖を皃にをしあてて、目を見あげぬ物もおほかりけり。

【屋代本巻十一・生虜共被渡大路事】親祖父ノ代ヨリ伝テ、重代被ニ召使一タル者共モ、身々ノ難レ捨サニ、皆源氏ニ付キタレ共、昔ノ好ミヲ忘ネバ、袖ヲ顔ニ押当、涙ヲ流ス人モ多カリケリ。

⑫【延慶本第六本・北方重衡ノ教養シ給事】北方車寄セニ走出テ、首モ無人ニ取付テ、音モ不惜一、オメキ叫給フゾ無慚ル……首ハ七日ガ程ハ有ケルヲ、北方、春乗房上人ニ乞請給テ、高野山へ送給テケリ。北方心ノ中、押量ラレテ無慚也。

【覚一本巻十一・重衡被斬】是をまちうけ見給ひける北方の心のうち、をしはかられて哀也……北方もさまをかへ、かの後世菩提をとぶらはれけるこそ哀なれ。

【屋代本巻十一・重衡被渡南都被誅事】ムクロヲ輿ニ舁入レ奉リ、日野へ帰参リタレバ、北ノ方走リ出テ、空キ姿ヲミ給テ、何計ノ事カ思ハレケン、二目共見給ハズ、軈テ引裸キテゾ臥レケル……法界寺ト云寺ヨリ、僧ヲ請ジテ様ヲ替、三位ノ中将ノ後世ヲゾ訪ヒ給ケル。

「おしはかる」など推量表現と結びついた「むざん」の例である。「心ノ内、思ヤラレテ」、「サコソ便ナク悲シカリケメ。押ハカラレテ」など、登場人物の内面を直接的には知り得ない第三者として、その悲嘆の心情を忖度し、「むざん」と評するのである。登場人物への同情・憐憫は、当然、彼らにそのような悲嘆を与える状況への批判の心を内包することになる。こうした表現は、延慶本の「むざん」三十六例中十一例あり、「むざん」の性格を考える上で示唆的である。

⑬【延慶本第四・木曾六条川原ニ出テ首共懸ル事】（義仲によって曝された首を見て）是ヲ見テハ、天ニ仰地ニ倒テヲメキ叫ブ者多カリケリ。父母妻子ナムドニテコソアリケメ、無慚トモ愚ナリ。

【覚一本巻八・法住寺合戦】是を見る人涙をながさずといふことなし。

【屋代本巻八・法住寺殿合戦事】見人無レ不レ流レ涙ヲ。

推量されるのは登場人物の内面ばかりではない。目撃された光景の人物が、どのような立場人々であるのか、語り手は必ずしもすべてを把握しているわけではない。その悲嘆の様子から、彼らが首を曝された人々の親族ではないかと推測し、彼らの悲嘆の深さを思いやって「無慚トモ愚ナリ」と評するのである。語り手は登場人物の内面ばかりではなく、状況そのものに対しても第三者的立場に立っているのである。

⑭【延慶本第一末・成親卿ノ北方ノ立忍給事】今ハ甲斐ナキ少キ人々計留リ居テ、憑シキ人一人モナクテオハシケム北方ノ御心ノ内、押ハカラレテ糸惜シ。

⑮【延慶本第一末・丹波少将福原へ被召下事】若君ナニト聞ハキ給ハザルラメドモ、父ノ御皃ヲ見上給テ、打ウナヅキ給ゾ糸惜キ。

⑯【延慶本第六末・六代御前被召取事】若君ハ二重織物ノ直垂着給テ、黒キ小念殊ヲ忩ギ懐へ引入給ケルゾ糸惜キ。

⑰【延慶本第六本・大臣殿若君ニ見参之事】若君モ人ノ顔ヲ見廻シテ、浅猿ゲニオボシテ、顔打赤メテ涙グミ給ゾ糸惜キ。

⑱【延慶本第六末・平大納言時忠之事】年闌齢傾テ、妻子ニモ別レ、見送ル人モ無シテ、眇ナル能登国マデ下向セ

ラレケム心ノ中コソ悲ケレ。押ハカラレテ糸惜シ。日比ハ西海ノ波上ニ漂テ、今ハ北国ノ雪ノ下ニ閉ラレケムコソ無慚ナレ。

「いとほし」については、小林美和氏がその用例を分析し、それがある特定の場面、「ことに夫との死別に際する北の方の心情、死に臨む幼者を描く場面に集中的に使われて」おり、「単なる批評句ととらえるよりは、愛別離苦の唱導を支える常套句ととらえた方がより適当かも知れない」と指摘する。(21) 語り本において「いとほし」が発せられる対象については、第二章でも触れたが、基本的に弱者への切実な同情を表す評語とみてよい。これが覚一本にはほとんど認められず、屋代本に比較的多く用いられているのは先に指摘した通りであるが、延慶本においても比較的多くの用例が見出せる。⑮⑯⑰の用例は、そうした屋代本の用例と近似した用法であろう。⑭⑱も、その評語の向かう対象は同様である。しかしながら、その言い回しが微妙なニュアンスを含んでいるように思われる。「いとほし」は対象と語り手との心理的距離が近接している状態、語り手が対象の心情に共感し、それを共有するように対象に接近したところで発せられる語である。しかしながら、⑭⑱においては、その「いとほし」が、語り手が第三者的立場に立って対象を客体化し、その心情を推量する「おしはかる」という表現と結びついている。一方で対象を客体として第三者的に認識しながら、そこから推測された登場人物の心情に共感しつつ、「いとほし」と自らの感慨を発しているのである。ここに、ただ「いとほし」とする場合と微妙に異なる語り手の位置をみることができる。この「おしはかる」と結びついた「いとほし」の用例は延慶本に四例認められる。(22) 先の「愛別離苦の唱導を支える常套句」との小林氏の指摘をふまえるならば、語り手が場面を物語る（叙述する）行為を通して対象に心情的に近接した結果というよりは、基本的には第三者的視点に立ちながら、愛別離苦という共感性の強い主題に対して、享受者を誘導すべく発せられた評語という側面を有しているのかもしれない。

語感の上で「いとほし」と比較的近いところにあるのが「かなし」であろう。語り本では、覚一本に十七例、屋代本に二十例の用例をみるが、その評語に占める割合からみると、覚一本15.6％、屋代本27.8％と、屋代本が覚一本の二倍近くとなっている。延慶本では用例数六十九例、22.8％と、多くの用例が認められ、割合では屋代本と覚一本の中間的数値となっている。これらの多くは、物語世界の状況・その状況下に置かれた登場人物の境遇に対して、語り手が痛切な哀感をかき立てられている状況を示すが、その背景にあるのは登場人物達への強い憐憫の念であろう。たとえば、山門騒動の責任を負わされて、東国へ配流されようとする明雲に対する、「白川御坊ヲ出サセ給テ、伊豆国ノ配所へ趣キ給フ御有様コソ悲ケレ」（第一末・山門ノ大衆座主ヲ奉取返事）は、明雲の「御有様」に対する「かなし」の表明であるが、語り手の「かなし」という情動の背後にあるのは、明雲自身の「かなし」という感情であるのはいうまでもない。このような語り手の登場人物の内面（情意）への近接傾向を最も端的に示すのが、「心ノウチコソ悲シケレ」という表現である。屋代本に計六例あるこの表現は、覚一本にはわずかに一例が認められるだけで、両本における語り手の位置の相違を示唆するものとして注目された[23]。この表現が延慶本には七例あり、その表現様式の屋代本との近似性が注目される。

⑲【延慶本第一末・成親卿ノ北方君達等出家事】（夫成親の訃報に接して）北方此由ヲ聞給ケム心ノ内コソ悲シケレ。
【覚一本巻二・大納言死去】大納言北方は、此世になき人と聞たまひて、「いかにもして今一度、かならぬすがたを見もし……」とて、菩提院と云寺におはし、さまをかへ、かたのごとく仏事をいとなみ、後世をぞとぶらひ給ひける。

【屋代本巻二・成親禅門逝去事】北方ハ遙ニ是ヲ伝聞給テ、「替ラヌ姿ヲモ、今一度見ヘ奉ラバヤトコソ……」トテ、菩提院ト云寺ニテ様ヲ替ヘ、如レク形ノ仏事ノ営ミシテ、彼ノ後生ヲゾ訪給ケル。

⑳【延慶本第三末・筑後守貞能都へ帰リ登ル事】（都落ちをする平家一門が）淀ノ渡リノ辺ニテ、船ヲタヅネテ乗給、御心ノ中コソ悲シケレ。

㉑【延慶本第五末・重衡卿関東へ下給事】（生虜にされ関東へ向かって出立する重衡が）山ノ嶺ニ打上テ、都ヲ返見給ケム心中コソ悲ケレ。自是東地指テ被下ケルコソ悲ケレ。

屋代本において、このような表現は登場人物への語り手の同化を示すものとして理解された。延慶本の場合も、一見すると同様に思われるが、そのなかにやや気にかかる次のような用例が認められる。

㉒【延慶本第六末・平大納言時忠之事】（時忠の配流に関して）年闌齢傾テ、妻子ニモ別レ、見送ル人モ無シテ、眇ナル能登国マデ下向セラレケム心ノ中コソ悲ケレ。押ハカラレテ糸惜シ。

登場人物への同化傾向を示すとも思える「心ノウチコソ悲シケレ」であるが、㉒の場合、「悲シ」はあくまで登場人物である時忠の心情であり、語り手はその「悲シ」という心情を「押ハカ」りつつ、これを「糸惜シ」と評しているのである。語り手の登場人物への同化を促す「かなし」を用いながらも、ここには彼我を区別する意識がはっきりと認められるのである。

延慶本の「かなし」七十一例中、何らかの推量表現と結びついて、語り手が登場人物の内面を「かなし」と推量する次のような用例は十三例に及ぶ。

㉓【延慶本第一末・成親卿ノ北方ノ立忍給事】（成親捕縛の報を聞いて）北方ヨリ始テ、男女声ヲ揚テヲメキ叫。サコソ悲カリケメ。理リ押ハカラル。

㉔【延慶本第一末・成親卿流罪事付鳥羽殿ニテ御遊事成親備前国へ着事】（成親が罪人護送の船に乗せられて）是ハケシカルカキスへ屋形ノ船ニ、大幕引マワシテ、我方ザマノ者ハ一人モナクテ、見モシラヌ兵ニ乗具テ、イヅチトモシラズヲハシケム心ノ内、サコソハ悲カリケメ。

この他、⑩⑪などが、こうした「かなし」の用法の例としてあげられる。また⑱なども、これに準じて理解すべきであろう。こうした用法は語り本では覚一本に二例認められるが、屋代本にはみられない。屋代本の「かなし」が、基本的には語り手の登場人物の内面への同化の方向性で捉えられたのに対し、延慶本の「かなし」は、しばしば登場人物を客体化する意識と結びつきながら用いられていると理解できる。延慶本の語り手は、基本的には登場人物に対する第三者的位置に立脚している。屋代本ではそれが語り手の同化を促す契機となっていた登場人物の「かなし」のような激しい情動に接しても、このスタンスを維持しながら、登場人物の内面を客体化し、「かなし」という感情を忖度し、場合によってはその感情に対し、「むざん」「いとほし」という自らを主体とした評を加えているのである。

登場人物の内面を推量する語り手の問題として、語り本において注目されたのが「心のうちおしはからて…」という表現であった。覚一本に顕著であったこの表現は、屋代本にはほとんど認められなかったが、延慶本は右の用例からも明らかなように、この推量表現をしばしば用いている。ただし、覚一本が「心のうちおしはかられて哀れなり」

にほぼ表現が様式化され統一されていたのに対し、延慶本の場合「心のうちおしはかられて」と結びつく表現はさまざまである。これとよく似た傾向を示しているのが、「～なりし事どもなり」という表現である。覚一本では「あはれなりし事どもなり」でほぼ統一されているのに対し、延慶本は「あさましかりし」「いみじかりし」「おそろしかりし」等、多様な語と結びついて評語を形成している。これをまとめてみたのが〈表2〉である。

〈表2〉

	…とおぼえて～（「かくや・げに」等）			心のうちおしはかられて～（「心のうち」＋推量＋～）			心のうちこそ～			～なりし事どもなり（～かりし事どもなり）		
	あはれ	かなし	その他	あはれ	かなし	その他	あはれ	かなし	その他	あはれ	かなし	その他
屋代本	7	1	0	1	0	0	1	8	1＊1	2	0	2＊2
覚一本	8	0	0	16	0	1＊3	0	1	4＊4	10	0	4＊5
延慶本	17	0	4＊6	6	0	22＊7	3	7	3＊8	5	0	18＊9

＊1「うたてし」1例。
＊2「口惜し」2例。
＊3「さこそはたよりなからめ」
＊4「むざんなり」2例、「たふとし」1例、「はかなし」1例。
＊5「うたてし」2例、「うらめし」2例。
＊6「いとほし」2例、「むざん」1例、「めでたし」1例。
＊7「いとほし」2例、「むざんなり」3例、「心のうちいかばかりなりけむ」7例、「心のうちおしはかる（おしはかりまいらすれ等）」5例、「おしはかるべし」1例、「げにもとやおぼされけむ」1例、「さこそはかなしかりけめ」2例、「さこそはうれしかりけめ」1例。
＊8「むざん」「申すもおろかなり」「ゆゆし」各1例。
＊9「あさまし」3例、「いみじ」2例、「おそろし」2例、「くちをし」2例、「こころうし」1例、「ふしぎ」3例、「むざん」1例、「ゆゆし」3例、「をかし」1例。

まず、注目すべきは「心のうち」＋推量表現のパターンであろう。覚一本に特徴的だったこの用法は、延慶本も二十八例と多く、基本的に登場人物の内面に対して第三者的位置に立つ語り手のあり方を反映している。登場人物の内面を直接的には把握しえないものとして客体化し、その置かれた状況・登場人物の様子から内面を類推する語り手を示している。その一方で、屋代本において同化的傾向を示すものであった「心のうちこそかなしけれ」が、延慶本にも七例認められるのが注目される。語り本の場合、「心のうちおしはかられてあはれなり」を多用する覚一本と、「心のうちこそかなしけれ」を用いる屋代本、すなわち、登場人物の内面を客体化し「あはれ」と評する覚一本と、「かなし」という登場人物の強い悲嘆の感情に同化する屋代本とに分化していた。延慶本ではこれが混在していることになる。ただし、延慶本の場合、「かなし」を単純に同化的傾向と理解するわけにはいかない点については、具体的な用例をみれば明らかである。延慶本にあっては、登場人物の「かなし」という感情も、しばしば推量の対象となっており、㉒のように「心ノ中コソ悲ケレ」を用いながらも、彼我を明確に区別する意識が認められる以上、他の用例に関して同様の意識がまったく作用していないは言い切れない。さらに、「心のうちこそ」が、第三者的立場からの評語である「あはれ」「むざん」等と結びついている点も見逃せない。「心のうちこそかなしけれ」という表現自体は、屋代本と通ずるものではあるが、その表現を支える基本的なスタンスという点では、延慶本の語り手は屋代本とは微妙に異なり、登場人物の強い悲嘆に接しても、その内面を客体化する基本的視点に近い位置を保っていると考えられるのではなかろうか。逆に、延慶本と覚一本・屋代本の本文的な共通性を考えるならば、延慶本のようなテキストが、基本的には登場人物の内面に対して第三者的な語り手の位置を保ちながら、状況に応じて微妙に言葉を変え、多様な表現を試みていたのに対し、覚一本・屋代本は、それぞれに延慶本のようなテキストに含まれる特徴的表現を摂取しながら、独自に表現パターンを特化していったと考えられるのである。

四　延慶本における語り手と〈語り〉の方法

以上、延慶本の語り手について、主として覚一本との比較を通して考察を進めてきた。

延慶本の場合、ある場面を描写するに際して、場面全体を遠望しうるようなの視点から、時間進行を主たる原理として解説的に叙述を進めている。部分部分の叙述ではときに対象への空間的な近接を示したり、視点の同化的表現を用いたりという現象はみられるが、全体としては、場面空間とは明らかに異なる時空間に語り手の視点は設定されていた。それは主として異なる空間の複数の事象が並列的に捉えられているところからもたらされる印象であった。これをたとえるならば、洛中洛外図や合戦絵屏風のような方法といえるのではなかろうか。各部分は詳細に書き込まれており、その部分だけを取り上げれば、あたかも近接した視点からの描写であるかのごときである。しかしながら、画面全体としてはそれらはあくまでも全体のなかの部分を構成する一要素にすぎず、しかも遠近法的手法によって近景と遠景、事象の軽重が区別されることなく、並列的に配置されている。(24) 延慶本の場面描写は、ある意味でこうした絵画的手法を想起させるものがある。個々の叙述には、詳細で対象に近接した視点を思わせるものがありながら、それらが並列的であるために、全体としては場面が遠景化し、語り手と場面空間の距離が印象づけられる結果となっている。それは屏風絵が各場面を部品として組み合わせることによって構成されているように、素材となった説話を部品とし、時間軸を配列原理として再構成するという、編集者的語り手の姿を浮き彫りにする。これに対し覚一本の場合は、同じような素材、叙述を用いながらも、焦点を明確にし、しかも時間経過を追うにあたって、あたかもカメラを切り替えるような焦点空間の転換を行い、目撃する視点と、最終的にそれらを再構成する物語る場との関係を巧みに整理しているのである。

右のような延慶本の語り手は、しばしば場面における事件展開の連続性を断ち切るようにして、解説的言辞を差し挟む存在であった。覚一本では、解説的言辞は連続する場面の切れ目に置かれて、場面の時空間と物語る時空間という対比構造によって、場面の転換を助ける役割をも果たしていた。これに対し、延慶本の場合は場面展開の連続性を無視するように、解説の言辞が挿入されていた。これを先ほどの屛風絵にたとえるならば、絵のここかしこに貼紙をして、登場人物名を書き込むような方法と共通した意識といえようか。絵としての完成度を阻害してまでも、絵の解釈に関わる解説を加えようとする意識である。これは、延慶本の語り手が、基本的には、物語の進行する場面の時空間に対して、物語る今というまったく異なる時空間にその視点を置いて、そこから物語られる世界を客体化するような存在であることを意味している。それを端的に示すのが、「トカヤ」のような語を用いた伝聞表現の多用であった。

このような延慶本の語り手像は、物語世界に対する他者としてテキスト表層に顕在化している。他者として物語世界を対象化して再構成しているのであり、また他者であるがゆえに、物語世界を動かす時間的連続性にとらわれることなく、自在に介入し解説しうるのであった。それは延慶本に多くみられる解釈・解説の記事と本質的に関わる方法的な問題であった。これに対し覚一本の語り手は、ときとして物語世界内部の等身大の視点に立つ目撃者として、またときとして物語世界を過去として現在の聴衆の前に蘇らせる話者として、テキスト表層にその姿を顕在化させていた。この物語世界と物語る場との往還する語り手の存在こそが、覚一本の語りの方法を支えるものであった。共通する場面において、近似した表現・叙述を用いながらも、両本は方法的に明らかに異なっているのであり、それは前章で検討した覚一本と屋代本の場合も同様であった。表面的な本文関係からすれば、延慶本・覚一本・屋代本は明らかに緊密な影響関係にあるにもかかわらず、方法的には明らかにそれぞれが独自の方向性を示しているのである。

評語表現にみられる三本の共通性と相違性は、このような関係をよくあらわしている。用いられる評語の種類・用例の比率については、おおよその共通する傾向性を示しながらも、個々については三本間で明らかな相違を示していた。登場人物への同化傾向を示す「かなし」や、親近性をしめす「いとほし」が比較的多く用いられる屋代本に対し、あくまでも第三者的立場からの同情・共感である「あはれ」を基調として、批判性をおびた「うたてし」なども用いる覚一本という傾向性については、前章で確認したところである。延慶本はこれに対し用例比的にはその中間にあるが、その一方でやはり第三者的な批判性をおびた同情の語である「むざんなり」が多く用いられているという点に関しては、やや覚一本的性格を示していた。また、延慶本と覚一本に特徴的に共通していたのが「心のうちおしはかられて」という表現様式であった。これは登場人物の内面に対して第三者の立場に立つ語り手のあり方を端的に示した表現であり、覚一本の場合、それが物語世界に対して顕在化する語り手の問題と密接な関連性を有するのは前章で述べた通りである。延慶本の場合も、これが物語世界に対する第三者という基本的な語り手の位置の問題と関連しているのはいうまでもない。さらに、このことは屋代本と共通する「心のうちこそ」という表現の解釈にも、微妙な影響を与えている。屋代本の「心のうちこそ」が、ほとんど「かなし」とのみ結びつき、語り手の登場人物への同化傾向を示していたのに対して、延慶本の場合は、第三者的な「あはれ」や「むざん」「ゆゆし」などとも結びつき、また、「かなし」と結びついた場合にも、前後に推量表現を伴う場合があるなど、必ずしも同化とばかりはいえない用例が多く認められた。これは、物語世界に対する第三者という延慶本の語り手のあり方と、明らかに関連している。逆にいえば、三本は評語に関して、ある共通した表現様式の範囲から出発しながらも、三本それぞれに独自の語り手のあり方との関連性において、それらの意味内容を微妙に変化させているといえるのではなかろうか。

こうした表面的な言説の共通性と、叙述の本質に関わる語りの方法的相違をどのように考えるべきか。延慶本と想定される語り本祖本との関係性を考えるならば、この三本の方法が、単純に延慶本→屋代本→覚一本という方向性では捉えられない点に注目すべきであろう。屋代本＝語り本の古態、覚一本＝琵琶語りによる達成と位置づけて、その本文変化を琵琶語りによるものとのみ解釈しようとするのは、右に見てきた方法的な問題と明らかに矛盾する。詞章の共通性の検証は、三本の本文的影響関係を示唆するものであるが、各テキストが独自に求めた方法的な問題は、その本文的影響関係とは必ずしも直結するものではない。本章は、とりあえずその方法的相違を明らかにしようとの試みであったが、そこに浮かび上がった方法的相違が何に起因するものであるのか、その解明は容易ではなく、今後なお多くの検討を要する。ただし、それが単純に語りという行為による自然発生的なものではないことだけは、明らかであろう。

注

（1）たとえば、「慈心房」説話に関しては、唱導的素材として発生したと思われる『冥途蘇生記』と延慶本との関係が、後藤丹治氏『戦記物語の研究』（磯部甲陽堂、一九三六年一月）以降、渡辺貞麿氏「『平家』慈心房説話の背景」（『中世文学』19、一九七四年八月。『平家物語の思想』法蔵館、一九八九年三月再録）、渥美かをる氏「延慶本平家物語の慈心房説話について」（『伝承文学研究』19、一九七六年六月。『軍記物語と説話』笠間書院、一九七九年五月再録）、水原一氏『延慶本平家物語論考』（加藤中道館、一九七九年六月）、牧野和夫氏「『冥途蘇生記』とその側面の一面」（『東横国文学』11、一九七九年三月）、錦仁氏「別本『冥途蘇生記』の考察――付・翻刻――」（『伝承文学研究』33、一九八六年一〇月）など、さまざまに指摘されてきている。また、『六代物語』と延慶本の六代物語との関係なども、その先後関係については異論もあるが、冨倉徳次郎氏『平家物語研究』（角川書店、一九六四年一一月）、岡田三津子氏「『六代御前物語』の形成」（『国語国文』一九九三年六月）、「六代をめぐる説話」（『平家物語　説話と語り　あなたが読む平家物語2』有精堂、一九九四年一月）、春日井京子氏「『六代御前物語』と『平家物語』六代説話」（『学習院大学人文科学論集』4、一九九五年九月）など、多くの指摘がある。この他、砂川博氏は「延慶本平家物語倶利迦羅落の生成」（『文学』一九七五年七月）、「義仲挙兵説話の生成――延慶本平家物語の場合――」（『文学』一九七六年五月）、「横田川原合戦譚の生成――延慶本平家物語の場合――」（『兵庫国漢』24、一九七八年三月。以上『平家物語新考』東京美術、一九八二年一二月）の一連の論考において、延慶本における在地語りの痕跡を指摘する。なお、こうした研究史については、佐伯真一氏「物語生成への説話・伝承の参加」（『平家物語の生成』軍記文学研究叢書5、汲古書院、一九九七年六月）に詳しい。

（2）古くは、後藤丹治氏『戦記物語の研究』に、『澄憲表白集』や『冥途蘇生記』との詳細な比較・指摘が行われている。近年では、北原保雄氏・小川栄一氏編『延慶本平家物語　本文篇　上・下』（勉誠社、一九九〇年六月）頭注に、多くの指摘がみられる。

（3）「延慶本平家物語の編纂意図と形成圏について」（『国語と国文学』一九七六年一月）、「延慶本平家物語の性格――寿祝と唱導の文芸――」（『伝承文学研究』20、一九七七年七月）、「延慶本平家物語の語りとその位置――文末表現を中心に――」（『文学・語学』一九七八年六月）、「平家物語の唱導――延慶本平家物語巻二を中心に――」（『伝承文学研究』29、一九八三年八月。以上『平家物語生成論』三弥井書店、一九八六年五月再録）など。

（4）「永仁第五之暦（一二九八）」の序文をもつ『普通唱導集』には、琵琶法師などが「平治保元平家之物語」を「何皆暗而無滞」語ったとの記事がみられるのは、広く知られるところである。

（5）落合博志氏「鎌倉末期における『平家物語』享受資料の二、三について――比叡山・書写山・興福寺その他――」（『軍記と語り物』27、一九九一年三月）が、『大乗院具注暦』承安三年（一三〇一）五月六日条に「盲目大進房自今夜始物語平家一部也」、同年一月二十三日条に「盲僧真性参及夜陰平家物語聞之一部可申之旨仰含了」と記されているのに注目、当時において一部語りが行われていたことを、覚一の相弟子とみられる「真性」の問題とからめて指摘している。

（6）そもそも、語りに際しては台本を一字一句正確に暗誦するのではなく、ある程度の自由度があったとみられており、一般に多く行われていたであろう「句」を単位とした語りにおいては、たとえば延慶本と覚一本の異同などは、部分によってはその許容範囲内の相違にすぎない面もある。延慶本的本文から語り本祖本へという現在の諸本研究の動向をふまえるならば（第Ⅱ部参照）、語り本祖本成立以前において、延慶本に近い本文が語りの台本的役割を果たしていた可能性（福田晃氏「語り本の成立――台本とテキストの間――」日文協『日本文学』一九九〇年六月）も、十分に考えられよう。

（7）『平家物語の基礎的研究』（三省堂、一九六二年三月）。引用は再刊された『平家物語の基礎的研究』（笠間書院、一九七八年七月）、一三六頁。ただし、闘諍録の本文がそのまま語られていたかは不明。第一章四六頁に指摘したような可能性も十分に考えられよう。

（8）千明守氏「屋代本平家物語の成立――屋代本の古態性の検証・巻三「小督局事」を中心として――」（『平家物語の成立　あなたが読む平家物語1』有精堂、一九九三年一一月）、村上学氏「『平家物語』の「語り」性についての覚え書き」（『平家物語　説話と語り　あなたが読む平家物語2』有精堂、一九九四年一月。『語り物文学の表現構造』再録）、麻原美子氏「屋代本『平家物語』の成立」（『平家物語の生成』軍記文学研究叢書5、汲古書院、一九九七年六月）など。

（9）「平家物語――方法としての〈語り〉――」（『国文学』一九八〇年三月）、「軍記物語としての平家物語――「宇治川」の場合――」（『鑑賞日本古典文学　平家物語』角川書店、一九八〇年八月。ともに『平家物語の生成』明治書院、一九八四年一月再録）、「〝原態〟と〝古態〟ということ――『都落ち』をめぐって――（一・二）」（『名古屋大学文学部研究論集』31・32、一九八五年三月・一九八六年三月。『平家物語の成立』名古屋大学出版会、一九九三年六月再録）など。

（10）もちろん、素材による相違も含めて、最終的にはその素材を採用したテキストの方法意識の問題と考えるべきであるが、今はこの点に触れない。

（11）登場人物の「見る」という行為を契機に、語り手の視点が登場人物の視点に重ね合わせられてゆく現象については、杉山康彦氏「平家物語における語り主体の位置――その思想と文体――」（『文学』一九六五年一二月。『散文表現の機構』三一書房、一九七四年一〇月再録）に指摘がある。なお、語り本におけるこの問題については、第二章参照。

（12）「落サレケリ」とあるので、これは義経の決断・行動と読むべきかもしれない。この部分の叙述には、義連と義経を混同したかのような混乱が認められる。

（13）この台詞も、前の「是ヨリ下ヘハイカニ思トモ叶マジ」と矛盾する。また、「…トテ、一門引具テ、…是等ヲ始トシテ、義経前後左右ニ立並テ…落シケレバ、義経…トテ、先ニ落シケレバ」あたりにも、文脈の混乱が認められる。

（14）この場面の覚一本と屋代本の相違の問題については、第二章参照。

（15）兵藤裕己氏「軍記物の流動と〝語り〟」（『国語と国文学』一九七九年一月）は、読み本に特徴的な、「人物の内面・心理の動き」や「過剰な場面描写」などの「過度の説明的描写が作品の時間的契機を解体させてしまう」現象を捉えて、そこに〈語り〉との異質性を指摘する。

（16）軍記語り物研究会第三三六回例会（二〇〇一年四月）における櫻井陽子氏の発表において、延慶本にみられる本文改訂が問題となったが、その質疑において、牧野和夫氏が貼紙や傍書をもって本文を書き換えた可能性について指摘している。

（17）拙稿「『平家物語』における場面描写の方法」（『軍記と語り物』30、一九九四年三月）。なお、「忠度都落」における語り手の視点と評語の問題については、山下宏明氏「平家物語と琵琶法師――その抒情的側面をめぐって――」（『文学』一九七一年二月。『軍記物語と語り物文芸』塙書房、一九七二年九月再録）参照。

（18）『保元・平治物語』の琵琶語り」（『国文学』一九八六年四月。『平治物語の成立と展開』汲古書院、一九九七年六月再録）。

（19）注（3）「延慶本平家物語の語りとその位置――文末表現を中心に――」。引用は『平家物語生成論』一四五頁。

（20）第二章参照。

（21）「延慶本平家物語の語りとその位置――文末表現を中心に――」（『文学・語学』82、一九七八年六月。『平家物語生成論』三弥井書店、一九八六年五月再録、一五五～一五六頁）。

（22）うち一例は「思遣コソ糸惜ケレ」。

（23）第二章参照。

（24）高階秀爾氏「美術にみる日本人の美意識」（『国文学』一九六八年六月）は、洛中洛外図等にみられる俯瞰的構図と細密描写が並存する方法を、西洋絵画における遠近法と比較しながら論じている。

Ⅱ　テキストの位相

第四章　語り本の位相

はじめに――〈平家物語〉と『平家物語』――

一口に『平家物語』といった場合、そこにはさまざまな位相がある。現代の我々に最も馴染み深いのが、諸本という姿の文字テキストであるが、過去においては必ずしもそのような文字テキストのみが『平家物語』と認識されたわけではない。琵琶語りやその他『平家物語』に関連するさまざまな言説も、広く『平家物語』と認識されていた可能性がある。

中世において、『平家物語』は「歴史の物語」であった。これは『平家物語』のあり方を考える上で、忘れてはならない基本的認識であろう。「歴史の物語」とは、単に歴史に取材し、これを素材として創作された物語という意味ではない。語られる出来事が「今〔現在〕」に連なる現実の過去であるとの認識を基本とし、共同体に共有される世界観・秩序観に即して解釈され文脈づけられた「物語」という意味であり、当時の享受者にとってはいわば歴史そのものであった。それは本来、共有された歴史認識の範囲内で物語内容を伝達する機能を有してさえいれば、言説上の異同はあまり問題とされないといった性質のものであったはずである。中世の享受者の多くにとっては、『平家物語』

は、文字によって固定化され自律的に完結したテキストとしてではなく、今日的な観点からすれば「平家の物語」とでもいうべきような流動的概念であった可能性を無視することはできない。ある時代に、ある地域・社会的位相等の広がりのなかで共有された「平家の物語」を伝える言説の範囲が、その文字化の有無にかかわらず、『平家物語』として認識されたのではなかったか。これを仮に〈平家物語〉と名付けるならば、それは、時間的・空間的に広がる歴史と、文字テキストとしての『平家物語』の間に位置する、時代と社会によって変化し続ける流動的な枠組みであったはずである。(1) 琵琶語りに関する兵藤裕己氏の主張(2)なども、このような『平家物語』認識に支えられた、中世における語りの現場を想定したものと思われる。

「歴史の物語」は、境界なく広がる歴史的現実から、特定範囲の時間、特定範囲の事件を抽出し、そこに、共同体によって共有されうる秩序・摂理を見いだすことによって生み出されるが、実際にはその抽出範囲は曖昧で、物語世界の内部と外部との境界は流動的である。物語世界は、歴史事象の広がりからある明確な範囲を切り取ることによって形成されたというよりは、核となる事象を中心に、関連する事象をさまざまな文脈によって結びつけることによって形成される。その中心的事象に何らかの関連を有する周辺的事象は、物語の基本的文脈に抵触しない限り、物語の一部として許容される可能性を有し、中心と周辺を物語世界の内部と外部として画するような明確な境界は生じえない。たとえば、源平の争乱に関わるさまざまな出来事は、広い意味ではすべて「歴史の物語」としての〈平家物語〉に含まれる可能性を有する。それを決めるのは時代・地域・社会的位相等によって変化する〈平家物語〉に対する認識である。たとえば、ある地域に独自に伝わる平家関連伝承は、その地域にとっては〈平家物語〉として受入れられても、他地域の人間にとっては〈平家物語〉とは受入れがたい、というようなこともありうる。これに対し、『平家物語』として文字化されたテキストは、その言説によって対象の範囲を明確にする。(3)「歴史の物語」としての〈平家物語〉は、言説の固定化によって『平家物語』というテキストとなり、本来曖昧であった物語世界の中心とその周辺という関係は、テキスト言説という境界によって明確に区分された内部と外部という関係に置き換えられる。〈平家物語〉では周辺的事象ながらも物語世界の一部として許容されていた領域も、これによって明確にテキストの内側と外側に区分されることになる。本来は中心と周辺という連続的な関係であったものが、テキストの内部世界と、そこには含まれない外部世界とに区分されるのである。『平家物語』は、この言説による分離によって今日的な意味での文芸作品としての自立性を獲得した。他方、『平家物語』を近代的文芸概念としてではなく、「歴史の物語」と認識する中世にあって、その境界は、テキスト言説との関係における個々の享受者の認識の揺れによって、絶えず変更を迫られる可能性を有するという宿命を担っていた。〈平家物語〉が「歴史の物語」であるという本質が、固定的言説によって明確にされているはずの『平家物語』の境界を曖昧にするのである。『平家物語』は、テキストの外側に言説化されざる周辺事象によって構成される広大な領域を有することになり、それによってたえず境界の変更を迫られることになる。

『平家物語』の本質を〈平家物語〉と認識するならば、編者（＝享受者）が、自らが享受する特定の『平家物語』テキストの言説以外から得た情報によって、その誤謬をあらためたり、重要な関連性を認める情報の補訂を試みる余地は十分にあった。その際の外部情報とは必ずしも歴史的事実、あるいは同時代的にそう認識されているものばかりとは限らない。編者の拠って立つ社会的・集団的主張を反映するような言説や、比喩性・虚構性を有するような説話・伝承の類も含まれうる。虚構と自覚された事象を、あえて『平家物語』という権威によって歴史事実化しようとした場合も考えられよう。源平闘諍録に特異な千葉氏関係の伝承などは、『平家物語』のそうした一面を示している。また、一般的な『平家物語』のなかにも、意図的な情報操作の跡は認められる。たとえば、「殿下乗合」事件において、摂政基房に復讐を果たしたのが清盛ではなく重盛であったことを、今日の研究者は『愚管抄』等の同時代史料によって知っている。しかしながら、中世において、こうした資料に接しうる人々は限られており、多くの享受者にとっては『平家物語』の叙述こそが事実であると信じられていたに違いない(4)。

個々の『平家物語』テキストには、テキスト固有の言説によってその物語世界の境界を確定・固定化しようとする指向性と、固定化された境界をあらためて流動化させようとする指向性の、相反する二つの力が作用していると考えられる。それは、周辺領域を介して歴史的現実と連結する〈平家物語〉が、テキスト言説によって内部と外部に画された『平家物語』となる必然であった。延慶本には延慶本の、覚一本には覚一本の〈平家物語〉を『平家物語』とするための方法があり、それを具現化するために事象の取捨選択が行われたはずである。同時に、各テキストがなお〈平家物語〉であるためには、内部と外部を切り結ぶための叙述方法の獲得が不可欠であった。この方法的問題を、成立の場として捉えるならば、（ある時代的・社会的背景を担った）編者・先行テキストの言説・周辺的事象領域・（想定される）享受者などの関係性よって方向づけられるものとして把握される。他方、これをテキスト内部の叙述方法という視点から捉えるならば、語り手・言説化された物語世界・言説外の周辺的領域・語りの場（想定される享受者）等の要素として抽出されうる。語り手が物語世界と自分をどのように関係づけ、物語世界と言説化されざる周辺的事象の領域の関係、および周辺的事象領域と享受者との関係をどのように認識した上で、物語をいかなる言説をもって提示するか、そうした問題として把握しうるはずである。

このような問題意識を基本認識としながら、以下、本章を含む四つの章において、テキスト形成という角度から、〈平家物語〉と『平家物語』の関係性の問題について論じてゆくものとする。

一　覚一本の位置づけ

語り本とは何か、『平家物語』という枠組みにおいて語り本とはいかに位置づけられるべきなのか。近年、『平家物語』研究が進展するなかで、逆に見失われつつある課題であろう。

一九五九年に岩波書店から日本古典文学大系の一冊として『平家物語（上・下）』が刊行されるに際し、覚一本が底本として採用されたのは、これが当道中興の祖である名人覚一の奥書をもつ権威的なテキストであり、流布本や平曲譜本へと至る語り本の展開において、それらの祖本的テキストとなったことが大きな理由となっていた。これによって、覚一本は『平家物語』のスタンダード・テキスト的な地位を獲得したが、その背景には、『平家物語』は琵琶語りによって生成・変化した作品であり、いわゆる語り本は彼ら琵琶法師の語った詞章を（かなりの程度）忠実に反映したテキストである、との認識が大きく影響していた。渥美かをる氏の大著『平家物語の基礎的研究』（三省堂、一九六二年三月）が諸本の系統化を試みた時も、この認識は立論の大きな柱となっており、その精緻な諸本異同の検証とあいまって、氏の系統論は半ば定説と化し、その後の『平家物語』研究を大きく方向づけてきた。それを一言でいうならば、琵琶語りによるテキストの漸進的変化・成長という仮説と、覚一本・屋代本を両極とした諸テキストの段階的分布という現象の結合ということになろう。近世における流布本の刊行に際しての琵琶法師の関与を示す「此平家物語一方検校衆以吟味開板之者也」のような奥書や、琵琶の流派を思わせる八坂本と称せられる近世の伝本なども、こうした仮説を補強するものとなったが、なによりも「語り本＝琵琶語りのテキスト」との認識を確固たるものとしてきたのは、「一字不闕、以口筆令書写之」という覚一本奥書の存在であった。

る。(5)

覚一本は、当道正本として知られ、その位置づけをめぐっては兵藤裕己氏によって次のような指摘がなされてい

覚一本は、覚一本人の奥書に見えるように、また宝徳四年の奥書に「末代弟子共諍論の時は、此本を披見可し」とあるように、座を維持するための権威的な拠り所として作成・伝受された。それは誰もがいつでも参照できるような（語りの習得や記憶の便宜のための）台本ではなかった。正本の伝来は、語りの伝承とはあきらかに別次元の問題として考察されねばならないが、しかし「諍論」の際に「此本を披見す可し」とあるように、それは伝承の拡散化を規制する権威的な規範でもあった。語りの正統を文字テクスト（正本）として独占的に管理することで、惣検校を頂点とする当道のピラミッド型の内部支配が権威的に補完される。

「座を維持するための権威的な拠り所」としての正本であり、「誰もがいつでも参照できるような（語りの習得や記憶の便宜のための）台本ではなかった」とする氏の指摘は、覚一本の当道における位置づけ、本来的なあり方を端的に示すものであろう。同時に、「伝承の拡散化を規制する権威的な規範でもあった」との指摘は、覚一本が「規制」しようとしたのは結局のところ何であったのかとの疑問を喚起せざるをえない。平素、見ることを許されない正本は、通常の『平家』習得に際しては、存在するという精神的な意味でしか機能しない。『平家』の習得は、覚一本を精神的な拠り所としながらも、実際には覚一本を離れたところで、師匠の記憶ないしは覚一本以外の文字テキストに準拠して行われざるをえない。当然、その『平家』と覚一本の間には、ある程度の異同があっても不思議はない。その一方で、「諍論」に際して規範として提示される覚一本と、流布する語りとしての『平家』が大きく異なっていたので

は、正本の意味がなくなってしまう。したがって、覚一本が「規制」を意図したのが、どのような「語り」の形態であったのか、そこで求められたのがいかなる「同一性」のレベルであったのかが、問題となってこざるをえない。
この点に関し、覚一本の漢字表記にみられる過誤に着目した早川厚一氏は次のように推論する。(6)

この奇妙な表記の生成に、語りはどの程度関与したか。(中略)一方の覚一本にも、語りの介在を明確に記す徴証はないが、その奥書によれば、「一字不闕以口筆令書写之」という。口筆の際に、誤って記された事例もあろう。が、仮名書き本文を介在させて考えた方が適当と見られる事例もあり、この問題についてはさらなる検討が必要とされる。(中略)口筆させた覚一は、その時、いくらかの語り換えはしたものの、基本的には諳んじていた『平家物語』を語ったのだろう。「一期之後、弟子等中雖為一句、若有廃忘者、定及諍論歟」とは、一句全体の忘失を言うのではなく、一句中の詞章の「廃忘」を言うのだろう。故に、覚一本的本文は、それ以前にすでに語られていたはずだが、それはどこまで遡りうるのか。

意味不明とも思える奇妙な漢字表記が生じる原因として、仮名書き本文の介在の可能性を指摘するとともに、そのような先行本文を基本的には暗誦した覚一の『平家』を口筆したのが覚一本である以上、その規制は一句中の詞章のレベルにまでおよんでいたはず、というのである。覚一本の形成過程から、その規制のおよぶレベルを推定しているわけであるが、この形成過程については、兵藤氏から次のような指摘がなされている。(7)

覚一本は語りの台本ではないが、かといってそれを文筆家の著作(編集)物のようにみるのも正しくない。従来の研究では覚一本に口語りの特徴である常套表現（決まり文句）が少ないことが指摘されている。だが口頭言語と書記言語に大きな位相的落差のあった時代、語りを筆録する作業は、不可避的に書きことばの文法による翻訳作業をともなわざるをえなかったろう。（中略）「平家」に習熟した名人覚一の演唱は、時と場によって口頭的な技法をつかいわけつつ、全体としては暗誦の要素の強い語り口だったと思われる。すなわち、覚一本は、書きことばによる翻訳作業をともないながらも、奥書に「口筆を以て書写せしむ」といわれるように（基本的に）覚一の口述の書写作業の産物であったろう。

早川氏が、文字などで固定化された既存テキストの暗誦を想定するのに対し、兵藤氏は覚一が自らの語りを通して醸成させたテキストの暗誦を想定、本来そのような形成過程であったならば顕著であるはずの口頭言語的特徴の少なさについては、口筆作業に際しての「書きことばの文法による翻訳作業」の影響と捉える。「書きことばによる翻訳作業」が、具体的にはどのようなものであったのかは不明であるが、覚一本が「暗誦の要素の強い語り口」の「口述の『書写』作業の産物」であるとする見解は早川氏と共通し、基本的には文字テキストとしての覚一本と覚一の語った詞章との一致（ないし近似）を想定したものとみてよい。問題は、覚一が諳んじた詞章の形成過程をどう想定するかという点に関しての両氏の相違が、結果的に覚一本が何を規制しようとしたのかという問題にまでおよんでくるところにある。しかしながら、覚一本がどのようにして作られたかは、覚一本がどのようなレベルでの規制を意図したかとは必ずしも同一に論じるべきではなく、さらには結果的に何をどのレベルで規制したかとも区別すべき問題であろう。もちろん、これらの問題の密接な関連性を否定するべきではないが、形成過程についての手掛かりが少ない現在、とりあえずこの三者を区別するところから、覚一本（ひいては語り本）の位相について考えてみたいというのが本章における基本的な立場である。

二　覚一本の古態と「祇王」

覚一本が何を規制・規定しようとしたのかを考えるに際して、そもそも覚一本の範囲をどのように捉えるかという問題が生じる。岩波の日本古典文学大系以来、覚一本を底本とする多くの『平家物語』刊行され、こうした活字本をもって覚一本が議論されることが多いが、これらのテキストはさまざまな校訂作業が加えられており、それが章段名およびその区分や、一部章段の出入り等について一種の錯覚を生んでいる場合もあろう。

覚一本系の諸本の分類に関しては、日本古典文学大系解説と山下宏明氏『平家物語研究序説』（明治書院、一九七二年三月）とでは若干の相違があるが、龍谷大学本・高良神社本・寂光院本を古態として、第一類本に分類する点では一致している(8)。これらの古態テキスト（本校では日本古典文学大系解説に準じて、高野本を除く三本を指すものとする）は、いずれも章段を分けずに書き続けられており、章段名の書き入れなどもない(9)。覚一本を底本とした活字本の章段区分や章段名は、成立的には時代が下るが古態本との共通性が高いとされる高野本などによったものである。また、活字本テキストは、いずれも「祇王」「小宰相身投」の二章段を含んでいるが、両段が古態本には含まれない点は、覚一本の範囲を考える上でことに留意すべきである。高野本の場合でも、「小宰相身投」の章段名を記した下に「以他本書入」と注記されており、これが高野本の祖本以外によって増補された章段であることを明記している。その依拠した本文が、他の覚一本系テキストであった可能性も完全には否定できないが、古態本がいずれもこれを欠くところからすると、「小宰相身投」が覚一の制定した正本に含まれていた可能性は低い。「祇王」には注記はみられないが、これも「小宰相身投」同様、覚一の制定した正本には含まれていなかったと考えるのが妥当であろう。古態本に準じて想定するならば、覚一の制定した正本は、章段区分・章段名はなく、「祇王」「小宰相身投」の二章段を欠いていた。この点をまず押さえておきたい。

さて、この「祇王」に関しては、その有無が、従来から指摘される覚一本「二代后」冒頭の一節をめぐる諸本異同の問題と密接に関わってくる。まずは、問題とされてきた「二代后」冒頭をあげておく。ただし、この一連の記事を「二代后」と呼ぶのは、あくまでも高野本に依拠した便宜的なものであり、また次の引用箇所をもってその冒頭とされるのも高野本によっている。はたして本来の覚一本がここをもって「句（語りに際してひとまとまりとする単位）」の切れ目として認識していたか否かは不明である。

昔より今に至るまで、源平両氏朝家に召つかはれて、王化にしたがはず、をのづから朝権をかろむずる者には、互にいましめをくはへしかば、代のみだれもなかりしに、保元に為義きられ、平治に義朝誅せられて後は、すゑ〴〵の源氏ども或は流され、或はうしなはれ、今は平家の一類のみ繁昌して、頭をさし出す者なし。いかならむ末の代までも何事かあらむとぞみえし。されども、鳥羽院御晏駕の後は、兵革うちつゞき、死罪・流刑・闕官・停任つねにおこなはれて、海内もしづかならず、世間もいまだ落居せず。就レ中に永暦応保の比よりして、院の近習者をば内より御いましめあり、内の近習者をば院よりいましめらるゝ間、上下おそれをのゝいてやすい心もなし。たゞ深淵にのぞむで薄氷をふむに同じ。

問題とされてきたのは、傍線部「されども」とその前後の記述の時間的重複と内容的齟齬についてである。前半は、

「保元に為義きられ、平治に義朝誅されて後」の世情を、「今は平家の一類のみ繁昌して」「いかならむ末の代までも何事かあらむとぞみえし」と、平家一門の栄花が末代まで続くかにみえたと記す。これに対し、「されども」以下に述べられる「鳥羽院御晏駕の後」の兵革・混乱は、いうまでもなく保元・平治の乱を指しており、先の叙述と時間的に重複する。また、「永暦・応保の比」以降は院（後白河）と天皇（二条）が対立し、人々が不安におののく様が記されているが、これと先に述べられた「いかならむ末の代までも何事かあらむとぞみえし」との叙述の間には、内容的齟齬の感を禁じえない。「いかならむ……」が、あくまでも平家一類の繁栄について語ったものであるとはいえである。

この問題について、渥美かをる氏は、諸本における「祇王」の位置の異同（「……あらむとぞみえし」と「鳥羽院御晏駕の後」の間に置く平松家本・竹柏園本・鎌倉本・延慶本・南都本〔抽書とする屋代本も基本的にはこの位置を想定する〕、「昔より」の前に置く覚一本、「清水寺炎上」の後に置く百二十句本等）と関連させて、次のように指摘する。(10)

祇王の挿入に二種ありとすれば、どちらがよいかが問題となる。「昔より……何事かあらむとぞみえし」までの二文は、「古くは源平両氏が朝廷に仕え、謀反者を討伐したので何事も起らなかったが、保元、平治の乱で源氏が失遂したので、今は平家のみ栄え、この調子ならば末代まで何事もないと思われた」（大系本）という文である。そこで次には「されども」と逆説の接続詞を用いて、鳥羽院崩後、上皇、天皇が不和となって事が起ったことを記そうとするのである。従って問題の文は「二代后」の序と見るべきで、従って〔覚〕の入れ方が最も穏当であろう。〔屋〕などの古い入れ方に従えば、「平家のみ栄えて目出たい」とし、然し清盛には祇王に対するような振舞があったと続き、「されども」と起こして宮廷不和の記事に進むので、筋が通らない。

これに対し、冨倉徳次郎氏は、「されども、鳥羽院御晏駕の後は」を以て、「実質的には、これが『二代后』の冒頭文である」とし、「ここから『二代后』をはじめている諸伝本には、この『されども』はない」と「祇王」をこの前に置くのを本来のかたちとみる。そして、この「されども」については、覚一本が「昔より」の前に「祇王」を置いたために補われた「不用意な『されども』の使用と私は考えておきたいのである」と主張する。(11) 山下宏明氏は、この前後半の間にみられる断絶を認めながら、冨倉氏の主張を基本的には首肯し、「『祇王』を欠く古態本文では、特にこの断絶の色が濃かつたろう」、「しかるに覚一本は、上述したようなかたちで続くものと理解してこの断絶を意識せず、『祇王』を文脈上支障のない『吾身栄花』の直後の位置に固定させたものと思われる」と解釈した。(12)「『祇王』を欠く古態本文」とは、屋代本のようなものを意識したものとみられるが、じつはそこに当時の諸本論の状況と、それに基づく解釈の限界があった。冨倉氏の指摘に、すでにその兆しがみえているが、延慶本の古態性や、覚一本・屋代本と延慶本との密接な関係が指摘されつつある現在、この問題はあらためて検証される必要があり、しかもそこには「祇王」の問題を考える重大な手掛かりが含まれているように思われるのである。

そこで、少々煩雑にはなるが、まずは問題となる箇所の前後を延慶本・覚一本・屋代本を対照し、本文の詳細な比較検討を試みたい。

a

〔延慶本〕	〔覚一本〕	〔屋代本〕
日本秋津嶋ハ僅ニ六十六ヶ国、平家知行ノ国三十余ヶ国、既ニ半国ニ及ベリ。其上庄園田畠、其数ヲ不知㆒。	日本秋津嶋は纔に六十六箇国、平家知行の国卅余箇国、既に半国にこえたり。其外庄園田畠いくらといふ数を知ず。	日本秋津島ハ僅ニ六十六箇国、平家知行ノ国ハ三十余ケ国、已ニ半国ニ及ベリ。其外庄園田畠不㆑知㆑ラ数ヲ。綺羅充満シテ

綺羅充満シテ堂上花ノ如シ。軒騎群集シテ門前成市ヲ。楊州ノ金、荊岫ノ玉、呉郡ノ綾、燭江ノ錦、七珍万宝一トシテ闕タル事ナシ。歌堂舞閣ノ基、魚龍雀馬ノ翫物、帝闕モ仙洞モ、争カ是ニハ過ベキト、目出ゾ見エシ。

b

昔ヨリ源平両氏朝家ニ召仕ハレテ、皇化ニ不随ハ、朝憲ヲ軽ズル者ニハ、互ヒニ誡ヲ加ヘシカバ代ノ乱モ無リシニ、保元ニ為義切ラレ、平治ニ義朝誅テ後ハ、末々ノ源氏少々アリシカドモ、或ハ流サレ或ハ誅レテ、今ハ平家ノ一類ノミ繁昌シテ、頭ラヲサシ出ス者ナシ。何ナラム末ノ代マデモ何事カアルベキト、目出ゾ見エシ。

c

綺羅充満して、堂上花の如し。軒騎群集して、門前市をなす。揚州の金、荊州の珠、呉郡の綾、蜀江の錦、七珍万宝一として闕たる事なし。歌堂舞閣の基、魚龍爵馬の翫もの、恐くは帝闕も仙洞も是には過ぎじとぞ見えし。

《覚一本はここに「祇王」を置く》

昔より今に至るまで、源平両氏朝家に召つかはれて、王化にしたがはず、をのづから朝権をかろむずる者には、互にいましめをくはへしかば、代のみだれもなかりしに、保元に為義きられ、平治に義朝誅せられて後は、すゑ〴〵の源氏ども或は流され、或はうしなはれ、今は平家の一類のみ繁昌して、頭をさし出す者なし。いかならむ末の代までも何事かあらむとぞみえし。

《「祇王」》

入道相国、一天四海をたなご、ころのうちににぎり給ひしあひだ、世のそしり

堂上如ㇾ花ノ。軒騎群集シテ門前成ㇾ市ヲ。楊州ノ金、荊州玉、呉郡ノ綾、蜀江ノ錦、七珍万宝、一ツトシテ闕タル事モナシ。歌堂舞閣ノ基、魚竜爵馬ノ翫物ノ、恐クハ帝闕モ仙洞モ是ニハ過ジトソ見シ。

源平両氏朝家ニ召仕ハレテ、王化ニ不ㇾ随朝憲ヲ軽ズル者ニハ互ニ誡ヲ加ヱシカバ、世ノ乱モ無リシニ、保元ニ為義切レ、平治ニ義朝討レテ後ハ、末々ノ源氏少々有シカ共、或ハ被ㇾ流或ハ被ㇾ誅テ、今ハ平家之一類ノミ繁昌シテ、首ヲ指出ス者ナシ。イカナラム末ノ世マデモ何事カ有ント、目出ウゾ見タリケル。

《「祇王」は抽書》

入道相国、加様ニ天下ヲ掌ニ掬給之間、世ノ誇ヲモ不ㇾ憚、人ノ哢ヲモ不ㇾ顧、不

d

其比都ニ白拍子二人アリ。姉ヲバ義王、妹ヲバ義女トゾ申ケル。天下第一ノ女ニテゾ有ケル。此レハ閉ト云シ白拍子ガ娘ナリ。凡ソ白拍子ト申ハ、鳥羽院ノ御時、嶋ノ千歳、若前ト云ケル女房ヲ、水旱袴ニ立烏帽子キセテ、刀ナサ、セナドシテ、舞ハセ初ラレタリケルヲ、……

e

大方ミメ事ガラ勢有様ハサテヲキツ、物カゾヘタルコハザシヨリハジメテ面白シ。当時名ヲ得タル白拍子也。年ノ程十八九計也。サシモスサメテ追返シ給ツルニ、入道殿ニ心モナク見給ケリ。義王ハ入道殿ノ気色ヲ見奉テ、ヲカシク覚テ、少シ打咲テ有ケリ。入道イツシカツイタチテ、未ダ舞モハテヌサキニ、仏ガコシニ抱キ付テ、帳台ヘ入レ給ケルコソケ

をもはばからず、人の嘲をもかへりみず、不思議の事をのみし給へり。

たとへば、其比都に聞えたる白拍子の上手、祇王祇女とておと、いあり。とぢといふ白拍子がむすめなり。……

仏御前はかみすがたよりはじめて、みめかたちうつくしく、声よく節も上手でありければ、なじかはまひもそんずべき。心もおよばずまひすましたりければ、入道相国まひにめで給ひて、仏に心をうつされけり。仏御前、「こはさればなに事さぶらふぞや。もとよりわらははすいさんのものにて……

思議ノ事ヲノミシ給ヘリ。

譬ヘバ、其ノ比都ニ聞ヘタル白拍子ノ上手、義王義女トテ兄弟有リ。閉ト云白拍子ノ娘也。……

天性此仏ハ、髪姿ヨリ始テ声ヨリフシモ上手也ケレバ、何カハ舞モ損スベキ、心モ不レ及舞タリケリ。見聞ノ人、耳目ヲ驚カサズト云事ナシ

君ガ代ヲ百色ト云鶯ノ声ノ響ゾ春メキニケル

トウタイテ踏廻リケレバ、入道興ニ入給ヘル気色ヲ見テ、貞能仏ヲ懐テ障子ノ内ヘ押シ入タリ。仏、「コハ何事ニテ候ヤ覧ン。ワラハ、推参ノ者ニテ……

シカラネ。サテ申ケルハ、「イカニヤ加様ニヲハシマスゾ。ワラハガ参テ候ツルニ、見参叶ハズシテ空ク帰リ候ツレバ、ナニシニ推参シ候ヌラムト……

f

……サテコソ、後白河法皇ノ長講堂ノ過去張ニハ今モ、「義王、義女、仏、閉」トハ読レケレ。……是程ニ思立ケル心ノ中ノ恥カシサ、類ヒ少クゾ有ントテ、見聞人ノ袂ヲ絞ラヌハ無リケリ。サテ入道殿ハ、仏ヲ失テ、東西手ヲ分テ尋ヌレドモ叶ハズ。後ニハカクト聞給ケレドモ、出家シテケレバ不及力。サテヤミ給キ。

h

鳥羽院御晏駕ノ後ハ、兵革打ツヾキ、死罪、流刑、解官、停止、常ニ被行テ、海内モ不静㆒ラ、世間モ落居セズ。就中㆒、永暦応保ノ比ヨリ、内ノ近習ヲバ院ヨリ御誡アリ、院ノ近習ヲバ打ヨリ御誡アリ。カヽリシカバ、

……されば後白河の法皇のちやうがうだうのくはこちやうにも、祇王・祇女・ほとけ・とぢらが尊霊と、四人一所に入られけり。あはれなりし事どもなり。

されども、鳥羽院御晏駕の後は、兵革うちつゞき、死罪・流刑・闕官・停任つねにおこなはれて、海内もしづかならず、世間もいまだ落居せず。就㆑中に、永暦応保の比よりして、院の近習者をば内より御いましめあり、内の近習者をば院より

……サレバ後白河ノ法王ノ長講堂ノ過去帳ニ、義王、義女、仏、閉等カ尊霊ト、四人一所ニ入セ給ケリト聞ヘケルゾ、忝ナキ。

▲鳥羽院ノ後ハ、兵革打続キ、死罪流刑、解官停任常ニ被㆑行テ海内モ不㆑静、世間モ不㆓落居㆒セ。就中永暦応保ノ比ヨリハ、院ノ近習ノ者ヲバ内ヨリ被㆑レ誡、内ノ近習ノ者ヲハ院ヨリ被㆑ル誡シメ間ダ、上下恐懼テ安キ心ナシ。臨㆓デ深渕㆑ニ如ク㆑ニ履㆓ガ薄氷

高モ賤モ恐レ怖キテ、安キ心ナシ。深淵ニ臨テ薄氷ヲ踏ガ如シ。

i

其故ハ、内ノ近習者、経宗、惟方ガ計ニテ、法皇ヲ軽シメ奉リケレバ、大ニ不ル安ラ事ニ思食テ、清盛ニ仰テ、阿波国、土佐国へ被流ニケリ。……

又法皇多年御宿願ニテ、千手観音千躰御堂ヲ造ラムト思食、清盛ニ仰テ、備前国ヲモ(ッ)テ被造ケリ。長寛二年十二月十七日御供養アリ。……胡摩僧正行慶ト云シ人ハ、白河院ノ御子也。三井門流ニハ左右ナキ有智徳行ノ人ナリケレバ、法皇殊ニ憑ミ思食テ、真言ノ御師ニテヲハシケルガ、此御堂ヲバ殊ニ取沙汰シ給テ、千躰中尊ノ丈六ノ面像ヲバ、自キザミ顕ハサレタリケルト承コソ目出ケレ。

j

主上、上皇父子ノ御中ナレバ、何事ノ御隔カ有ベキナレドモ、加様ニ

いましめらるゝ間、上下おそれをのゝいてやすい心もなし。たゞ深淵にのぞむで薄氷をふむに同じ。

主上上皇、父子の御あひだには、何事の御へだてかあるべきなれども、思のほ

ヲ同ジ。

(屋代本は▲の位置で改行)

主上々皇父子ノ御間ニハ何事ノ御隔カ渡セ給フベキナレドモ、思ノ外ノ事共有

御心ヨカラヌ御事共多カリケリ。是モ世暁季ニ及ビ、人凶悪ヲ先トスル故也。

k

　主上ハ上皇ヲモ常ニハ申返サセ給ケル、其中ニ、人耳目ヲ驚シ、世以テ傾キ申ケル御事ハ、故近衛院ノ后、太皇后宮ト申ハ、左大臣公能公御娘、御母ハ中納言俊忠娘ナリ。中宮ヨリ皇太后宮ニアガラセ給ケルガ、先帝ニ後レマイラセ、九重ノ外、近衛河原ノ御所ニ、先帝ノ故宮ニ、フルメカシク幽カナル御有様也。永暦、応保ノ比ハ御年廿二、三ニモヤ成ラセ給ケム、御サカリモ少シ過サセ給ケレドモ、此后、天下第一ノ美人ノ聞エ渡ラセヲハシマシケレバ、主上二条院、御色ニノミ染メル御心ニテ……

かの事どもありけり。是も世暁季に及で、人梟悪をさきとする故也。

　主上、院の仰をつねに申かへさせおはしましけるなかにも、人耳目を驚かし、世も(ッ)て大にかたぶけ申事ありけり。故近衛院の后、太皇太后宮と申しは、大炊御門の右大臣公能公の御娘也。先帝にをくれたてまつらせ給ひて後は、九重の外、近衛河原の御所にぞうつりすませ給ける。さきのきさいの宮にて、幽なる御ありさまにてわたらせ給しかば、永暦のころほひは、御年廿二三にもやならせ給けむ、御さかりもすこしすぎさせおはしますほどなり。しかれども、天下第一の美人のきこえまし〱ければ、主上色にのみそめる御心にて……

ケリ。是モ世及二ビ澆季一ニ、人先二梟悪ヲ一トスル故也。

　主上、常ニ院ノ仰ヲ申返サセ坐ケル中ニ、人驚カシ二耳目ヲ一、世以傾キ申ス事有リケリ。其比近衛院ノ后、皇太后宮ト申スハ、大炊ノ御門ノ右大臣公能ノ御娘ナリ。久寿ノ秋ノ比、先帝ニ送レ奉ラセ給テ後、近衛河原ノ御所ニゾ移リ住セ給ケル。前ノ后ノ宮ニテ幽ナル御住居ニテ渡セ給シガ、長寛ノ比ハ御年廿二三ニモヤ成セマシ〱ケン、天下第一之美人ノ聞ヘ坐シケレバ、主上色ニソミタル御心チニテ、……

以上は、延慶本の記事配列に準拠して、当該本文を対照したものである。なお覚一本の古態本は「祇王」を欠くので、「祇王」に関しては本文・配置ともに高野本によっている（旧古典大系本）。また、屋代本は「祇王」を抽書としているが、目録では「清盛出家事（いわゆる「吾身栄花」）」と「二代之后立事（いわゆる「二代后」）」の間に置かれており、本文的には延慶本と同じ位置が意図されていたとみられる。[13]

　さて、この三本を比較してまず注目すべきは、「祇王」を除くその前後の詞章の近似性であろう。ａ「日本秋津嶋ハ……争カ是ニハ過ベキト、目出ゾ見エシ」の一節は、三本ほぼ同文といってよく、続くｂ「昔ヨリ、源平両氏朝家ニ召仕ハレテ……何ナラム末ノ代マデモ何事カアルベキト、目出ゾ見エシ」も、その結びが「いかならむ末の代までも何事かあらむとぞみえし」（覚一本）、「イカナラム末ノ世マデモ何事カ有ント、目出ウゾ見タリケル」（屋代本）とわずかに異なるのみである。「祇王」をはさんだ後半部分も、ｈ「鳥羽院御晏駕ノ後ハ」、ｊ「主上、上皇父子ノ御中ナレバ」、ｋ「主上ハ上皇ヲモ常ニハ申返サセ給ケル、其中ニ」などの箇所において、（三本はまったく同文というわけではないが）その詞章の近似性は明らかであろう。

　これらは、三本文が基本的に同一本文から分化したものであることを示唆している。そこで問題となるのが、この三本文のうちのいずれが、最も原型に近いのかという点であろう。

「祇王」の部分を除くと、三本で最も異なるのはｉ「其故ハ、内ノ近習者、経宗、惟方ガ計ニテ」の一節の有無である。これは延慶本にのみみられる記事で、その前の二条天皇と後白河上皇が不和であるとの叙述を受けて、その具体的内容を記したものであり、延慶本の増補ないし覚一本や屋代本の削除のいずれとも現段階では判断できない。ただし、太皇太后宮藤原多子の再入内を延慶本・覚一本が「永暦、応保ノ比」「永暦のころほひ」とするのに対し、屋代本のみ「長寛ノ比」と誤っている点（正しくは永暦元年）をしいて解釈するならば、永暦から長寛にかけての事件を年代順にならべた延慶本のｊのような記事に引きずられた屋代本の錯誤の可能性も考えられよう。しかしながらこれはあくまで推論の域を出るものではなく、これだけでは先後関係は判断のしようがない。

最も大きな相違点は、何といっても「祇王」の有無である。覚一本の古態本はこれを欠き、屋代本はこれを抽書としているのに対し、延慶本のみ「祇王」をbとhの間に置いている。この「祇王」の有無が、じつは先に問題とされた覚一本の文脈的断絶と密接に関わってくるのである。延慶本のような形態の場合、「祇王」によってbとhは完全に分断され、先に論じられたような文脈的な断絶は生じない。その場合、bは「帝闕も仙洞」をも超える平家の繁栄ぶりを記したaを受けて、その状況が保元・平治の乱以降に生じたものであり、ライバルである源氏が失墜した後は、もはやその状況が長く続くであろうことを言祝ぐものとなっている。こうした状況を受けるかたちで「祇王（義王義女之事）」が記されるのである。一方、天皇と上皇の不和については、まったく新たに、いわゆる「二代后」の序として多子入内当時の状況を記しているのであり、延慶本（ないしこれと同様の形態の諸テキスト）の場合には、覚一本のような接続詞「されども」は用いられない。

屋代本の場合、目録では「祇王」は巻一、「清盛出家事」と「二代之后立事」の間に置かれているが、本文自体は抽書となっている。[14]「祇王」の挿入箇所については、「屋代本において、天子、神仏などのための余白改行を除いて、章段のための改行はわずかに三箇所だけである。このうち、二箇所は『祇王』『千手』の挿入部に当っている」との春田宣氏の指摘がある。[15]屋代本の抽書の挿入箇所については、必ずしもすべてがこのように示されているわけではないが、指摘される挿入箇所が延慶本や平松家本・竹柏園本・鎌倉本などの「祇王」の箇所に一致しており、それをあえて改行としているところに、「祇王」をこの位置に置いた先行本文が透けてみえるように思われる。したがって、少なくとも現存文字テキストのレベルにおいては、「祇王」をこの位置に配置した延慶本のようなテキストが先行し、屋代本や覚一本など（ないしはその祖本）は、そうした先行テキストから「祇王」を削除するかたちで再編を試みた、とみるのが妥当であろう。ただし、そのように仮定した場合、屋代本や覚一本の「祇王」と延慶本の「祇王」の本文異同（ｃｄｅｆｇ）が、その前後（ａｂｈｉｋ）の近似性に比べると、かなり大きい点が気にかかる。(16) それが延慶本のような先行本文に基づく再編・抽書化であるならば、「祇王」の本文自体が、前後の本文近似とさほどレベルを異にするとは考えにくい。この点は、屋代本や覚一本（高野本他）の「祇王」がいかなるテキストによったのか、それがいかに形成されたのかとあわせて、なお検討を要する。

三　覚一本と語られた本文

「祇王」が原『平家物語』成立当初からか含まれていたか否かは別として、覚一が覚一本を制定する以前に、「祇王」は延慶本のような配列で、すでに一部の文字テキストに組み込まれていた。覚一本ないしその祖本は、これをあえてテキストから削除したことになる。覚一本の「されども」は、「祇王」を削除したために生じた前後の齟齬・断絶を整合させようとした結果であろう。つまり、本来は不連続であった、したがって文脈的につながらなくても当然ともいえる前後の詞章が、「祇王」を削除したために、章段を分かたない覚一本においては表記上連続してしまった、覚一本はその形態にしたがって、これを連続するものとして認識した、ないしは連続するものとして本文を整理しようとしたということになる。この場合、覚一が正本制定に際して、「祇王」を含まない（たとえば屋代本のような形態の）先行テキストをもとに本文を整理した可能性と、覚一自身が「祇王」を削除した可能性とが考えられる。後者であるならば、覚一は正本制定に際して「祇王」をあえて除いたことになる。前者である場合、「祇王」が本来この位置にあることを知らずに、本文の表面的な整合性から「されども」を補った可能性もなくはない。しかしながら、屋代本が「祇王」を明確にこの位置に指定し、また語り本の多くが「祇王」をこの位置に入れている以上、少なくとも「祇王」をこの位置に入れるかたちの何らかの本文（必ずしも文字テキストとは限らない）が知られていたと考えるのが順当であろう。覚一本が延慶本的なテキストを参照していた可能性[17]などを勘案するならば、覚一に、「祇王」が本来この位置に置かれていたとの認識がなかったとは考えにくい。したがって、正本制定に際しての「祇王」の削除は、意図的なものとみてよかろう。

さて、その際に考えなければならないのは、正本から「祇王」が削除されたことの意味である。これは、「祇王」を非正統的な章段（句）として、琵琶法師の語るべき正統的な『平家物語』から排除したことを意味していたのであろうか。その場合、「祇王」は当道に所属する琵琶法師達によっては語られなくなった、ないしは語られたとしても、『平家物語』の一句としてではなくなったと考えるべきなのであろうか。しかしながら、「祇王」は現存語り本のほとんどに含まれており、十五世紀前半の『平家物語』の上演記録にも、これに該当するとみられる章段名が記されている[18]。なにより覚一本自体が後に「祇王」をふたたび取り込んでいるのをみれば、その可能性はきわめて低い。おそらく、正本（覚一本）には含まれなくとも、「祇王」は『平家物語』の人気ある一段として語られ続けていたはずであり、琵琶語りの演目から消えてしまったとは考えがたい。とすると、ここに新たな疑問が生じてくる。すなわち、実際に口演されている演目を、正本である覚一本がまったく規制していないという事態が生じていることになるのである。その場合、正本とはいったい何を規定し、何を規制するものであったというのであろうか。

これに関連して注目されるのが、『太平記』巻第二十一「塩冶判官讒死事」に記される「菖蒲前」上演の記事である。高師直の召しにより真都（真性・真城、諸本により表記に異同、真一のことか）と覚都（覚城と表記する諸本も。明石検校覚一か）の二人の検校が参上し、「ツレ平家」で「菖蒲前」の段（句）を語ったというこの記事を、必ずしもそうした出来事が実際にあったというような事実をふまえてのものと考える必要はない。問題は、覚一本を含むほとんどの語り本には記されない「菖蒲前」を語ったとする記事を、多くの『太平記』享受者が特に不審を抱かずに受入れていたという点である。いうまでもないが、この『太平記』享受者の多くは『平家物語』の享受者でもあった。十五世紀前半には文字化された『平家物語』テキストがある程度流通していたらしく[19]、それを目にした享受者も少なくはなかったはずである。この当時流通していたテキストがいかなるものであったのか、それらが現存諸本といかなる関係にあるのか等は必ずしも明らかではないが、現存『平家物語』中、「菖蒲前」の記事を有するのは盛衰記と竹柏園本のみである。このうち、盛衰記の記事は本文・内容ともに『太平記』とはかなり異なっている。これに対し、竹柏園本の記事は内容・表現ともに『太平記』ときわめて近く、ほぼ同文といってもよいほどである。これら三本における「菖蒲前」成立の先後関係は、必ずしも明らかではないが[20]、竹柏園本自体は室町末の書写と目されており、十五世紀当時の享受者の多くが竹柏園本系統のテキストを読んでいたとは考えにくい。もし、当時の琵琶法師による上演が、基本的にこうした文字テキストに準拠したものであったとすれば、当時琵琶語りとしてはまったく流通していなかった章段を、『太平記』が真都・覚都に語らせていることになる。当然、この点に関する何らかの疑義があってもよさそうなものであるが、そうした形跡も認められない。このことは、文字化されて流通する『平家物語』には含まれない句の上演記事に対して、当時の享受者がそれを疑問視しない環境、すなわち、「菖蒲前」のような文字化されざる章段も、当時の琵琶法師達は時として『平家物語』の一節として語っていた、という可能性を示唆するものであろう。

当時の『平家』上演記録についても若干触れておきたい。現在残されている上演の記録は少なくないが、それらのなかで演目（句）を明記したものは必ずしも多くない。こうした演目の多くは、現存テキストに当該章段を見いだしうるものであるが、なかにわずかながらそれが現存テキストのどの記事に相当するのか不明なものがある。たとえば、『満済准后日記』永享六年（一四三四）五月二十日条には、「浄存検校来。祝言一句申入也〈後白河御一後云々〉。千疋賜之」との記載がみられる。この「祝言」としての「後白河御一後云々」が、現存語り本のどの記事に該当するのか、現在のところ不明である。『臥雲日件録』文安六年（一四四九）七月四日条に記される、「命城呂話平家三句、最初話後白河法王御宇之徳曰、仁流於秋津洲外、慶繁於築波山陰云々。予問、築波山何在。呂曰、在常陸州、蓋俗伝自天竺飛来、故山中多 呉艸珍木云々。平家語、取于樹陰最繁、以為喩耳」なども、現存語り本にはこれに当該する記事を見いだしえないものである。数は少ないが、こうした記事は、「菖蒲前」同様、現存語り本には含まれない句をも、当時の琵琶法師達が語っていた可能性をうかがわせるものであろう(21)

その一方で、『看聞日記』応永三十年（一四二三）六月五日条にはじまる、城竹による一部語りの試みでは、次のような記事がみられる。

六月五日　　城竹検校参。……自祇薗精舎至仏御前六句語。音声殊勝也。已語勧進云々。
六月廿九日　城竹参。先度参之時、祇園精舎申。仍漸々一部可申之由申。今日一巻語了。
七月一日　　城竹参。自明雲座主流罪、至小松内府教訓状六七句申。

この一部語りの試みが完遂されたのかどうかは不明であるが、すでに勧進興行も行ったことのある城竹が、後崇光院のもとに参上し、一部語りを試みた、その際、初日には祇園精舎から仏御前までの六句を語り、二回目にはそれ以降の巻一を語り終え、三回目では巻二冒頭の明雲座主流罪から小松内府教訓状までの六七句を語ったとされている。ここに掲げられた章段・巻構成は、現存語り本とほぼ一致しており、城竹の一部語りがおそらくは語り本的構成に準じて行われていたであろうことを示唆している。

なお、一部平家の上演に関しては、古くは十四世紀初頭には行われていた可能性が指摘されているが[22]、その実態については必ずしも明確ではない。十五世紀にはいると、勧進平家の記録はいくぶん多くなる。それらの多くは、二人ないし三人以上による興行であったらしく、逆に一人によって行われた場合については「妙楽寺有勧進平家〈宗一検校一人云々。故覚一検校一人於彼等語之。其例云々〉」（『建内記』嘉吉三年五月一日条）のように、特記されている。十五世紀後半の『尋尊大僧正記』には、「廿一ケ度ニ平家一部於公方相語之」とあるが、これら記録にみる勧進平家の興行日数は必ずしも一定ではなく、十二日間から一ヶ月余りまでまちまちで（その間毎日興行されたかも不明、また一日に語られる句の数、あるいは節付などについても記録からは判断できない）、これらがすべて同一、ないし近似した詞章であったか否かは、今後に検証を要する。

四　覚一本の位相

これらの状況を先の「祇王」の問題と関連させるならば、次のような推論が可能となるのではなかろうか。

まず、第一に正本としての覚一本は、当時琵琶法師によって演唱されていたさまざまな場における『平家』語りの全章段（句）・全詞章を包括的に規定・規制しようとするものではなかった。「祇王」あるいは「小宰相身投」、さらには「菖蒲前」のような、覚一本には含まれない章段（句）の上演を否定したり、『平家物語』という認識の範囲から除外するのではなく、一方にこうしたものも『平家物語』の一節として上演・享受されているのを許容しながら、ある特定の場合の語りを規定・規制しようとしたテキストとして位置づけられよう。そして、その特定の場合の規定・規制を通して、座の権威を維持しようとしたのが、正本ではなかったか。特定の場合としては、従来指摘のあるところではあるが、勧進などによる一部平家との関連を想定するのがまずは穏当なところであろう。たとえば、城竹による一部語りの試みにみる句の配列と現存語り本の章段配列との近似などが、その可能性を示唆している。そもそも、構成や章段・記事配列が問題となるのは、『平家物語』全体を連続的に捉えようとする場においてである。覚一本には屋代本や延慶本などと異なる、独自の章段・記事配列などが認められるが、こうした配列異同の効果が有効に機能するのは、それらが連続して享受される場合である。個々の章段（句）を、個別的に数句語る通常の演唱においては、章段・記事の配列などはほとんど問題とならない。たとえば、「忠度都落」や「経正都落」は、平家の都落の一場面としての位置づけさえ確定していれば、その前後関係などは、通常は意識する必要もなかったであろう。

第二に、正本テキストに含まれない章段（句）を許容する姿勢は、通常の句を単位とした演唱に対する正本の規制力に疑問符をつけさせるものである。正本に含まれない章段の語り、すなわち文字テキストの詞章に規制されない詞章による語りを一方で許容しながら、他方、正本に含まれる章段の語りだけはテキストの詞章に忠実であることを要求すると考えるのは、いささか無理があるように思われる。

当時の演唱実態に関して、既存テキストに忠実な暗誦という推論は、現存語り本に口頭演唱による詞章形成の痕跡があまり認められず、逆に書承的作業が介在した痕跡が多く認められるところから導き出される、書く行為によるテキスト形成の可能性の指摘と密接に関わっている。琵琶語りによって本文が流動し、それを書き留めたのが現存の語り本であったという、語りが先行・テキストが後、語りによる本文流動・諸本形成という仮説に対して、テキストが書承的に作られている点を重視し、テキストが先行し琵琶法師がこれを諳んじたと、発想を逆転しているのである。

こうした議論を図式化すると次頁の図のようになろう。

かつての「語りによる文字テキストの流動」の論に対する批判として、近年積極的な検証作業がなされてきたのが

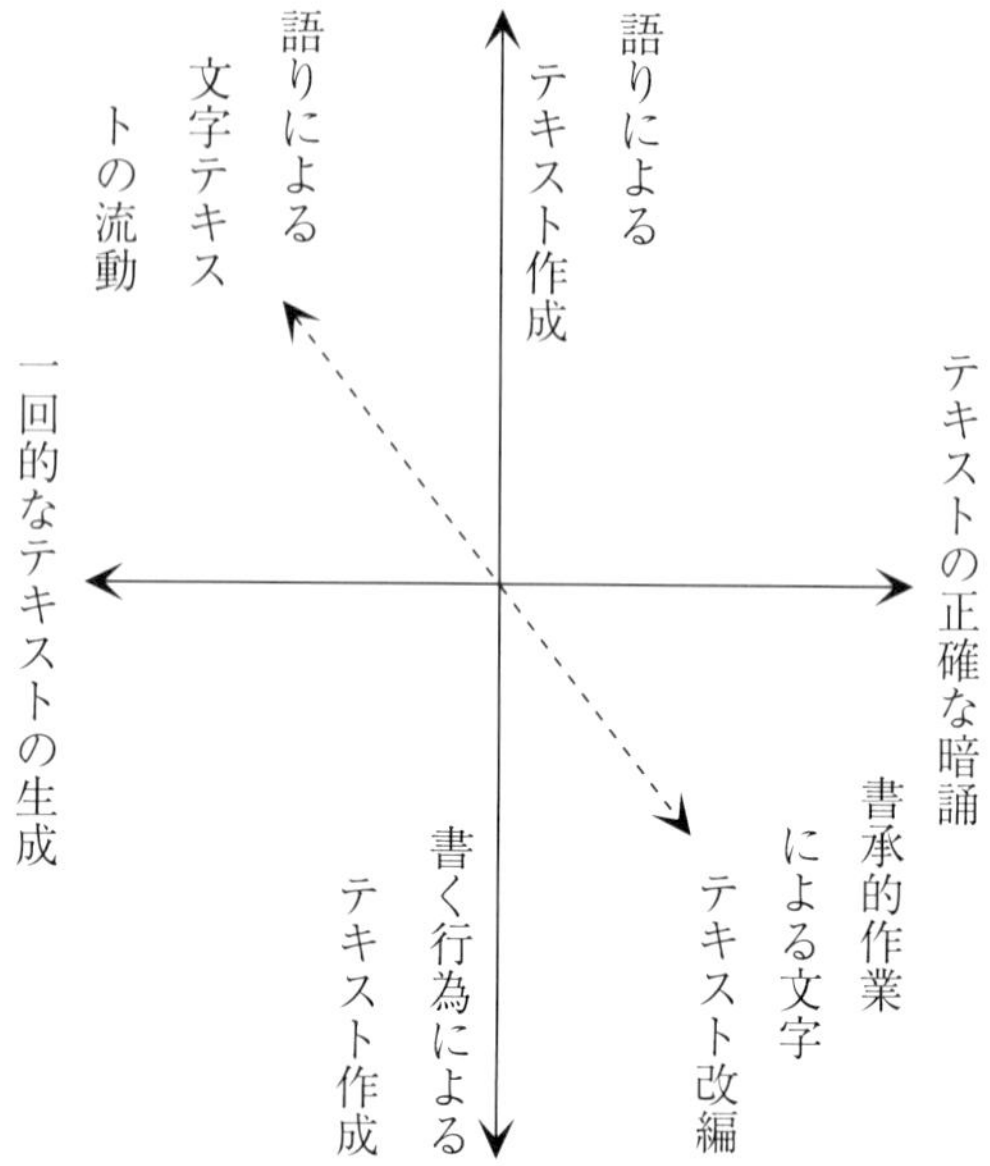

「書承的作業による文字テキストの改編」の仮説であった。これは、現存文字テキストを対象とした、点線で示した対立軸の議論であったが、この検証作業となかば連動するかたちで展開されたのが、語りにおける「テキストの正確な暗誦」の仮説であり、これに対して、語りという行為の本質に根ざした問題提起として提出されたのが、兵藤裕己氏による一連の実体的な演唱行為の検証に基づく「一回的なテキスト生成」の論ではなかったか。(23) 語り本の成立をめぐっては、福田晃氏からひとつの仮説が提示されており、(24) 松尾葦江氏などもこれを継承・発展させるかたちで論を展開している。(25) たしかに最初の『平家物語』は書かれたものであり、琵琶法師達はこうした書かれた『平家物語』に学びながら、自らの演唱を形成したのであろう。問題はこうした語りと語り本との関係である。語り本はあくまでも書くという行為抜きには成立しえないものであり、たとえばある演唱形態に準じて語りから文字テキストへという試みがなされたにしても、そこには「口頭言語」と「書記言語」の間の「翻訳作業」が不可欠であるのは、兵藤氏の指摘する通りである。(26) この「翻訳作業」の実態を明らかにしない限り、現存する文字テキストを対象とした「語りによるテキストの形成」対「書く行為によるテキストの形成」という議論は、有効に機能しないはずである。同時に、本章で検討を試みたごとくに、覚一本が当時演唱されていた全『平家』語りを規制しようとしたものでないとするならば、文

字テキストで示された詞章がどの程度、実際の語りを規制しえたかも、あらためて検討を加える必要があろう。すなわち、覚一本がどのようにして作られたか（「一字不闕以口筆令書写之」）と、その覚一本が何をどのような同一性のレベルで規定・規制しようとしたのか、さらには、結果的にそれが何を規制したのか、これらの点を区別して議論する必要がある。たとえば、覚一が暗誦的に語っていたとして、その詞章はどの程度当時の琵琶法師達に共有されていたのだろうか。後代の語りの詞章が覚一本に近いものであったとして、その近似は覚一本成立当時からのであったのか。あるいは、テキストの流通と語りの詞章とテキストとの一致との関連性などに関しても、覚一本の意図した規定・規制の問題とは本来区別して議論すべきであろう。当時の琵琶法師達は〈平家物語〉を語っていたのであって、それは今日的な意味での文字によって固定化された『平家物語』という概念とは微妙に異なっていた。その落差に目を向けるべきではないか。

第三に、覚一本が、テキスト外の記事・章段をも許容しているという事実は、構想等についての議論にも深く関わってくる。こうした議論の場合、ある特定のテキストを対象とし、その文字言説によって示される内容に範囲を限定することで、構想等の特質・独自性をあぶり出す。しかしながら、覚一本の場合、テキストの範囲をひとつの枠組みとしながらも、テキストには含まれない「祇王」のような章段をも『平家物語』の一段として許容していた。ということは、少なくとも覚一自身は「祇王」を含まない『平家物語』を構想していたのではなく、一部語りにおいては「祇王」を語らない（あるいは語らなくてもよい）とのみ、正本によって規定・規制しようとしていた可能性が高い。近代的な文芸観による作品享受の目で、テキストを丹念に分析するのは当然であるが、その一方で、このような問題の可能性をも考慮する必要があるのではなかろうか。こうした事情は、他の語り本の場合にもある程度当てはまるであろう。享受者の側も、中世においてはテキストの異同に関して、かなり寛容な意識を有していたらしい。『看聞日記』

には「平家物語二帖」・「平家十一帖〈第六欠〉」・「平家絵十巻」・「内裏平家一合〈四十帖〉」などさまざまな形態の『平家物語』テキストが登場する。(27)しかしながら、彼らが形態的に異なる『平家物語』テキストの異同に神経質になっている形跡は見あたらない。書写に際しては校合のような綿密な作業も行っているので、帖数といった形態ばかりではなく、章段の出入りや本文そのものの異同等についても当然気づいていたはずであるが、彼らはそうした異同をも含めて、それらを『平家物語』と認識する。「一三〇〇年代初頭に読み本系平家物語の書写・編著が盛んだった時期があったようであるが、『徒然草』には特に書き留められてはいない。読み本系とか語り本系とかいうような区別は、本文である限り、中世人にとってはさして意識されなかったのかも知れない」という松尾葦江氏の指摘(28)をあらためてかみしめながら、共有された〈平家物語〉の可能性と、それに対する文字テキストとしての『平家物語』の位相について、考え直してみる必要があるように思われるのである。琵琶語りという上演形態と語り本の関係も、そうした大きな枠組みのなかの一問題として認識すべきであろう。

注

（1）〈平家物語〉という概念については、序章でふれたように、大橋直義氏が「『嗣信最期』説話の享受と展開――屋島・志度の中世律僧唱導圏――」（『伝承文学研究』51、二〇〇一年三月）において提起している。

（2）『語り物序説――「平家」語りの発生と表現――』（有精堂、一九八五年一〇月）、『王権と物語』（青弓社、一九八九年九月）、『平家物語の歴史と芸能』（吉川弘文館、二〇〇〇年一月）など。

（3）たとえば、中古の作り物語の場合、作品世界はテキストの内部で完結し、テキスト外部の文字化されざる世界は、あくまでも享受者の想像の域を出ることはない。これに対し、歴史上に実在した在原業平を主人公にした『伊勢物語』は、さまざまな周辺的説話を摂取しながら作品として結実しているが、その異本群には多くの章段の出入りが認められる。『無名草子』

などによれば、作り物語は虚構として認識されていたのに対し、『伊勢物語』は事実に取材したと認識されていたらしい。物語享受におけるテキスト世界と周辺世界との関係を考える上で興味深い。

（4）『平家物語』ゆかりの地では、今日なお『平家物語』やその異本としての『源平盛衰記』などの記事を、歴史事実そのものと認識している（あるいはそのように振る舞っている）場合が少なくない。各地に残る文学関係の史蹟等は、そうした人々の営みの歴史的痕跡である。

（5）兵藤裕己氏「覚一本平家物語の伝承をめぐって――室町王権と芸能――」（『平家琵琶――語りと音楽――』ひつじ書房、一九九三年二月。『平家物語の歴史と芸能』吉川弘文館、二〇〇〇年一月再録、一二三頁）。

（6）「覚一本成立の背景」（『国文学』一九九五年四月）。

（7）『平家物語の歴史と芸能』四五頁。これは、第一部第二章「屋代本の位置――非正本系の語り本について――」の注に述べられた発言であるが、初出「屋代本の位相」（『国文学』一九九五年四月）には、この注記はない。

（8）古典大系解説が、「祇王」「小宰相身投」の二章段の有無を基準として、第一類本をこの三本に限定するのに対し、山下氏は本文そのものの同一性・近似性から、「後代の書き込みを省いた本文を取上げるべき」との但し書き付きながら、高野本をも第一類に分類する。

（9）山田孝雄氏『平家物語考』（国語調査委員会、一九一一年一二月）、高橋貞一氏『平家物語諸本の研究』（冨山房、一九四三年八月）の指摘による。ただし、古典大系凡例には、寂光院本は章段の冒頭に〳〵が記され、頭部に若干章段名の注記があると指摘される。寂光院本の実物は未見。

（10）『平家物語の基礎的研究』（三省堂、一九六二年三月。笠間書院、一九八八年七月再刊、一八九頁）。

（11）『平家物語全注釈　上』（角川書店、一九六六年五月）九一頁。

（12）「平家物語評釈　七」（『国文学　解釈と鑑賞』一九六八年一〇月）。

（13）『平家物語の基礎的研究』。『屋代本平家物語』解説（春田宣、角川書店、一九七三年一一月）。

（14）かつてはこれが「祇王」を増補しながらも、いまだその位置については確定していない状態を示すものとして、屋代本古態説のひとつの論拠ともされてきた。しかしながら、近年、春日井京子氏が屋代本の抽書について、「諸本の先後関係と関わる形で抽書の問題が考えられてきた」ことを批判し、「まず現存本文の記述に徴証を求めるべきもの」との立場から本文の見直しを試み、その文脈的つながりから逆にこれを本編から抽出されたものとの見解を示している（「語り本『平家物語』の「抽書」をめぐる諸問題」〔『日本女子大学大学院文学研究科紀要』3、一九九七年三月〕）。

（15）『屋代本平家物語』解説（貴重古典籍叢刊、角川書店、一九七三年一一月、四八頁）。

（16）この点に関しては、島津忠夫氏「祇王説話と『平家物語』」（『国語と国文学』一九七六年四月。『平家物語試論』汲古書院、一九九七年七月再録、一二頁）は、「語り系の諸本には小異はあっても」「高野凡以下の覚一本、流布本をも含めて大きく一類とみられ、南都本および延慶本と対立することになる」と指摘する。

（17）第五章「覚一本の形成過程」（初出、「『平家物語』覚一本の形成過程に関する試論――語り本とは何かを考えるために――」『国語と国文学』二〇〇〇年四月）。

（18）『看聞日記』応永三十年（一四二三）六月五日条に、「城竹検校参。旧冬大通院御仏事之時、於大通院初而聴聞、其礼可参申之由頻所望、用健御引導参。自祇薗精舎至仏御前六句。音声殊勝也。已語勧進云々」とある。

（19）たとえば、最近では櫻井陽子氏「『看聞御記』に見られる平家享受」（『伏見宮文化圏の研究――学芸享受と創造の場として――』平成10～11年度科学研究補助金〔基盤研究C〕研究成果報告書、二〇〇〇年三月）に、語り以外による多面的な『平家物語』享受のひとつとして、文字テキストの書写・流通に関する指摘がある。

（20）この点については山下宏明氏が『源平盛衰記』―（改作）→『太平記』―（書承）→竹柏園本」と推論する（『平家物語竹柏園本　下』解題〔八木書店、一九七八年一一月〕）。なお、竹柏園本の依拠した『太平記』については、「今川本、相承院本に近い本文らしい」とする。管見の限りでは、玄玖本などもきわめて近い。

（21）たとえば、鶴巻由美氏「「平家」享受の一側面――室町の日記より――」（『国学院雑誌』一九九五年六月）は、「語られる「平家」の内容などをその場にあわせて変化させることが想定されるのではなかろうか」と述べる。これが同一の章段（句）を異なる内容・詞章・節付等で語ることをいうのか、場によって語りうる章段（句）が異なることをいうのかはさだかではないが、こうした語り本にはみられない章段（句）の上演記事は、氏の指摘される現象の延長上に位置するのではなかろうか。

（22）落合博志氏「鎌倉末期における『平家物語』享受資料の二・三について――比叡山・書写山・興福寺その他――」（『軍記と語り物』27、一九九一年三月）。

（23）たとえば、『平家物語の歴史と芸能』第三部「物語芸能のパフォーマンス」に収められた一連の論稿など。

（24）「語り本の成立――台本とテキストの間――」（『日本文学』一九九〇年六月）。

（25）『軍記物語論究』二―二「軍記物語と語り」（若草書房、一九九二年六月）など。

（26）注（6）論文。

（27）この問題については、櫻井陽子氏が注（17）論文で考察を加えている。

（28）「平家物語の本文流動――八坂系諸本とはどういう現象か――」（『国学院雑誌』一九九五年七月。『軍記物語論究』再録、二四七～二四九頁）。

第五章　覚一本の形成過程

一　語り本における覚一本の位置

覚一本という正本の成立は、結果的に語り本というテキストに決定的な性格を付与した。たとえば「覚一系諸本周辺本文」(1)における本文流動の大半は、覚一本と屋代本を軸として、大きくはこの二本を逸脱しない範囲に収まる。八坂系はこれよりも自由に読み本系的な記事をも取り入れているが、それでも語り本という漠然とした枠組みを越えようとはせず、読み本である長門本や盛衰記のような姿を志向はしない。その後の流動に幅はあるものの、およそ覚一本成立期までには、語り本という枠組みがほぼ形成されており、諸テキストの編者達もそれをテキスト改訂の前提としていた。「語り本という漠然とした枠組み」といったのは、必ずしも琵琶語りのために作られたテキスト群という意味ではない。それが何の目的で、どのような享受を念頭にしていたかは別として、現存するいわゆる語り本にある程度認められる共通の要素――叙述方法や表現上の、あるいは、逸話や記事内容の範囲など――によって示される一定の枠組みという意味である。現存の語り本はいずれもこのような共通性を有している、というよりはこの共通性の枠組みに属するテキストを、我々は便宜的に「語り本」と区分しているにすぎない。では、このような性格は、いつごろ、どのようにして獲得されたのか。あるいは、この語り本が、〈平家物語〉という枠組み[2]のなかでどのように位置づけられて認識されてきたのか。

現在のところ、この問題についての手掛かりは極めて少ない。十四世紀初頭において、文字によって享受された『平家物語』テキストのなかに、現存の語り本に共通する要素が存在したことは、落合博志氏の報告[3]などからも知られているが、これはあくまでも断片的・部分的範囲にとどまる。記録を残した人物達が目にしたテキストが、全体としていかなる姿を有していたのかは不明である。落合氏は、この時期の盲目による『平家物語』の一部語りの記録も紹介しているが、それがどのようなテキストに依拠したのかもわからない。二つの情報を結びつけると、十四世紀初頭には語り本が存在し、琵琶法師がそれを語っていたとも考えられなくはないが、その確証はない。指摘された記録に現れる文字テキストも、あくまでも部分的に語り本につながるような要素を部分的に有していただけで、全体としては読み本的であったかも知れず、また、当時行われた一部語りも、読み本的テキスト（たとえば延慶本のような）を土台としながら、ある程度自由に詞章を変えながら語られていた可能性も残されている[4]。

現存する語り本で成立年代が明記されているのは覚一本奥書の応安四年（一三七一）が最も古い。従来、語り本のなかでは最も古態を留めるといわれてきた屋代本は、応永頃の写本と目されるが[5]、近年、千明守氏によって、屋代本を全面的に古態とみなすことに対しては疑問が投げかけられている[6]。八坂系一類本の一部分に、覚一本・屋代本を遡る古態の痕跡が指摘されるものの[7]、基本的に語り本はこの二本を遡りえない。そのようななかで注目されるのが、この二本と延慶本との、本文上の共通性・近似性である。この三本は、部分によっては、書承的関係を想定できるほど明確な本文上の近似性を示す。そこで、落合・千明両氏の指摘を重ね合わせるならば、一応次のようなモデルが想定できよう。

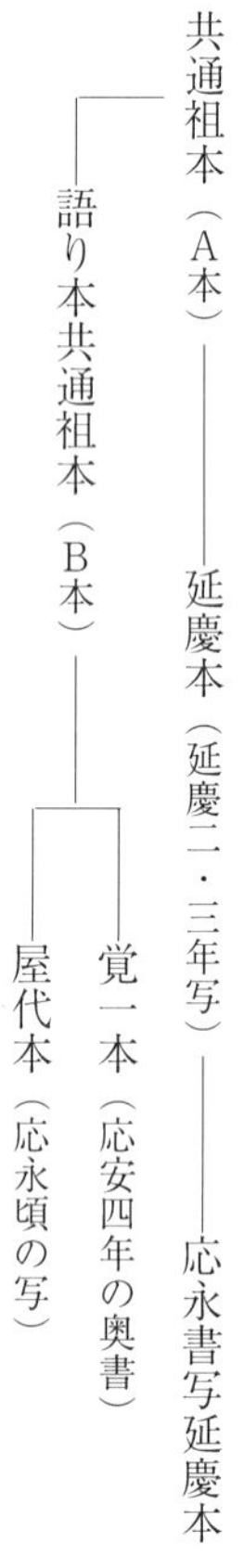

このモデルによって覚一本の形成過程を考えるならば、大きくは、語り本・読み本共通祖本（A本）から語り本共通祖本（B本）へという過程と、B本から覚一本・屋代本へという過程の二段階が想定しうる。延慶本的本文から語り本的本文へという方向性が認められるとの指摘をふまえるならば、大雑把には、A本は覚一本・屋代本よりは延慶本に近く、B本は少なくとも覚一本・屋代本に共通する要素の大半を有していたと考えられよう。ただし、A本については現存延慶本（応永書写本）とどのぐらい異なっていたのかを判断する材料がほとんどない。そこで、本章では、B本から覚一本・屋代本に至るプロセスの一端の検証を主たる課題とする。その作業を通じて、当時における語り本の位置づけの手掛かりを探ってみたいと思うのである。

二　覚一本（第一類本）にみられる加筆

B本の姿が曖昧である以上、B本から覚一本に至る改訂の跡の完全な検証は不可能であるが、正本として権威化された覚一本内部における改訂の跡に、この問題についてのひとつの手掛かりが見出しうるように思われる。

覚一本の成立は奥書によれば応安四年（一三七一）、ただし現存本に至るまでには、幾度かの改訂作業を経てきてい

る。たとえば、大覚寺文書には次のような記事がみられる。(8)

右以此本定一検校一部清書畢、爰定一逝去之後清書之本ヲバ室町殿進上之、就中此正本者故検校清聚庵ニ被納□歟、応永六年己卯七月日弟子総検校慶一取出之、為末代秘事ヲ書嗣者也、此本共二部ナラデハ我朝ニ不可有之

これによれば、応永六年（一三九九）には、時の惣検校慶一が末代のために秘事を書き継いでおり、正本制定後も、加筆が行われていることになる。また、現在伝わる覚一本にはいくつかの異本が存在しており、高野本巻九「小宰相身投」には「以他本書入」と明記されている。

このように、覚一本も成立以降、幾たびかの改訂がなされて、複数の異本がつくられた。日本古典文学大系『平家物語　上』（岩波書店、一九五九年二月）解説は、「祇王」「小宰相」を有さない龍谷大学本、高良神社本、寂光院本を、古態として第一類に分類、最古態とされるのが龍谷大学本で、同じ第一類でも高良神社本・寂光院本には、龍谷大学本にはみられない記事の加筆が何箇所か指摘されている。(9) 加筆には、他本には類似記事がみられない独自本文も含まれるが、多くは、延慶本や屋代本のようなテキストを参照したと思われるものである。次に、高野本によってその二箇所を引く（高野本の引用は、『屋代本高野本対照　平家物語　一〜三』（新典社、一九九〇年五月〜一九九三年六月）により、一部表記を改めた）。

1【高野本巻三・足摺】其うへ二人の人々のもとへは、都よりことづけ文共いくらもありけれ共、俊寛僧都のもとへは、事とふ文一もなし。[a]さればわがゆかりの物どもは、宮このうちにあとをとゞめず成にけりと、おもひやるにもしのびがたし。「抑われら三人は罪もおなじ罪……

＊第一類本中ゴチック箇所を有するのは、高良神社本・寂光院本。

【屋代本巻三・中宮御懐妊事】其上二人ノ人々ノ許ヘハ、故郷ヨリ旁々文ドモ事付タリケレドモ、僧都ノ許ヘハ事問ゥ文一モ無リケリ。[a]サレバ我ユカリノ者共、都ニハハヤ一人モ跡モ不レ留成ニケルヨト思ニ付テモ難レシ忍。「抑我等三人ハ罪モ同罪ミ……

【延慶本第二本・建礼門院御懐妊事付成経等赦免事】少将ノ許ヘハ、宰相サマ〴〵ニ送リ給ヘリ。康頼ガ方ヘハ、妻ガ方ヨリ事ヅテアリ。俊寛僧都ガ許ヘハヒトクダリノ文モナカリケレバ、[a]其時ゾ、「都ニ我ユカリノ者一人モ跡ヲ不留一メナリニケルヨ」ト、心得ラレニケル。心ウクカナシキ事限リナシ……

2

【高野本巻八・太宰府落】是は怨敵のゆへなれば、後世のくるしみかつおもふこそかなしけれ。[b]原田大夫種直は二千余騎で、平家の御ともにまいる。山鹿兵藤次秀遠数千騎で平家の御むかひにまいりけるが、種直秀遠以外に不和になりければ、種直はあしかりなんとて道より引かへす。[c]あし屋の津といふところをすぎさせ給ふにも、これは我らが宮こより福原へかよひしとき里の名なればとて、いづれの里よりもなつかしう、今さらあはれをぞもよをされける。新羅、百済、高麗、荊旦、雲のはて海のはたまでも、落ゆかばやとはおぼしけれども、浪風むかふてかなはねば、兵藤次秀遠にぐせられて、山賀の城にぞこもり給ふ。

＊第一類本中ゴチック箇所を有するのは、高良神社本・寂光院本。

【屋代本巻八・豊後国住人緒方三郎惟義事】是ハ冤敵ノ故ナレバ、後世ノ苦シミ、且ッ思フコソ悲シケレ。新羅、百済、高麗、契丹マデモ、落行バヤトハ思ヘドモ、波風向フテ叶ハネバ、兵藤次秀遠ニ具ラレテ、山鹿城ニゾ被レ籠ケル。

【延慶本第四・尾形三郎平家於九国中ヲ追出事】是ハ為恩讎一ノナレバ、後世苦ヲ思遣コソ悲シケレ。……[c]サテ其日ハ葦屋津ト云所ニ留リ給。都ヨリ福原へ通給之時、聞給シ里ノ名ナレバ、何ノ里ヨリモナツカシク、更ニ哀ヲ催シケリ。鬼海、高麗へモ渡ナバヤト覚セドモ、浪風向テ叶ネバ、山鹿ノ兵藤次秀遠ニ伴テ、山鹿城ニゾ籠給フ。

ゴチックが古態の覚一本（龍谷大学本）にはみられない他の一類本（ここでは高野本をもって代表する）の加筆箇所、網掛けは覚一本と屋代本の叙述がほぼ一致する部分、傍線部は延慶本に近似表現がみられる部分である。

1では、加筆部分を含め高野本と屋代本の叙述がほぼ一致する。その場合、B本（語り本共通祖本）が、高野本の加筆箇所を除いた形態であり、それに屋代本が傍線部aを加筆、高野本はさらに屋代本（またはB本）のような本文からゴチックの叙述を補った可能性と、B本が屋代本のような形態であり、古態覚一本がそこからゴチック部分を削除、高野本が再度それを補った可能性が考えられる。ただし、高野本・屋代本の傍線部aが、延慶本の傍線部aと近似（一部分はほぼ同文）であるのをみるならば、B本が屋代本に近かった可能性が高い。

2では、ゴチックで示した加筆部分を除くと高野本と屋代本がほぼ一致、ゴチック箇所に関しては、波線部bが高野本独自本文、これを除く傍線部cは、延慶本の傍線部cと近似する。ただし、1の傍線部a「わがゆかりの物どもは、宮このうちに跡をとゞめず成にけり」（高野本。屋代本もほぼ同文）と、「都ニ我ユカリノ者一人モ跡ヲ不留メナリニケルヨ」（延慶本）のように、ほぼ完全に一致する部分を含むような関係ではなく、内容的な一致にとどまるもので、表現面ではそれぞれ独自の本文を形成している。なお、傍線部bのような高野本の独自本文は、「覚一系諸本周辺本文」のなかでも、覚一本との近似傾向がことに強い鎌倉本にのみ存する場合が多い。延慶本の傍線部cが、高野本・屋代本の表現とほぼ重なる網掛け部分「後世苦ヲ思遣コソ悲シケレ」からやや離れた位置にあり（二六オの二行目と六行目）、続く「鬼海・高麗ヘモ……」の表現も異なる（高野本・屋代本では「新羅・百済・高麗・荊旦（契丹）……」）などを考えると、B本のようなテキストに傍線部cのような叙述が含まれていた可能性は低い。2の網掛け箇所における高野本屋代本との同文性を勘案するならば、B本は屋代本に近く、高野本が延慶本のような本文（傍線部c）を参照し、さらに独自の情報（波線部b）とあわせて加筆したと考えるのが妥当と思われる。B本系統が、すでに延慶本的叙述からは独立した独自の本文を形成しており、覚一本も基本的にはその延長上に位置していたにも関わらず、あらためて延慶本的本文を参照して改訂を施した一例として注目される。ちなみに、波線部b相当記事を有するのは盛衰記・南都本であるが、覚一本における加筆との先後関係は不明。なお、語り本では、平松家本・百二十句本・竹柏園本・鎌倉本にゴチック部分があるが、これは覚一本に加筆された後に、混態の中で定着していったものと考えられる。

以上のように、覚一本はその増補・加筆において、何らかの文字テキストを書承的に参照していた（1では屋代本のようなテキスト、2では延慶本のようなテキスト）。具体的に参照されたテキストが何であるのか、それが現存するテキストの一本であるのか否かはわからないが、そのひとつに屋代本のようなB本系列テキストが含まれていたのは確かであろう。しかしながら、参照の範囲はそれだけにとどまらない。2にみられるような現象は、延慶本へと連なるA本系列に属するようなテキストもまた、参照の範囲に含まれていたことを示唆する。従来の呼称にしたがって、仮にB本系統を語り本、A本系統を読み本と呼ぶならば、覚一本は語り本祖本（B本）から当道の正本として生み出された。その正本は高い権威性を帯ながらも、制定された後に幾たびかの加筆・改訂が施され、高良神社本・寂光院本・高野本のような本文を生み出してきた。2のような例をみるならば、その加筆・改訂作業にあたっては、読み本祖本（A本）から語り本祖本（B本）が形成される過程において切り捨てられた記事・表現などの摂取を、読み本（A本系統）を参照して試みていることになる。そして、そこに語り本というテキストの形成過程と、『平家物語』というテキストの本質、すなわち〈平家物語〉という枠組みに対する語り本の位置とを検討する手掛かりを見出すことができる。

三　覚一本の形成過程（一）——読み本の参照——

以上は、ひとたび覚一本が当道の正本として制定されて以降の、覚一本系統内部における本文改訂にみられる現象であった。では、それ以前における本文形成の作業は、いかに行われていたのか。ここでは、B本から覚一本に至る改訂の痕跡を抽出し、そこにみられるさまざまな影響関係の検証を通して、覚一本の形成過程について考察を進めることとする。

清盛死去譚は覚一本・屋代本・延慶本の同文性が高く、先にあげたモデルのような関係がほぼ確認しうる箇所のひとつである。

3【延慶本第三本・大政入道他界事付様々ノ怪異共有事】廿八日ニハ、太政入道重病ヲ受給ヘリトテ、六波羅ノ辺騒アヘリ。様々ノ祈共始ルト聞ヘシカバ、「サミツル事ヨ」トゾ、高モ賤モサ、ヤキツ、ヤキケル。病付給ケル日ヨリ、水ヲダニモ喉ヘ入給ハズ。身中熱スル事、火燃ガ如シ。臥給ヘル二三間ガ中ヘ入者、アツサ難堪ケレバ、近ク有者希也。宣フ事トテハ、「アタ〳〵」ト計也。少モ直事トモオボヘズ。二位殿ヨリ始テ、公達、親人々、イカニスベシトモオボヘズ、アキレテゾオワシアヒケル。サルマ、ニハ、絹布、糸綿ノ類ハ云ニ不及、馬鞍、甲冑、太刀、刀、弓、胡籙、銀、金、七珍万宝取出テ、神社、仏寺ニ献ル。大法、秘法、数ヲ尽テ奉ル修。陰陽師七人以テ、如法泰山府君ヲ祭セ、所ノ残祈モナク、至ラヌ療治モ無リケレドモ、次第ニ重クナリテ、スコシモ験モナシ。……

【屋代本巻六・入道相国病患事同被薨事】同廿八日ノ朝ヨリ、入道重病受給ヘリトテ、京中六波羅、大地ヲ打返シタルガ如クニ騒アヘリ。高キモ賤モ聞レ之ヲ、「アハ、シツルハ」トゾ申ケル。入道病付給フ日ヨリシテ、水ヲダニ喉ニモ入給ハズ。身ノ中ノ熱事、火ニ焼ガ如シ。臥給ヘル所二三間ガ内ニ入人、アツサ難レシ堪。只宣事トテハ、「アダ〳〵」ト計也。只事トモ不レ覚。北方二位殿ヲ始奉テ、一門ノ人々、御前ニ並居テ、夜昼只泣ヨリ外ノ事ゾナキ。金銀七宝、鎧甲、馬鞍、弓矢、太刀、刀ニ至マデ、霊仏霊社ニ抛テ祈申ケレドモ無レシ験。

【覚一本巻六・入道死去】明る廿八日より、重病をうけ給へりとて、京中・六波羅「すは、しつる事を」とぞさゝやきける。入道相国、やまひつき給ひし日よりして、水をだにのどへも入給はず。身の内のあつき事火をたくが如し。ふし給へる所四五間が内へ入ものは、あつさたへがたし。たゞの給ふ事とては、「あた〳〵」とばかりなり。すこしもたゞ事とは見えざりけり。……（中略）……霊仏霊社に金銀七宝をなげ、馬鞍・鎧甲・弓矢・太刀、刀にいたるまで、とりいではこび出しいのられけれ共、其しるしもなかりけり。男女の君達あと枕にさしつどひて、いかにせんとなげきかなしみ給へども、かなうべしとも見えざりけり。

傍線部は、延慶本に対し語り本がほぼ同文の部分、破線部は記事内容はほぼ共通しながらも表現的に異なる部分である。傍線部のごとく、清盛が熱病に苦しめられる様子の描写は、表現レベルにいたるまで三本でほぼ一致している。発病を語る部分においても、傍線部と破線部が入り交じっているように、内容的にはほぼ一致し、かつ表現レベルでも多くの共通性が見出せる。後半部分は、表現レベルではやや異なる。しかしながら、内容的には、北方をはじめとする一門の人々の嘆き・狼狽、諸寺社への寄進と回復の祈禱、という二点ともに共通する。また、寄進記事にみられる語り本間で独自の共通表現（網掛け部分）は、覚一本・屋代本の書承的関係を示唆している。傍線部・破線部からは延慶本・覚一本・屋代本の共通祖本（A本）の存在が高い確率で想定される。また、覚一本・屋代本の綱掛け・破線部の共通性からは語り本祖本（B本）の存在が浮かび上がってくる。同時に、寺社に対する財宝寄進の叙述は、より具体的に祈禱の様子を描写した延慶本的本文から、やや抽象的な語り本的本文へと簡略化された可能性を物語っている。

〈表1〉

延慶本	屋代本	覚一本
「大政入道他界事付様々ノ怪異共有事」	「入道相国病患事同被甍事」	「入道死去」
①清盛発病（高熱・アタアタ）	①清盛発病（高熱・アタアタ）	①清盛発病（高熱・あたあた）
		④千手井の水を石の舟に
		◇2筧の水、黒煙となる
		◇3法蔵の冥界訪問譚
		◇1二位殿の夢
②諸寺社への寄進・祈禱	②諸寺社への寄進・祈禱	②諸寺社への寄進・祈禱
	◇1二位殿の夢	
③二位殿、遺言を聞く	③二位殿、遺言を聞く	③二位殿、遺言を聞く
④千年院の水を石の舟に入れる	④石の舟（千年院の記述なし）	
⑤板に水を流す	⑤板に水を流す	⑤板に水を流す
⑥水に浸した帷子を投げ掛ける		
⑦提に入れた水を胸に置く		
⑧七日、死去（悶絶躃地・アツチ死）	⑧四日、悶絶躃地・アツタ死	⑧四日、悶絶躃地・あつち死
⑨女房の夢（無間地獄からの使者）		
⑩俊方、「ホムラ身ニ責ル病」で死亡		
⑪七日、火葬。円実法印が遺骨を福原へ	⑪七日火葬。円実福原へ	⑪七日火葬。円実骨を経島へ

＊「◇1二位殿の夢」は、延慶本では、⑧以降に続く怪異譚のひとつとして、清盛死去の後に「⑨女房の夢」として記される。

＊「◇2筧の水、黒煙となる」「◇3法蔵の冥界訪問譚」は他の二本にみられない、覚一本の独自記事。

一方、記事配列の面では、延慶本と屋代本がほぼ一致するのに対し、中略にみられるように、覚一本だけが異なる独自の配列をとっている。こうした三本の記事配列を整理したのが〈表1〉である。

屋代本が延慶本と異なるのは、②と③の間に「◇1二位殿の夢」を置く点と、「⑥水に浸した帷子を投げ掛ける」「⑦提に入れた水を胸に置く」が省略されている点のみで、あとは延慶本と一致する。覚一本が、④の位置の変更、◇2◇3といった独自記事の挿入など、両本と大きく異なる配列を示していることからすれば、B本の配列は屋代本に近かった可能性が高い。また、延慶本で後日談として記される「⑨女房の見た夢」が、「◇1二位殿の夢」として死去に至る記事のなかに置かれる点は、屋代本・覚一本に共通し、おそらくはB本も同様であったと思われる。ただし、その位置については覚一本・屋代本のどちらに近かったかは不明である。

さて、覚一本はその記事配列を変更した部分に、他の二本にはみられない法蔵の冥界訪問譚をふまえた独自の叙述を加筆している(10)。

4 【覚一本・入道死去】[d]比叡山より千手井の水をくみくだし、石の舟にたゝへて、それにおりてひへ給へば、水おびたゝしくわきあが(ッ)て、[e]程なく湯にぞなりにける。もしやたすかり給ふと、筧の水をまかせたれば、石やくろがねな(ン)どのやけたるやうに、水ほどばし(ッ)てよりつかず。をのづからあたる水はほむらとな(ッ)てもえければ、くろけぶり殿中にみち〳〵て、炎うづまひてあがりけり。是や昔法蔵僧都とい(ッ)し人、閻王の請におもむひて、母の生前を尋しに、閻王あはれみ給ひて、獄卒をあひそへて焦熱地獄へつかはさる。くろがねの門の内へさし入ば、流星な(ン)どの如くに、ほのをを空へたちあがり、多百由旬に及けんも、今こそおもひしられけれ……(中略)……同四日、やまひにせめられ、[f]せめての事に板に水をゐて、それにふしまろび給へ共、たすかる心ち

もし給はず、悶絶躃地して、遂にあつち死にぞし給ける。（波線部は覚一本独自本文）

【屋代本・入道相国病患事同被薨事】石ノ船ニ湛レ水ヲテ、其ニ昇入奉レバ、[e]水無レ程如レシ湯ノ。又板敷ニ浸レテ水ヲ、其ニ伏マロビ給ヘドモ、助ル心チモシ給ハズ。同四日、悶絶躃地シテ、遂ニアツタ死ニゾ死給ケル。

【延慶本・大政入道他界事付様々ノ怪異共有事】余リノ難堪ニ、[d]比叡山千年院ト云所ノ水ヲ取下テ、石ノ船ニ入テ、入道其ニ入テ冷給ヘドモ、下ノ水ハ上ニ涌キ、上ノ水ハ下ヘ涌コボレケレドモ、スコシモ助リ給心地モシ給ハザリケレバ、[f]セメテノ事ニヤ、板ニ水ヲ汲流テ、其上ニ臥マロビテ冷給ヘドモ、猶モ助ル心地モシ給ワズ。後ハ帷ヲ水ニヒヤシテ、二間ヲヘダテ、、投懸々々シケレドモ、無程ハシ〲トナリニケリ。カ、ヘヲサフル人一人モナシ。ヨソニテハトカク云訇リケレドモ叶ワズ。後ニハ提ニ水ヲ入テ胸ノ上ニヲキケレバ、[e]程無湯ニゾ涌ニケル。悶絶躃地シテ、七日ト申シニ、終ニアツチ死ニ死ニケリ。

これらを比較すると、記事配列面で屋代本が延慶本に近いにも関わらず、表現レベルでは覚一本の方がより延慶本に近似している箇所が散見される（二重傍線部ｄｅｆ）。ｄｆは屋代本には存在しない表現である。ことにｄ「比叡山より千手井……」（覚一本）は、何らかの本文によって補われたとしか考えようがなく、「比叡山千年院……」（延慶本）のような本文を参照した可能性が高い。ただし、「千手井」「千年院」という相違を考慮するならば、現存延慶本との直接的関係は否定されよう。[11] ｆ「せめての事に」に関しても、それに続く部分、「板に水をゐて、それにふしまろび給へ共」（覚一本）、「板ニ水ヲ汲流テ、其上ニ臥マロビテ冷給ヘドモ」（延慶本）を含めて比較するならば、「せめての事に」が、たまたま、屋代本的本文に補われたとは考えにくい。「セメテノ事ニヤ」を含む延慶本のような本文を参照したと考えるべきであろう。ｅに関しても、覚一本の「程なく湯にぞなりにける」は、屋代本「水無レ程如レシ湯ノ」

よりも延慶本「程無湯ニゾ涌ニケル」に近似している。可能性としては、覚一本の祖本となったB本系統の本文が、より延慶本的表現を多く残していたか、覚一本が延慶本のような本文を含むA系統の本文を参照したか、のどちらかであろう。

覚一本の独自記事として注目される法蔵の冥界訪問譚は『元亨釈書』等に記されており[12]、覚一本もそうした文献に依拠してこの部分を作文したとみられる。この叙述は、続く「二位殿の夢」と「地獄」という共通項を有し、その連想によって挿入されたと考えられるが、他の治療行為（処置）を記した叙述とは、比喩のレベルが明らかに異なっている。この法蔵譚の加筆を触発した契機として注目されるのが、延慶本に記される日蔵の冥界訪問譚である。焦熱の「地獄」という連想からだけで、覚一本がこの法蔵譚を独自に加筆したと考えるよりも、清盛死去にまつわる「冥界訪問譚」という点で共通する日蔵譚の叙述が、覚一本の加筆を促した可能性を考えるべきではあるまいか。この延慶本の日蔵譚は、清盛死去を伝える次の一節のなかに含まれる。

5【延慶本第三本・大政入道他界事】今年六十四ニゾ成給ニケル。七八十マデモ有人モ有ゾカシ。老死ト云ベキニ非レドモ宿運忽ニ尽テ、天ノ責遁レザレバ、立テヌ願、残レル祈モ無リケレドモ、仏神モ事ニヨリ、時ニ随事ナレバ、惣テ其験ナシ。数万騎ノ軍兵有シカドモ、獄卒之責ヲバ戦事アタワズ。一家ノ公達モ多トモ、冥途ノ使ヲバ宛ルニ不及。命ニカワリ、身ニカワラムト契シ者モ若干有シカドモ、誰カハ一人トシテ随付シ。死出ノ山ヲバ只一人コソ越給ラメト哀也。造置レシ罪業ヤ身ニ添ラム。摩訶止観ニハ、「冥々トシテ独リ行、誰訪ハム是非ヲ。所有ノ財産、徒ニ為ルト他ノ有ト」明シ、倶舎論ニハ、「再生汝今過ヌ盛位。死テ遂ニ将シ近ク閻魔王ニ。欲ニ往ント前路ニ、無資粮、求ニ住ンコトヲ中間ニ、無シ所止」ト申テ、閻魔王ノ使ハ高貴ヲモキラワズ、魂ヲウバウ獄卒ハ賢愚ヲエラブ事ナシ。楊貴妃、李夫人ノ妙ナリシ姿、牛頭馬頭ハナサケヲノコサズ。衣通姫、小野小町ガ心ノヤサシカリシ、阿妨羅刹ハ恥ル事モナカリキ。秦始皇ノ虎狼ノ心アリシ、梁武王ノ勇ノタケカリシ、頼光、頼信ガ計事ノ賢カ（ッ）シモ、冥途ノ使ニハ叶ハザリキ。[ii]昔シ金峯山ノ日蔵聖人ノ、無言断食ニシテ行ヒスル間、秘密瑜伽ノ鈴ヲニギリナガラ、死入タル事侍ケリ。地獄ニテ延喜御門ニ会マヒラセタル事アリキ。「地獄ニ来ル者、二度閻浮提ニ帰ル事ナシトイヘドモ、汝ハヨミ返ベキ者也。我父、寛平法皇ノ命ヲタガヘ、無実ヲ以テ菅原右大臣ヲ流罪セシツミニヨリテ、地獄ニ落テ、苦患ヲ受ク。必ズ我王子ニ語テ、苦ヲスクフベシ」ト仰有ケレバ、畏テ承ケルヲ、「冥途ハ罪ナキヲ以テ主トス。聖人我ヲ敬フ事ナカレ」ト被仰ケル事コソ悲シケレ。賢王、聖主、猶地獄ノ苦患ヲ免レ給ハズ。何況入道ノ日比ノ振舞ノ躰ニテ思ニ、後世ノ有サマ、サコソハオワシマスラメト思遣コソ糸惜ケレ。「是ハ只事ニアラズ。金銅十六丈ノ盧遮那仏ヲ奉リ焼一給タル伽藍ノ罰ヲ、立所ニカブリ給ヘルニコソ」ト、時人申ケリ。

【屋代本巻六・入道相国病患事同被薨事】今年六十四ニゾ成給ケル。老死ト非レズ可レ二申、七十八十マデ治《タモツ》人モ有ルゾカシ。サレ共是ハ宿運尽給ヌル上、天ノ責難レフ遁《ノガレ》シテ、祈ル禱モ不レ叶。千万ノ兵モ不レ禦《フセカ》二冥途ノ使一ヲハ。又帰コヌ死手山、只独リコソ御坐ケメ。造置給シ罪業計ヤ伴ヒケン、哀ナリシ事共ナリ。

【覚一本巻六・入道死去】今年は六十四にぞなり給ふ。老じにといふべきにはあらねども、宿運忽につき給へば、大法秘法の効験もなく、神明三宝の威光もきえ、諸天も擁護し給はず。況や凡慮におひてをや。命にかはり身にかはらんと忠を存ぜし数万の軍旅は、堂上堂下に次居たれ共、是は目にも見えず、力にもかゝはらぬ無常の殺鬼をば、暫時もたゝかひかへさず。又かへりこぬ四手の山、みつ瀬川、黄泉中有の旅の空に、たゞ一所こそおもむき給ひけめ。日ごろ作りをかれし罪業ばかりや獄卒とな（ッ）てむかへに来りけん。あはれなりし事共なり。

傍線部は三本でほぼ一致する叙述、破線部は表現は異なるものの内容的に近似する叙述、二重傍線部は延慶本と屋代本でほぼ表現が一致する叙述、網掛け部は延慶本で『宝物集』の本文とほぼ一致する叙述である。網掛け部ⅰ以降を除けば、三本の叙述は近似し、延慶本と屋代本の間により一致する表現が多くみられる。おそらくは、B本はどちらかといえば屋代本に近く、覚一本はそれに独自の表現を加えたものと考えられる。

延慶本で網掛けをしたⅰ「摩訶止観ニハ……」以下は、覚一本・屋代本にはみられない叙述である。網掛け部分の叙述は、日蔵の冥界訪問譚を含め、いずれも『宝物集』にみられる叙述を、ほぼそのままの形で引用しながら、つなぎ合わせたものである(13)。そもそも、網掛け部分以外も含め、右に引用した清盛死去の叙述の形成には、『宝物集』の叙述が深く関わっていた。次に、『宝物集』（第二種七巻本、新日本古典文学大系『宝物集　閑居友　比良山古人霊託』岩波書店、一九九三年一一月）を引く。

第四に、死苦と申は、一切の苦、皆しのびがたしといへども、死苦をもて第一の苦とする也。八万四千の塵労門より大毘嵐風と云風吹来て、もろ〳〵の病、四十四の継目ごとにせむ。眼まづかへりぬれば、妻子眷属ならびゐたれども、見る事もなく、舌すくみ、口をとぢつれば、いはんとおもふことあれどもいはず、定業かぎりある死なれば、神にいのるしるしなく、仏に申もしるしなし。永安・雅忠が薬、死におよべばかなはず。保憲・晴明がまつり、をはる時かひなし。すでに今生の縁つきぬれば、面をならべし親子も、とくすてん事をいとなみ、床を一にせし妻男も、壁をへだてて、とをくさりぬ。孟嘗君が三千の客、冥土の旅にそふ事なし。石季倫が二千の友、後世をへだてつればあふ事なし。ひとり中有の闇にむかひて、かつ〴〵苦患をうく。

中有のありさま、おろ〳〵申侍るべし……（中略）……摩訶止観には、「冥々独行　誰訪二是非一　所有財産徒為二他有一」……（中略）……行基菩薩の中有のありさまのたまふにも、「屍はのこりて墓のほとりにありといへども、魂はさりて、中有にありて苦をうくる」といへり。天親菩薩の倶舎論には、いまだ死せざるさきにだに、中有のありさまをば申てぞ侍るめる。「再生汝今遇二盛位一　至レ衰将レ近二焔魔王一　欲レ往二前路一無二資粮一　求住二中間一無レ所レ止」。ゑんま王の使は、高貴をもきらはず。無常の殺鬼は賢愚をもえらばず。堯帝・舜帝の賢主音にのみきこえ給ふ。延喜・天暦の聖の御門、かげをだにものこし給はず。三平・三道の臣、又々かくのごとし。楊貴妃・李夫人の妙なりし姿、牛頭馬頭は情をものこさず。衣通姫・小野小町がやさしかりしも、阿防羅刹ははづる事なかりき。秦の始皇が虎狼の心ありし、梁武王のいさみたけかりし、頼光・頼信が謀のかしこかりし、維衡・致雅が人におぢられし、一人もとゞまる事なく、皆三途の古郷へかへりにき。

破線部の叙述は、必ずしも『平家物語』の叙述と表現面において一致するものではないが、叙述の順序という点ではほぼ一致している。また、「孟嘗君が三千の客……」以下は、「数万の軍兵……」（延慶本）以下と発想の根底を同じくしている。『宝物集』では、この叙述に続いて、網掛けをした「中有のありさま、おろく申侍べし」として「摩訶止観には……」「天親菩薩の苦舎論には……」などが続くが、これは延慶本の網掛け部ⅰとほぼ一致する。これらを勘案するならば、網掛け部ⅰよりも前の、三本に共通する叙述も含めて、延慶本が『宝物集』を下敷にして編まれているのは明らかである。また、その際に引用から省略した波線部「延喜・天暦の聖の御門、かげをだにものこし給はず」からの連想によって、おなじく『宝物集』の別の箇所記された日蔵の冥界訪問譚（日蔵が地獄で醍醐天皇に出会う）を書き加えたものと思われる。次に、延慶本の網掛け部ⅱに該当する『宝物集』の叙述を引く。

金峯山の日蔵上人は、無言断食にて行じけるほどに、秘密瑜伽の鈴をにぎりながら死いり侍りける。地獄にして延喜の聖主にあひ奉る。御門、上人を見給ひてのたまはく、「地獄に来るもの、ふた丶び人間に帰る事なし。汝はよみがへるべきものなり。我、父寛平法皇のために不孝なりき。また、無実をもつて菅原右大臣を流罪したりき。この罪科によりて、今地獄に落て苦患をうく。かならず皇子にかたりて苦患をとぶらふべし」と仰事ありければ、かしこまりてうけ給ければ、「冥途には罪なきをもつてあるじとす。上人われをうやまふ事なかれ」と仰られけるこそかなしく侍りつれ。

これは延慶本の網掛け部ⅱと内容・表現ともにほぼ一致している。延慶本祖本（A本）から現存の応永書写延慶本に至る過程において、幾たびか『宝物集』が参照され、それによって本文が改訂された可能性も否定はできないが、三本共通部分と網掛け部ⅰの『宝物集』における連続性、『宝物集』から省略された叙述と日蔵譚の関連性（「延喜・天暦の聖の御門……」と冥界における延喜帝像）からすれば、ⅱのような叙述が、A本段階ですでに成立していた可能性が高いように思われる。覚一本成立以前の段階で、ⅱのような日蔵譚を含むテキストが成立していたとするならば、覚一本の法蔵譚については、日蔵譚に触発され、何らかの典拠によって挿入された可能性を考慮すべきであろう。日蔵譚と法蔵譚における冥界訪問譚という共通性、用例4で確認した延慶本と覚一本の表現レベルでの近似性は、覚一本が延慶本のようなA本系統のテキストを参照しながら、改変作業を行った可能性を強く示唆している。なお、用例4の網掛け部ⅰ以下の叙述は、他の語り本や長門本・盛衰記などにもない、延慶本の独自本文である。したがって、覚一本が延慶本系統のテキスト以外から触発された可能性は低い。

四　覚一本の形成過程（二）――記事の再摂取――

清盛の死去に続く「築島」「慈心房」「祇園女御」（仮に当該記事を覚一本の章段名で呼ぶ）などを一括して、「清盛追悼話群」と呼んだ佐伯真一氏は、白河院＝祈親・清盛＝慈恵という権者性の対比と、清盛＝白河院御子という結びつきを、「同種姓の利益」という論理で統括した「慈心房」「宗論・高野御幸」「築島」「祇園女御」という延慶本の記事配列に、この一連の説話構成における古態性を確認する。(14) これに対し、覚一本は「築島」「慈心房」「祇園女御」、屋代本は「築島」「慈心房」「祇園女御」「宗論・高野御幸」（ただし目録上のみ。「慈心房」「宗論・高野御幸」は抽書）という配列をとる。

この配列をふまえた上で、具体的な叙述の共通性の問題について検討を加えてみたい。

6【覚一本・築島】[g]凡はさい後の所労のありさまこそうたてけれ共、まことにはたゞ人ともおぼえぬ事共おほかりけり。[h]日吉社へまいり給しにも、当家他家の公卿おほく供奉して、[i]「摂禄の臣の春日御参宮、宇治いりな（ン）どいふとも、是には争かまさるべき」とぞ人申ける。又何事よりも、福原の経の嶋つゐて、今の世にいたるまで、上下往来の船のわづらひなきこそ目出けれ。彼嶋は去る応保元年二月上旬に築はじめられたりけるが、同年の八月に、にはかに大風吹大なみたち、みなゆりうしなひてき。又同三年三月下旬に、[j]阿波民部重能を奉行にてつかせられけるが、人柱たてらるべしな（ン）ど、公卿御僉議有しか共、それは罪業なりとて、石の面に一切経をかひてつかれたりけるゆへにこそ、経の嶋とは名づけたれ。

【屋代本・入道相国病患事同被薨事】[g]最後ノ病ノ有様コソ心憂ケレドモ、更ニ只人ニテハ無リケリト覚ル事ノミ多リケリ。[i]何ヨリモ福原ノ経島築テ、今ニ至マデ上下往来ノ船ニ無レキ煩コソ目出ケレ。経島ト申ハ、[j]石ノ面ニ一切経ヲ書テ被レ築タリケル故ニコソ、経ノ島トハ申ケレ。[k]大方敬ニ神仏ヲ崇ニ仏法ヲ給事、人ニハ勝レ給ヘリ。

【延慶本・大政入道慈恵僧正ノ再誕ノ事】[g]抑入道最後ノ病ノ有様ハウタテクシテ、悪人トコソ思ヘドモ、実ニハ慈恵大師ノ御真ナリトイヘリ……（中略）……又善悪ハ一具ノ法ナレバ、釈尊ト調達ト同種姓ニウマレテ、善悪ノ二流ヲ施コス。其ノ様ニ清盛モ白河院ノ御子ナリ。白河院ハ、弘法大師ノ高野山ヲ再興セシ祈親持経聖人ノ再誕也。上皇ハ功徳林ヲナシ、善根徳ヲ兼マシマス。清盛ハ功徳モ悪業モ共ニ功ヲカサネテ、世ノ為、人ノ為、利益ヲナスト覚ヘタリ。彼達多ト釈尊ト、同種姓ノ利益ニコトナラズ。カヽル人ナリケレバ、[k]神祇ヲ敬、仏法ヲ崇奉ル事モ人ニ勝タリ。[h]「日吉ノ社ヘ参ラレケルニモ、一ノ人ノ賀茂、春日ナドヘ御詣アラムモ、是程ノ事ハアラジ」トゾミヘシ。殿上人、前駈モ、上達部ナムド遣ツヾケナムドシテゾ御シケル……

【延慶本・大政入道経嶋突給事】[i]サテモ大政入道ノ多ノ大善ヲ修セラレシ中ニモ、福原ノ経嶋ツカレタリシ事コソ、人ノシ態トハオボヘズ、不思議ナレ……去ジ承安三年癸巳オツキハジメタリシヲ、次年風ニ打失レテ、[j]石ノ面ニ一切経ヲ書テ、船ニ入テ、イクラト云事モナク沈メラレニケリ。サテコソ此嶋ヲバ経嶋トハ名付ラレケレ。

たとえば語り本「築島」の語り出しgと延慶本のg、語り本の経島の名の由来iと延慶本のi等は、三本間に何らかの書承的関係を想定させうるものであろう。また、覚一本h、屋代本kは、それぞれ延慶本の「同種姓の利益」を説く一節のなかにみられる。この一節は、清盛を白河院の御子であることを明らかにし、両者の関係のなかに釈迦と提婆達多との関係をみて、権者実者の論理を展開していく、延慶本の清盛追悼話群の論理的な要をなす叙述であり、この記事構成を確立した当初から存在していたとみられる。延慶本のような形態が先行したとの指摘をふまえ、語り本との同文性を勘案するならば、語り本の叙述は延慶本的本文を再編した産物である可能性が高い。

そこで注目したいのが、覚一本「慈心房」の冒頭「ふるひ人の申されけるは」、および「祇園女御」の冒頭「又ある人の申しけるは」と、屋代本「清盛為白河院御子事」の冒頭「旧キ人ノ申ケルハ」、延慶本「大政入道白河院ノ御子ナル事」の冒頭「古人ノ申ケルハ」の関係である（〈表2〉太波線部）。この表現の共通性は、書承的関係によって摂取された可能性を示唆するが、そこで問題となるのが、「慈心房」における三本の先後関係である。

7【覚一本・慈心房】ふるひ人の申されけるは、清盛公は悪人とこそおもへ共、まことは慈恵僧正の再誕也。其故は、摂津国清澄寺といふ山寺あり。彼寺の住僧慈心房尊恵と申けるは、本は叡山の学侶、多年法花の持者也。しかるに、道心をおこし離山して、此寺に年月をおくりければ、みな人是を帰依しけり。去る承安二年十二月廿二日の夜、脇息によりかゝり、法花経よみたてまつりけるに、丑剋ばかり、夢ともなくうつゝ共なく、年五十斗なる男の、浄衣に立烏帽子きて、わら（ン）づはゞきしたるが、立文をも（ッ）て来れり。尊恵「あれはいづくよりの人ぞ」ととひければ、「閻魔王宮よりの御使なり。宣旨候」とて、立文を尊恵にわたす。

【屋代本・入道相国為慈恵大僧正化身事】此入道相国ト申ハ、慈恵大僧正ノ化身成ト云ヘリ。其ノ故ハ、摂津国ニ青朝寺ト云山寺有。此寺ノ住僧慈心房尊恵トテ、天下ニ聞ヘタル持経者有リ。本ハ山門ノ住侶タリシガ、発シ二道心ヲ一テ離山シテ、此ノ山ニ栖ケルガ、多年法花ノ持者ナリ。去ヌル嘉応二年二月廿二日夜ノ夜半計リニ、慈心房ノ夢ニ見ケル様ハ、浄衣着タル俗二人、童子三人、捧ゲ二一通之状ヲ一出来ル。

【延慶本・大政入道慈恵僧正ノ再誕ノ事】抑入道最後ノ病ノ有様ハウタテクシテ、悪人トコソ思ヘドモ、実ニハ慈恵大師ノ御真ナリトイヘリ。何ニシテ慈恵大師ノ御真ト知ムト云ヘバ、摂津国清澄寺ト云所アリ。村ノ人ハキヨシ寺トモ申ナリ。彼寺ノ住侶、慈心房尊恵ト申ケルハ、本叡山ノ学徒、多年法花ノ持者ナリケルガ、道心ヲ発シ、住山ヲ厭テ、此ノ処ニ住シテ年ヲ送リケレバ、人皆此ヲ帰依シケリ。而ニ承安二年壬辰十二月廿二日丙辰ノ夜、ケウソクニヨリカヽリテ、例ノ如ニ法花経ヲ読奉ケルホドニ、丑ノ剋計ニ、夢トモナク覚トモナクテ、年十四計ナル男ノ、浄衣ニ立烏帽子ニテ、ワラウヅハヾキシタルガ、タテブミヲ以テ来レリ。尊恵、「アレハ何クヨリノ人ゾ」ト問ケレバ、「閻魔王宮ヨリノ御使也。書状候」トテ、其タテブミヲ尊恵ニワタス。

右の引用部分に関して、延慶本と覚一本は極めて近似した本文を有しており、ことに「摂津国清澄寺」以降の本文は、ほとんど同文といってもよいほどである。これに対し屋代本は、たとえば年号を「嘉応」としていたり（典拠は不明）、閻魔王からの使者について覚一本・延慶本が「年五十斗なる男の、浄衣に立烏帽子きて、わら（ン）づはゞきしたる」（覚一本）、「年十四計ナル男ノ、浄衣ニ立烏帽子ニテ、ワラウヅハヾキシタル」（延慶本）としているのに対し、屋代本のみ「浄衣着タル俗二人、童子三人」とするなど、延慶本・覚一本とは異なる伝承によると思われる部分が存在する。(15)

屋代本の場合、目録では「慈心房」を「築島」の後に置く。しかし、実際には抽書となっており、後の増補の可能性も指摘されている。(16) また、屋代本の場合、目録がどこまで本来的なものであるのかについての疑問もある。(17) 確実なのは、現存テキストに示される「築島」「祇園女御」という配列のみである（長門本もこれと同じ配列をとる）。以上のような点から、次のような屋代本の形成過程が推論できよう。屋代本は、延慶本のようなテキストをもとに、「大政入道慈恵僧正ノ再誕ノ事」（いわゆる「慈心房」）「白河院祈親持経ノ再誕ノ事」を削除して、まず築島記事（延慶本の

〈表2〉

延慶本	屋代本	覚一本
「大政入道慈恵僧正ノ再誕ノ事」 「抑入道最後ノ病ノ有様ハウタテクシテ、悪人トコソ思ヘドモ、実ニハ慈恵大師ノ御真トイヘリ」 ・慈心房尊恵の冥界訪問譚 ・権実、同種姓の論理 ・日吉参詣 「白河院祈親持経ノ再誕ノ事」 「抑白河院ヲ祈親持経聖人ノ再誕ト知ル事ハ…」 「大政入道経嶋突給事」 「サテモ大政入道ノ多ノ大善ヲ修セラレシ中ニモ、福原ノ経嶋ツカレタリシ事コソ、人ノシ態トハオボヘズ、不思議ナレ」 「大政入道白河院ノ御子ナル事」 「古人ノ申ケルハ、「此人ノ果報カヽリツルコソ理ナレ。正キ白河院ノ御子ゾカシ。其故ハ…」 ・忠盛と祇園女御の和歌贈答 ・鬼(僧)を生け捕る、祇園女御の下賜 ・清盛名付の歌 ・清盛の昇進、淡海公の故事	「入道相国病患事同被薨事」 「最後ノ病ノ有様コソ心憂ケレドモ、更ニ只人ニテハ無リケリト覚ル事ノミ多リケリ」 ・築島説話 (抽書)「入道相国為慈恵大僧正化身事」 「此入道相国ト申ハ、慈恵大僧正ノ化身成ト云ヘリ。其ノ故ハ…」 ・慈心房尊恵の冥界訪問譚 「清盛為白河院御子事」 「旧キ人ノ申ケルハ、「清盛ハ非ズ二忠盛ノ子ニハ一。白河ノ院ノ御子成」ト云ヘリ。其故ハ…」 ・鬼(僧)を生け捕る、祇園女御の下賜 ・清盛名付の歌 ・清盛の昇進、定恵和尚の故事 (抽書)「流砂葱嶺事」	「築島」 「凡はさい後の所労のありさまこそうたてけれ共、まことにはたゞ人ともおぼえぬ事共おほかりけり」 ・日吉参詣 ・築島説話 「慈心房」 「ふるひ人の申されけるは、清盛公は悪人とこそおもへ共、まことは慈恵僧正の再誕也。其故は…」 ・慈心房尊恵の冥界訪問譚 「祇園女御」 「又ある人の申けるは、清盛者忠盛が子にはあらず、まことには白河院の皇子なり。其故は…」 ・鬼(僧)を生け捕る、祇園女御の下賜 ・清盛名付の歌 ・清盛の昇進・定恵和尚の故事

「大政入道経嶋突給事」）を記し、延慶本の配列に準じて「清盛為白河院御子事」（いわゆる「祇園女御」）を置いた。その冒頭が「旧キ人ノ申ケルハ」と延慶本「古人ノ申ケルハ」と同じであるのは、このようにテキスト形成過程において延慶本的テキストに依拠したためである。屋代本は、その後にふたたび「慈心房」「流沙葱嶺」の摂取を試み、これを抽書としたのではなかったか。目録に関しては、その取り込みに際して参照したテキストに準じた可能性と、目録自体が本来別のテキストのものであったのを、屋代本が流用した可能性の両方を検討してみる必要がある。

一方、覚一本の「又ある人の申しけるは」も、延慶本や屋代本のような冒頭を意識したものであり、「ふるひ人の申されけるは」のような叙述が置き換えられたものとみられる。「祇園女御」の本文自体に関しては、屋代本の方がより延慶本に近似しており、もともとB本段階では、屋代本に近かったと推測される。そこで問題となるのが、覚一本「慈心房」の冒頭「ふるひ人の申されけるは」という一節である。延慶本や屋代本にあっては、この表現は「祇園女御」冒頭に置かれていた。ところが覚一本はこれを「又ある人の申しけるは」と置き換える一方で、「慈心房」冒頭にこの「ふるひ人の申されけるは」を流用しているのである。その説明のひとつとして、次のようなの可能性が考えられよう。覚一本は、屋代本に近いB本系統をもとにしながら、延慶本のような「慈心房」を参照・簡略化して「築島」の後に挿入した。その際に、本来「祇園女御」の冒頭であった「ふるひ人の申されけるは」を生かして、その後に「慈心房」の本文を挿入したために、結果的に「ふるひ人の申されけるは」が「慈心房」冒頭の一節となった。この一節を欠いて座りの悪くなった「祇園女御」の冒頭には、本来の冒頭表現に準じて、やや表現を変えた「又ある人の……」のような一節が補入された。すなわち、ここでも、覚一本形成過程において延慶本のような読み本が参照され、A本からB本へという過程でいったんは排除された記事が、ふたたび摂取された可能性が認められるのである。

五　〈平家物語〉という枠組みと語り本

以上、語り本祖本（B本）から覚一本に至る加筆・改訂作業の痕跡から浮かび上がってくるのは、覚一本が繰り返し延慶本的テキスト（A本系統のテキスト）を参照し、その影響を強く受けてきたという、当然といえばあまりに当然の実態である。B本がA本から分化した後、語り本は必ずしも孤立的に独自の世界を追求していたわけではない。記事内容・構成・表現などあらゆる側面にわたって、より広範な内容を包摂する読み本的本文（本稿で検証しえたのは延慶本的本文との関係のみ）を参照しながら、独自の方法に基づく摂取を繰り返してきた。

このようにB本系統のテキストばかりでなく、A本系統の読み本にも多く依拠しながら、改訂作業がなされてきたという事実は、語り本編者が、〈平家物語〉という枠組みをどのように認識し、そのなかで語り本をどのように位置づけていたかを考える上で、非常に大きな示唆を与えているように思われる。〈平家物語〉とは、必ずしも『平家物語』諸テキストの集合体といった範囲にとどまるものではなく、場合によっては諸本の枠を超えて外側へと拡大していく要素を孕んだ概念である。が、少なくとも、覚一本編者は読み本・語り本のテキスト内容の総体の範囲までを含むものとして、〈平家物語〉を捉え、そのなかにおいてB系統の祖本をもとに、より広い範囲の〈平家物語〉を意識しながらテキストの再編を試みているのは確かであろう。覚一本（語り本）は、一方ではひとつの独立したテキストとして自立的に完結する世界の構築を志向しつつ、他方では、そこには含まれない〈平家物語〉世界が存在することを肯定するような認識のもとに再編・享受されてきた。(18) 言い換えるならば、語り本は、〈平家物語〉という枠組みの中核的内容ではあるが、部分でしかないということが、テキストというあり方の大前提として認識されていたことになる。覚一本の形成過程は、そうした認識の投影である。もちろん、すべての享受者が明確にそう認識していたとは限らない。が、少なくとも、テキストの改訂を試みた人々にとっては、読み本などを含めた〈平家物語〉という枠組みとの関係は、テキスト改訂の大きな前提になっていたのである。

語り本は〈平家物語〉という世界を凝縮したものであり、覚一本はその凝縮された世界の自立的完成を強く志向していた。近代の文芸的価値観によって高い評価を勝ち得てきた理由も、そのあたりに起因する。しかしながら、少なくともその形成期においては、眼前のテキストが、読み本などによって提示される〈平家物語〉というより大きな枠組みの一部分でしかないことも自覚されていた。テキストの文字化（書記言語による表現）というレベルに即してみれば、どちらかといえば、読み本などの既存の文字化されたテキストの権威に、従属的に影響され続けて一面も認められるように思われる。表現レベルにおける延慶本的本文の影響の痕跡が、両者の関係性の可能性を物語っている。ゼロから独自の表現を生み出すのではなく、すでに存在する他のテキストの表現を摂取し、あるいはそれに依拠して改変を施すことで、テキストの改訂がなされてゆく。テキストの改編という新たな可能性を求めながらも、それが先行テキストの制約を表現面で強く受け入れているのである。こうしたテキスト相互の関係性に基づく仕組みと、それを支える意識のなかで、あらためて語り本というテキストを位置づけ、その性格を捉え直す必要があるだろう。

注

（1）　山下宏明氏『平家物語研究序説』（明治書院、一九七二年三月）第一部第二章第二節「覚一系諸本周辺の本文の研究」（初出、「平家物語覚一本系諸本周辺の本文に関する批判的研究――過渡本か混態か――」『名古屋大学教養部紀要（人文科学社会科学）』14、一九七〇年二月）による。氏は、渥美かをる氏『平家物語の基礎的研究』（三省堂、一九六二年三月）等によって屋代本から覚一本へという本文変化の過程を示す過渡的本文として位置づけられてきた斯道文庫本（片仮名百二十句本）・百二十句本・平松家本・竹柏園本・鎌倉本等が、屋代本と覚一本の混態であることを指摘、このように命名した。

（2）〈平家物語〉という概念については第四章「語り本の位相」参照。

（3）「鎌倉末期における『平家物語』享受資料の二、三について――比叡山・書写山・興福寺その他――」（『軍記と語り物』27、一九九一年三月）。

（4）福田晃氏「語り本の成立――台本とテキストの間――」（『日本文学』一九九〇年六月）は、唱導僧等によって作られた「台本」が、琵琶法師に語り出されるときにはじめて語りのテキストが生み出されるのが当初の姿であり、それが次第に固定化して台本とテキストが同一化したという見取り図を描く。覚一本や屋代本と延慶本との本文の近似性・共通性からみて、延慶本テキストからこれらのテキストが生み出された可能性が指摘されているが、とするならば、語り本成立以前において、琵琶法師が延慶本的テキストを台本として利用していた可能性も、十分に想定しうる。

（5）山田孝雄氏「平家物語異本の研究（一）」（『典籍』一九一五年七月）。

（6）「屋代本平家物語の成立――屋代本の古態性の検証・巻三『小督局事』を中心として――」（『平家物語の成立　あなたが読む平家物語1』有精堂、一九九三年一一月）、「『平家物語』巻七〈都落ち〉の考察――屋代本古態説の検証――」（『軍記と語り物』30、一九九四年三月）、「『平家物語』屋代本古態説の検証――巻一・巻三の本文を中心に――」（『野州国文学』67、二〇〇一年三月）など。

（7）たとえば、鈴木彰氏「八坂本『平家物語』の位相――『院宣』を指標として――」（『文学・語学』149、一九九五年一二月）など。

（8）後藤丹治氏『戦記物語の研究』（磯部甲陽堂、一九三六年一月）に、この紹介がなされる。

（9）日本古典文学大系の分類に対し、山下宏明氏『平家物語研究序説』は、一類に「祇王」「小宰相」が増補された高野本を含める。なお、龍谷大学本を最古態とする点では両者は一致している。また、一類本内部での加筆については、日本古典文学大系の校異および山下氏の論稿に詳しい指摘がある。

（10）新日本古典文学大系は、「諸本異同解説」で「法蔵の説話を想起して、清盛の現状を焦熱地獄になぞらえる。（中略）延本は、これを後の清盛の死去の直後に記す」と指摘する（上三八四頁）。ただし、延慶本に記されているのは『宝物集』に依拠した日蔵聖人の冥界訪問譚であって、覚一本の法蔵譚とは別話。

（11）この部分は、屋代本以外の語り本が「千手井」とするのに対し、長門本・盛衰記は「千手院」としている。「年」は現存延慶本の誤写か。なお、覚一本と延慶本の共通性については、部分的には現存延慶本が覚一本を参照した可能性を櫻井陽子氏が指摘する。ただし、この箇所については、影印本で見るかぎり、スリケシ等の痕はみられない。

（12）『元亨釈書』巻四「東大寺法蔵」には次のようにある。「将レ蔵往二琰王宮一。琰王受二天敕一撿二罪簿一。蔵之母在二焼熱地獄一。乃付二冥使一。令三蔵至二獄所一。四旁燄煙。叫呼音不レ堪レ聞。獄卒開二一鐵扉一。猛火迸出。不レ可二嚮邇一。獄卒以二鐵鉾一探二釜底一。胥二一物一而出。宛似二炭頭一。置二蔵前一曰。是師之母也。……」。これに類似した説話は『宝物集』巻第七に唐の僧融の話として載る。「黒縄地獄に行てみれば、獄卒ノ鉾のさきに黒らかなる肉をさしつらぬきて、「是ぞ汝が母」とみせてければ」のような、表現上の類似も認められる。

（13）武久堅氏「『宝物集』と延慶本平家物語――身延山久遠寺本系祖本依拠について――」（『関西学院大学文学部人文論究』25―1、一九七五年六月。『平家物語成立過程考』桜楓社、一九八六年一〇月再録）では、『宝物集』に依拠した加筆を「最終成立期」とする。また、今井正之助氏「平家物語と宝物集――四部合戦状本・延慶本を中心に――」（『長崎大学教育学部人文科学研究報告』34、一九八五年三月）にも、『宝物集』との関係についての詳細な検討がある。

（14）「延慶本平家物語の清盛追悼話群――「唱導性」の一断面――」（『軍記と語り物』16、一九八〇年三月。『日本文学研究大成　平家物語Ⅰ』国書刊行会、一九九〇年七月再録）。

（15）この部分『冥途蘇生記』は「浄衣装束雑色二人童子三人」とする。あるいはこのようなものに依拠したものか。「慈心房」と『冥途蘇生記』との関係については、古くは後藤丹治氏『戦記物語の研究』（磯部甲陽館、一九三六年）に指摘があり、水原一氏『延慶本平家物語論考』（加藤中道館、一九七九年六月）、牧野和夫氏「『冥途蘇生記』その一側面の一面」（『東横国文学』11、一九七九年三月）、錦仁氏「別本『冥途蘇生記』の考察――付・翻刻――」（『伝承文学研究』33、一九八六年一〇月）ほか、多数の論考がある。

（16）ただし、増補か否かという点については、近時春日井京子氏「語り本『平家物語』の「抽書」をめぐる諸問題」（『日本女子大学大学院文学研究科紀要』3、一九九七年三月）で、「抽書と本巻の間に明らかな齟齬があるというような付加の可能性を裏づけるような徴証」がないことから、「屋代本から屋代本抽書が作られた」可能性を指摘している。

（17）目録がどこまで本来的なものであったのかについては、屋代本に限らず問題は多い。たとえば、覚一本の場合、第一類本の古態とされる龍谷大学本・高良神社本・寂光院本などには目録・題目はなく、本稿で用いている章段名・区分は後次的な高野本によっている。延慶本の場合にも、たとえば一文の途中で題目が付されて章段が分かたれるなど不自然な点もあり、目録・題目がいつの時点で付されたかについては疑問が残る。

（18）第四章「語り本の位相」参照。なお、文字テキストが有する周辺的記事摂取の限界と方法との関係については、第七章「〈平家物語〉とテキストの時間構造」で、考察を加える。また、語り本を閉鎖的に自己完結しているテキストとしてではなく、テキスト外に対して開かれたものとして享受された可能性と、それを可能とする方法については、第八章で考察する。

第六章　屋代本の形成過程

前章では、覚一本を対象に、その形成過程において覚一本が語り本系統以外の、たとえば延慶本のようなテキストを参照・摂取しながら本文を改訂してきた跡を検証した。語り本祖本（B本）は、延慶本祖本（A本）から叙述や記事内容を抄出・再編するかたちで生み出され、覚一本は基本的にはその延長上に位置する。しかしながら、覚一本はその形成過程において、一旦は削除・省略された記事・叙述の再摂取を試みる。それは、今日「別系統」と分類されている語り本と読み本であっても、当時にあっては、基本的には〈平家物語〉という大きな枠組みでくくられた一つの世界として認識されていたことを示していた。第四章での指摘をあわせ考えるならば、そうした枠組みの中にあって、覚一本は覚一本というテキスト内部で自己完結的に閉じられた世界として意識されていたのではなく、あくまでも〈平家物語〉という枠組みのなかで、その中核的な一部を担うものとして理解されていた可能性を指摘した。本章では、語り本のなかで覚一本と並んでもう一方の柱となっている屋代本を対象に、同様の現象が認められるか否かの検証を試みる。

今日伝えられる語り本の多くは、覚一本あるいは屋代本の影響を強く受けながら、両本の混態現象によって生み出されたというのが、研究者の共通認識である。とするならば、もし屋代本に覚一本と同様の現象が認められるならば、語り本という全体が、同じように認識されていたと考えられるのではないか。

一　平家都落記事の配列

『平家物語』巻第七に置かれた平家都落の記事は、諸本によりその内容および配列に異同が大きいことで知られている。この一連の都落記事の本文に関する延慶本・屋代本・覚一本の関係については、すでに千明守氏が緻密な考察を試みており(1)、覚一本・屋代本が延慶本的本文を祖として形成された可能性を指摘している(2)。この指摘をふまえて、ここでは屋代本が抱えるいくつかの問題について検討を加えてみたい。

まず、三本の記事配列から確認しておく。

〈表1〉　ゴチックは（事件発生の空間・場面展開の空間）。（—）は場所の叙述なし。傍線は異同。
網掛けは配列上の異同。行書は延慶本にのみある記事（ただし歌は除く）

延慶本	覚一本	屋代本
1貞能鎮西から帰洛	1貞能鎮西から帰洛	1貞能鎮西から帰洛
2重貞の報告（源氏近江に至る）	2重貞の報告（義仲東坂本へ）	2重貞の報告（義仲東坂本へ）
3平家討手を諸方へ派遣	3平家討手を諸方へ派遣	3平家討手を諸方へ派遣
4源氏等都を包囲	4源氏等都を包囲	4源氏等都を包囲
5維盛都落①	←	←
6維盛北方の事	×	×
7法皇の逐電	←	←
8建礼門院に都落を進言	8建礼門院に都落を進言	8建礼門院に都落を進言
9法皇鞍馬へ行幸	7 9法皇の逐電・鞍馬へ行幸	7 9法皇の逐電・鞍馬へ行幸

10季康、院不在を報告
11主上都落
←
12時忠等供奉（七条を西へ朱雀を南へ）
13（あづまよりの落首）
←
←
←
14平家屋敷に放火
15聖主臨幸
←
16家貞、忠盛等の遺骸を火葬（六波羅）
17維盛都落②（小松殿）
←
←
←
18頼盛離脱（鳥羽ノ南赤井河原）
←
19維盛合流（関戸院の程）
20落人名寄せ
21摂政離脱（いかにせんの歌・七条朱雀）
22貞能帰洛（重盛の骨・福原へ・川尻からの帰途）
23頼盛狼狽（としごろの落首）
24東国武士帰郷（鳥羽）
25落人の悲嘆（海浜を思わせる情景描写）

10季康、院不在を報告
11主上都落
←
12時忠等供奉（七条を西へ朱雀を南へ）
×
21摂政離脱（いかにせんの歌・七条大宮）
←
5 17維盛都落①②（小松殿）
14平家屋敷に放火
15聖主臨幸
24東国武士帰郷（―）
×
←
27忠度都落（―・五条京極）
29 31経正都落①②（―・仁和寺）
30青山の沙汰
18頼盛離脱（鳥羽の南の門）
←
19維盛合流（淀の六田河原）
20落人名寄せ

10季康、院不在を報告
11主上都落
21摂政離脱（歌はなし・東寺門辺）
12時忠等供奉（七条を西へ朱雀を南へ）
×
←
27忠度都落（―・五条京極）
5 17維盛都落①②（小松殿）
14平家屋敷に放火
15聖主臨幸
←
×
←
←
×
×
18頼盛離脱（鳥羽ノ北門）
24東国武士帰郷（―）
19維盛合流（淀の辺）
20落人名寄せ

26男山遙拝（―）
←
←
←
←
←
←
←
27忠度都落（四塚・五条京極）
28行盛の和歌
29経正都落①（大物・仁和寺）
30青山の沙汰
31経正都落②
32（経正行幸なるの歌）
33福原落（福原）
34（忠度はかなしやの歌）
35（行盛ふるさとをの歌）
36（時忠こぎいでての歌）
37（時忠北方いそなつむの歌）
×
38都落終了
39恵美仲麻呂・道鏡

26男山遙拝（山崎関戸院）
34（教盛はかなしなの歌）
35（経盛ふるさとをの歌）
22貞能帰洛（東国へ・鵜殿の辺）
23頼盛狼狽（落首はなし）
25落人の悲嘆（海浜を思わせる情景描写）
←
←
←
×
←
←
←
×
←
←
←
×
33福原落（福原）
←
←
×
×
×
38都落終了
×

26男山遙拝（山崎関戸院）
←
←
22貞能帰洛（東国へ・川尻からの帰途）
×
25落人の悲嘆（海浜を思わせる情景描写）
35（経正ふるさとやの歌）
34（忠度はかなしやの歌）
←
×
×
×
×
←
33福原落（福原）
←
←
×
×
32（経正行幸するの歌）
38都落終了
×

延慶本の記事配列からは、「1貞能鎮西から帰洛」からはじめて、平家一門が都を出立し（「11主上都落」～「16家貞、忠盛等の遺骸を火葬」）、一門に遅れての維盛の出立（「17維盛都落②」）・頼盛の離反（「18頼盛離脱」）、維盛が一門に合流し（「19維盛合流」）、集結した一門の名を列挙する「20落人の名寄」に至る一連の話群と、これに時間的に連続して落ち行く一門の悲嘆を語る「25落人の悲嘆」・「26男山遙拝」、さらにはその時間的延長に位置する「33福原落」〜「38都落終了」という大きな流れを形成しようとする意識が読み取れる。同時に、この時間的連続性から逸脱して、一門から離脱する人々を描いた「21摂政離脱」・「22貞能帰洛」・「23頼盛狼狽」・「24東国武士帰郷」、個別的に都の恩人に別れを告げる忠盛・経正等の姿を描写した「26忠度都落」〜「31経正都落②」「32（経正行幸なるの歌）[3]」という類話を集積する意識が、もう一つの構成原理となっている。

この延慶本の配列に対して、語り本が大きく異なるのは、まず第一に、延慶本において連続的な時間系列からはずれるかたちで配置された逸話群（〈表1〉一字下げになっている項）が、ある程度分散されながら時間系列のなかに組み込まれている点である。これらの多くは、覚一本と屋代本の間でも配列が異なっている場合が多い。それ以外では、延慶本で二箇所に分かれて配列されている、「5維盛都落①」「17維盛都落②」と、「7法皇の逐電」「9法皇鞍馬へ行幸」が、それぞれ一箇所にまとめて配置されなおしている点（覚一本・屋代本ともにこのように配置）、「25落人の悲嘆」「26男山遙拝」の前後関係が入れ替わって、その間に「22貞能帰洛」が置かれている点（これも覚一本・屋代本に共通。なお延慶本では「23頼盛狼狽」は「22貞能帰洛」に付随した関連記事として扱われ、覚一本でも同様の扱いとなっている）などが大きな相違点である。また、和歌・落首に関しては、その詠み手や位置にかなりの異同がみられる。

二　屋代本における配列上の問題点

さて、この延慶本の記事には、記事内容と配列の関係からみていくつかの問題点が認められる。第一は、「5維盛都落①」の位置である。延慶本では、都の四方が源氏勢によって包囲されつつあるという情勢が語られた直後に、維盛が北方に別離を告げるこの場面が置かれるが、実際の時間的前後はともかくも、記事配列からすればこの時点では、平家の都落はまだ決断されていない。第二は、「14平家屋敷に放火」で列挙される屋敷のなかに「小松殿」が含まれている点である。延慶本の記事配列では、維盛が小松殿を後にするより前に、「小松殿」を含む一門の邸宅に放火されたかのような印象を与えてしまう。第三は、「16家貞、忠盛等の遺骸を火葬」の、都落に際して家貞が忠盛・清盛・重盛以下の墓を掘り起こし、亡骸を法性寺の堂前に並べて焼き上げ、骨を首に掛けて落ちたとする記事である。帰洛した貞能が、重盛の墓を掘り起こして骨を拾い福原に向かったとする「22貞能帰洛」と矛盾する。そもそも、巻六で清盛の亡骸は荼毘に付されて福原に埋葬されたと記されていたのではなかったか。

右のような延慶本の矛盾は、覚一本・屋代本では解消されている。問題の第一・二は、「5維盛都落①」と「17維盛都落②」とが、一門が都落を決意して出立し（「11主上都落」）、これに時忠等が供奉したとの記事（「12時忠等供奉」）。「13（落首あづまよりの歌）」は語り本にはなし）と、都落に際して自らの屋敷に火をかけたとの記事（「14平家屋敷に放火」）の間に、まとめて置かれることで解決が図られている。第三の家貞記事と貞能帰洛の記事との間で生じている矛盾は、「16家貞、忠盛等の遺骸を火葬」という記事そのものが省略されているので生じない。また、「22貞能帰洛」で掘り起こされたとされるのは重盛の亡骸だけなので、巻六の清盛埋葬記事との矛盾も解消されている。

覚一本・屋代本の記事配列は、延慶本との右の相違点を含め、おおむね一致する面が多い。が、そのなかにあって覚一本と屋代本でその位置が異なるのが、「21摂政離脱」・「24忠度都落」・「27東国武士帰郷」、および34 35二首の和歌である。これに覚一本のみに存在する経正記事（29 30 31）、屋代本のみに存在する和歌（32）を加えたのが両本の全異同箇所である。和歌をのぞけば、これらはいずれも延慶本では連続する時間軸からは逸脱するかたちで、話題による集約化がはかられていた逸話群に属する。総じて記事配列面での共通性が高いだけに、逆に、これらの記事の異同理由が問題になろう。

　両本の構成上の特色について、千明氏は「屋代本が、時間の経過を着実に刻む記録的な記事も、緊密な時間の流れからはずれる逸話的な記事も、すべてひっくるめて忠実に時間の流れに沿って配列しようとしているのに対し、覚一本は、記録的記事と逸話的記事とを分け、記録的記事がひと段落した後に逸話的記事を、それも単なる列挙に終わらないように同類話を一箇所に集めるよう配列している」と指摘する。[4] たしかに、屋代本では、主要な時間的連続性から逸脱して独立的に挿入される話群というものは存在せず、全記事が大きな事件展開の流れを構成するように配列されている。しかしながら、屋代本の記事が物理的な意味において「忠実に時間の流れに沿って配列」されているかという点に関しては、若干の疑問が残る。

　時間的疑問の第一は、「21摂政離脱」の位置である。「印鎰、時ノ簡、玄象、鈴鹿マデモ奉二取リ具一シレ」との平時忠の下知のもとに六波羅を出立した主上一行は（「11主上都落」）、この時忠以下の供奉によって「七条ヲ西へ、朱雀ヲ南へ行幸」する（「12時忠等供奉」）わけであるが、屋代本では「21摂政離脱」がこの両記事の間に挿入されている。基通が一行から離脱したのが「東寺ノ門ノ程」（屋代本）である。集団の進行に即した時間で考えれば、まず主上をのせた車が六波羅を出発し（「11主上都落」）、これに時忠他数名が供奉しながら「七条を西へ朱雀を南へ」へ向かって進行（「12時忠等供奉」）、そうしたなかで、「行幸に供奉」していた摂政基通が「七条大宮」で春日明神の示現にあって離脱（「21摂政離脱」）、という覚一本のような配列が順当であろう。[5] にもかかわらず、屋代本では「12時忠等供奉」と「21摂政離脱」が逆転し、「21摂政離脱」が「12時忠等供奉」の前に置かれている。時間的経過に沿った配列を本旨とする屋代本が、なぜこのような配列をとったのか。

第二は「27忠度都落」の位置である。屋代本はこれを「5 17維盛都落」の前に配置する。しかしながら、忠度は、もともとは主上に随って出立しながら、一行から離れて引き返し、五条京極の俊成邸門前に現れているのである。「何クヨリカ引キ返ヘサレタリケム」と、忠度が馬を返した地点は記されないのでその時間をはっきりとは決められないが、主上出立後、姿を見せない兄維盛にしびれを切らせた資盛たちが、「行幸ハ遙ヵニ延サセ給テ候物ヲ」と小松殿へ催促に現れた時刻と、忠度の俊成邸門前への出現とでは、時間的先後関係に疑問が残る。(6)

第三は「24東国武士帰郷」の位置である。延慶本では「20落人名寄せ」の後に、「21摂政離脱」「22貞能帰洛」という、一行から離脱する人々の姿を記した一連の記事に続けられるが、覚一本では焼き払われる一門ゆかりの地を詠嘆する「15聖主臨幸」の後に、屋代本では平家一門の主要人物でありながら一門を離脱した頼盛を描く「18頼盛離脱」の後に置かれている。延慶本は東国武士が一門を離れた場所を「鳥羽」とするが（「日来召ヲカレタリツル東国者共……鳥羽マデ御共シテ」）、語り本には場所や時間を特定するような記述は何もないので、京都出立後、福原に至るまでのどの位置にあってもよいことになる。

『平家物語』諸本では、必ずしも記事の配列順序と出来事発生の時間が一致するわけではないが、とくに時間・場所の指定がない場合、享受者には叙述の進行と事件の発生とは時間的に対応関係にあると認識される。したがって、「24東国武士帰郷」が「15聖主臨幸」につづけて置かれる覚一本では、平家一門が洛中を離れた直後に東国武士等に帰郷を促しているように読みとれる。これに対し、屋代本の場合は、一門を裏切って離脱をはたした頼盛と、「平大納言、新中納言」の進言によって「魂は皆東国ニコソ有覧ニ、ヌケガラ計西国ニ召具ベキ様ナシ」と郷里への帰国を促された東国武士を、一門からの離脱という共通項で括りながら対比的に捉える意識が読みとれる。この場合、時間的には「24東国武士帰郷」は「18頼盛離脱」の後、維盛が合流するよりも以前の出来事として認識されることになる。

しかしながら、時間・場所を示す叙述がない（だから矛盾がない）からといって、「忠実に時間の流れに沿って配列しようとしている」[7]といってしまってよいのであろうか。この事実関係をめぐる他本との関係が気になるところである。

三　「維盛都落」冒頭と「摂政離脱」「忠度都落」の位置

まず、前節であげた問題点の第一と第二、「21摂政離脱」と「27忠度都落」の問題から検討してみたい。一見、無関係そうにみえるこの二つの異同であるが、「5 17維盛都落」との関係という視点からみると、両記事の異同にある関連性がみえてくる。

屋代本での維盛都落記事の冒頭は次のようにはじまる。

A【屋代本巻七・平家一門落都趣西国事】其ノ中ニ、小松ノ三位中将惟盛ハ、日比ヨリ思儲タル事ナレ共、差当ハ悲カリケリ。北方ト申ハ……

これは、次に引用する覚一本の維盛都落記事冒頭とほぼ同文といってもよい。

【覚一本巻七・維盛都落】小松三位中将維盛は、日ごろよりおぼしめしまうけられたりけれ共、さしあた（ッ）てはかなしかりけり。北の方と申は……

ここで、注目されるのが屋代本の傍線部「其ノ中ニ」である。現存の屋代本では、この直前には忠度都落が置かれ、「其身既ニ朝敵ト成ニシ上ハ不レ及二子細一ニトハ云ナガラ、口惜シカリシ事共ナリ」と結ばれている。「其ノ中ニ」は、これに改行もなく続く。本来、主上と共に落ち行くさまざまな人々の姿のなかにあって、その一例としての維盛譚を導き出す指示語であったと思われるが、現行本文では「其」の指し示すものが具体的には判然としなくなっている。(8)しかしながら、三本でその位置が流動的な「27忠度都落」を、仮に後次的挿入と考えてここから除いてみると、この語は主上に供奉して出立した一門の姿を記した次の一節と呼応し、文脈的な連続性を示すのである。

B【屋代本巻七・平家一門落都趣西国事】平大納言時忠、内蔵頭信基、是レ二人計ゾ衣冠ニテ被ニレ供奉一タリケル。其外、近衛司モ皆甲冑ヲヨロイ、弓箭ヲ帯シテ供奉ス。七条ヲ西へ、朱雀ヲ南へ行幸ナル。漢天已ニ開ケ、雲嶺聳へ、暁ノ月シロク寒テ、鶏鳴又劇シ。一年都遷シトテ俄ニアハタゞシカリシカバ、カ、ルベカリケル前表トモ、今コソ思合セケレ。其ノ中ニ、小松ノ三位中将惟盛ハ……

この場合、「其」の指す内容は、主上の都落ちに供奉する人々の姿ということになる。主上に供奉する一門の姿がまず示され、そうした一門のなかにあっての特異な例として、一門に遅れて出立する維盛の姿が描かれるのである。さらに、この維盛とその兄弟達が主上一行を追って、屋敷を出立した後、「平家都ヲ落行ニ、六波羅、池殿、小松殿、西八条ニ火ヲ懸タレバ、黒煙天ニ満テ、日ノ光リモ見ヘザリケリ」と、一門の屋敷への放火が記され(「14平家屋敷に放火」)、平家一門の京都脱出が完了する。構成的にも文脈的にも破綻はみられない。これからすると、現存屋代本の前段階では、忠度都落は、記事そのものがテキストに含まれていたか否かは別として、少なくともこの位置にはなかった可能性が高い。その場合、記事配列は「11主上都落」・「21摂政離脱」・「12時忠等供奉」・「5 17維盛都落」となり、覚一本との相違は「21摂政離脱」の位置のみになる。そして、この点も「其ノ中ニ」との関係から説明がつく。

覚一本のように「12時忠等供奉」の後に「21摂政離脱」がくる配列では、「21摂政離脱」の末尾の一節、「摂政殿ハ、大明神ノ御告成ト被二思食サ一ケレバ、御共ニ候深藤左衛門信澄ヲ召テ、何トカ被レ仰タリケン、御牛飼ニキット目ヲ見合セタレバ、御車ヲ遣返シ奉リ、大宮ヲ上リニ、北山ノ辺、知足院殿ヘ入ラセ給フ。是ヲバ人不レ奉レ知」（屋代本）に「5 17維盛都落」冒頭の「其ノ中ニ、小松ノ三位中将惟盛ハ……」が接続し、供奉する一門とそれに遅れる維盛という図式が崩れて、指示語「其ノ中ニ」が浮き上がってしまう。「其ノ中ニ」は「12時忠等供奉」に接続する必要があったのである。一方、覚一本では「21摂政離脱」末尾と「5 17維盛都落」冒頭が、「平家の侍越中次郎兵衛盛嗣、是を承は（ッ）ておひとゞめまいらせんと頻にすゝみけるが、人々にせいせられてとゞまりけり。／小松三位中将維盛は、日ごろよりおぼしめしまうけられたりけれ共、さしあた（ッ）てはかなしかりけり」（章段区分からすると、引用部分冒頭から「維盛都落」）と連続する。ここには「其ノ中ニ」に類する表現はなく、接続面での矛盾は生じない。

四　「東国武士帰郷」の位置

語り本の場合、「21摂政離脱」の位置に異同がみられるものの、主上の離京に遅れた維盛の出立をもってすべての一門すべてが洛中を脱したとし、それを受けて一門の屋敷への放火が語られる。そして、それらが聖主臨幸の地であったと過去の栄華が回想され、「保元のむかしは春の花と栄しか共、寿永の今は秋の紅葉と落はてぬ」（覚一本）、「昔ハ保元ノ春ノ花ト栄シカドモ、今ハ寿永ノ秋ノ紅葉ト落ハテヌ」（屋代本）と詠嘆をもって結ばれる。これは、覚一本・屋代本に共通する構成である。覚一本では、「24東国武士帰郷」・「27忠度都落」・「29経正都落」・「18頼盛離脱」と一門を離脱する人々・別行動をとる人々の逸話がこれに続き、「19維盛合流」をもって一門がふたたび集結したとして「20落人名寄せ」が語られる。これに対し、屋代本がなぜ当初この位置になかったであろう「27忠度都落」を、「5 17維盛都落」に先んじて記したのか。以下、「24東国武士帰郷」の問題とあわせて、検討を加える。

「24東国武士帰郷」は、三本における配置がいずれも異なっており、それぞれのテキストがなぜそのような配列を採用したのか、その理由が問われるところである。延慶本は、これを傍系説話として時間的連続性から逸脱するかたちで配し、覚一本では、時間的には一門が京都を離れた直後として読みとりうる、「15聖主臨幸」と「27忠度都落」間に置く。屋代本では、「18頼盛離脱」に続けて置かれ、「19維盛合流」によって都落ちした一門が勢揃いする（「20落人名寄せ」）のに先だって、一行から離脱してゆく人々をまとめて描こうとした構想が一応は読みとれる。たしかに、三本それぞれに関して、その配列上の意図は読み取りうるのであるが、はたしてこのような説明だけでよいのであろうか。たとえば、屋代本の場合、離脱者説話をまとめるという意味においては、「18頼盛離脱」の前に置いてもよかったはずである。ちなみに、延慶本・覚一本のいずれもが、「18頼盛離脱」・「19維盛合流」・「20落人名寄」と配列する点では一致しており、屋代本も含め、この三話の前後関係に異同はない。したがって、三本ともにこの三話を主要な時間経過の中で意識していると見られ、屋代本の配列も、基本的にはこれに準じたものと考えられる。その一方で、屋代本のみが、「24東国武士帰郷」を「18頼盛脱落」と「19維盛合流」の間に挿入しているのはなぜか。その理由が問われるところである。

これに関して注目しなければならないのが、頼盛離脱の叙述との関係である。

C【屋代本巻七・平家一門落都趣西国事】[a]池ノ大納言頼盛ハ、池殿ニ火懸テ被レ出ケルガ、何トカ被レ思ケム、[b]手勢三百余騎引分テ、赤ジルシ皆切捨テ、鳥羽ノ北門ヨリ都へ引ゾ返ヘサレケル。[c]越中前司盛俊見レテ之ヲ、大臣殿ニ申ケルハ「[d]池殿ノ留ラセ給ニ、侍共ガ多ク付キ奉テ留リ候。[e]大納言殿マデハ恐モ候。侍共ニ矢一射懸候バヤ」トゾ申ケル。大臣殿、「其事、[f]サナク共有ナム。忘二テ年来重恩一ヲ、此ノ有様ヲ見終ヌ程ノ奴原ヲ、中々兎角云ニ不レ及」トゾ宣ケル。「[g]サテ三位中将ハ何ニ」ト問給ヘバ、「小松殿ノ公達モ未一所モミヱサセ給ハズ」ト申ス。「サコソ有ラメ」トテ、ヨニモ心細ゲニ被レ思タリ。新中納言ノ宣ケルハ、「[h]都ヲ出テ未一日ヲモ経ヌニ、早ヤ人ノ心モ替終ヌ。マシテ行末コソ推シ量リタレ。只都ノ内ニテ何ニモ成ベカリツル物ヲ」トテ、大臣殿方ヲ見遣テ、ヨニモ恨ゲニゾ思ハレタリケル、誠ニ理ト覚テ哀ナリ。

【覚一本巻七・一門都落】[a]池の大納言頼盛卿も池殿に火をかけて出られけるが、鳥羽の南の門にひかへつゝ、「わすれたる事あり」とて、[b]赤じるし切捨て、其勢三百余騎、都へと(ッ)てかへされけり。[c]平家の侍越中次郎兵衛盛嗣、大臣殿の御まへに馳まい(ッ)て、「あれ御覧候へ。[d]池殿の御とゞまり候に、おほうの侍共のつきまいらせて罷とゞまるが奇怪におぼえ候。[e]大納言殿まではおそれも候。侍共に矢一いかけ候はん」と申ければ、「[f]年来の重恩を忘て、今此ありさまを見はてぬ不当人をば、さなく共ありなん」との給へば、力をよばでとゞまりけり。「[g]さて小松殿の君達はいかに」との給へば、「いまだ御一所もみえさせ給ひ候はず」と申す。其時新中納言涙をはら〳〵とながいて、「[h]都を出ていまだ一日だにも過ざるに、いつしか人の心どものかはりゆくうたてさよ。まして行すゑとてもさこそはあらんずらめとおもひしかば、都のうちでいかにもならむと申つる物を」とて、大臣殿の御かたをうらめしげにこそ見給ひけれ。

【延慶本第三末・頼盛道ヨリ返給事】頼盛ハ仲盛、光盛等引具テ、侍共皆落散テ、纔ニ其勢百騎計ゾ有ケル。鳥羽ノ南赤井河原ニ暫クヤスラヒテ、下居テ、大納言ヨソヲ見マワシテ宣ケルハ、「行幸ニハヲクレヌ。敵ハ後ニ有。中空ニナル心地ノスルハ。イカニ、殿原、此度ハナドヤラム物ウキゾトヨ。只是ヨリ京エ帰ラムト思フ也。都テ弓矢取身ノ浦山敷モ無ゾ。サレバ故入道ニモ随フ様ニテ随ハザリキ。無左右池殿ヲ焼ツルコソクヤシケレ。イザ、ラバ京ノ方ヘ…（中略①）…[b]侍共皆赤ジルシ取捨ヨ」ト宣ケレバ、トカクスルホドニ未ノ時計ニモナリニケリ…（中略②）…[c]越中次郎兵衛盛次、大臣殿ノ御前ニ進出テ申ケルハ、「[d]池殿ハ御留候ニコソ。哀、口惜覚候者哉。上ニコソ恐レ奉リ候ヘ、侍共ノ参候ハヌコソ安カラズ存候ヘ。[d]一矢射懸テ帰リ参リ候ハム」ト申ケレバ、「[f]中々サナクテモ有ナム。年来ノ重恩ヲワスレテ、イヅクニモ落着ムズル所ヲ見ヲカズシテ留ルホドノ仁ハ、源氏トテモ心ユルシセジ。サホドノ奴原ハ、アリトテモナニカハセム。[f]トカク云ニ不及」トゾ、大臣殿宣ケル…（中略③）…サルホドニ大臣殿盛次ヲ召テ、「[g]権亮三位中将殿ハ何ニ」ト問給ケレバ、「小松殿ノ公達モ未ダ一所モミヘサセ給ワズ」ト申ケレバ、「サコソ有ムズラメ」トテ、ヨニ心細ゲニオボシテ、御涙ノ落ケルヲ、シノゴヒ給ヲ、人々見給テ、鎧ノ袖ヲゾヌラサレケル。新中納言宣ケルハ、「是日来皆思儲タリシ事也。今更驚ベキニアラズ。[h]都ヲ出テ未ダ一日ヲダニモスギヌニ、人ノ心モ皆替リヌ。行末トテモサコソ有ラムズラメ。我身一ノ事ナラネバ、スミナレシ旧里ヲ出ヌル心ウサヨトヲシハカラレ、[h]只都ニテイカニモナルベカリツル者ヲ」トテ、大臣殿ノ方ヲツラゲニ見ヤリ給ケルコソ、ゲニト覚ヘテアワレナレ。

網掛け部（a〜h）は覚一本と屋代本がほぼ同文、ないし表現が近似した部分である。基本的に両本の叙述はほぼ一致している。同時にb〜hはそれぞれ、延慶本の傍線部b〜hのような本文との近似性が認められる。その配列順も共通しており、延慶本の傍線部のみをそのまま抜き出せば、ほぼ屋代本・覚一本の叙述となる。第五章の系統モデル（仮説）に随うならば、延慶本のような本文がもととなっていた可能性が高い。なお、ｆｇｈなどの表現は、覚一本よりも屋代本の方がより延慶本に近似している。

さて、覚一本・延慶本では、頼盛の離脱から、いまだ姿を見せぬ維盛一行へと思いがめぐらされ（ｇ）、この引用部分に続いて彼等の合流が語られる。延慶本・覚一本が「18頼盛離脱」・「19維盛合流」を連続させるのは、このような「維盛」という要素の関連性によるものと思われ、「18頼盛離脱」・「19維盛合流」・「20落人名寄」という記事配列が本来のものであったという先の見方を傍証している。もし、離脱者説話をまとめるという目的だけならば、「24東国武士帰郷」・「18頼盛離脱」の順でもよいはずであり、屋代本が頼盛から維盛への連想を断ち切ってまで、「18頼盛離脱」・「24東国武士帰郷」・「19維盛合流」とした理由が問われなければならない。

そこで注目されるのが、頼盛離脱地点の異同（二重傍線部）である。屋代本はこれを「鳥羽ノ北門」とし、覚一本は「鳥羽の南門」、延慶本は「鳥羽ノ南赤井河原」としている。(9) 本文的にこれほど近似している覚一本と屋代本にあって、この異同が単なる偶然とは考えにくい。(10) 語り本と延慶本との関係性を考慮するならば、本来は南門であった可能性が高いようにも思われる。この三本の地名の相違、ことに延慶本・覚一本が鳥羽の南側としているのに対し、屋代本がこれを鳥羽北門としている点が、屋代本の「24東国武士帰郷」の配置を読み解く際に大きな問題として浮かびあがってくるのである。屋代本編者が、その本文叙述には含まれない「24東国武士帰郷」という事件発生の空間情報を、たとえば延慶本のようなテキストを通して得ていたとするならば、これを「18頼盛離脱」の前後いずれかに置くのは、時間的・空間的な整合性にしたがった結果と考えられる。その際「18頼盛離脱」を鳥羽北門とするのも、「24東国武士帰郷」が鳥羽であることとの文脈的整合性を意識しての改変と理解できる。まず鳥羽北門で頼盛らが一門から離脱、その追撃を制止した宗盛が、今度は都落ちに付き随った東国武士達をその鳥羽にて故郷へと帰すのである。この順序が逆だと、許されて引き返す東国武士達を離反した頼盛らが追う図式となってしまう。

三本の叙述の近似性は、これらの本文が密接な関連性を有していることを示しており、第五章で覚一本について論じたのと同様、屋代本編者が延慶本的テキストを参照していた可能性は十分にあるだろう。また、たとえ直接的に文字テキストを参照するというかたちではなくても、延慶本のような叙述がある以上、この空間情報がある程度流通していた可能性も考えなければならない。この情報がたとえ屋代本というテキストの本文自体に取り込まれていなくとも、それを踏まえて記事配列を整理したということは十分にありうる。この点は、忠度が引き返した「四塚」という情報とその記事配置に関しても同様である。延慶本のようなテキストが古態であるとするならば、語り本はその形成過程に置いて、一部の空間情報を、偶然にあるいは意図的に失った。そのこと自体は、覚一本のような記事配列の形成と密接に関わる。覚一本は空間情報を有さないがゆえに、本文上では時間的・空間的齟齬を見せないのである。しかしながら、文字テキスト上から空間情報が消えることと、空間情報そのものが〈平家物語〉という枠組みから消滅することは同義ではない。多様なテキストが並存していた中世にあって、語り本系統のテキストからは、空間情報が消えていても、事件発生の空間に対する知識そのものは流通しており、屋代本はそうした知識に基づき、記事配列の再編を試みたのではなかったか。

五　屋代本の記事配列にみられる空間性

〈表1〉に記したように、三本の間には、事件の発生空間について微妙な異同がみられる。これを覚一本・屋代本それぞれの記事配列に即して並べ替えてみると〈表2〉のようになる。

〈表2〉ゴチックは延慶本の地名。傍線は三本の異同箇所。

覚一本	屋代本
12時忠等供奉（七条を西へ朱雀を南へ）	21摂政離脱（東寺門辺**〔七条朱雀〕**）
21摂政離脱（七条大宮**〔七条朱雀〕**）	12時忠等供奉（七条ヲ西へ朱雀ヲ南へ）
5 17維盛都落（小松殿）	27忠度都落（―**〔四塚〕**・五条京極）
14屋敷に放火（洛中）	5 17維盛都落（小松殿）
24東国武士帰郷（―**〔鳥羽〕**）	14屋敷に放火（洛中）
27忠度都落（―**〔四塚〕**・五条京極）	18頼盛離脱（鳥羽ノ北門**〔鳥羽ノ南赤井河原〕**・仁和寺）
29 31経正都落（―**〔大物〕**・仁和寺・程なく合流）	24東国武士帰洛（―**〔鳥羽〕**）
18頼盛離脱（鳥羽の南門**〔鳥羽ノ南赤井河原〕**・仁和寺）	19維盛合流（淀の辺）
19維盛合流（淀の六田河原**〔関戸院の程〕**）	26男山遙拝（山崎関戸院**〔―〕**）
26男山遙拝（山崎関戸院**〔―〕**）	22貞能帰洛（川尻からの帰途**〔川尻からの帰途〕**）
22貞能帰洛（鵜殿の辺**〔川尻からの帰途〕**）	25落人の悲嘆（＊海浜の情景）
25落人の悲嘆（＊海浜の情景）	33福原落
33福原落	

語り本に関しては、一門が屋敷に放火して京都を脱して以降、おおむね時間的推移、一門の空間的移行に準じて記事が配列されているといってよい。ことに、覚一本・屋代本ともに「14屋敷に放火」以降にこの傾向が顕著である。洛中を南へ向かって脱した後、鳥羽から淀、山崎関戸の院、さらには川尻に向かって淀川を下り、海浜を経て福原に至るという記事配列は、一行の空間的移動と、それに伴う時間的進行に連動したものとみられる。たとえば覚一本の「24東国武士帰郷」・「27忠度都落」・「29 31経正都落」なども、覚一本の叙述だけをみれば、時間的に一門の洛中出立後、鳥羽到着以前としても矛盾はない。また、覚一本では「21時忠等供奉」から「14屋敷に放火」までも、ほぼ時間

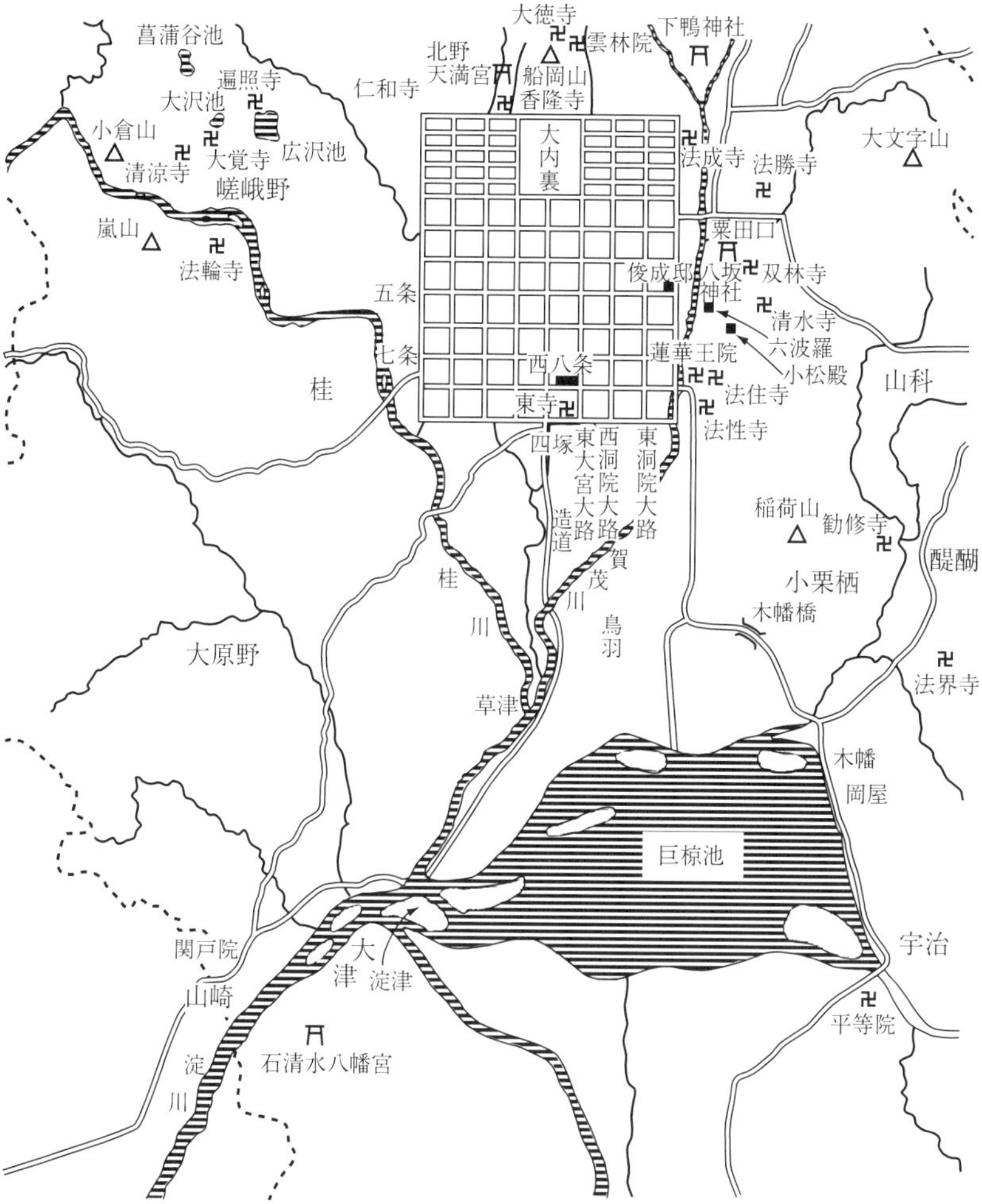
菖蒲谷池
遍照寺
大沢池
小倉山
清涼寺
大覚寺
広沢池
嵯峨野
嵐山
法輪寺
仁和寺
北野
天満宮
大徳寺
船岡山
香隆寺
雲林院
下鴨神社
大内裏
法成寺
法勝寺
大文字山
粟田口
俊成邸
八坂
神社
双林寺
清水寺
六波羅
小松殿
五条
七条
蓮華王院
西八条
法住寺
東寺
法性寺
桂
山科
西塚
東大宮大路
西洞院大路
東洞院大路
造道
賀茂川
稲荷山
勧修寺
醍醐
桂川
小栗栖
木幡橋
鳥羽
大原野
法界寺
草津
木幡
岡屋
巨椋池
関戸院
大津
淀津
宇治
山崎
平等院
石清水八幡宮
淀川

京都近郊地図

的進行に準じており、内容的には「記録的記事がひと段落した後に逸話的記事を、それも単なる列挙に終わらないように同類話を一箇所に集めるよう配列してい(11)」ながら、時間的にも破綻をきたさないような叙述内容、および配列となっているのである。ではなぜ、屋代本と異同を生じたのか。そこで注目したいのがゴチックで記した延慶本の情報である。

「24東国武士帰郷」・「27忠度都落」・「29 31経正都落」は、いずれも語り本の叙述だけからでは、事態発生の空間・時間は不明な出来事である。しかしながら、延慶本との配列的な異同にあたるこの三つの記事には、延慶本に明記される地名を参照するならば、じつは大きな問題が潜んでいることになる。一見時間的に矛盾なくみえる覚一本の配列も、「24東国武士帰郷」が鳥羽での事件であるならば、忠度が四塚から引き返したのよりも時間的には後ということになり、当然「27忠度都落」の後に配列されるべきということになる。また、経正が大物から引き返したのであれば、「29経正都落」は時間的には「22貞能帰洛」の後のはずであり、配列もこれに準じなければならない。もちろん、覚一本は記録的記事と逸話的記事を分けて配列しているので、時間的関係を理由に配列自体を問題にするのは筋違いであろうが、注目すべきは、覚一本が、これらの記事から事件発生の空間情報を省いたばかりか、一部の叙述をあらため、それによって覚一本の叙述内部においての時間的な整合性を作り出している点である。たとえば経正都落は「程なく行幸に《ッ》つき奉る」と結ばれる。一門がさほど都から離れてはいない時点の出来事であることを示唆するように叙述が改められているのである。これは、一門が鳥羽を通過する「18頼盛離脱」の前という位置が生み出す、時間的な認識と整合させるための措置であろう(12)。

一方、延慶本のようなテキストの情報は、屋代本における「24東国武士帰郷記事」の配置に、空間的な整合性という解釈の可能性をもたらす。洛中を離脱した一門から、まず頼盛が鳥羽北門で離脱、続いて鳥羽で東国武士が一行を離れ、さらに南に下った淀の辺で維盛が合流する。一団となった平家一門は山崎関戸院で男山を遙拝、淀川に沿って下る途中で川尻から戻ってくる貞能に遭遇し、貞能は京へ、一行は、淀川河口から海浜を経て福原に至る。このような空間移動に即した記事配列の整合性をみる時、「18頼盛離脱」を鳥羽北門として「24東国武士帰郷」をこれに続けた屋代本の再編が、延慶本のような空間情報の影響を受けたものである可能性が浮かび上がってくる。空間情報に関して覚一本との微細な異同が認められるのも、屋代本における空間的関係重視の傾向を示唆している。たとえば、「18頼盛離脱」の場所を鳥羽殿の南側とする覚一本・延慶本に対し、屋代本はこれを「鳥羽ノ北門」とするのも、その一つである。屋代本の記事配列では、もし、「18頼盛離脱」を延慶本のように「鳥羽ノ南赤井河原」とすると、頼盛の北側に東国武士を率いた平家一門の本体が存在するかの印象を与えてしまう。

延慶本のようなテキストによって補われる（屋代本には記されない）事件発生の空間情報と、記事配列の前後関係の可能性は、「27忠度都落」の配列にもひとつの説明をもたらす。屋代本の場合、暁の月が空にかかるなか、行幸が七条から朱雀を南にと洛中を脱しおわったかのごとき印象を与える一節（前節引用B）によって、「12時忠等供奉」は結ばれ、「27忠度都落」の冒頭「薩摩守忠度ハ、何クヨリカ引キ返ヘサレタリケム……」はこれに連続する。一見すると、一門とともに京を去った忠度が、やや離れた洛外のいずれかの地から引き返してきたかのごとき印象である。だからこそ、一門から遅れて急かされる維盛都落との時間的前後関係に違和感が生じるのである。この点、延慶本は「既ニ行幸ノ御共ニ打出ラレタリケルガ、乗替一騎計具テ、四塚ヨリ帰テ」と、行幸に供奉した忠度が、まさに洛中を脱しようとしながら、いまだ洛外には脱しえていない境界の地点から馬を返したとするのである。行幸の進行にしたがって朱雀を南下した描写の空間は、この羅生門付近から忠度の移動に随ってふたたび五条京極まで戻ってきていることになる。さらに、俊成とともに門前にたたずんで忠度を見送った語り手は、続いて賀茂川を渡り、小松殿に残る維盛へと焦点空間を移す。「27忠度都落」と「5 17維盛都落」との時間的前後関係は別として、描写場面の空間的関係からは、東寺門辺・七条朱雀・五条京極・小松殿という移行が読みとりうるのである。維盛都落の冒頭に置かれた「其ノ中ニ」のような指示語の関係性を阻害してまでも、ここに忠度都落を配置した背景には、「行幸ノ御共ニ打出ラレタリケル」忠度が、いまだ洛中を脱したとはいえない羅生門付近の「四塚ヨリ」引き返したとの情報もつ延慶本的テキスト等を、改変に際して参照した結果ではあるまいか。一般的には、一門が慌ただしく京都を脱した後、わずかな供を連れてやや離れた洛外から引き返してきたとしたと錯覚させる覚一本的配列の方がより劇的であろう。仮に延慶本の配列を古態とするならば、忠度都落は事態進行の時間軸には組み込まれていなかった。「四塚」を明記しない語り本の記事情報のみからすれば、これが「15聖主臨幸」の後にあっても何の矛盾も生じない。それにもかかわらず、屋代本は、想定される「11主上都落」・「21摂政離脱」・「12時忠等供奉」・「5 17維盛都落」という先行本文の記事配列に対し、指示語の関連性を無視してまでも「27忠度都落」を「5 17維盛都落」の前に置くのである。その背景には、「24東国武士帰郷記事」の場合と同様、語り本本文には含まれない延慶本のようなテキストを参照し、その空間情報を重視して、場面空間の移行を意識した可能性を考慮する必要があろう。

六　〈平家物語〉と屋代本

以上、屋代本における「21摂政離脱」・「27忠度都落」・「24東国武士帰洛」の三記事の配置について、これが屋代本編者による改変であることを検証し、屋代本の記事配列における空間的関係性重視の傾向を確認した。注目したいのは、こうした再編過程において、屋代本が底本となった語り本系統のテキストには含まれていなかった延慶本的本文等の空間情報を参照している点であり、同時にそれが記事配列を決する大きな要因として作用していた可能性である。しかも屋代本は、そうした情報を利用しながらも、情報そのものはテキストに取り込んでいない。それは、編者が、自らが依拠した底本ないし語り本的なテキストを、必ずしも自立的に完結したものとは捉えておらず、むしろ、読み本やその他の文字化されざる『平家物語』に関わるテキストをも含めた、〈平家物語〉という大きな枠組みのなかに位置づけて認識し、その大枠内の情報を積極的に摂取しようとしていたことを示唆している。それは同時に、再編を進めているテキスト自体も、その享受・解釈において、こうしたテキスト外の情報によって補完されることをも意識していた可能性を意味する。その一方で、本文的には、そのような情報を必ずしもテキスト内部に取り込もうとせずに、むしろ先行するテキストの叙述を踏襲しようとする傾向も認められる。この先行テキスト踏襲の志向性があったからこそ、語り本は、語り本という分類上の範囲を著しく逸脱することはなかった。そうでなければ、南都本のような、語り本と読み本の中間的テキストが、もっと存在してもよいはずである。また、読み本間にみられるような大きな異同が、語り本の間に存在してもよかったはずである。ここに、〈平家物語〉という作品世界における語り本というテキストの位相が読み取れるように思われるのである。

記事内容や量的側面からすれば、屋代本や覚一本などの語り本は、明らかに延慶本などとは異なる独自の形態を志向している。延慶本などの記事を若干取り入れはするものの、テキストの再編も基本的には語り本系統の先行テキストの踏襲が試みられている。しかしながら、その一方で、自らのテキスト本文には存在しない、延慶本的テキスト等の記事内容を強く意識していた。屋代本の記事配列からは、こうした異本等によって流布した情報との関連のなかでの享受を、テキスト自体が要請していた可能性が読みとれるのである。

戦後の語り論は、覚一本をひとつの頂点として、テキスト内部に物語としての完成された世界を形成してゆく方向性に、語りによる洗練・達成を認めようとした。しかしながら、語りによる段階的発展という幻想が崩れつつある現在、当時の改編にあたって志向されたのがこうした方向性ばかりとは限らないことをもう一度見つめ直しながら、あらたな可能性を模索する必要がある。『平家物語』に関する多様な言説が並列的に流布していた享受状況を背景とし、広範で曖昧な〈平家物語〉という枠組みのなかにあって、言説化されているのがその一部にすぎないことが暗黙の前提とされていたようなテキストのありかたを、量的に簡潔な語り本のような形態のひとつの可能性として追求してみる必要があるように思われるのである。

注

（1）「『平家物語』巻七〈都落ち〉の考察――屋代本古態説の検証――」（『軍記と語り物』30、一九九四年三月）。
（2）注（1）、および「『平家物語』屋代本古態説の検証――巻一・巻三の本文を中心に――」（『野州国文学』67、二〇〇一年三月）など。
（3）ちなみに、忠度都落の冒頭は「其中ヤサシク哀ナリシ事ハ」とはじまっており、忠度都落・経正都落の二つの記事が、都落を悲嘆する平家一門の人々のなかの具体例として位置づけられていることがうかがわれる。
（4）注（1）論文。
（5）覚一本の場合はこれを七条大宮としており、七条から朱雀を南に向かったとする記事との時間的関係は微妙である。
（6）平家都落に関する『平家物語』諸本の記事と、史料・史実との問題については、鈴木彰氏「〈平家都落ち〉考――延慶本の維盛と頼盛をめぐって――」（『日本文学』一九九九年九月）に詳しい考察がある。それによれば、平家の都落ちがなされたのは寿永二年七月二十五日の午前中とみられるが、二十一日に軍勢のひとつとして都から発向していた維盛・資盛兄弟が帰洛するのは二十五日夕刻、その翌早朝に都を離れたらしい。とすれば、維盛ほかの小松殿一向の都落ちそのものが虚構の可能性が高いことになる。なお、都落ちはかなり混乱した状況のなかで行われたらしく、一門が整然と集団をなして行動したというよりは、主上・建礼門院・宗盛等一門の中心をなす一団が慌ただしく都落ちをし、残る人々がそれぞれに五月雨式にその跡を追ったらしい。したがって、都落ちに関しては、記事配列の整合性に関しては、延慶本を含めて、史実を基準として判断することはできない。『平家物語』編者がどの程度史実を把握していたかは不明であり、問題はあくまでも『平家物語』の内部における時間的整合性という点に絞って考えるべきであろう。

（7）注（1）論文。

（8）屋代本のこの指示語は、延慶本の忠度都落冒頭「其中ヤサシク哀ナリシ事ハ」の影響をうけたものではないか。延慶本の場合は、平家の人々の悲哀に満ちた姿の描写（「25落人の悲哀」「26男山遙拝」）を受けて、「27忠度都落」の叙述が始まる。一方、屋代本の「其ノ中ニ」は、現在の文脈的では、漠然と平家都落ちという情勢全体を指すと解釈するより外はない。

（9）長門本・盛衰記は延慶本と同じく赤井河原、平松家本・竹柏園本・片仮名百二十句本は鳥羽北門として記事配列的にも屋代本に準じ、鎌倉本は地点・配列ともに覚一本と一致する。

（10）ちなみに、同じく覚一本と屋代本で配列が変わる摂政離脱記事においても、その地点が「七条朱雀」（延慶本）、「七条大宮」（覚一本）、「東寺ノ門ノ程」（屋代本）と異同がみられ、配置の変更と空間との関係性が注目される。

（11）注（1）論文。

（12）延慶本の場合は、先に「25落人の悲嘆」の「平家ハ、或ハ磯部ノ波ノウキマクラ、八重塩路ニ日ヲ経ツヽ、船ニ棹ス人モアリ」と海浜を思わせる情景描写があり、「29～32経正都落・行幸なるの歌」に続くのが「33福原落」である。経正の引き返した地点を大物とし、「ナヲナグサマヌ波ノ上カナ」と海浜を思わせる和歌（「32行幸なるの歌」）で結ぶあり方は、感覚的な齟齬を生じない。覚一本の場合、一門が鳥羽を通過する「18頼盛離脱」の前に経正記事を置き、「程なく行幸にを（ッ）つき奉る」としてこれを結ぶ。物語内部の整合性のために日付を変更したり、朧化したりしているのを勘案すれば、空間情報もあえて朧化している可能性も検討すべきであろう。

第七章 〈平家物語〉とテキストの時間構造

——延慶本・覚一本を中心として——

一　テキストの分化と叙述方法

琵琶語りによる成長・発展という発想を軸に展開した諸本系統論が否定された今日の『平家物語』研究において、現存諸本間の直接的系統関係や書承関係を見出すのは不可能との見方が一般的になりつつある。各テキストが複雑な混態や取り合わせを繰り返しながら現存形態に至ったとする近年の研究成果は、(1) 同時に古態性とは何かをあらためて問い直すものであった。(2)

語り本の形成過程に関する新しい動きのなかで、近年注目されているのが、延慶本と屋代本・覚一本の関係である。この三本の詞章をめぐっては、さまざまな角度から相互の本文近似の指摘がなされてきている。(3) それをテキスト全体としての近似性と考えるのは早計であろうが、少なくとも指摘されるようなさまざまな記事・表現については、何らかの書承的関係を有していたとみるのが自然である。書承的関係といっても、必ずしも甲本が乙本を摂取したというような直接的な関係を意味するわけではない。各テキストが現存形態に至るある時期に、祖本（一章段のみというような場合も含む）を共有していたというような可能性としての意味であり（第五章参照）、それがテキスト全体の祖本たりうるかについては、現段階では結論を慎むべきであろう。しかしながら、三本間の詞句・表現など詞章的側面にみられる共通性は、部分的ながらも書承的関係を成立させるような共通祖本（本とはいえないならば共通本文）の可能性を確かに示唆しているのである。

たとえば、読み本系の古態本とされる延慶本と、語り本系の屋代本・覚一本を比較した場合で考えてみよう。量的にも形態的にも異なる面が多いので、テキスト全体の単純な比較は困難である。しかし、部分部分においては、詞章の共有性はかなり多く認められ、その部分に関しては、何らかの共通本文からの分化が想定される。問題はそうした部分における三本の詞章が、なぜ相違を生み出してきたかという理由である。同じ本文を祖とし、伝える事実内容にもあまり大きな違いはみられない叙述、本来ならば詞章をそのまま書写すればすむものを、あえて書き換え異なるテキストへと変化させていったのはなぜか。これらの異同は、結果的に、読み本・語り本と称されるテキストの性格的相違や、各テキストの文芸としての質的な差を生み出す大きな要因の一つとなっているのである。そして、そこにこそ〈平家物語〉の本質に関わる、各テキスト独自の構想とそれを支える叙述の方法的問題が潜んでいるのではなかろうか。

この叙述方法の問題を捉えるひとつの手掛かりが、各テキストにおける語り手設定の相違であった。たとえば、「忠度都落」をめぐって延慶本・屋代本・覚一本の伝える記事内容（出来事）についてはあまり大きな異同はない。詞句や表現の面で見出せる多くの共通性は、三本間の書承的関係の可能性をも含めた密接な関係性を示唆するものであろう。しかしながら、微妙な表現の相違は、三本それぞれに異なる「忠度都落」の世界を生み出す結果となっている。一見わずかな異同でありながら、その異同は語り手の視点や対象への姿勢といった本質的な相違を示しており、語り手と物語世界の関係設定といったテキストの本質に深く関わっていたのであった(4)。異同が示唆するのは、各テキストにおける語り手・物語世界・語り（享受）の場等の相互の関係性と表現意識の問題であり、それが根幹のところでは、説話・記事の有無や略述、あるいはその配列といった問題と深く関連している可能性を無視するわけにはいかないだろう。

たとえば松尾葦江氏は、「作品内部の世界、或いは作品に描かれた対象からの、作者主体の心情的距離」という視点から、読み本は「かなり大きな距離を隔てて、すでに一団としてまとめられた時間を眺める視点のあり方」を示す傾向が強く、語り本は「この距離が比較的小さく、作品世界の時間の流れに沿って動いてゆく視点のあり方」を示す傾向が強いと指摘する。(5) 語り手設定に関する、読み本と語り本の本質的相違のひとつであり、テキストの印象を大きく左右する重要な要素として注目すべきであろう。この傾向は、大きくは場面描写の視点としての側面と、記事配列・構成の側面の、二面に分けて捉えられる。その前者を代表しているのが、「忠度都落」の冒頭のような叙述である。

1【延慶本第三末・薩摩守道ヨリ返テ俊成卿ニ相給事】其中ヤサシク哀ナリシ事ハ、薩摩守忠度ハ当世随分ノ好士也。其比、皇太后宮大夫俊成卿、勅ヲ奉テ千載集撰バル、事有キ。既ニ行幸ノ御共ニ打出ラレタリケルガ、乗替一騎計具テ、四塚ヨリ帰テ、彼俊成卿ノ五条京極ノ宿所ノ前ニヒカヘテ、門タ、カセケレバ、内ヨリ「何ナル人ゾ」ト問。

【屋代本巻七・平家一門落都趣西国事】薩摩守忠度ハ、何クヨリカ引キ返ヘサレタリケム、侍五六騎具シテ、五条三位俊成卿ノ宿所ニ打寄リテ見給ヘバ、門戸ヲ閉テ不レ開ケ。

【覚一本巻七・忠度都落】薩摩守忠度は、いづくよりやかへられたりけん、侍五騎、童一人、わが身共に七騎取て返し、五条三位俊成卿の宿所におはしてみ給へば、門戸をとぢて開かず。

ここには、同じ場面を描写するに際しての、読み本と語り本における語り手の物語世界に対する視点の相違がはっきりとあらわれている。読み本である延慶本では、男山を伏し拝みながら落ち行く平家一門の姿を、「誠ニ古郷ヲバ一片ノ煙ニ隔テ、前途万里ノ浪ヲワケ、何クニ落付給ベシトモナク、アクガレ零給ケム心ノ中ドモ、サコソハ有ケメトヲシハカラレテ哀也」と結ぶのに続けて、「其中ヤサシク哀ナリシ事ハ」と、都落ちに際して起こったさまざまな出来事のひとつとして、この有名な逸話を語りはじめる。語り手が、「物語る今」から過去の出来事の事件を回想し、一連の出来事のなかにこの出来事の意味を明確に位置づけているのである。その描写の視点は、「四塚ヨリ帰リテ」とあるように、空間的にも忠度が一門から離れた地点をも視野に収めうる位置に定められている。これに対し語り本である屋代本・覚一本では、語り手は、京都に入ってくる忠度一行を発見して、「いづくよりやかへられたりけん」（覚一本）と疑問を投げかけるような空間的位置、いってみれば物語世界の登場人物と同様の目線の高さに立っている。このような語り手の視点は、「五条三位俊成卿の宿所におはしてみ給へば、門戸をとぢて開かず」のように、登場人物の視点と容易に重なりうるものである。ここで「門戸をとぢて開かず」と認識するのは、忠度であると同時に、忠度の視点に自らの視点を重ねた語り手でもある。[6] こうした語り手の視点の相違、語り手と物語世界の位置関係の相違が、語り本において、立ち去る忠度を門前に立って見送る俊成に寄り添うような描写の視点を生み出している。

諸本における話末評語の異同なども、こうした語り手設定と密接な関連性を有していると思われる。[7] たとえば延慶本は、忠度の都落ち話に続けて、忠度がある女房の許に通った折の逸話（女房の元に先客が居たので、庭の物陰でその帰るのを待っていたときに、扇を使ったところ、女房が「ノモセニスダクムシノネヤ」と口ずさんだのを聞いて、その歌の心を理解して帰宅したという。語り本では巻五、忠度が頼朝討伐のために関東へ下向する場面に挿入される）や、定家が、父俊成が忠度の歌を名を隠して千載集に入集させたのを残念に思い、自らが『新勅撰和歌集』を編むにあたっては、行盛の歌を作者名を明して入集させた逸話（語り本にはなし）を置く。これは、「忠度都落」の世界に没入し、登場人物に近い視点に立って、物語世界の内部から事件を捉えようとする語り本の語り手に対して、事件を物語世界の外部から客体化して捉える延慶本の語り手のあり方と密接に関連した問題であろう。忠度の歌に対する数奇・千載集への入集という物語世界の出来事を、「物語る今」から歴史的事象のなかで相対化しつつ把握しているからこそ、同じく歴史的事象によってその事象の意味を解説しうるのである。そこでは、「忠度都落」という物語進行に即した時間軸に対して、これと関連した説話の時間が並列的に存在している。

こうした語り手設定の相違は、両系統における説話等の扱いや、記事配列・構成の相違などとも密接に関連しているのであるが、それを叙述方法の面からは、物語る時間と物語世界の時間の関係、および解説的記事（周辺的説話）の時間に対する認識・構造化の問題として捉えることができるだろう。そして、それは結局のところ〈平家物語〉に対して文字テキストである『平家物語』をいかなるものとして提示するか、という問題と深く結びついているのである。

二　語り手の視点と時間軸の構造

読み本と語り本における説話等の扱い方、物語の時間軸との関係の相違を端的に示しているのが、重盛死去をめぐる一連の記事配列である。語り本の場合、予兆としての「辻風」に、「熊野参詣」「発病」「医師問答」が続き、その結果としての「重盛死去」が語られる。覚一本はさらにその後に重盛追悼譚として、「無文」「燈爐之沙汰」「金渡」等の重盛生前の善行譚を置くが、屋代本はこれらを欠く。これに対して、延慶本は、「辻風」記事の直後に重盛の死去という事実が簡潔に記され、その後あらためて時間を遡行して、「熊野参詣」「発病」「医師問答」「死去」「北の方の悲嘆」という展開がたどられる。さらに「抑此大臣ノ熊野参詣ノ由来ヲ尋レバ、夢故トゾ聞ヘシ」（「小松殿熊野詣ノ由来事」）と、熊野参詣の原因を遡るかたちで「三島明神の夢」の不思議を記し、最後に追悼譚として「金渡」説話を載せるのである〈表1〉。

これら一連の記事をめぐっては、記事配列上の異同や日付などの数字の異同を別にすると、本文そのものの詞章・表現の面では一致する部分がかなりの比率で見出せる。たとえばⅣ熊野参詣記事における重盛の啓白などは、三本の同文性が極めて高い。また、Ⅴ辻風などに関しては、延慶本と覚一本はほとんど同文といってよいほどである。

〈表1〉

記事内容	延慶本	屋代本	覚一本
Ⅰ．東山の麓に四十八間の御堂を建立、燈籠をかけて供養（時期は不明）。	×	×	8
Ⅱ．中国に大金を送る　延慶本は、治承二年、妙典に百両・伊王山に二百両・大王に二千両。語り本は、安元の頃、妙典に五百両・育王山に千両、御門に二千両。	9	6	9
Ⅲ．三島明神が清盛の頸を取る夢　延慶本は治承三年三月三日、覚一本は四月七日。	8	×	6
Ⅳ．熊野参詣　延慶本は五月二日出発、語り本は辻風を受けて「其比」とする。	3	2	2
Ⅴ．辻風　延慶本は治承三年六月十四日、屋代本は五月十五日、覚一本は五月十二日。ちなみに史実としては治承四年四月二十九日。	1	1	1
Ⅵ．無文の太刀を維盛に与える　延慶本は六月十三日、覚一本は四月八日。	4	×	7
Ⅶ．重盛発病・医師問答　延慶本は七月二十五日、語り本は熊野参詣後まもなく	5	3	3
Ⅷ．重盛出家　延慶本はなし、語り本は七月二十八日、史実では五月二十五日。屋代本は法名照空、覚一本は浄蓮	×	4	4
Ⅸ．重盛死去　諸本ともに八月一日、史実では七月二十九日。延慶本では記事が重複。	2・6	5	5
Ⅹ．北の方の悲嘆	7	×	×

＊Ⅰ～Ⅹは、物語世界（延慶本）の時間軸に即して配列した。

2【覚一本巻三・颷】同五月十二日午剋ばかり、京中には辻風おびたたしう吹て、人屋おほく顛倒す。風は中御門京極よりをこ(ッ)て、未申の方へ吹て行に、棟門平門を吹ぬきて、四五町十町吹もてゆき、けた・なげし・柱な(ン)どは虚空に散在す。檜皮ふき板のたぐひ、冬の木葉の風にみだるゝが如し。おびたゝしうなりどよむ事、彼地獄の業風なり共、これには過じとぞみえし。たゞ舎屋の破損ずるのみならず、命を失なふ人も多し。牛馬のたぐひ数を尽して打ころさる。是たゞ事にあらず、御占あるべしとて、神祇官にして御占あり。「いま百日のうちに、祿をもんずる大臣の慎み、別しては天下の大事、幷に仏法王法共に傾て、兵革相続すべし」とぞ、神祇官陰陽寮共にうらなひ申ける。(屋代本もほぼ同文)

【延慶本第二本・辻風荒吹事】六月十四日、辻風オビタヽシク吹テ、人屋多ク顚倒ス。風ハ中御門、京極辺ヨリ発テ、坤ノ方へ吹モテ行ニ、棟門平門ナムドヲ吹抜テ、四五町、十丁モテ行テ、投ステナムドシケル上ハ、ケタ、ウツバリ、ナゲシ、棟木ナムド虚空ニ散在シテ、アシココ、ニ落ケルニ、人馬鹿畜多ク打殺レニケリ。只舎屋ノ破損ズルノミニアラズ、命ヲ失フ者多シ。其外資財雑具、七珍万宝ノ散失シ事、数ヲシラズ。此事、直事ニ非ゾ見ヘシ。既御占アリ。「百日ノ内ニ大葬、白衣之怪異、天子大臣之御慎也。就中、重ル祿ヲ大臣ノ慎ミ、別ハ天下大ナル怖乱、仏法王法共滅ビ、兵革相続テ、飢饉疫癘ノ兆ス所ナリ」ト、神祇官、陰陽寮共ニ占申ケリ。

傍線部は、『方丈記』からの引用が指摘されている部分であり、これを除くと、覚一本・屋代本と延慶本はほぼ一致する。三本が書承的関係にある可能性は極めて高い。また、Ⅶの医師問答などに関しても、たとえば次のように共通する詞章が認められる。

3 【覚一本巻三・医師問答】「……重盛いやしくも九卿に列して三台にのぼる。其運命をはかるに、も（ッ）て天心にあり。なんぞ天心を察ずして、をろかに医療をいたはしうせむや。所労もし定業たらば、れう治をくわうもゑきなからむか。又非業たらば、療治をくわへずともたすかる事をうべし。彼耆婆が医術及ばずして、大覚世尊、滅度を抜提河の辺に唱ふ……」

【延慶本第二本・小松殿熊野詣事】「……而今重盛苟モ九卿ニ列シ、三公ニ昇レリ。其ノ運命ヲハカルニ以天心ニアリ。何ゾ天心ヲ不寮レシテ、愚ニ医療ヲ労シクセンヤ。況ヤ所労若定業タラバ、療治ヲ加フトモ益ナカラム。所労若非業ナラバ、治療ヲ加ヘズトモ助ル事ヲ得ベシ。彼耆婆ガ医術及バズシテ、釈尊涅槃ヲ唱給キ……」

もちろん、語り本の重盛の台詞のなかにある、「延喜御門はさばか（ン）の賢王にてまし〳〵けれ共、異国の相人を都のうちへ入させ給たりけるをば、末代までも賢王の御誤、本朝の恥とこそみえけれ」（覚一本。屋代本もほぼ同文）の一節が延慶本にはない、等の異同はいくつも指摘できる。しかし、一見本文が異なるようにみえても、じつは他箇所にみられる類似表現の切り接ぎによって作り出されている部分も少なくない。

たとえば、Ⅸ重盛死去記事などは、一見延慶本と語り本との異同が大きくみえる部分ではある。しかし、延慶本において三箇所（最初に死去を伝える部分・「医師問答」の後に死去を伝える部分・「金渡」の後で死去を結ぶ部分）に分散している重盛死去に関わる記事の表現をあわせると、語り本の叙述の過半はそこに含まれていることに気づく。

4 【覚一本巻三・医師問答】やがて八月一日、[a]臨終正念に住して遂に失給ぬ。[b]御年四十三、[c]世《よ》はさかりとみえつるに、哀なりし事共也。[d]「入道相国のさしもよこ紙をやられつるも、この人のなをしなだめられつればこそ、世もおだしかりつれ。此後天下にいかなる事か出こむずらむ」とて、京中の上下歎きあへり。[e]前右大将宗盛卿のかた様の人は、「世は只今大将殿へ参りなんず」と悦ける。[f]人の親の子をおもふならひはをろかなるが、先立だにもかなしきぞかし。いはむや是は当家の棟梁、当世の賢人にておはしければ、恩愛の別、家の衰微、悲ても猶余あり。[g]されば世には良臣をうしなへる事を歎き、家には武略のすたれぬることをかなしむ。[h]凡はこのおとゞ、文章うるはしうして、心に忠を存じ、才芸すぐれて、詞に徳を兼給へり。（屋代本もほぼ同文）

【延慶本第二本・小松殿死給事】八月一日、小松内大臣重盛公薨給ヌ。[b]御年四十三ニゾナラレケル。五十ニダニモ満給ハズ、[c]世ハ盛リト見ヘ給ツルニ、口惜カリケル事也。「此大臣失ラレヌル事ハ、偏ニ平家ノ運命尽ヌル故也。其上世ノ為、人ノ為、必ズアシカルベシ。[d]入道ノサシモ横紙ヲ破ラル、事ヲモ、此大臣ノナヲシ宥ラレツレバコソ、世モ穏クテ過ツルニ、コハ浅猿事カナ」トゾ歎アヘル。[e]前右大将方サマノ者共ハ、「世ハ大将殿ニ伝リナムズ」トテ、悦アヘル輩モアリ。

【延慶本第二本・小松殿熊野詣事】此大臣保元平治両度ノ合戦ニハ命ヲ捨テ防戦給シカドモ、天命ノオワスル程ハ、矢ニモ中ラズ、剣ニモカ、リ給ハズ。サレドモ運命限有事ナレバ、八月一日寅時ニ、[a]臨終正念ニシテ、失セ給ヒヌルコソ哀ナレ。

【延慶本第二本・小松殿大国ニテ善ヲ修シ給事】実ノ賢臣ニテオハシツル人ノ、末代ニ相応セデ、トク失給ヌル事コソ悲シケレ。サテモ入道ノ歎申モ愚也。誠ニサコソハオボシケメ。[f]親ノ子ヲ思習、愚ナルダニモ悲シ。況ヤ当家ノ棟梁、当世ノ賢人ニテオハセシカバ、恩愛ノ別ト云、家ノ衰微ト云、悲テモ余リアリ。（中略）[h]凡ソ此大臣文章ウルハシクシテ、心ニ忠ヲ存シ、才芸正クシテ、詞ニ徳ヲ兼タリ。[g]サレバ、世ニハ良臣失ヌル事ヲ愁ヘ、家ニハ武略ノスタレヌル事ヲ歎ク。心アラム人、誰カ嗟歎セザラム。

傍線部ｂｃｆの叙述は屋代本にはなく、本文も全体としては延慶本と覚一本とではかなり異なる。しかし、記号で示したように、覚一本の叙述の大半は、延慶本に近似表現が見出しうること、しかも、それがきわめて近いものであることなどの特徴に気づくであろう。こうした表現・詞句の共通性は、両本間の密接な関係を示唆している。

このように書承的関係を想定しうるような部分において、記事配列上の大きな異同が認められるのは、単に後次的な記事増補といった問題としてではなく、各テキストにおける基本的構成意識の相違の問題と考えた方がよさそうである。

覚一本・屋代本は、「辻風」から「熊野参詣」「医師問答」「重盛死去」を、基本的には物語内部の時間に進行に即して叙述する。それは、単に二つの出来事が時間軸に沿って並べられたというばかりではい。引用2に続く覚一本巻三「医師問答」の冒頭は、次の通りである。

5【覚一本巻三・医師問答】小松のおとゞ、か様の事共を聞給て、よろづ御心ぼそうやおもはれけむ、其比熊野参詣の事有けり。（屋代本もほぼ同文）

この章段冒頭の一節では、辻風とその御占を知った重盛の不安感を推量する「よろづ御心ぼそうやおもはれけむ」によって、辻風と熊野参詣との因果関係が明確にされている。そして、このような因果関係による連鎖性こそが、物語内部における事件展開の論理であった。以下、熊野神前の祈願の実現としての発病、自らの言葉を受けての医師の拒否、祈願の成就としての死去と、叙述は明確な物語の論理に支えられつつ時間軸に沿って展開されていく。〈表1〉

に示したように、語り本は辻風の日付を延慶本よりも約一ヵ月早め、同時に熊野への出立日を「其比」とすることで、辻風から死去に至る記事配列が、時間進行と齟齬をきたさないよう配慮されているのである。さらに覚一本は、重盛の死去に至るこの一連の叙述に続けて、重盛追悼話群を置く。「天性このおとゞは不思議の人にて、未来の事をもかねてさとり給けるにや」として「三島明神の夢」「無文の太刀」の未来予知譚を、「すべて此大臣は、滅罪生善の御心ざしふかうおはしければ」「又おとゞ、我朝にはいかなる大善根をしをいたり共」として「燈爐之沙汰」「金渡」（信心善行説話）が記されるのである。屋代本は、「三島明神の夢」「無文」「燈爐」を欠き、「金渡」のみを「天性此ノ大臣ハ未来ノ事ヲモ兼テ知給タリケルニヤ、我朝ニハ如何ナル善根シタリト云共」として載せる。

これに対して、質的に大きく異なるのが延慶本の叙述方法である。延慶本引用2を再度引く。

【延慶本第二本・辻風荒吹事】六月十四日、辻風ヲビタヽシク吹テ、人屋多ク顚倒ス。……此事、直事ニ非ゾ見ヘシ。既御占アリ。「百日ノ内ニ大葬、白衣之怪異、天子大臣之御慎也。就中、重ル祿ヲ大臣ノ慎ミ、別ハ天下大ナル怖乱、仏法王法共滅ビ、兵革相続テ、飢饉疫癘ノ兆ス所ナリ」ト、神祇官、陰陽寮共ニ占申ケリ。

この辻風・御占の叙述に直接続くのは、重盛死去を告げる次の叙述である。

5【延慶本第二本・小松殿死給事】八月一日、小松内大臣重盛公薨給ヌ。御年四十三ニゾナラレケル。五十ダニモ満給ハズ、世ハ盛リト見ヘ給ツルニ、口惜カリケル事也。「此大臣失ラレヌル事ハ、偏ニ平家ノ運命ノ尽ヌル故也。其上世ノ為、人ノ為、必ズアシカルベシ。入道ノサシモ横紙ヲ破ラルヽ事ヲモ、此大臣ノナヲシ宥ラレツレバコソ、世モ穏クテ過ツルニ、コハ浅猿事カナ」トゾ歎アヘル。前右大将方サマノ者共ハ、「世ハ大将殿ニ伝リナムズ」トテ、悦アヘル輩モアリ。

直接的には、「百日ノ内ニ大葬……重ル祿一ヲ大臣ノ慎ミ」との御占を受けて、その最初の実現としての内大臣重盛の死去を記したと理解される。しかしながら、延慶本は、語り本のように両者の因果を言葉で説明しようとはせず、ただ、日付によって示される厳然たる客観的・歴史的時間軸のなかに、二つの事件を位置づけるのである。ひとつには、御占が単に重盛の死去を予言するに止まらず、それに続く大臣流罪・後白河法皇幽閉・以仁王の挙兵・養和の飢饉等、その後の事件展開を総括的に示唆したものであり、重盛死去はあくまでもその第一弾にすぎないとの認識によるのであろう。語り本ではこの御占の言葉は、「いま百日のうちに、祿をもんずる大臣の慎み、別しては天下の大事、幷に仏法王法共に傾て、兵革相続すべし」（覚一本。屋代本もほぼ同文）であり、延慶本の御占が重盛死去以外も比較的具体的に示しているのに比べると、明らかに比重は重盛死去に傾いている。

　延慶本は、このように重盛の死という事実を、日付によって歴史的時間軸の上に位置づけながら提示した後、あらためて死去に至る経緯を、熊野参詣に時間を遡行して語りはじめる。しかし、その叙述においては、熊野参詣と辻風との関係は明示されない。『平家物語』の日付叙述の機能については、これまでにもさまざまな指摘があるが[8]、このような事件冒頭等、叙述の節目に置かれた日付は、漢文日記などにみられる日付の機能と共通し、基本的には事件を、物語世界を外から律する客観的・歴史的時間軸という絶対的尺度のなかに位置づける機能を有していると考えられる[9]。それは、語り手が、自らと事件との絶対的時間的距離を認識・確認する行為でもある。延慶本は、まず重盛の死去という事実を歴史的時間軸のなかに位置づけ、そこを基点として、あらためて物語内部の時間進行に即し、物語を内的に律する因果の論理に則って、「熊野参詣」から「無文」「発病」「死去」「北の方の悲嘆」に至る一連の経緯を叙述するのである。その後に、さらに「熊野参詣」を第二の基点として、再度時間を遡行して熊野参詣の動機を尋ねて「三島明神の夢」を記す。そして最後に、熊野参詣に認められる重盛の敬神敬仏性を受けて、「惣テ此大臣ハ、吾朝ノ神明仏陀ニ財ヲ投給ノミニ非ズ、異朝ノ仏法ニモ帰シ奉ラレケリ」と転じ、「三島明神の夢告」から「死去」に至る時間的連続性とはまったく異なる時間軸に属する「金渡」（延慶本の章段名では「小松殿大国ニテ善ヲ修シ給事」）を、「治承二年ノ春比」という年号と共に回想するのである。「大王随喜ニ不堪、『日本臣下トシテ我邦ニ志ノ深事□《脱文カ》ベシ』トテ、彼寺ノ過去帳ニ書入、今ニ至マデ、『大日本国武州天守平重盛神座』ト、毎日ニヨマレ給ナルコソユ、シケレ」の「今」は、「重盛が死去した今」ではなく「語り手が物語る今」である。語り手はこの「今」に立脚して、あらためて「実ノ賢臣ニテオハシツル人ノ、末代ニ相応セデ、トク失ヌル事コソ悲シケレ」と追懐、唐の太宗文帝の故事を引きながら、「倩異朝上古ノ明王叡念ヲ承ニモ、本朝末代ノ良臣ノ賢サハ遙ニ猶勝タリ」と、その遺徳の称賛を以て重盛死去譚を結ぶのである。このような延慶本の重盛死去記事の配列からは、歴史的時間軸を柱としながら、主要な事件の経緯を物語の時間に即して伝える時間、その由来を解説する時間、関連する逸話の時間など、複数の時間軸が重層的に構造化されている様子がはっきりと確認できる。そしてそれを根底で支えているのが、物語を歴史的過去として客体化しながら、物語る今を自覚する語り手の存在である。

　これに対し覚一本では、「同五月十二日（屋代本は十五日）」と「辻風」において確定された歴史的時間を基点として、物語内部の時間進行に即して叙述が展開される。語り手は、物語世界内部の時間の流れに沿って、物語内部を律する因果の論理を自らも共有しながら、事件展開を見つめる存在として立ちあらわれる。語り本の語り手は、最初から物語世界の内部に視点を置いて、その内部世界における事件展開に即してこれを物語る、というあり方を示しているのである。語り手と物語世界との関係設定・関係認識の点で、延慶本と語り本は本質的に異なっている。そこにみられる相違は、「忠度都落」における描写視点の相違と相通じる面がある。

もちろん、語り本とても物語内部の時間軸のみによって構成されているわけではない。「金渡」の他、「無文」「燈爐」等の説話は、「辻風」から「重盛死去」に至る事件展開の時間の流れからはずれた、各逸話独自の時間軸に属する出来事であり、こうした逸話が挿入されることによって、物語の時間は、単線的進行としてではなく、重層的に構成されている。しかしながら、延慶本が先に記した事件の由来を尋ねるかたちで時間を遡って、事件展開の叙述そのものを重層的に構成するのに対し、語り本は、時間軸からの逸脱を、「天性このおとゞは不思議の人にて、未来の事をもかねてさとり給けるにや」（覚一本。屋代本もほぼ同文）と、重盛の予知能力を示す逸話、重盛の人間性をあらわす挿話として明確に位置づけている点が、延慶本と覚一本・屋代本における時間の重層化にみられる本質的相違を示している。延慶本では、事件がまず年号・日付によって歴史的時間軸の上に位置づけられる。語り手の今との時間的関係が客観的に明確にされるのである。その上で、事件の原因・経緯が、物語内部の時間軸に即して叙述される。さらに、重盛の具体的な行動の発端である「熊野参詣」の理由が、ふたたび時間を遡って説明され、そこにみられる重盛の敬神・敬仏の精神との関連で、それまでの時間系列からは全く異なる逸話「金渡」が記されている。事件そのものの叙述が三段構えで構成され、それに「金渡」が挿話として付け加えられているのであり、これらの叙述を流れる異なる時間は、論理的に構造化されている。これに対し、語り本では、事件展開そのものは、基本的には物語内部の時間軸に即した視点から、その時間進行に沿って叙述される。物語内部の時間軸に即した視点とは、進行する事件展開を、物語空間の一隅ないしは物語世界とその外部との境界上から目撃し、回想・再現するという叙述態度であり、事件は現在進行中の出来事であるかのように描写される。それが重盛の死去によって結ばれた後、事件展開とは直接的には無関係な、故人の生前の人柄を示す逸話が、物語内部の時間進行を一旦停止させて、挿入されているのである。

多くの享受者にとって、〈平家物語〉は内容的にはよく知っていることばかりであり、『平家物語』の享受とは、熟知した物語内容を、ある固定的な言説によって再体験する行為であった。事態が次にどう展開するかを十分に熟知しているのである。にもかかわらず、人々は物語の享受という行為を繰り返す。それは、語り手の言説が物語世界と享受者を媒介し、あたかも未知なる現在進行中の物語であるかのように、その場に再現し体験させてくれるからである。語り本の語り手は、そうした享受行為を媒介する位置に自らの位置を定めている。他方、延慶本の言説は、既知なる出来事をあらためて歴史的事実として確認しながら、中心となる出来事とそれに関連した展開との関係を構造的に明らかにする。享受者は、自らの知識を確認しつつ、個々の情報のもつ意味を、提示された構造のなかで再確認する。延慶本と語り本の方法的問題はこのように理解することができるだろう。

三　歴史的時間軸と物語内部の時間進行

時間軸の扱いをめぐる叙述方法の相違は、予言記事の扱い方などにおいても顕著に見出せる。たとえば、重盛死去の後に起った大地震ついての陰陽頭安陪泰親の予言などは、こうした相違を端的に反映している。

治承三年十一月七日と諸本の記すこの地震の叙述は、延慶本と語り本とでは量的にはかなり異なるが（覚一本・屋代本ではほぼ同文）、語り本の詞章のほとんどが延慶本の詞章内部に含まれていることから、三本間にはかなり緊密な書承関係を想定すべきで、文言の続き方からすれば、語り本の叙述は延慶本のような量的に多い共通本文からの抄出とみてよさそうである。以下、まず延慶本を引用し、その本文が覚一本の叙述と近似する箇所を指摘して、両本が基本的に共通本文によることを確認する。

6【延慶本第二本・大地震事】[i]十一月七日ノ申剋ニハ南風ニワカニフキヰデ、碧天忽ニクモレリ。万人皆怪ヲナス処ニ、将軍塚鳴動スル事、一時ノ内ニ三反也。五畿七道コト〲ク肝ヲツブシ、耳ヲ驚サズト云事ナシ。後ニ聞ヘケルハ、初度ノ鳴動ハ洛中九万余家ニ皆聞ユ。第二ノ鳴動ハ大和、山城、和泉、河内、摂津、難波浦マデ聞ヘケリ。第三ノ鳴動ハ六十六ケ国ニ皆聞ヘザル所更ニナシ。昔シヨリ度々ノ鳴動其数多シトイベドモ、一時ニ三度ノ鳴動、此ゾ始ナリケル。「東ハ奥州ノハテ、西ハ鎮西九国マデ鳴動シケル事モ先例希也」トゾ、時人申ケル。此モ始ヲビタ、シナドモ申セバ中〱オロカナリ。[j]同日ノ戌時ニハ辰巳ノ方ヨリ地震シテ、戌亥ノ方ヘ指テ行。此モ始ニハ事モナノメナリケルガ、次第ニツヨクユリケレバ、山ハ崩テ谷ヲウメ、岸ハ破テ水ヲ湛ヘタリ。堂舎、坊舎、山水、木立、築地、ハタイタ、皇居マデ、安穏ナルハ一モナシ。山野ノキヾス、八声ノ鳥、貴賤上下ノ男女皆、「上ヲ下ニ打返ムズルヤラン」ト心ウシ。山河ヲツルタキツセニ、棹サシワヅラフ筏シノ、乗モサダメヌ心地シテ、[k]良久ゾユラレケル。八日早旦ニ[l]陰陽頭泰親、院御所ヘ馳参テ申ケルハ、「去夜ノ戌時ノ大地震、占文ナノメナラズ重ク見候。出テ二議之家一ヲ、専ラ仕二奉リ一天ノ君一ニ、携テ二楓葉之文一ニ、更ニ占シ二吉凶之道一ヲヨリ以来、此程ノ勝事候ハズ」ト奏ケレバ、法皇仰ノ有ケルハ、「天変地夭常ノ事ナリ。然而今度ノ地震強ニ泰親ガ騒申ハ殊ナル勘文ノアルカ」ト御尋有ケレバ、泰親重テ奏シ申テ云、[m]「当道三貴経ノ其ノ一、金貴経ノ説ヲ案ジ候ニ、『年ヲ得テ年ヲ不出レ、月ヲ得テ月ヲ不出レ、日ヲ得テ日ヲ不出レ、時ヲ得テ時ヲ不出レ』ト申候ニ、是ハ、『日ヲ得テ不出日一ヲ』ト見タル占文ニテ候。仏法王法共ニ傾キ、世ハ只今ニ失候ナムズ。コハイカヾ仕候ハムズル。[n]以外火急ニ見候ゾヤ」ト申テ、ヤガテハラ〱ト泣ケレバ、伝奏ノ人モ浅猿思ケリ。君モ叡慮ヲ驚シオハシマス。公家ニモ院中ニモ御祈共被始行ケリ。サレドモ君モ臣モ、サシモヤハト思食ケリ。[o]若殿上人ナムドハ、「ケシカラヌ陰陽頭ガ泣様カナ。サシモ何事カハ有ベキ」ナムド申アワレケルホドニ、十四日、大相国禅門、数千ノ軍兵ヲ相具テ福原ヨリ上リ給トテ……

【延慶本第二本・法皇ヲ鳥羽ニ押籠奉ル事】（公卿殿上人の罷免・配流、後白河院の幽閉を受けて）去七日大地震ハ、カヽル浅猿キ事ノ有ベカリケル前表ナリ。「十六洛叉ノ底マデモコタヘテ、堅牢地神モ驚動給ケル」トゾ覚ヘシ。陰陽頭泰親朝臣馳参テ、泣々奏聞シケルモ理ナリケリ。[p]彼泰親朝臣ハ、晴明五代ノ跡ヲ禀テ、天文ノ淵源ヲ究ム。[q]上代ニモナク、当世ニモ並ブ者ナシ。[r]推条掌ヲ指ガ如シ。一事モ違ワズ。「サスノミコ」トゾ人申ケル。雷落懸タリケレドモ、雷火ノ為ニ狩衣ノ袖計ハヤケキ、身ハ少モツヽガナカリケリ。

【覚一本巻三・法印問答】[i]同十一月七日の夜、[j]戌剋ばかり、大地おびたゝしう[k]動てやゝ久し。[l]陰陽頭安陪泰親、いそぎ内裏へ馳まい（ッ）て、「今度の地震、占文のさす所、其慎みかろからず。[m]当道三経の中に、根器経の説を見候に、『年をえては年を出ず、月をえては月を出ず、日をえては日を出ず』と見えて候。[n]以外に火急候」とて、はら〳〵とぞ泣ける。伝奏の人も色をうしなひ、君も叡慮をおどろかせおはします。[o]わかき公卿殿上人は、「けしからぬ泰親が今の泣やうや。何事の有べき」とて、わらひあはれけり。され共、[p]此泰親は晴明五代の苗裔を受けて、天文は淵源をきはめ、[r]推条掌をさすが如し。一事もたがはざりければ、さすの神子とぞ申ける。いかづちの落かゝりたりしか共、雷火の為に狩衣の袖は焼ながら、其身はつゝがもなかりけり。[q]上代にも末代にも、有がたかりし泰親也。

延慶本の傍線部は、覚一本（および屋代本と）と詞句が一致する箇所、およびほぼ一致する箇所である（対応関係を同一記号であらわした)。二重傍線を付した箇所などに若干の言い回し上の相違がある以外は、覚一本の詞句のほとんどが延慶本に含まれている。延慶本と覚一本(屋代本)が、共通祖本から分化したのは明らかであり、覚一本のような本文に、さまざまな文言を挿入して延慶本ができたとは考えにくいところから、共通祖本も、延慶本により近いものであったと考えられる。

さて、問題は、地震についての予言に付随した泰親の出自や、「さすの神子」と呼ばれる異能についての解説的逸話の位置である。覚一本(屋代本も)は地震・予言・若き公達の不審表明の叙述に続けて、「され共」とこの逸話を記す。つまり、公達たちが示した不審の念に対して、泰親の予言を保証し、その実現を確実に実現する未来として確定する機能が、出自・能力の解説的逸話に期待されているのである。そして実際にも、この予言を受けて、現実世界においては、軍勢を率いての清盛の上洛、大臣等の罷免・後白河院の幽閉と事件が展開されてゆく。「物語の今」にあって本来予測のつかない物語世界の未来を予言し、予知能力の保証によってその言葉を確実な未来として位置づけ、定められた物語内部の論理(予言)に添って、その実現していく過程として一連の事件が語られるのである。

これに対し延慶本は、泰親の予言に対する公達の不審感をそのままにして、すぐにいわゆる「法印問答」(「太政入道朝家ヲ可奉恨之由事」・「院ヨリ入道ノ許ヘ静賢法印被遣事」)から大臣等の罷免と配流(「入道卿相雲客四十余人解官事」・「師長尾張国ヘ被流給事付師長熱田ニ参給事」・「左少弁行隆事」)、後白河院の幽閉(「法皇ヲ鳥羽ニ押籠奉ル事」)に至る一連の事件を記してしまう。その後に、あらためて、「去七日大地震ハ、カヽル浅猿キ事ノ有ベカリケル前表ナリ。『十六洛叉ノ底マデモコタヘテ、堅牢地神モ驚動給ケル』トゾ覚ヘシ。陰陽頭泰親朝臣馳参テ、泣々奏聞シケルモ理ナリケリ」(「法王ヲ鳥羽ニ押籠奉ル事」の結びの一節)と泰親の予言を振り返り、その超人的な予知能力へと言及するのである。これだけをみると、一見、延慶本こそ物語内部の時間軸に即して叙述を進めているようにみえるが、ここで注目すべきは、延慶本の日付の叙述である。「十一月七日ノ申剋ニ…」という大地震記事にはじまり、「十四日、大相国禅門、数千ノ軍勢ヲ相具テ福原ヨリ上リ給トテ」（「太政入道朝家ヲ可奉恨之由事」）、「十五日、入道朝家ヲ恨奉ルベキ由必定ト聞ケレバ」（「院ヨリ入道ノ許へ静憲法印被遣事」）、「十六日、入道朝家ヲ可奉恨之由シ聞ヘケレドモ」（「入道卿相雲客四十余人解官事」）、「廿日、院御所七条殿ニ軍兵雲霞ノ如ク四面ニ打カコミタリ」（「法皇ヲ鳥羽ニ押籠奉ル事」）と続く日付の刻印は、個々の事実を客観的・絶対的な時間軸（歴史的時間軸）の上に位置づける。一連の出来事は、歴史的時間軸を物差しとして個々の事実が客体化され、語り手はそれらをすべて既知のものとする位置に立って叙述を進めるのである。日付の記述は、一方では、それが連続的に記される場合には客観的時間（日付）の畳みかけの効果によって事態の緊迫感を高めるが、他方、日付を超えて連続する場面と場面との有機的な結びつきを断ち切る場合もある。

たとえば、引用6で波線を付した、「八日早旦ニ陰陽頭泰親、院御所へ馳参テ申ケルハ」は、前日七日深夜の地震発生に対する泰親の行動であり、本来であるならば、地震発生と泰親の参内を結ぶ連鎖性が、時間的にも文脈的にも認められるはずである。この点、覚一本においては「…大地おびたゝしう動てやゝ久し。陰陽頭安陪泰親、急ぎ内裏へ馳参（ッ）て」と、客観的時間をあらわす延慶本の「八日早旦ニ」が、主観的行動をあらわす「急ぎ」と置き換えられ、泰親の行動と地震との連鎖的関係が強調されている。同時に、地震については、その発生という事実そのものよりも、物語展開の論理（予言とその実現）による意味づけが強調されるのである。これに対し延慶本では、日付の刻印によって、地震から後白河院幽閉にいたるさまざまな事実が個別的に歴史的時間軸に位置づけられ、泰親の予言は、それらがすべて歴史的時間軸に位置づけられた後に、時間を遡って記されるのである。それは、地震のもつ意味を、あらためて解釈する行為ではあっても、未来を予見するという予言本来の機能は失われているのである。語り本が、まず地震を未来への予兆として認識し、その認識のもとに実現していくさまざまな出来事を見つめるのとは本質的に異なっている。こうした叙述方法は、重盛死去の叙述において、語り本が先に熊野参詣を置くのに対して、延慶本では熊野参詣の由来が死去を記した後に振り返られていたのと同様である。

ここであらためて注目しておきたいのが、延慶本と語り本の日付の記載方法の相違である。出来事を歴史的時間軸の上に位置づけるという日付の機能の基本は、延慶本でも語り本でも共通している。しかし、この部分の表記に関しては、語り本が日付の大半に、「同十四日」「同十五日」「同十六日」「同廿日」など、ほぼすべてに「同」の語が冠されているという特徴があり、この点が延慶本と大きく異なっている。「同」はもちろん「同月」ないし「同年」等の意味であるが、この場合、単に物理的な年・月を示しているのではなく、「前と同じく」という意味が強調され、事態の連続性を強く喚起する機能を有している。

『平家物語』では、「同」の付いた日付が、その直近の日付の記載と位置的に大きく隔たっているため、どの日付と「同」なのかが判断しがたいという場合がある。「同」とする意味が失われてしまっているような箇所にまで用いられているのである。この傾向は覚一本にとくに顕著である。こうした「同」は、純然たる日付の意ではなく、物語内部の時間的連続性を意識し、前後を強く結びつけようとした表現と考えられる(10)。たとえば、覚一本でこの大地震記事の冒頭は、「入道相国、小松殿にをくれ給て、よろづ心ぼそうや思はれけん、福原へ馳下り、閉門してこそおはしけれ。同十一月七日の夜、戌剋ばかり…」となっているが、その直近の日付は「同七月廿八日、小松殿出家し給ぬ。法名は浄蓮とこそつき給へ。やがて八月一日、臨終正念に住して、遂に失給ぬ」という、「医師問答」の終わり近くに記されている。この日付と大地震記事との間には、「無文」「燈爐之沙汰」「金渡」の三章段が挟まれているのである。さらに両者に共通する「同」の内容「治承三年」が示されているのは、遙か以前の「少将都帰」の冒頭である。実際に、この「同」を即座に「治承三年」と判断しうる享受者が大多数であったとは考えにくい(11)。

日付の叙述の基本的機能は、歴史的時間軸の上に事件・事実を客観的に位置づけるところにある。それは個々の事象を独立的に扱う認識によるものであり、物語内部の論理にしたがった事象間の連続性を遮断する側面を有する。(12) その一方で、日付に冠された「同」は「やがて」「さるほどに」などの語と同様、前後の内的連続性を強く意識させる機能を有する。一方で歴史的時間軸に事実を位置づけることで客観的時間の進行を促しながら、他方それが連続する物語の時間軸に沿った進行であるとの意識を植えつけるのである。覚一本にみられた一連の日付は、日付による客観性とともに、「同」によってこれが予言に沿った物語内部の論理による一連の展開であることを強く印象づける。予言は、物語世界の今にあっては不可知なる未来を予測し、物語の進行方向を確定する機能を有する。享受者は物語の享受を通して、その予言が実現されていく過程を、物語内部の時間進行に即して「やはり」といった感慨と共に確認する。この物語内部の時間軸に沿った視点からの叙述というものは、たとえるならば、絵巻物を順次繰り広げながら解説してゆく行為に似ている。巻物というかたちで物語は既に完結している。はじめて読むのでなければ、次にどのように展開するかも享受者にはわかっている。しかしながら、実際に次の絵が開かれるまでは、物語の進行を目にすることはできない。享受者は、一方でその全容を承知しつつ、物語の展開を、巻物の開かれてゆく速度にあわせて楽しむのである。これに対し、延慶本のような叙述とは、大きな年表を広げて眺めるような行為にたとえられよう。全体は常に一望されている。しかし、事件の具体的展開は、年表において事件の位置を確認しながら、掲げられた項目に付された詳細な注記を読むことではじめて、具体的に浮かび上がってくる。それは年号・日付という客観的時間軸によって位置づけられた個々の事象を、個別的に読み解いていく行為である。事件についての叙述が終わった後に置かれる予言記事は、物語世界の次なる展開への指針ではなく、既に起こってしまった出来事の意味を解説するものでしかない。たとえば、大庭景親から贈られた名馬の尾に鼠が巣を作ったという出来事は、泰親等によって「重き慎み」

と占われる。覚一本では巻五「物怪之沙汰」に置かれ、続く景親からの「早馬」と密接に関連づけられた未来への予言である（屋代本でも同様）。しかし、延慶本では、清盛死去の記事の後に、「此入道ノ運命漸ク傾キ立シ比、家ニサマゞヽノ怪異共アリケル中ニ、不思議ノ事ノ有ケルハ」（第三本「大政入道他界事付様々ノ怪異共有事」）として、回想のかたちで記される。この場合、予言の記事でありながら、物語中においては予言としての機能は失われ、既に起こってしまった出来事（清盛の死去）の解説としての機能しか有さない。語り本で、清盛の病苦の間に時子が見たとされる地獄からの迎えの車の夢は、延慶本では「大政入道失給シ後、天下ニ不思議ノ事共謳歌セリ。入道失給ハムトテ、先七日ニ当リケル夜半計ニ、入道ノ仕給ケル女房、不思議ノ夢ヲゾ見タリケル」（第三本「大政入道他界事付様々ノ怪異共有事」）として清盛死去記事の後に置かれる。この場合も、夢は清盛の尋常ならざる最後の原因解釈記事として位置づけられており、予言としての機能は有さない。

以上のような、予言記事の扱いにみられる語り本と延慶本の相違は、両者の叙述方法の本質的な相違に根ざしている。語り本は、物語世界の時間進行に即した視点から、物語の進行とともに叙述を展開する。現実には、事件は既に起こってしまった過去の出来事であるにもかかわらず、その叙述においては、物語世界の未来をいまだ知りえないという立場をとる。したがって、登場人物にとってと同様、予言は享受者にとっても物語世界の未来に対する指針として機能する。延慶本の場合、事件はまず客観的な歴史的時間軸において、その概要が確認される。その上で、事件の詳細な展開が、あらためて叙述されるのであるが、その場合、結果は享受者にとっても既知の出来事となる。したがって、事件展開の叙述においてたとえ結果が予言されても、それはもはや予言としては機能しない。それにかわって、延慶本では予言を事件叙述の後に置くことで、叙述された一連の出来事の脈絡と意味とを解説するのである。予言とは、本来ある出来事を特定の法則に則って解釈し、その出来事から当然起こりうるであろう未来を予測するものである。延慶本は、結果から振り返ることで、その結果がある過去の出来事から導きだされた当然の帰結であったことを、予言によって解説しているのである。こうした叙述方法は、まず結果を提示し、遡ってその展開を詳述し、さらにその原因を求めるという、重盛死去の叙述に見られた時間軸の構造化と同じ発想に基づく叙述方法として理解すべきであろう。

四　時間の構造と叙述の方法

『平家物語』は、いずれのテキストでも、いくつかの異なる時間意識によって構成されている。それらは大きくは四つに分類・整理することができよう。

まず第一は、歴史的時間軸に依拠した客観的な時間意識である（これを〈歴史的時間軸〉と呼ぶ）。固定的で客観的な時間軸に対して個々の事象を位置づける意識であり、年号・日付などの叙述によってテキストに立ちあらわれる。物語るという行為の今、享受する今も基本的にはこの時間軸上に位置づけられるものである。したがって、この客観的な時間意識は、物語世界の今と物語る今（享受する今）の彼我の時間的距離を絶対的なものとする機能を有する。また、この年号・日付によって示される客観的な時間によって提示された個々の事象は、〈歴史的時間軸〉において相互の関係性を明らかにし、それぞれの有する時間が直接的に交わることはない。

第二は、物語世界を連続的に流れる主要な時間軸である（これを〈物語世界の時間軸〉と呼ぶ）。これは物語世界内部を過去から未来へと向かって進行する時間であり、物語内部の出来事は基本的にはこの時間の流れに即して展開する。進行の速度は必ずしも一定ではなく、事態進展の速度と密接に連動しながら、停滞や加速を繰り返す。ただし、原則としてこの時間が逆行することはない。しばしばあらわれる「去（さんぬる）…」等の言説は、基本的にはこの物語世界内部の時間に即した「今」を基準にし、それに物語る「今」を重ね合わせた語り手の意識の発現とみられる。また、「さる程に」「同」等は、物語世界における時間的な連続性を強調し、物理的な時間の空白を越えて前後の事象を結合する表現といえよう。

第三は「物語る今」とその属する時間に対する意識である（これを〈物語る時間軸〉と呼ぶ）。これは語りの場（享受の場）における時間進行であり、発話行為ないし享受行為の時間として推移する。その進行はテキスト上に具体的なかたちで顕在化することはない。ただし、この時間における「今」は物語世界と対峙しながら相対的関係を維持し、この「今」において物語世界は「過去」として認識される。語り手は、物語る今と物語られる物語世界の今の関係を意識しながら、物語る行為を通して、両方の時間軸を巧みに出入りすることで両者を媒介する。

第四は、個々の物語の周辺的事象に固有の時間軸である（これを〈周辺的事象の時間軸〉と呼ぶ）。物語の主要な展開に対し、個々の周辺的事象それぞれに個別的な、無数に存在する時間であるが、語りの「今」からすればすべて「過去」に属する時間である。たとえば「金渡」説話などを流れる時間がこれにあたる。物語は基本的には〈物語世界の時間軸〉に沿って展開するのであるが、そこに展開される物語の進行を支える中心的な事象に対し、それに関連したさまざまな周辺的説話、解説的な逸話などの進行を個別的に支配するのがこの時間軸である。個別の説話を流れる〈周辺的事象の時間軸〉は本来多元的であり、多くの場合、〈物語世界の時間軸〉における今に対して、過去ないし未来として立ちあらわれる。この多元的な〈周辺的事象の時間軸〉は、相互に独立しており、直接的に交わることはない。また〈物語世界の時間軸〉とも、本来ならば直接的には交わらない。これらの相互に独立的な時間軸を媒介し、表面的に連結させるのが〈物語る時間軸〉である。たとえば「熊野参詣」から「重盛死去」に至る展開を支配する〈物語世界の時間軸〉は、物語るという行為を通してはじめて、「金渡」や「燈爐」といった〈周辺的事象の時間軸〉と結びつけられるのである。ただし、物語世界内部の時間に支配される登場人物が語り手の位置に立つ場合（登場人物の発話行為によって周辺的事象が語られる場合）には、物語る行為を〈物語る時間軸〉として機能させることで、回想される過去の事象（〈周辺的事象の時間軸〉に属する）は、〈物語世界の時間軸〉内部に包摂される。たとえば後に引く延慶本の則天皇后説話などの場合がこれにあたる。また、こうした〈物語世界の時間軸〉と〈周辺的事象の時間軸〉の接合に際しては、相互の時間的位置を客観的に確定する〈歴史的時間軸〉が利用される場合も多い(13)。

延慶本においては、原則的には〈歴史的時間軸〉が叙述の基本となっている。語り手は、常にこの客観的な時間軸によって物語世界と物語る今との時間的距離を確認することになる。場面などの描写などは〈物語世界の時間軸〉に即して行われるが、それに先だって場面そのものがまず〈歴史的時間軸〉によって位置づけられ、物語る今との距離が確立されている。たとえるならば、延慶本の語り手は、あたかも大きな年表を前に、その各事項に貼紙をし、そこに詳細な事件展開を書き込むように叙述を進めているのである。この作業において、〈物語る時間軸〉は〈物語世界の時間軸〉と明確に区分されている。それは同時に、〈物語世界の時間軸〉に属さないさまざまな事象、解釈や解説の言説（その多くは〈周辺的事象の時間軸〉に属する）の、テキスト内への自在な摂取を可能にする。〈物語世界の時間軸〉が〈物語る時間軸〉と区別されながら〈歴史的時間軸〉に客観的に位置づけられているからこそ、〈周辺的事象の時間軸〉もまた〈歴史的時間軸〉を物差しとして、〈物語世界の時間軸〉と併存しえているのである。こうした構造こそが、周辺的事象・説話を多量に摂取した読み本というテキストのあり方を、叙述方法の内側から支えているのである。

これに対し、屋代本・覚一本といった語り本では、〈物語世界の時間軸〉に即した叙述、すなわち物語内部の時間進行に即した視点を叙述の基本とする。もちろん、日付の叙述などによって〈歴史的時間軸〉も意識されているが、その一方で、先にも指摘した「同」等の表現機能によって、物語世界に連続する時間進行のなかに、年号・日付などの客観的時間をも包摂しようとする志向性を有する。この〈物語世界の時間軸〉を〈物語る時間軸〉との関係性で捉えるならば、両者はともに過去から未来へという一方向への進行を原則として同時並行的に進行している。あるひとつの空間・場面、あるいはある一人の登場人物に焦点を合わせた場合、この二つの異なる時間は、テキスト言説の表層において一見あたかも一致してしまっているかのごとくに進行する。〈物語る時間軸〉が意識されるのは、物語世界に対する物語る今が意識される場合である。語り本では、叙述が〈物語世界の時間軸〉に即して行われるため、〈物語世界の時間軸〉に対する〈物語る時間軸〉という時間は表面的には消えてしまい、享受する側にも意識されにくくなる。物語は、過去の出来事を物語る今という時間において再現するものであるが、双方の時間進行が一致し、あたかも現在進行中の出来事を物語っているかのごとき錯覚をもたらすのである。それは、享受に際して物語への没入を促すという面において、極めて有効に作用する。しかしながら、現実の歴史においては複数の事態が並列的に同時進行するのは当然であるし、『平家物語』が「歴史の物語」である以上、並列的な事態の進行をもテキスト内部に取り込まざるをえない。また、物語の中心的事象に関しても、周辺事象との関わりによってはじめてその意味が理解可能となる場合や、理解が深まる場合も少なくない。したがって、語り本にあっては〈物語の時間軸〉に即し、〈物語る時間〉との一致を基本的方法としながら、本来〈周辺的事象の時間軸〉に属するさまざまな事象を時間的に再編し、極力〈物語の時間軸〉内部に取り込もうとするのである。

たとえば、「二代后」に引かれる則天皇后説話摂取の方法を例に考えてみよう。

7【延慶本第一本・主上々皇御中不快之事付二代ノ后ニ立給事】（二条天皇の求愛を）后敢テ聞食入サセ給ハネバ、ヒタスラ穂ニ出マシ〳〵テ、后入内ベキ由、父左大臣家ニ宣下ヲ被下。此事天下ニヲイテ殊ナル勝事ナリケレバ、㑒ギ公卿僉議アリ。異朝ノ先蹤ヲ尋ヌレバ、則天皇后ハ太宗、高宗両帝ノ后ニ立給ヘル事アリ。則天皇后ト申ハ、唐ノ太宗ノ后、高宗皇帝ノ継母也。太宗ニ後レ奉テ、尼ト成テ、盛業寺ニ籠給ヘリ。…（中略）…仍在位廿一年ニシテ、高宗ノ子、中宗皇帝ニ授給ヘリ。即代ヲ改テ、又大唐神龍元年ト称ス。則吾朝文武天皇、慶雲二年乙巳歳ニ当レリ。「両帝ノ后ニ立給事、異国ニハ其例有ト云ヘドモ、本朝ノ先規ヲ勘ルニ、神武天皇ヨリ以来タ人皇七十余代、然而モ二代ノ后ニ立給ヘル其例ヲ聞及バズ」ト、諸卿一同ニ僉議シ申サレケリ。

二条天皇の大宮入内の要請に公卿僉議が行われ、その場において中国の先例として則天皇后があげられる場面である。則天皇后説話は〈物語世界の時間軸〉からは逸脱した、〈周辺的事象の時間軸〉に属する出来事である。その長い引用は、「㑒ギ公卿僉議アリ」から「ト、諸卿一同ニ僉議シ申サレケリ」へとつながる、物語内部本来の時間進行を一時的に中断し、一体であるべき場面の進行を分断する。まさに公卿僉議という記事の脇に貼紙をして、僉議の場で例証として引かれた則天皇后説話の内容を詳細に注記しているのである。これに対し語り本である覚一本は、

【覚一本巻一・二代后】…此事天下にをいてことなる勝事なれば、公卿僉議あり。をの〳〵意見をいふ。「先異朝の先蹤をとぶらふに、震旦の則天皇后は唐の太宗のきさき、高宗皇帝の継母なり。太宗崩御の後、高宗の后にたち給へる事あり。是は異朝の先規たるうへ、別段の事なり。しかれども吾朝には、神武天皇より以降人皇七十余代に及まで、いまだ二代の后にたゝせ給へる例をきかず」と、諸卿一同に申されけり。

と、まず登場人物の言葉であることを明確にした上で（傍点部）、内容も大幅に省略され、簡潔な説明の言葉となっている。〈周辺的事象の時間軸〉に属する則天皇后説話は、登場人物の台詞として語られ、しかも量的にも圧縮されている。語り（享受）の進行は基本的には物語内部の時間進行に即したままであり、時間的連続性は維持されている。屋代本の場合、説話についての言説自体は延慶本に近似し、量的にもこれにほぼ等しい。したがって、時間的中断の印象は否めないが、やはり「…公卿僉議有。各意見ヲ被レ申サ先尋ルニ二異朝ノ先蹤ヲ一……」と、これがあくまでも登場人物の発言であることを明確にしている。そこには時間的に逸脱する説話を物語内部の時間進行のなかに位置づけ、時間的中断を極力回避しようとの意図が読みとれる。延慶本の場合でも、この説話全体を僉議の内容として「　」で括る解釈も可能ではある。しかし、ことに覚一本と比較した場合、〈周辺的事象の時間軸〉によって〈物語世界の時間軸〉が中断され、〈物語る時間軸〉がその姿を明確にしながら介入しているとの印象は免れえない。

五　〈平家物語〉とテキストの時間構造

〈物語る時間〉と〈物語世界の時間〉の分離は、物語世界を物語るという行為によって媒介する語り手の姿を、テキストの表層に浮上させるものでもある。それは同時に、物語世界と語り手・享受者との時間的な距離をも表面化させる。先にあげた四種類の異なる時間軸を、テキストにおいていかに関係させるかという問題は、物語世界・物語る場（＝享受の場）・周辺領域を含む現実世界などの要素を、叙述においていかに関係づけるかというテキストの方法意識の問題でもある。

テキスト言説は、表面的な論理にしたがうならば語り手の物語る時間に属し、享受とはその時間を追体験する行為である。しかしながら、実際の享受に際して、物語る時間がそのように認識されることは少ない。語り手が、自らと物語世界をいかに関係づけ、複数の異なる時間軸をいかに整理しながら物語るかという方法に即して、享受者の前にはさまざまな時間が立ちあらわれる。語り手が物語内部を過去から未来へと流れる〈物語世界の時間軸〉に完全に即して叙述を進めるならば、〈物語る時間軸〉は表面的にはこれと一致し、享受者が物語る時間を意識することはない。語り手は物語内部の視点人物的目撃者、ないしは場面をその境界上から見つめる観察者の位置にあり、享受者はその視点に自らを重ねるかたちで物語世界を享受するからである。ただしこの視点に立つ限り、目前の展開として言説化される場面空間内の事象しか視野には収めえない。物語世界の周辺の事象はもちろん、場面の外の空間で同時平行的に生じている事態すら把握しえない。世界は単線的な時間的連続として言説化されるが、実際の歴史はそのようには展開しない。また、物語の理解には、周辺のさまざまな情報を摂取しながら、その歴史的世界の広がりのなかに物語世界の事象を関連づける行為が不可欠である。こうした、物語内部の時間進行から逸脱する情報の言説は、必然的にその時間進行を中断し、物語の連続性を寸断する。物語は自らの内的因果に基づく連続性を主張する一方で、物語の歴史性は個々の事象を歴史的世界の展開のなかに位置づけるべく情報を要求する。テキストには、必然的に複数の時間を言説内に摂取することが要求される。しかもその一方では、これを物理的に把握される物語る時間にあわせて、統括・再編する方法が不可欠とされる。

延慶本は、多くの周辺情報のテキスト内への摂取を試みた。周辺情報の摂取は、テキスト内に〈物語世界の時間軸〉に支配されない複数の〈周辺的事象の時間軸〉を取り込む行為である。それによって〈物語世界の時間軸〉は必然的に分断される。分断された物語は、その断片同士の連続性を見失い、最悪の場合、なにが本来的な〈物語世界の時間軸〉に属する情報で、なにが〈周辺的事象の時間軸〉に属する情報なのか、物語にとっての情報の価値の軽重がみえにくくなり、物語としての統一感を喪失する危険性をはらむ。『平家物語』としての一貫性ではなく、〈平家物語〉に関わる説話の集成と化す危険性の増大は、周辺説話を積極的に取り入れていこうとするのに伴う必然であろう。[14]延慶本は、統一性喪失の危機を、〈歴史的時間軸〉を柱とした構成によって解決した。主要な事象は、〈歴史的時間軸〉によってまず明確に位置づけられる。その上で、〈物語世界の時間軸〉に即した場面展開が、〈歴史的時間軸〉によって定められた事件の位置にしたがって、詳述される。延慶本にときとしてみられる言説の不整合による接合断面の露呈には、こうした編集過程を物語るものも少なくない。[15]他方、〈歴史的時間軸〉を柱とした方法は、〈周辺的事象の時間軸〉に属する周辺的事象・解説的言説を入れ籠構造的に差し挟むことによる時間軸の重層化を構造的に支え、こうした情報・言説の摂取を容易にする。[16]

『平家物語』の本質が〈平家物語〉にある以上、周辺説話をまとまった説話言説の姿のままに内部に摂取しながら、テキスト言説によって定められる物語の境界を、周辺に向かって拡大しようとする指向性が生じるのは当然である。延慶本のような読み本テキストは、周辺的領域をも広範に包摂した広い世界としての〈平家物語〉を指向しながら、周辺をも含む〈平家物語〉をテキスト内部において完結しようとする方向性を有する。それは、享受者によって共有されていた流動的な周辺言説の領域を、文字化された言説によって固定化する行為である。それによって、本質的には漠然としたものである〈平家物語〉を、固定化された周辺的情報・解説的言説を含めて、体系的に解釈し意味づけようとするのである。

これを方法的に支えているのが、必然的に存在する複数の時間の構造化である。その際に重要なのが、複数の時間軸による言説を統括する語り手の存在である。多様で重層的な複数の時間軸を、歴史的時間軸を柱として構造的に秩序づける行為は、それらの時間を言説の表層において自在に再編する語りの存在を要求する。直接的には結合しえない異質な時間軸の接合に際しては、それを媒介する語り手自身の属する〈物語る時間軸〉の作用が不可欠である。この〈物語る時間軸〉が顕在化することで、享受者は、自らの享受体験がこの時間に属する語り手の言説であることを確認する。同時に、体系的な世界として〈平家物語〉を提示しようとの指向は、語り手の言説による特定の解釈を享受者に強制する。延慶本にみられる、「心中タヾヲシハカルベシ」のごとき、享受者への行為の要請的な表現を伴った多数の評語の存在は、こうした語り手のあり方を端的に示している。(17) 語り手は、豊富に周辺情報を引きながら自らの解釈を正統化し、自らの提示する世界を体系的に完結する。その一方で、テキストによって実現された世界を、その摂取から洩れた外部世界から切り離す。物語世界がテキスト外の世界に向かって開かれていては、複数の異なる解釈、異なる秩序大系が生じる可能性を否定できないからである。たとえば延慶本と長門本の傍系説話との異同の関係を、成立の前後の問題としてばかりではなく、このような視点から捉えてみる必要があるのではなかろうか。

現存の語り本は、延慶本的な読み本テキストの存在を視野に入れながらも、傍系的周辺に関する言説の多くをテキストから排除することで、「平家の運命の物語」としての性格を際立たせた。叙述に際しては、〈歴史的時間軸〉を意識しつつも、物語内部を流れ支配する〈物語世界の時間軸〉の連続性、事件相互を関連づける物語内の因果の論理を重視する。語り手は、基本的にはこの〈物語世界の時間軸〉に寄り添う位置に自らの視点を定めながら、これと一致するように〈物語る時間軸〉による叙述を進める。それは空間的には、物語世界の一隅ないし場面の境界に位置する視点である。享受者は、この語り手の提示する視点に即して物語世界の展開を見つめる。視点が空間的に物語世界に近接し、〈物語る時間軸〉の進行が〈物語世界の時間軸〉の進行に重なるがゆえに、語り手の存在はテキストの表層に顕在化しにくい。また、語り本の語り手は、物語内部の論理に依拠し、周辺的言説によって独自の解釈を試みることはあまりない。周辺記事の少なさは異質な時間の介入を抑制し、物語の内的連続性を保証する。しかしながら、〈平家物語〉は完全なる虚構の世界の物語ではない。たとえテキストには取り込まれていなくても、それに関連する周辺事象を無視しては、虚構の物語としては完結しえても、享受者の世界と連続する「歴史の物語」とはなりえない。〈平家物語〉としての本質は、必然的に周辺事象との関連性を要求する。基本的に物語内部の時間と論理に依拠した語り本的なテキスト言説は、〈物語世界の時間軸〉と〈物語る時間軸〉との一致を求めるがゆえに、単線的な時間進行とならざるをえず、その時間的連続性の分断なくしての周辺事象の言説の摂取は不可能である。語り本はこうした相反する条件を両立させるためにいかなる方法を模索したのか。享受の問題を視野に入れながら、次章ではこの問題を中心に検討を加えてみたい。

注

（1）　たとえば、近年急速に進んだ八坂系諸本に関する一連の研究成果、松尾葦江氏「平家物語の本文流動――八坂系諸本とはどういう現象か――」（『国学院雑誌』一九九五年七月。『軍記物語論究』若草書房、一九九六年六月再録）、「平家物語の本文流動――八坂系のいわゆる「混合本」をめぐって――」（『平家物語八坂系諸本の研究』三弥井書店、一九九七年一〇月）、櫻井陽子氏「平家物語（都立中央図書館蔵）の編集方法――諸本の流動と分類を考えるために――」（『国語と国文学』一九九六年二月）、「東京都立中央図書館蔵平家物語本文考――八坂系伝本の混態性と〈分類〉について――」（『富士フェニックス論叢』4、一九九六年三月）、「南都本平家物語の編集方法――巻十一本文の再編について――」（『古文学の流域』新典社、一九九六年四月。以上、『平家物語の形成と受容』汲古書院、二〇〇一年二月再録）、鈴木彰氏「八坂系『平家物語』第一・二類本の関係について――研究史の再検討から――」（『早稲田大学大学院文学研究紀要』41、一九九六年二月）など。

（2）　『平家物語』を論じるに際しての「古態」の問題に関しては、佐伯真一氏「『平家物語』古態論の方法に関する覚書」（『帝塚山学院大学日本文学研究』17、一九八六年二月。『平家物語遡源』若草書房、一九九六年九月再録）が、近年の研究・議論における問題点の所在を的確に整理・指摘している。

（3）千明守氏「屋代本平家物語の成立――屋代本の古態性の検証・巻三「小督局事」を中心として――」（『平家物語の成立　あなたが読む平家物語1』有精堂、一九九三年一一月）、村上学氏「『平家物語』の「語り」性についての覚え書き」（『平家物語　説話と語り　あなたが読む平家物語2』有精堂、一一九九四年一月。『語り物文学の表現構造』風間書房、二〇〇〇年一二月再録）、麻原美子氏「屋代本『平家物語』の成立」（『平家物語の生成』軍記文学研究叢書5、汲古書院、一九九七年六月）など。

（4）山下宏明氏「平家物語と琵琶法師――その抒情的側面をめぐって――」（『文学』一九七一年二月。『軍記物語と語り物文芸』塙書房、一九七二年九月再録）、拙稿「『平家物語』における場面描写の方法」（『軍記と語り物』30、一九九四年三月）など。

（5）「源平盛衰記素描――その意図と方法――」（『国語と国文学』一九七七年五月。『平家物語論究』明治書院、一九八五年三月再録、一一三頁）。

（6）注（4）山下氏論文参照。なお、語り手の視点が登場人物の視点に重なるような文体を、杉山康彦氏「平家物語の語りの主体」（『文学』一九六八年九月。『散文表現の機構』三一書房、一九七四年一〇月再録）は「作中人物主体の文」と名付けている。

（7）注（4）拙稿参照。なお、この問題については、第二章でも触れた。

（8）先駆的なものとしては、石母田正氏『平家物語』（岩波書店、一九五七年一一月）があげられる。

（9）こうした日付の機能についての指摘としては、山下宏明氏「平家物語――方法としての〈語り〉――」（『国文学』一九八〇年三月。『平家物語の生成』明治書院、一九八四年一月再録）、佐倉由泰氏「『平家物語』の年代記性の考察――巻六最終部の叙述の検討を中心に――」（『文芸研究』118、一九八八年五月）、「『平家物語』の〈記録〉〈解釈〉と〈描写〉――『栄華物語』との比較を通して――」（『文芸研究』124、一九九〇年五月）等が注目される。

（10）覚一本の「さるほどに」をめぐっては、注（9）佐倉氏論文（一九九〇年五月）が、「本質的に無関係で並立的関係にある二つの事件の記述の間に、作品が直進的時間軸を内包するのを生かして連続性を付与するもの」と指摘する。ここでは日付に冠される「同」にも、それに類似した性格を認めたい。

（11）屋代本では、「五月二日辻風事」「小松内府熊野参詣事」「同内府病悩事同死去事」「小督局事」「七月七日大地震事」「入道相国奉恨朝家事同悪行事」という章段配列となっている。「サレバ世ニハ良臣ヲ失エル事ヲ歎キ、家ニハ武略ノスタレン事ヲ悲ム。入道セメテノ思ノ余リニヤ、福原ニ馳下テ、閉門シテコソ御坐ケレ」という一節は、「同内府病悩事同死去事」の結びとなるが、その後ろにいわゆる「金渡」説話および「小督」説話が続く。これによって、清盛の福原下向記事と地震記事との間は完全に分断され、地震記事の冒頭は「十一月七日戌刻計ニ」と「同」の冠されない日付をもってはじめられている。覚一本が「同」を冠した日付を用いながら、辻風、重盛死去、清盛の福原下向、大地震、清盛の軍勢を率いての上洛（いわゆる「法印問答」説話）を一連の出来事として捉えようとしているのに対し、屋代本は記事の分断を挟んで、この地震記事をもってあらためて、続く一連の事件（清盛の上洛、公卿殿上人等の罷免、訪欧の幽閉）の基点として位置づけているように思われる。

（12）注（9）山下氏論文参照。

（13）たとえば、小林美和氏は延慶本における「今」という語の用例を、「第一は、著述段階での時点を示すと思われるもの。第二は、著述対象の時代に即する『今』。第三はそのいずれにも属さないもの」に分類している（「延慶本平家物語の語りとその位置」『文学・語学』一九七八年六月。『平家物語生成論』三弥井書店、一九八六年五月再録、一三七頁）。本稿での第四は、小林氏のいうところの第三に該当すると思われる。

（14）〈平家物語〉に関する周辺的事象、異説などを多く取り入れた源平盛衰記では、語り本などに比べると、明らかに時間の流れの連続性が失われており、物語としての統一性が希薄になっている。

（15）たとえば、（治承五年正月）五日の日付をいれて南都の僧綱等が解官されたことを記し（第三本「南都僧綱等被止公請事」）、十四日の新院の崩御を語る（第三本「新院崩御事付愛紅葉給事」）、ちょうどその間に「九日、結摩城ヲ責落シテ、凶徒三百七十人ガ首ヲ切ヨシ、飛脚ヲ立テ申送レリ」という、文脈的にはまったく意図のわからない一文が唐突に差し挟まれている。おそらくは、日付に引かれるかたちでこの部分に紛れ込んだものと思われる。同じく第三本「沼賀入道与河野合戦事」で、宗盛が後白河院のもとに参内したという二月十七日付の記事の直後に、治承五年正月十六日・十七日の日付をもつ文書が挿入されるのも、日付に引かれたある種の錯覚によるものであろう。

（16）　重盛死去に関する一連の叙述に、このような入れ籠構造の典型が認められる。この場合、まず重盛死去という事件が、〈歴史的時間軸〉によって物語において位置づけられているため、たとえ〈周辺的事象の時間軸〉によって〈物語世界の時間軸〉が分断されても、次の事件が〈歴史的時間軸〉によって位置づけられることで、物語の確実な進行と時間的な連続性は確保される。

（17）　評語の問題については、第三章参照。

Ⅲ　〈平家物語〉と語り本

第八章　記憶を喚起する装置
——語り本の方法——

はじめに

〈平家物語〉の本質は、広く人々の意識・記憶に共有されていた「歴史の物語」という点にあった。それゆえ、〈平家物語〉は、「平家の栄華と滅亡の物語」という大きな枠組みを中心として（「源氏の興隆の物語」はその対をなす枠組み）、これに関連するさまざまな事象を取り込みながら、その裾野を広げていた。それはあたかも一つの山とその裾野の関係のようなもので、〈平家物語〉として認識される範囲はあいまいで、明確な境界線は存在しない。文字テキストとしての『平家物語』は、その中核となる部分を固定的な言説によって具体化したものである。それは同時に、テキストに含まれる範囲というかたちで、物語の境界を明確にするものでもあった。

『平家物語』は、その中核部分ではあっても、〈平家物語〉全体を包摂するものではない。ことに語り本の場合にその傾向が顕著である点については、第四章で指摘した通りである。したがって、『平家物語』の享受とは、固定的なテキスト言説によって描き出された物語を一方的に受け取るのではなく、テキストの言説によって自らの〈平家物語〉の記憶を喚起し、その記憶に若干の修正を加えながら確認していく行為としての要素が含まれていたはずである。

一般に、物語の享受とは、テキストの言説に導かれて物語世界を脳裏に描き出す行為であろう。叙述される言葉によって、その場面場面を想い描き、登場人物とともに物語世界を体験する。過去に読んだことのある物語の場合は、その享受体験の記憶に助けられ、この作業はよりスムーズに行われる。『平家物語』の場合も、これは同じである。「歴史の物語」である〈平家物語〉は、多くの享受者にとって既知の物語である。享受者は、『平家物語』の言説によって個々の場面を脳裏に描き出すとともに、自らの記憶のなかにある「歴史の物語」を甦らせる。

〈平家物語〉の場合、過去に享受したテキストと今享受しているテキストが同一であるとは限らない。文字テキストのほか、琵琶語りなどの語り芸能、父祖達からの伝承などの多様な媒体を通して、〈平家物語〉は享受されてきた。しかもテキストに異本があるように、それらの享受体験が、それぞれに異なる言説によってなされた可能性もありうるのである。それは単なる表現レベルの異同ばかりではなく、個々の事象の内容的な相違や、言説に含まれる範囲などの面でも、さまざまな相違があったはずである。しかし、物語の主要な部分に関しては、いずれの享受体験においても共通しており、それを中核として〈平家物語〉の記憶は形作られていた。

こうした享受体験は、一方において今享受している言説によって、その場面を脳裏に描き出す行為であるとともに、その場面を包摂するこうした〈平家物語〉の記憶を甦らせる行為でもあった。たとえば、琵琶法師による上演の多くは数句を単位としていた。それは、〈平家物語〉全体のなかのごく一部にすぎない。しかしながら、これを語り、また享受するという行為は、その語られた場面のみの再生ではなかったはずである。琵琶法師は〈平家物語〉全体を想起しながら、その一句を語ったはずであり、享受者もまた、語られた場面を脳裏に描き出すと同時に、〈平家物語〉全体を想起したはずである。(1) 琵琶語り、文字テキストなどの享受媒体の相違はあっても、「敦盛最期」を享受する者は、描き出される一の谷の合戦の一場面を思い浮かべ、若き敦盛の潔さや、涙ながらにその首を討つ熊谷直実の心情に心を動かす。同時に、そこから「敦盛最期」を含んだ「歴史の物語」である〈平家物語〉の記憶を想い起こす。譜本である平家正節は、一般的な十二巻形態の『平家物語』の各巻から一句（一段）ずつを取り出して、全十二句で一巻を構成する。一巻を語ることで、『平家物語』全体を語ったとする意図によると指摘される。(2)部分の再現によって、再現されざる部分とそれを含む全体の記憶をも喚起する、『平家物語』の享受にはこのような仕組みが働いていた。だからこそ、「平家物語一部」といいながら、周辺的事象の多くを含まない覚一本（語り本）のようなテキスト形態が成り立ちえたのである。(3)

これに対し読み本では、語り本からは排除された周辺的な事象についての言説が、積極的に摂取される傾向がある。第七章でみてきたように、複数の時間軸を重層的に組み合わせる延慶本のような叙述方法が、それを可能としている。多くの周辺的事象に関する叙述を内包する延慶本（などの読み本）は、〈平家物語〉の記憶をより限定的にある方向性を持った解釈へと誘導する。「忠度都落」における俊成の行為（忠度の歌を読人知らずとして千載集に入集させる）は、続けて置かれた定家の行為（行盛の歌をその名を記して新勅撰集に入集させる）によって照射され、その評価が固定されるのである。(4)それは同時に、定家・行盛の逸話は知っていても、それを〈平家物語〉と結びつけていなかった享受者に、その関係性を認識させ、これを〈平家物語〉の記憶に位置づけさせるものでもある。延慶本の周辺事象摂取にみられるこうした傾向は、第三章で考察を試みた解釈を促す語り口の問題と密接に関連する。

本章で問題とするのは、語り本でテキストから排除された周辺事象を、語り本がいかに〈平家物語〉の一部として享受者に認識させようとしているか、というその方法についてである。『平家物語』を読んだことのある現代の享受者はおそらく厖大な人数になろう。その多くは、一般的に広く流通している語り本系統のテキストに依っていると思われる。だが、彼らのなかに、「忠度都落」を定家・行盛の逸話と関連づけて認識している者はどのぐらいいるであろうか。(5)源頼政の名を聞いて「菖蒲前」の逸話を想起できる享受者は、近年では必ずしも一般的ではない盛衰記や、『太平記』を読んでいる者に限られる。まして竹柏園本を読んだ者となれば研究者に限定される。語り本のあり方は、さまざまな周辺的事象を含んで〈平家物語〉が人々の記憶に共有されていた時代・環境にあってはじめて、テキストの範囲を超えて〈平家物語〉を想起させるものであった。しかしながら、その想起は決して無条件になされるものではない。語り本には、直接的にはテキストに叙述されない周辺的事象の想起を促すなんらかの仕掛けがあったはずである。その仕掛けによって、語り本はテキストの範囲を超えて、周辺的事象を含んだ〈平家物語〉となりえたのである。逆に、語り本におけるその仕掛けの相違が、周辺的事象を含んだ〈平家物語〉という記憶の共有が失われた現代において、文芸として『平家物語』を捉えようとするときに、たとえば覚一本と屋代本に対する評価の相違を生み出している一面があるのではないか。

一　『平家物語』における周辺的事象（説話）の摂取

周辺的事象を記した説話の摂取には、さまざまな方法がある。たとえば、説話全体をそのまま取り込む方法やその概略を示す方法、あるいは説話の存在を簡略な表現によって提示する方法などである。佐々木八郎氏は「このような説話、もしくは説話的なものが、『平家物語』の叙述の中に摂取された在り方には、A型・B型の二つの様式がみられる」として、「A型はまとまった一つの物語を構成しているもの」、「B型とは、叙述の中で説話の片鱗を例示的・類似的なものとして引用したもの」と大別する。そしてB型の特徴として、「周知の説話については、その全貌を語らずに、むしろそれに関係のある片言隻句を用いてすべてを想い起こさせることを意図したとおぼしき説話摂取法」

と指摘した。(6) 美濃部重克氏は、こうしたB型説話のあり方が、中世の言説においてしばしば見出しうるものとして、「ヒトフデ説話」と名づけて指摘する。(7)『平家物語』研究においては、従来あまり注目されてこなかったB型説話であるが、「歴史の物語」という性格を帯びて周辺的事象と緩やかに結びついた〈平家物語〉と、固定化された言説によって境界を明らかにするテキストとしての『平家物語』との関係性のなかで、ことに語り本のようなテキストの方法的側面に光をあてようとするならば、このB型説話に注目する必要があろう。A型説話は、説話をまるごと完結した物語として取り込む方法であり、延慶本などの読み本に多くみられる方法である。しかしながら、その摂取には、物語世界の時間的進行の連続性を阻害する要素が内包されている。延慶本が、事件叙述において重層的な時間軸の構成によって、この点を解決していた点については第七章で考察した。これに対し、物語内部の時間進行を叙述の方法とする語り本の場合に、物語世界と周辺的事象によって形成される領域との関係性の問題を考える上で、B型説話の存在は大きな手掛かりになるように思われるのである。

繰り返しになるが、〈平家物語〉の本質は「歴史の物語」という点にある。しかし、それを固定的言説によってテキスト化しようとするならば、中心と周辺という本来的関係は、テキストの内部と外部という関係に置き換えざるをえない。必然的に周辺的事象の多くはテキスト外部へと排除されることになる。一方、テキスト化された『平家物語』が、「歴史の物語」という本質ゆえに、テキスト言説によって生じた境界を越えて、周辺事象との関連性を志向するのもまた当然の要請であった。その結果、文字テキストには存在しない記事なども、〈平家物語〉として認識され、享受の場に供される場合もあったはずである。たとえば覚一本と「祇王」「小宰相」の関係については第四章で指摘した。あるいは、現存テキストのなかでは盛衰記と竹柏園本にしか記載されていない「菖蒲前」なども、同様に理解できよう。「菖蒲前」は、『太平記』巻二十一「鹽治判官讒死事」で、真都・覚都の両検校によって「ツレ平家」で語られたと記される。この章段が、真都・覚都の両検校によって「平家」の一部として語られたというこの記事は、それが実話であるか否かを別として、現存の文字テキストには含まれない逸話・言説をも、『平家物語』として認識されていた可能性を示唆している。(8) 今日では、〈平家物語〉の一部として認識されていたであろう周辺的説話的言説の多くは失われている。そして、我々は文字によって固定されたテキストの内部のみを、完結した物語世界として認識しがちである。しかしながら、中世における享受の実態を考えようとするならば、むしろ文字化されざる周辺事象、テキスト化されざる説話言説の存在を前提とした享受環境を想定する必要があろう。『平家物語』があくまでも「歴史の物語」としての〈平家物語〉の中核部分を抽出したものであるとするならば、そのテキスト自体が本来的に言説化されざる周辺領域との関連・連続を前提としていなければならない。さもなければ、『平家物語』は時間軸の連続性において享受の今へと連なる「歴史の物語」としての性格を失ってしまうであろう。したがって、テキスト言説それ自体に、テキストの周辺をなす事象への関連性・連続性を志向するような要素が、内包されている可能性を探ってみる必要がある。

たとえば、建礼門院の安徳帝御産記事のなかにみられる崇徳院・頼長の怨霊に関する叙述に、このような問題の片鱗がうかがえる。

1【屋代本巻三・鬼海島流人小将成経幷康頼法師赦免事】中宮カヽル御悩ノ折節ニ合テ、強キ御物気共取入奉ル。[a]殊ニハ讃岐院ノ御霊、宇治ノ悪左府ノ御憶念、新大納言、西光ガ死霊、中ニモ鬼海島ノ流人共ガ生霊ナリナドゾ申ケル。近年不慮ノ之事ノミアテ世上不ル㆓落居㆒モ怨霊ノ故ナリトテ、讃岐院御追合有テ、崇徳天皇トゾ申ケル。[b]同ク宇治ノ悪左府ノ贈官贈位有ベシトテ、被㆑送ラ㆓大政大臣正一位㆒ヲ。小内記惟長参テ㆓御墓所㆒ニ、読ム㆓宣命㆒ヲ。件ノ墓所ハ大和国添上ノ郡河上ノ村、般若野ノ後三昧ナリ。c保元ノ秋掘起シテ被レル捨後ハ、死骸路ノ辺リノ土ト成テ、歳々秋ノ草ノミ繁レリ。今勅使尋来テ読二ム宣命一ヲ。亡魂如何カ思食シケム、無二シ覚束一。d抑モ冷泉院ノ御物狂ハシク坐々、花山法王ノ御世ヲイトハセ給シハ、元方ノ民部卿ノ霊トカヤ。三条院ノ御目モ御覧ゼザリシハ、寛算供奉ガ霊ナリ。e昔モ今モ怨霊ハ怖ロシキ事ナレバ、相良ノ廃太子ヲバ崇道天皇ト号シ、伊上ノ内親王ヲバ皇后職位ニ補ス。是皆ナ被レル宥二メ怨霊一ヲ謀リゴトトゾ承ル。

建礼門院の懐妊に際して、女院を苦しめる崇徳院・悪左府頼長の怨霊を鎮めるべく追号・贈位が行われたとの記事であるが、語り本にはこの叙述以前に崇徳院・頼長の怨霊の存在を示唆する言説はみられない。成親・西光および鬼界が島の流人達の死霊・生霊については、流人説話という物語展開からも文脈的には十分に理解しうるが、崇徳院・頼長の怨霊については、テキスト内部の因果の論理からだけでは解釈不可能である。もちろん、保元・平治の乱から連なる歴史的時間の延長上に存在する「物語の今」であり、平家の繁栄であることを思えば十分納得できる内容ではあるが、それはあくまでも『平家物語』テキストを「歴史の物語」の文脈に置いてのことである。そして、何よりも皇室・王法という秩序に祟る存在としての、崇徳院・頼長の怨霊化という認識・言説の流布という前提が不可欠であろう。

この崇徳院・頼長等の怨霊については、『玉葉』などの当時の日記類に記されるほか、『保元物語』や『太平記』ほかの物語・説話などを通して中世社会においては広く知られた存在であった。語り本は、そうした怨霊に関する言説の流通を前提としているのであるが、注目すべきは、語り本ではテキストの外部とされているこの説話を、延慶本では、「讃岐院之御事」、「西行讃岐院ノ墓所ニ詣ル事[9]」、「宇治ノ悪左府贈官等ノ事」、「三条院ノ御事」と続く一連の章段として、御産記事に先立って載せている点である。そして、先に引用した屋代本の詞句・表現（覚一本もほぼ同文）のほとんど（傍線部）は、延慶本の詞章のなかに分散的に見出せる。少々煩雑になるが、該当する延慶本の箇所をあげると次のようになる。

2【延慶本第二本・建礼門院御嬢任事付成経等赦免事】[a]惣テハ讃岐院ノ御怨霊、別ハ悪左府ノ御臆念、成親卿、西光法師ガ怨霊、丹波少将成経、判官入道康頼、法勝寺執行俊寛ナムドガ生霊ナムドモ占申ケリ。

【延慶本第一末・宇治ノ悪左府贈官等ノ事】思ノ外ナル事共アリテ世間モ静ナラズ。「非是直事一ニ。偏ニ怨霊ノ至ス所ナリ」ト人々被申ケレバ、加様ニ被行一ケリ。

【延慶本第一末・讃岐院之御事】廿九日、讃岐院御追号アリ。崇徳院ト申ス。

【延慶本第一末・宇治ノ悪左府贈官等ノ事】八月三日、[b]宇治ノ左大臣、又贈官贈位ノ事アリ。勅使少納言惟基、彼ノ御墓所へ詣テ、宣命ヲ捧テ、大政大臣正一位ヲ贈ラル、由、読上ラル。御墓ハ大和国添上郡河上村、般若野ノ五三昧也。…（中略）…[c]昔堀ヲコシテ被レ捨一テ給ニシ後ハ、死骸路ノ頭ノ土トナリテ、年々ニ春ノ草ノミシゲレリ。今マ朝ノ使尋行テ、勅命ヲ伝テム。亡魂イカヾヲボシケム。穴倉ナシ。…（中略）…[d]冷泉院ノ御物狂ハシクマシマシ、花山ノ法皇ノ御位ヲサラセ給ヒ、三条院ノ御目ノクラクオアシマシ、モ、元方民部卿ノ怨霊ノ祟リトコソ承レ。

【延慶本第一末・三条院ノ御事】[e]昔モ今モ怨霊ハ怖シキ事ナレバ、光仁天皇ノ第二ノ御子、早良ノ廃太子ハ、崇道天皇ト号シ、聖武天皇妾姤、井上ノ親王ハ、皇后ノ職位ニ補シ給フ。是皆怨霊ヲ被宥一シ謀ナリ。

こうした詞章が両本で共有されているところからみて、両本の詞章がなんらかの書承的関係にあるのはほぼ確実であろう。影響関係の方向性は必ずしも明らかではないが、第五章で示したような系統モデルを想定するならば、屋代本的本文を分散して延慶本的な本文に利用されたというよりは、延慶本的本文を部分的に抜き出し、これを組み合わせて屋代本的本文が作られた可能性の方が高いように思われる。それは単に詞句・表現を即物的に引用・利用したというものではあるまい。後白河院政下の平家の繁栄という「物語の今」に対して、最も切実なる怨霊として崇徳院等の名をあげる背後には、『保元物語』に記され、あるいは延慶本に摂取されているような説話の存在と、そうした周辺とテキストとして閉じられた物語世界を結ぶ回路の共有を前提とする意識が、たしかに存在しているはずである。怨霊に関する説話言説そのものはテキストの外部としながらも、崇徳院等の怨霊の介入を示唆する言説が、外部化された世界とテキスト世界を結ぶ回路として機能し、屋代本『平家物語』を、「歴史の物語」としての〈平家物語〉という認識のなかに位置づけているのである。

延慶本は、崇徳院説話の直前に成親の死去とその怨霊化の記事（第一末「成親卿被レ失ハ給事」「成親卿ノ北方君達等出家事」）を置き、成親を崇徳院・頼長等とともに平家に祟る怨霊という枠組みで括りつつ、一連の怨霊説話の最後を「彗星東方ニ出ル事」で結ぶ記事配列をもつ。成親の死去は、延慶本では安元二年七月十九日（屋代本では八月十七日、覚一本では八月十九日、『百練鈔』『公卿補任』は七月九日とする）、崇徳院追号が同年七月廿九日（『玉葉』『百練抄』『愚管抄』も同）である。したがって、この記事配列は、延慶本が歴史的時間軸に基づく配列を基本とした結果であろう。しかし、第二本「建礼門院嬢妊事付成経等赦免事」には、建礼門院の御悩の原因として、「讃岐院ノ御怨霊、別ハ悪左府ノ御臆念、成親卿、西光法師ガ怨霊、丹波少将成経、判官入道康頼、法勝寺執行俊寛ナムドガ生霊ナムドモ占申」されたと記されている。そこには、崇徳院・頼長を、物語の今において平家に滅ぼされた成親ほかの鹿の谷事件関係者と一括りにして、建礼門院の懐妊をはじめとする平家の運命へ介入する怨霊と位置づける意識が明確にあらわれている。他方、語り本の記事配列は、歴史的に確認される追号・贈位贈官の日付からすると明らかに誤りである。建礼門院への祟りを恐れての怨霊鎮魂のための追号・贈位贈官という因果関係は意図的な虚構とみられる。この改変には、御悩の原因をこれらの怨霊に求めるという、諸本に共通する認識自体が作用しているのはいうまでもない。「歴史の物語」の文脈としては、崇徳院等の怨霊化、王権や平家政権に対する祟りの認識が一般的に存在しており、『平家物語』諸テキストはそれを前提としていた。延慶本は歴史的時間軸上に位置づけられた追号記事に注記するかたちで、怨霊化と祟りの因をめぐる説話をテキスト内部に取り込む。他方、語り本は延慶本的本文をもとにしながらも、説話そのものはテキストには取り込まず、かわってこうした認識に基づく説話への回路を、より直接的な因果関係のかたちで、テキスト内に設定していると考えられるのである。これに関連して、延慶本は、「入道卿相雲客四十余人解官事」（第二本）において、「天魔外道ノ、入道ノ身ニ入替ニケルヨトゾミヘケル」との評に続けて、人々の見た夢として、崇徳院等の怨霊が神仏の加護ゆえに後白河院の御所に入れずにかわりに清盛に取り付くとの説話を、『保元物語』とほぼ同じ叙述のままに載せる[10]。語り本がまったく同じ箇所に「去年讃岐ノ院追号、宇治ノ悪左府ノ御贈官贈位有シカドモ、冤霊ハ猶鎮リヤラヌニヤ、『入道ノ心ニ天魔入替テ、猶腹ヲスヱカネ給ヘリ』ト聞シカバ」（屋代本。覚一本もほぼ同文）と、この説話の存在を示唆する言説を置いている。周辺説話摂取における読み本と語り本の方法的相違の問題に対するひとつの示唆となろう。

二　略述された説話——覚一本における成親・北方馴れ初め譚——

『平家物語』読み本テキストには、語り本にはみられない数多くの周辺的説話が摂取されている。他方、語り本には読み本に摂取された周辺的説話の存在を示唆するような断片的言説がしばしば見出される。先に引いた叙述の、「追号・贈官贈位にもかかわらず、崇徳院・頼長の怨霊が天魔となって清盛の心に入り込んだため、公卿殿上人の罷免・配流が行われた」という内容も、延慶本に引かれた人々の夢という文脈を前提にしていた。このような叙述を、佐々木氏のいうB型説話と呼んでよいものかは別として、「夢」説話の存在を承知している享受者にとって、この一節からそれを想起するのは、必ずしも困難な作業ではなかった。

読み本に摂取されている周辺的説話と、それを前提とし、それを想起させるような語り本の叙述について、もう少し考察を進めたい。

3【覚一本巻二・大納言死去】大納言の北方は、此世になき人と聞たまひて、[f]「いかにもして今一度、かはらぬすがたを見もし、みえんとてこそ、けふまでさまをもかへざりつれ。今は何にかはせん」とて、[g]菩提院と云寺におはし、さまをかへ、かたのごとく仏事をいとなみ、後世をぞとぶらひ給ひける。[i]此北方と申は、山城守敦方の娘なり。[j]勝れたる美人にて、[k]後白河法皇の御最愛ならびなき御おもひ人にておはしけるを、成親卿ありがたき寵愛の人にて、給はられたりけるとぞ聞へし。[l]おさなき人々も、花を手折、閼伽の水を結んで、[m]父の後世をとぶらひ給ふぞ哀なる。さる程に、時うつり事さ（ッ）て、世のかはりゆくありさまは、たゞ天人の五衰にことならず。

夫や恋人と離別・死別した女性達の結末を、「出家して後世を弔う」というかたちで結ぶのは、語り本の常套的方法であり、ことに覚一本に多くみられる。こうした女性の姿を描くにあたって、その出自の紹介に加えて容姿と心映えをほめたたえるのも、ひとつの類型的方法といえるだろう。しかし、この一見単なる類型表現の積み重ねのようにみえるこうした叙述のなかにも、周辺的説話の存在を示唆する表現が潜んでいるように思われる。まずは、屋代本・延慶本との比較を通して、そうした叙述に検討を加えてみたい。

4　【屋代本巻二・成親禅門逝去事】北方ハ遙ニ是ヲ伝聞給テ、[f]替ラヌ姿ヲモ、今一度見ヘ奉ラバヤトテコソ有ツレ、今ハ何カハセントテ、[g]菩提院ト云寺ニテ様ヲ替ヘ、[h]如《ク》レ形《ノ》仏事ノ営ミシテ、彼《ノ》後世ヲゾ訪給ケル。[i]此北方ト申ハ、山城《ノ》守敦賢ノ女《メ》也。[j]皃姿心様マデ優成人ナリシカバ、[k]互《ヒ》ニ志シ不《リ》レ浅《カラ》シ中ナリケリ。[l]若君姫君花ヲ手折リ、閼伽ヲ結テ、[m]父ノ後生ヲ訪給ゾ哀ナル。時移リ事去《リ》テ代ノ替《リ》行有様、只天人ノ五衰トゾ見シ。

【延慶本第一末・成親卿ノ北方君達等出家事】北方此由ヲ聞給ケム心ノ内コソ悲シケレ。「『黄泉何《ナル》所《ゾ》、一《ビ》往《テ》不《ズ》還《ラ》一。其台何《ノ》方《ゾ》、再《ビ》会《ニ》無《シ》期一。懸《テ》書《ヲ》一欲《レバ》訪《ト》一、即存没路《チ》隔《テ》兮、飛雁不通《ゼ》一、擣《テ》衣《ヲ》一欲《レバ》寄《ト》一、生死界異《ニシテ》兮、意馬徒《ニ》疲《レヌ》』ト云ヘリ。[f]替ラヌ姿ヲ今一度ミユルコトモヤトテコソ、憂キ身ナガラ髪ヲ付テ有ツレドモ、今ハ云ニ甲斐ナシ」トテ、自ラ御グシヲ切給テケリ。雲林院ト申テ、寺ノ有ケルニ、忍テ参給テゾ、戒ヲモ持給ケル。又其寺ニテゾ、[h]如形《ノ》一追善ナムドモ営テ、彼ノ菩提ヲ訪奉リ給ケル。[l]若君閼伽ノ水ヲ結ビ給ケル日ハ、姫君ハ樒ヲツミ、姫君水ヲ取給日ハ、若君花ヲタヲリナムドシテ、[m]父ノ後世ヲ訪給モ哀也。時移リ事定テ、楽尽キ悲来ル。只天人ノ五衰トゾミヘシ。

傍線を付した箇所は三本でほぼ表現が一致する叙述、破線部は同じ内容の変形とみられる叙述である。こうしてみると、語り本の叙述の過半が延慶本のなかに含まれている。三本に共通する末尾の一節、「さる程に、時うつり事さ（ッ）

て、世のかはりゆくありさまは、たゞ天人の五衰にことならず」は、典拠として「時移事去、楽尽悲来」（『長恨歌』）が指摘される。[11] ここにみられる「時うつり事さ（ッ）て」と「たゞ天人の五衰にことならず」の結びつきは、本文に採られなかった『長恨歌』の「楽尽悲来」を介して、成親逮捕によって北方が北山に忍んだ場面の、「盛者必衰の理は、目前にこそ顕れけれ。楽つきて悲来るとかゝれたる江相公の筆のあと、今こそ思しられけれ」（覚一本巻二「小教訓」）と結びつく。この典拠としては、「生者必滅、釈尊未㆑免㆓栴檀之煙㆒、楽尽哀来、天人猶㆓五衰之日㆒」（『本朝文粋』大江朝綱、『和漢朗詠集』「無常」、『宝物集（第二種七巻本）』巻第三にも載る）が指摘される。『本朝文粋』の「楽尽哀来」は『長恨歌』を意識した表現とみられ、『平家物語』の二つの表現の典拠、「時移事去、楽尽悲来」（『長恨歌』）「楽尽哀来、天人猶㆓五衰之日㆒」（『本朝文粋』）を並べてみると、両表現の間に典拠を介した意識の連動性が浮かび上がってくる。成親北方説話が典拠的に一貫した発想に支えられた表現を用いて形成されていることを示唆している。

さて、注目されるのが波線を付した部分（語り本に共通し、延慶本にはない叙述）、および太波線を付した部分（その中で覚一本と屋代本の叙述が大きく異なる叙述）である。i・jは北方の出自[12]と容姿・心映えについての称賛であり、語り本に常套的な叙述方法と考えられる。問題は、覚一本のk、および屋代本のkの叙述内容である。これに関連して、成親と北方が結ばれる経緯については、長門本・盛衰記には北方が成親に嫁すまでのさまざまないきさつを記したかなり長い説話がある（延慶本はこの説話を欠く）。以下、長門本を引用する。

【長門本巻三・成親卿北方北山御座事】此北方と申は、山城の守あつかたが娘にてまし／＼けるを、けんしゅん門院の御乳母諸人とて、御身近き人に召つかはれけるものなりけるが、「我身、あやしの下らうなるを、御身近く召つかはるゝ事、をそれあり」とて、養子にしてまいらせけるを、法皇、浅からすおぼしめして、十四のとしより十六まで、御いとおしみふかゝりけるを、二条院、御位の時、是を御覧じて、しのび〳〵に御書をつかはされけり。しばしは、とかく遁申けれとも、「只、法皇をばすてまいらせて、参るべき」よし、仰しきりなりければ、内々、諸人にいひ合られけるに、女院のおぼしめす所も、をそれおぼゆれども、ちからおよばずしてこそ過しつれ。「さほどに仰のあらんうへは、内へまいらせ給たらば、かた〴〵しかるべし」と評しければ、法皇の御所を逃出て、内裏へまいり給にけり。兼て思あらまし給けるにもたちまさりて、御こゝろざし、たぐひなくふかゝりけり。「最後の御悩の、おもらせ給ひける御事も、此人のとがなり」とて、大夫三位殿とて、重き人のさぶらひけるにも、「たゞ里へ出たまへ。かくてはいよ〳〵あしかりなん」とて、いさみ申されけるあいだ、闇路にまよふ心地して、思ばかりはなけれども、なくなくまかり出たまひぬ。事なをざりなる御悩ならば、さらに許奉ましけれども、日にそへて、をもくならせ給へば、力及ばて出給ぬ。又十六歳より内へまいり給て、中二年にて、十九と申けるとし、御門かくれさせ給ひにけり。日比月比、給らせ給ひける御書ども、あさまにならんうしろめたさに、「返し奉べき」仰ありければ、「くちせぬ千代の、御形見ともしのばれ、浜千どり跡ばかりだにも」と、ためらひ申されけれども、御心地おもらせ給ひたるにうちそへて、是まで、御心ぐるしく、仰のありければ、唐ねこほりはめたる御手ばこ、二合に納めて、なく〳〵まいらせたりければ、新大納言経之卿承りて、御前にて、けぶりもよそに、たきあげられにけり。いかばかりかは、女房も、をしく、かなしかりけん。御前に候人々も、袖をしぼらぬはなかりけり。

崩御なりにしのちは、もろ人が宿所に、大炊御門たか倉なる、もろおり戸のうちに、とぢこもりて、君の御菩提をのみとぶらひ奉給て、年月まし〳〵けるを、此大納言なり親卿、中御門鳥丸の花亭を磨て、「移徙夜は、法皇の御幸成奉べき」よし申されけり。其比御所に、大納言の局、三条の局とて、さぶらひ給ける女房どもに、大納言は、こゝろざしありければ、此人々おもはれけるは、「法皇入れまいらせんあるじには、我々にてぞあらんずらん」と、おの〳〵おもはれけるに、大納言、御所にまいりて申されけるは、「かたじけなく、御幸をなしまいらせ候はんずるに、家童子がねこそ、おぼえ候はね。三条も大納言も、あるじには不能覚候」とぞ、内々申されける。是まで、うちとけもらし申されけり。法皇、しばらく御あんあて、仰のありけるは、「御幸あらんにつけても、なみ〳〵ならんものは、誠にしかるべからず。抑、諸人がまいらせたりし、今まいりとて、ありしものこそ、二条院も、こゝろざし浅からぬと聞へしか。崩御ののちは、諸人がもとに、かきこもりたるよし、きこしめす。いか成る玉をつらねたらん、花亭のあるじといふとも、かたはらいたからんものを。諸人は見なれたりしかば、こしらへよりて、きけかし」と、えみをふくませたまひて、仰のありければ、新大納言、うけ給もはてず、まかり出て、諸人をぞ尋ける。すなはち、まいりたりければ、「故女院の御時は、常に見なれ申しに、などかおのづからも、これへ入給はぬ」とのたまへば、「まことに女院、御かくれの後は、月日の光をうしなへるごとくにて、あけくれは、なきふしてのみ、とぢこもりて侍れば、いづれの御方にも、たいめん申さず」と申けるに、やがて酒すゝめて、美絹百疋、ひきで物にとり出されければ、諸人、いかにも思ふけぬ心地しておぼえ給けるに、大納言のたまひけるは、「扨も此ほと、宿所のわたましに、法皇、入せ給ふべきよし仰あて、今更めんぼくも、色そふ心地にておぼゆるに、あるじかねをもち給へるよしを聞、あひかまへて〳〵、よきやうにはからひ給へ」と、をどしつ、こしらへつ、うちくどかれければ、もろ人申けるは、「いかに申とも、若き人の御心には、雲井の月の昔がたり忘かねて、たえぬながめの夜な〳〵は、袖かる光をも物すさまじく、うらみ給へば、こしらふとも、かなひがたくこそ」と、うちとけがたく答けれども、大納言、思ひかね、「程へだゝらば、さはりもぞ出くる」とて、やがてもろ人が帰りつかぬさきに、をしちがへて、女房どもを取のせて、車を、かのしゆく所にやり入て、事のよしをば、こまかにいひきかせ奉らず、心ならず助けのせ奉りて、帰りにけり。そのゝち、しばしは、引かづきてふし給ひたりけれども、さすがに、男女のならひなれば、近付たまひてよりのち、こゝろざしたがひに浅からず、御子もあまたいできにければ、目出御中らひとこそ、人々うらやみけるに、今は、かゝる物思になられけるも、しかるべき先世のむくひと覚て、よその袂もしほれけり。

これを要約すると、次のようになる。

北方は山城守敦方の娘で、建春門院の乳母諸人の養子として女院の許に出仕していたのを、後白河院が見初めて寵愛する。ところが、二条天皇が彼女を見初めてて強引に内裏に召してしまう。十九歳の時、二条天皇が発病、娘は里（諸人の許）へ返される。天皇は崩御の直前に自らが女の許に送った手紙を召還し、これを焼かせる。崩御の後は、娘は諸人の宿所に籠居していたが、成親が中御門烏丸の屋敷（花亭）に御幸を賜るに際して、院の指嗾を受けてこの敦方娘を饗応の主として強引に我が家に連れ去った。当初は悲嘆にくれていた彼女も、ついには成親と「こゝろざしたがひに浅からず、御子もあまたいでき」て、人も羨む仲となった。

覚一本の波線部は、直接的な依拠本文は不明ながら、これに類した説話を下敷きとして略述したものであろう。屋代本の「互ヒニ志シ不レリ浅カラシ中ナリケリ」も、男女関係に類型的表現の増補といってしまえばそれまでだが、表現には長門本の傍線部を連想させるものがある。成親・北の方の相愛から子供誕生へという連鎖の共通性や、前後の叙述の覚一本との近似性、その覚一本がなんらかの説話に依拠していたことを考えあわせるならば、屋代本の叙述の背後にも、語り本周辺にあった説話との関わりを可能性として考慮する必要があろう。屋代本に比べ、覚一本の叙述はよりはっきりと背後にある説話の存在を示唆する。覚一本の波線部i～kは、長門本や盛衰記のような説話（必ずしも文字テキストとは限らない）を要約したものとみてよい。ただし、後白河院の思い人から成親の北方へという枠組みは維持されているものの、途中のいきさつが完全に省略されているため、覚一本の叙述からだけでは、むしろ院が自発的に寵臣に寵姫を与えるという「祇園女御説話」のような文脈が想像されるものとなっている。なお、ここにみられる院と成親の関係は、「成親卿、ありがたき寵愛のひとにて」は、「院の御気色よかりければ」（「鹿谷」）、「世を世とも思ひ給はず」（「小教訓」）として繰り返し提示されてきた寵臣成親像と合致する。したがって、覚一本の波線部は、長門本に記載されたような周辺的説話の広がりをふまえて、それを要約的に記すことで、享受者にこの成親・北方馴れ初め説話を思い起こさせる一方で、覚一本というテキスト内部での寵臣成親像を補強しようとしたものと考えられるのである。(13)

千手前をめぐる、屋代本・覚一本の次のような叙述も、テキスト外部に広がる周辺的説話との関連の可能性を孕んだ叙述とみられる。

5【覚一本巻十・千手前】千手前はなか〱に物思ひのたねとやなりにけん。されば中将南都へわたされて、きられ給ひぬときこえしかば、やがてさまをかへ、こき墨染にやつれはて、信濃国善光寺におこなひすまして、彼後世菩提をとぶらひ、わが身も往生の素懐をとげけるとぞきこえし。

【屋代本抜書・本三位中将重衡狩野介預事付千手前事】其ヨリシテゾ千手ノ前ハ、中々ニ思ト深クハ成ニケル。

この千手の後日譚については、延慶本・長門本はまったく触れず、次のようにこの逸話を結ぶ。

【延慶本第五末・重衡卿千手前ト酒盛事】又佐殿、千手ニ問給ケルハ、「中将終夜琵琶ヲ弾給ツルハ、何ト云楽ニテ有ケルゾ」ト宣ケレバ、「初ハ五常楽、次ニ皇麞ノ急ニテ候シガ、後ニハ廻骨ト云楽ニテ候」ト申。広元是聞テ、「彼廻骨ヲバ、文字ニハ『カバネヲ廻ス』ト書テ候。大国ニハ葬送之時必ズ用ル楽也。而ニ中将今生ノ栄花尽テ、只今被誅㆒給ナムズル事ヲ思給テ、彼異朝ノ例ヲ尋テ、葬送ノ楽ヲ弾レケルコソ哀ナレ」ト申ケレバ、佐殿ヲ始奉テ、聞人涙ヲゾ流シケル。

延慶本が、あくまでも重衡の行為に焦点を当てて、千手と重衡の関係や、千手のその後には関心を示さないのに対し、覚一本は善光寺という地名と結びついた具体的な千手の出家往生を記す。屋代本の叙述は、これに比べれば、「中々ニ思ヒ深クハ成ニケル」と漠然とした千手の思いを伝えるばかりである。しかしながら、この屋代本の叙述であっても、たとえば覚一本や盛衰記、『吾妻鏡』に記される千手の後日譚を享受者が知っていた場合、それを想起させるに十分なものでもある。

【盛衰記巻三十九・重衡酒宴〔千手伊王〕】偖中将南都ニ被渡テ斬ラレ給ニシカバ、二人ノ者共サシツドヒテ臥沈テゾ歎キケル。「由ナキ人ニ奉馴、憂目ヲ見聞悲サヨ。中将岩木ヲ結バヌ身ナレバ、ナドカ我等ニ靡ク心モナカルベキナレ共、加様ニ成給べキ身ニテ、人ニモ思ヲツケジ、我モ物ヲ思ハジト心強御坐ケル事ノ糸惜サヨ」トテ、共ニ袖ヲゾ絞ケル。「『何事モ先ノ世ノ事ト聞バ、思残スベキ事ハナケレドモ、後世弔べキ一人ノ子ノナキ事コソ悲ケレ』ト被仰シ者ヲ」トテ、二人相共ニ佐殿ニ参テ、「故三位中将殿ニ去年ヨリ奉相馴、其面影忘レ奉ラズ。後世ヲ助べキ者ナシト歎キ仰候キ。見参ニ入侍ケルモ可然事ニコソ候ナレバ、暇ヲ給リ様ヲ替テ、菩提ヲ助奉ラン」ト申ケレドモ、其赦シナケレバ、尼ニハナラザリケレ共、戒ヲ持チ念仏唱テ、常ハ奉弔ケリ。中将第三年ノ遠忌ニ当リケルニハ、強テ暇ヲ申ツヽ、千手二十三、伊王二十二、緑ノ髪ヲ落シ、墨ノ衣ニ裁替テ、一所ニ庵室ヲ結ビ、九品ニ往生ヲ祈ケリ。

ちなみに、鎌倉幕府の記録である『吾妻鏡』は、千手の最期を次のように伝える。

【吾妻鏡・文治四年四月廿五日条】今暁千手前卒去（年卅四）、其性大穏便、人々所惜也。前故三位中将重衡参向之時、不慮相馴、彼上洛之後、恋慕之思朝夕不休、憶念之所積、若為発病之因歟之由人疑之云々。

今日伝えられている千手の後日譚は必ずしも、特定のかたちで統一されているわけではない。しかし、重衡への思慕の念と、その菩提を弔う姿勢（その具体的形態は必ずしも出家とは限らない）は、諸説に共通する。『吾妻鏡』の傍部は、千手の重衡に対する深い思慕、という巷説を拾ったものであろう。千手の後日譚が、その共通項の範囲内で、さまざまに語り伝えられていた可能性は、具体的に善光寺と結びつけた覚一本のような記事からもうかがえる。たしかに、千手の出家譚の伝承は、『平家物語』以外には見つかってはいない。また、女性が夫・恋人の菩提を弔って出家をするというのが、一種の類型であるのは明らかである。(14)しかしながら、「信濃善光寺」という特定の場所と結びついている点に注目するならば、水原一氏が「平家物語で善光寺に出家とするのは中世の善光寺信仰と関連する伝承であろう」（新潮日本古典集成『平家物語　下』新潮社、一九八一年一二月。一六五頁頭注）と指摘するように、なんらかの伝承を背景としていた可能性も否定できない（ただし、それが「千手」という個人名と結びついたものであったとは限らない）。覚一本の一節は、その伝承内容を千手と結びつけながら要約したものである。それは享受に際して、享受者の記憶に存在する善光寺における女人出家譚伝承を喚起し、千手に対するイメージを膨らます。仮に、このような千手の後日譚伝承が、『平家物語』以外の言説によって、ないしは『平家物語』の異本によって広く流布していたとするならば、屋代本のような叙述であっても、（それがどのような千手譚であるか、善光寺関連の伝承なのか、『吾妻鏡』や盛衰記のような伝承なのかは別として）、享受者の記憶にある千手譚を想起させる回路として十分に機能しうるであろう。(15) 延慶本の叙述が、千手の後日譚に関してまったく関心を示さず、『平家物語』の範囲はあくまでも重衡関連記事までとする姿勢を示しているのと比較するならば、屋代本の叙述もまた、千手の後日譚への契機を内包しているとみることができよう。

三　省略された説話――語り本における維盛・北方馴れ初め譚――

『平家物語』に登場する数多くの女性達のなかでも、維盛北方は、維盛・六代の物語との関連で、特に大きく取り上げられている一人である。この女性が最初に姿を現すのは、一門とともに都落する夫維盛との別れの場面である。

6【覚一本巻七・維盛都落】小松三位中将維盛は、日ごろよりおぼしめしまうけられたりけれ共、さしあた（ッ）てはかなしかりけり。北の方と申は、故中御門新大納言成親卿の御むすめ也。桃顔露にほころび、紅粉眼に媚をなし、柳髪風にみだるゝよそほひ、又人あるべしとも見え給はず。六代御前とて、生年十になり給ふ若公、その妹八歳の姫君おはしけり。此人々皆をくれじとしたひ給へば、三位中将の給ひけるは……

【屋代本巻七・平家一門落都趣西国事】其ノ中ニ、小松ノ三位中将惟盛ハ、日比ヨリ思儲タル事ナレ共、差当ハ悲カリケリ。北方ト申ハ、故中ノ御門新大納言成親卿ノ御娘也。此腹ニ六代御前トテ、十ニ成給フ若君御坐ス。夜叉御前トテ、八ニ成給フ姫君御坐ケリ。此人々ニ送レジト面々ニ出立給ケリ。三位中将北方ニ宣ケルハ……

この章段は、覚一本では、平家一門の京都出立に際して摂政基通が七条大宮で一行から離反したことを記した直後に置かれる。屋代本では、摂政基通の離反後一門が京都を南へと去っていく場面を語った後、「忠度都落」を記し、それに続けてこの「維盛都落」譚が記される。おそらくは、本来一門の都落に続けて置かれていたものが、後に「忠度都落」譚が挿入されたために、冒頭の「其ノ中ニ」および「此人々ニ送レジト面々ニ出立給ケリ」が浮き上がってしまったものと思われる[16]。

これに対し、延慶本の場合は、この記事が「惟盛北方事」と「惟盛与妻子余波惜事」の二章段に分かれており、間に「大臣殿女院ノ御所へ被参事」「法皇忍テ鞍馬へ御幸事」「平家都落ル事」が挟まるかたちとなっている。「惟盛北方事」は義仲勢が京に接近する緊迫した情勢のなか、京都近郊でも次々と反平家勢力が挙兵したと伝える次のような記事に続いて登場する。

【延慶本第三末・肥後守貞能西国鎮メテ京上スル事／惟盛北方事】……又東ハ十郎蔵人行家、伊賀国ヲ廻テ、大和国奈良法師共ニイヅノ木津ニ着ヌト聞ユ。西ハ足利判官代義清、丹波国ニ打越テ、大江山ヲ打塞グト聞ユ。南ハ多田蔵人行綱已下、摂津、河内ノアブレ源氏ドモ、川尻、渡辺ヲ打塞ト訇リケレバ、平家ノ人々色ヲ失テサワ

ギアヘリ。／

三位中将惟盛、北方ニ宣ヒケルハ、「我身ハ人々ニ相具シテ都ヲ出ベキニテ有ヲ、何ナラム野末山末ヘモ相具シ奉ルベキニテコソアレドモ……

延慶本の記事配列では、この時点においては、まだ平家の都落決断は記されていない。それにもかかわらず維盛が「我身ハ人々ニ相具シテ都ヲ出ベキニテ有ヲ」と述べるのは明らかに文脈的な混乱であり、おそらくは延慶本が先行するテキストをもとに、記事の挿入や削除、配列の変更などを行った際に生じた不手際の痕跡であろう（長門本も延慶本と同じ配列をとる）。

さて、覚一本・屋代本・延慶本の叙述にはさまざまな異同がある一方で、その詞章に関しては書承的関係を示唆するような近似箇所が多く認められる（傍線部が三本の対応箇所）。

7【覚一本巻七・維盛都落】小松三位中将維盛は、日ごろよりおぼしめしまうけられたりけれ共、さしあた（ッ）てはかなしかりけり。

【屋代本巻七・平家一門落都趣西国事】其ノ中ニ、小松ノ三位中将惟盛ハ、日比ヨリ思儲タル事ナレ共、差当ハ悲カリケリ。

【延慶本第三末・惟盛与妻子余波惜事】三位中将ハ、日来思儲タリツル事ナレドモ、指当テハ、アナ心憂ヤトオボシテ……

8【覚一本巻七・維盛都落】日ごろ申し様に、われは一門に具して、西国の方へ落行なり……たといわれうたれたりと聞給ふ共、さまな(ン)どかへ給ふ事はゆめ〳〵あるべからず。そのゆへは、いかならん人にも見えて、身をもたすけ、おさなき者共をもはぐゝみ給ふべし。情をかくる人もなどかなかるべき。

【屋代本巻七・平家一門落都趣西国事】日来申シ様ニ、惟盛ハ一門ノ人々ニツレテ、西国ノ方ヘ落行ナリ……又何ナル人ニモ見ヘ給ヘカシ。奉レル懸レケ情ヲ人、都ノウチニモナドカハ無ルベキ。

【延慶本第三末・惟盛北方事】我身ハ人々ニ相具シテ都ヲ出ベキニテ有ヲ……世ニナキ者ト聞ナシ給トモ、アナカシコサマナムドヤツシ給ナ。イカナラム人ニモミヘ給ヒテ、少キ者ドモヲモハグ、ミ、我身ノ後世ヲモ助給ヘ。サリトモナドカ「アハレ、イトヲシ」ト云人モナカルベキ。

9【覚一本巻七・維盛都落】すでにたゝんとし給へば、袖にすが(ッ)て「都には父もなし母もなし。捨られまいらせて後、又誰にかはみゆべきに、いかならん人にも見えよな(ン)ど承はるこそうらめしけれ。前世の契ありければ、人こそ憐み給ふとも、又人ごとにしもや情をかくべき。いづくまでもともなひ奉り、同じ野原の露ともきえ、ひとつ底のみくづともならんとこそ契しに、さればさ夜の寝覚のむつごとは、皆偽になりにけり。せめては身ひとつならばいかゞせん、すてられ奉る身のうさをおもひし(ッ)てもとゞまりなん。おさなき者共をば、誰にみゆづり、いかにせよとかおぼしめす。うらめしうもとゞめ給ふ物哉」と、且はうらみ、且はしたひ給へば……

【屋代本巻七・平家一門落都趣西国事】三位中将鎧着テ、馬引ヨセ、出ントシ給ヘバ、北ノ方泣々起上リ、袖ニ取リ付テ、「都ニハ父モナシ、母モナシ。奉レ被レ捨テ後、誰ニカハ見ユベキニ、何ナル人ニモ見ヘヨカシナンド宣フ事ノ恨メシサヨ。日比ハ志浅カラズ御坐セシカバ、人シレズ深ク憑モシク思シニ、何ノ間ニ替ケル心ゾヤ。

同ク野原ノ露トモ消ヘ、同底ノミクヅトモ共ニ成バヤナンドコソ契シニ、今ハ寝覚ノ眤言モ、皆詐ニ成ニケリ。責テ我身一ッナラバ、捨ラレ奉ル身ノ程ヲ思知テモ留ナム。少キ者共ヲバ、誰ニ見譲リ、何カニセヨトカ思給フ。恨メシウモ留給物哉」トテ、且ハシタイ、且ハ恨テ泣給ニゾ……

【延慶本第三末・惟盛与妻子余波惜事】……トテ、ナク〳〵出給ヘバ、北方袖ヲヒカヘテ宣ケルハ、「父モナシ、母モナシ。都ニ残留リテハ、イカニセヨトテ、フリステ、出給ゾ。野末山末マデモ引具シテコソ、トモカクモミナシ給ハメ」トテ、人目モツ、マズナキモダヘ給ヲ……

【延慶本第三末・惟盛北方事】「年来日来ハ志シアサカラヌヤウニモテナシ給ツレバ、我モサコソタノミ奉リツルニ、イツヨリ替リケル心ゾヤト思コソ口惜ケレ。前生ニ契アリケレバ、我ヒトリコソ哀ト思給トモ、人毎ニナサケヲカクベキニアラズ。又人ニミヘ候ベシトモ思ワズ。少者共ヲ打捨ラレ奉リテハ、イカニシテカハアカシクラスベキ。誰ハグ、ミ、誰アワレムベシトテ、カヤウニ留メ給ゾ」トテ、涙モカキアヘズ泣給ヘバ……

【覚一本巻七・維盛都落】三位中将の給ひけるは、「誠に人は十三、われは十五より見そめ奉り、火のなか水の底へもともにいり、ともにしづみ、限りある別路までも、をくれ先だゝじとこそ申しか共、かく心うきありさまにていくさの陣へおもむけば、具足し奉り、ゆくゑもしらぬ旅の空にてうき目をみせ奉らんもうたてかるべし……」

【屋代本巻七・平家一門落都趣西国事】三位中将モ無二為方一ハ思ハレケル。「誠ニ、人ハ十三、惟盛十五ト申シヨリ、互ニ見ソメミヱ初テ、今年ハ已ニ十二年。火ノ中水ノ底マデモ、共ニ沈ミ、限有別路ニモ後レ先立タジトコソ契シカ共、カヽル心憂キ軍ノ場ニ趣ケバ、行末モ知ヌ旅ノ空ニテ、浮目ヲモミセ奉ランモ心苦シカルベシ……」

【延慶本第三末・惟盛北方事】三位中将又宣ケルハ、「惟盛ハ十六、其ニハ十四ト申シ年ヨリ見ソメ奉リテ、今年十年ニナルコソオボユレ。誠ニサキノ世ノチギリヤ有ケム、今マデハ志アサカラズコソ思奉リツレ。火ノ中へ入、水ノ底ニシヅムトモ、又限リアル別ノ道ヲモヲクレ先立ジトコソ思ツレドモ、カヽル世ニナリニケレバ、セメテノイタワシサノ余ニコソカクモ申セ……」

7～10は三本で本文が近似する部分、傍線部は表現レベルでほぼ一致する部分である。右のような本文の近似性からみて、三本の間の緊密な関係は明らかである。ただし、屋代本と覚一本では、その構成や表現からは、共通祖本から分化が想定されるのに対し、屋代本・覚一本と延慶本とでは、表現や文単位での共通性は認められるものの、記事構成や記事内容（たとえば二人の馴れ初めの年齢の異同）、詞句の配列関係で異なっており、直接的な共通祖本の想定はむずかしい。また、語り本のような形態から、説話を二箇所に分けた延慶本のような配置が生まれたとも考えにくい。第五章の系統モデルからすれば、延慶本のような叙述が先行し、そこから別離譚を一箇所にまとめた語り本の共通祖本が生み出されたか、あるいは延慶本の前段階の語り本・読み本共通祖本では、延慶本のような記事が一箇所にまとめられていた可能性が高い。

さて、ここで注目したいのは、延慶本に記された次のような二人の馴れ初め説話の存在である。

11【延慶本第三末・惟盛北方事】此北方ト申ハ、故中御門ノ新大納言成親卿ノ御娘ナリ。容顔世ニコヘテ、心ノ優ナル事モ、世ノツネニハ難有カリケレバ、ナベテノ人ニミセム事イタハシク被思テ、女御后ニモトゾ父母思給ケル。カク聞ヘケレバ、コレヲ聞人アワレト思ワヌハナカリケリ。法皇此由聞召シテ、御色ニソメル御心ニテ、忍ビテ御書有ケレドモ、是モ由ナシトテ、御返事モ申サセ給ワズ。

雲井ヨリ吹クル風ノハゲシクテ涙ノ露ノヲチマサルカナ

ト、口スサビ給ケルコソヤサシケレ。父成親卿、法皇ノ御幸ノ有由シ聞給ヒテ、アワテ悦ビ給ヘドモ、姫君聞入給ハネバ、「親ノ為不孝ノ人ニテオワシケルヲ、今マデ父子ノ義ヲ思ケルコソクヤシケレ。今日ヨリ後ハ父子ノ契離奉リヌ。彼方ヘ人行通ベカラズ」ト宣ケレバ、上下ヲソレ奉リテ、通人モナシ。乳母子ニ兵衛佐ト申ケル女房一人ゾ、ワヅカニユルサレテ通ケル。是ニ付テモ、姫君世ノ憂事ヲゾ、御モトユイニテスサビ給ケル。

ムスビツル情モフカキモトヰニハチギル心ハホドケモヤセム

ト書スサミテ、引結テ捨給ヘリ。兵衛佐是ヲ見テ後ニコソ、思有人トハ知ニケレ。色ニ出ヌル心ノ中ヲ争シルベキト、ヤウ〱ニ諫申サレケルハ、「女ノ御身ト成セ給テハ、加様ノ御幸ヲコソ、神ニモ祈リ、仏ニモ申テアラマホシキ御事ニテ候ヘ」ト申ケレバ、姫君御涙ヲオサヘテ、「我身ニツキセヌ思ノ罪深ケレバ、ナニゴトモヨシナキゾトヨ」トテ、引カヅキテ臥給ヒヌ。兵衛佐又申ケルハ、「少クヨリ立去方モナクコソ、ナレ宮仕ヘ奉リツルニ、カク御心ヲオカセ給ケルコソ心ウケレ」ト、サマ〲ニヨモスガラウラミ奉リケレバ、姫君理リニマケテ、「アリシ殿上淵酔ニ見初メタリシ人ノ、ヒタソラ穂ニアラワレテ云シ事ヲ聞カザリシカバ、此世ナラヌ心ノ中ヲシラセタリシカバ。イカバカリ、カクト聞バ、歎カムズラムト思テゾヨ」ト宣ヘバ、「小松殿コソ申サセ給トキ、シカ。サテハ其ノ御事ニヤ」トテ、兵衛佐小松殿ヘ参リテ、シカ〱ノ御事ナム申ケレバ、三位中将「サル事有キ」トテ、忍ビテ忩ギ御車ヲ遣テ、迎奉リテケリ。サテ年比ニモ成給ヒニケレバ、若君、姫君マウケ給タリケル御中也。若君ハ十、姫君ハ八ニゾ成給ニケル。「我ヲバ貞能ガ五代ト付タリシカバ、是ヲバ六代ト云ム」トテ、若君ヲバ六代御前トゾ申ケル。姫君ヲバ夜叉御前トゾ聞ヘシ。

成親娘である維盛北方が、後白河院の求婚があったにもかかわらず、両親の反対を押し切って維盛のもとに迎え取られたことを記すこの説話は、長門本にも延慶本とほぼ同文で、盛衰記にはより詳細なかたちで載せられている。それはこの説話がある程度広く流布・定着していたことを示唆するものであろう。語り本には説話そのものはない。しかしながら、延慶本で傍線・破線を引いた表現と同文ないしは近似した詞章が、覚一本・屋代本の「維盛都落」冒頭部近くに見出せる（本節最初の引用6）。ことに覚一本の、「北の方と申は、故中御門新大納言成親卿の御むすめ也。桃顔露にほころび、紅粉眼に媚をなし、柳髪風にみだるゝよそほひ、又人あるべしとも見え給はず」は、延慶本の「此北方ト申ハ、故中御門ノ新大納言成親卿ノ御娘ナリ。容顔世ニコヘテ、心ノ優ナル事モ、世ノツネニハ難有カリケレバ、ナベテノ人ニミセム事イタハシク被思テ」と対応関係にあり、テキスト形成における両本文の関係性を強く示唆している。とするならば、語り本はそのテキスト形成に際して、二人の馴れ初め説話の存在を十分に承知していたはずであり、そうした先行テキストを意識した叙述であったはずである。先行テキストの詞句・表現の断片は、そのテキストや内容を知っている享受者に対して、物語の記憶の喚起を促すものである。維盛・北方の熱愛の物語は、都落に際しての別れにおける、二人の悲痛な心情をいっそう痛切なものとする。語り本の冒頭叙述は、そうした熱愛物語の記憶を喚起するものではなかったか。引用10にみられる、「誠に人は十三、われは十五より見そめ奉り、火のなか水の底へもともにいりともにしづみ、限りある別路までも、をくれ先だゝじとこそ申しか共…」（覚一本）、「誠ニ、人ハ十三、惟盛十五ト申シヨリ、互ニ見ソメミエ初テ、今年ハ已ニ十二年。火ノ中水ノ底マデモ、共ニ沈ミ、限有別路ニモ後レ先立タジトコソ契シカ共…」（屋代本）のような表現も、当然こうした背景を喚起するべく機能したであろう。これらの叙述は、延慶本とも共通し、テキスト形成論的には、語り本の本文は、延慶本のような叙述が切り張りされた結果にすぎないとの見方もできる。しかしながら、延慶本のような馴れ初め譚の流通を前提とするならば、語り本の詞章には、その形成作業の問題とは別に、享受者の記憶を刺激して、語り本には詳述されない説話を想起させる機能が生じているとみるべきではないか。ちなみに、この維盛一家（維盛・北方・六代）の物語が、多くの享受者の共感を呼んでいたことは、観音利生譚として作られた『六代御前物語』などからもうかがうことができる。現存の『六代御前物語』と延慶本のような『平家物語』との先後関係などは必ずしも明らかではないが[17]、少なくとも、『六代御前物語』が作られたということは、この一家の物語が多くの人々の関心を集めた物語であり、広く享受されていたことを示している[18]。もちろんこれも広い意味での〈平家物語〉の一部として認識されていたはずであり、『平家物語』諸本はこうした周辺説話と微妙に絡みあいながら享受されていたと考えるべきであろう。第四章でふれた「菖蒲前」などは、文字テキストの枠組みを主とした作品理解の視点からは、『平家物語』の枠外とされるものでありながらも、当時においては〈平家物語〉として認識されていた好例である。

以上のような現象は、テキスト形成論的にみれば、延慶本のような詳細な説明を有するテキスト（必ずしも延慶本とは限らない）から、覚一本・屋代本などが抄出によって本文を形成した結果と解釈できるものである。たとえば、松尾葦江氏は、屋代本巻五「徳大寺左大将実定卿旧都近衛河原皇大后宮大宮御所被参事」に関して、次のように指摘する[19]。

「待宵小侍従」「蔵人泰実」という人名は、ここでは全く説明なしに出てくる。覚一本などでは「待よひの小侍従といふ女房も、此御所にそ候ける。この女房を待よひと申ける事は」とあって、渾名の由来が説明され、それに則って「物かはと…」の歌が成りたつのであるが、屋代本は何も説明せず、「物カハト君ガイヒケム」の背景は、享受者には知らされないままである。

これは、覚一本・屋代本の叙述が延慶本のような叙述から抄出・改変された結果とする麻原美子氏の指摘[20]を受けた発言であるが、ここで問題としたいのは、延慶本にはあった渾名の由来記事を、屋代本がなぜそのように意味不明となるように省略したのか、という点である。小侍従との名残を惜しんだ実定に命じられて引き返した蔵人が、侍従に「物かはと…」の歌を読みかけたというこの逸話は、『十訓抄』や『今物語』にもみえ[21]、中世においてはかなり流布していたものと思われる。また、『平家物語』の享受は、屋代本のみによって行われたわけではない。語り本・読み本を含めて多様な異本があり、現存テキストには含まれない章段も琵琶語りによって供されていた[22]。『平家物語』以外によっても、伝承はさまざまに伝えられていた。享受者が、「待宵」の由来をすでに知識として共有していれば、屋代本があえてその由来を記す必要はない。『十訓抄』『今物語』の場合でも、彼女を「小侍従」とのみ記し、「物かはと…」の歌の前提となる「待宵の…」の歌についてはまったく説明されない。この歌は『新古今和歌集』恋歌三に「題しらず」として載り、その詠歌事情に関する伝承とともに広く知られていたのであろう。だからこそ、『十訓抄』『今物語』もこれを記す必要を認めなかったのではないか。そもそも、和歌においては先行歌についての知識の共有は詠歌・享受の大前提である。説話享受においても、ある程度同様の事情を想定してもよいのではなかろうか。その場合、「待宵」の渾名自体が、「物かはと…」の歌の解釈の前提となる逸話を喚起するものであった。ただし、〈平家物語〉に関しては、知識共有の範囲は和歌の場合ほどには明確な基準のあるものではなかった。覚一本は、やはり渾名の由来が必要として、延慶本とはやや異なるかたちでこれを補っている[23]。

こうした『平家物語』テキスト外の説話が人々の記憶として共有されている状況を想定するならば、『平家物語』テキストの享受という行為のなかに、そうした記憶の喚起という要素があってもよい。ことに語り本の場合、テキストに記される範囲がきわめて限定的であるだけに、共有された〈平家物語〉の記憶なしには、「歴史の物語」としての広がりが見失われかねない。テキストの不足を補い、テキストには記されない〈平家物語〉の記憶を喚起するための仕掛けを、叙述のなかに探る必要があるように思われるのである。

四　周辺説話との連携――屋代本における次信の遺言――

屋島の合戦において、主君義経に代わって能登守教経の矢を受けて最期を遂げた佐藤三郎嗣信の遺言をめぐる諸本の異同は、古態性の問題とからめてこれまでもしばしば論じられてきた。主のために、身代わりとなって討死するのは武士の名誉とする覚一本の台詞に対し、語り本のなかでも古態とされる屋代本は「先ッ奥州ニ留置候シ老母ヲ今一度見候ハヌ事」と、故郷の老母への思慕を表白する。この異同については、屋代本のような姿を古態とし、次第に忠誠心を強調した武士像へと変化したとするのが一般的である[24]。それを受けて、水原一氏が次のように指摘する[25]。

> 底本（百二十句本＊筆者注）のような哀れさは、盛衰記にも示されるが、屋代本・竹柏園本・平松家本・中院本等八坂系本文の特色となっているといってよい。もっとも八坂系でも哀れさの中心というべき老母思慕を欠いたり、哀れさと並べて弓矢取る身の覚悟をも披瀝したりする中間型・混合型の諸本もあって種々興味深く考察される。おそらく戦場の死の際に母を思う人の子の真情を告白するのが実態に近かろう。武家社会の歴史の中で、享受層の代表である武士たちのために、いわば教範的な倫理を示す、天晴れ武士の鏡というべき最後談に変貌してゆくのであろう。兄弟の故郷の母や妻子の物語（『義経記』・謡曲『摂待』などにみえる）もそこから派生するのである。

屋代本のようなあり方に、当時の武士の実態に近い姿を認めるということ自体に異論はない。その意味で、覚一本のような武人像が後次的であるとする点も、〈平家物語〉においてはその通りであろう。ただし、文字テキスト形成のレベルでの議論としては、一考を要するように思われる。

いささか煩雑ながら、本文の近似性と異同から書承的関係を検証するために、まず、覚一本と屋代本を引用する。

【覚一本巻十一・嗣信最期】判官は、佐藤三郎兵衛を陣のうしろへかきいれさせ、馬よりおり、手をとらへて、「三郎兵衛、いかゞおぼゆる」との給へば、いきのしたに申けるは、「いまはかうと存候」。「おもひをく事はなきか」との給へば、「なに事をかおもひをき候べき。君の御世にわたらせ給はんを見まいらせで、死に候はん事こそ口惜覚候へ。さ候はでは、弓矢とる物の、敵の矢にあた（ッ）てしなん事、もとより期する処で候也。就レ中に『源平の御合戦に、奥州の佐藤三郎兵衛嗣信といひける物、讃岐国八嶋のいそにて、しうの御命にかはりたてま（ッ）てうたれにけり』と、末代の物語に申されん事こそ、弓矢とる身には今生の面目、冥途の思出にて候へ」と申もあへず、たゞよはりによはりにければ、判官涙をはら〳〵と流し、「此辺にた（ッ）とき僧やある」とて、たづねいだし、「手負のたゞいまおちいるに、一日経かいてとぶらへ」とて、黒き馬のふとうたくましゐに、き（ン）ぶくりんの鞍をいて、かの僧にたびにけり。判官五位尉になられし時、五位になして、大夫黒とよばれし馬也。一の谷ひへ鳥ごえをもこの馬にてぞおとされたりける。弟の四郎兵衛をはじめとして、是を見る兵ども皆涙をながし、「此君の御ために命をうしなはん事、ま（ッ）たく露塵程もおしからず」とぞ申ける。

【屋代本巻十一・讃岐国屋島合戦事】敵引退テ後、判官モ手負タル次信ヲ陣ノ後ヘカ、セ、馬ヨリ下リ給ヒ、次信ガ手ヲ取テ、「何ニ々」ト宣ヘバ、息ノ下ニ、「今ハ已ニ合候」トゾ申ケル。判官涙ヲ流シ給テ、「此ノ世ニ思置事アラバ、只今義経ニ云置ケ」ト宣ヘバ、次信ヨニモ苦シゲニテ、「ナドカ此世ニ思置ク事ナウテハ候ベキ。先ッ奥州ニ留置候シ老母ヲ今一度見候ハヌ事、サテハ君ノ世ニ渡セ給ハヌズル事ヲ不二見進一シテ、先立進セ候事コソ、ヨミヂノ障トモ成ヌベウ候ヘ」ト、是ヲ最後ノ詞ニテ、廿八ト申ス二月十八日ノ酉刻ニ、讃岐屋島磯ニテ終ニ死ニケリ。判官是ヲ悲ミ給テ、「此ノ辺ニ僧ヤ有」ト宣テ、僧一人尋出シ給フ。判官此僧ニ向テ、「只今終ル手負ノ為ニ、一日経書テ訪テタビ候ヘ」トテ、一ノ谷鵯超乗テ被レ落タリシ秘蔵ノ馬ヲ、此僧ニゾ引レケル。黒キ馬ノ大逞ニ、金覆輪鞍ヲゾ被レ置タル。鵯越ヲ落シ給テ後、余リニ秘蔵シテ、「我五位尉ヲバ此馬ニ譲也」トテ、大輔黒ト名付ラレタル秘蔵ノ馬ヲ被レ引ケルヲ見テ、兵共、「此君ノ御為ニ捨レン命事、不レ惜」ト感合テ、皆鎧ノ袖ヲゾヌラシケル。

傍線は両本がほぼ同文である部分、破線は表現面では多少異なるものの内容的には共通する部分である。これに対し、波線は表現的にも内容的にも両本が大きく異なる部分である。嗣信の遺言を除けば、両本で大きく異なるのは、義経が僧を探させる状況のみである。屋代本が「是ヲ最後ノ詞ニテ、……終ニ死ニケリ」と、嗣信の死をもって結び、あらためて義経が供養を依頼したとするのに対し、覚一本は「と申もあへず、たゞよはりによはりにければ」と、嗣信が瀕死状態のなかで僧を探させ、供養を依頼している。

さて、本文の形成過程を考える上で手掛かりとなるのが延慶本である。

【延慶本第六本・八嶋ニ押寄合戦スル事】佐藤三郎兵衛継信ハ僅ニ目許ハタラキケルヲ、肩ニ引カケテ判官ノオワスル処へ来ル。判官、継信ガ枕上ニ近ヨ（ッ）テ、「義経ハコヽニ有ゾ。何事カ思置事アル。一所ニテトコソ契タリシニ、汝ヲ先ニ立ツルコソ口惜ケレ。義経若イキ残リタラバ、後世ヲバイカニモ訪ワンズルゾ。心安ク思へ」ト宣ケレバ、継信ヨニ苦シゲニテ気吹出シテ、「弓矢ヲ取男ノ、敵ノ矢ニ中テ死ル事ハ、存儲タル事ニ候。全ク恨ト存候ワズ。但奥州ヨリ付進セ候ツルニ、君ノ平家ヲ責落給テ、日本国ヲ手ニニギラセ給、今ハカウト思食シ候ワンヲ見進テ候ハヾ、イカニウレシク候ワン。今ハ夫ノミゾ心ニ係リテ覚候へ」ト申ケレバ、判官聞給テ涙ヲ浮べ、「誠ニサコソ思ラメ」ト宣ケルホドニ、継信ハヤガテ息タヘニケリ。奥州ヨリ判官上給ケル時、秀衡ガ献リタリケル、貞信ガ「ヲキ墨ノ朱」（「貞任ガヲキ墨ノ末」（盛衰記））ト申黒馬ノ、スコシチヒサカリケルガ、名ヲバ「薄墨」ト申テ早走ノ逸物也。一ノ谷ヲモ此馬ニテ落シ、軍ゴトニ此馬ニ乗テ、一度モ不覚シ給ハザリケレバ、「吉例」トモ名付ラレタリ。判官ノ五位ノ尉ニ成給ケル時モ、此馬ニ乗給ヘリケレバ、余リニ秘蔵シテ、「大夫黒」トモ名付ラレタリ。身モハナタジト思給ケレドモ、佐藤三郎兵衛ガ悲クオボサレタリケル余ニ、此馬ニ黄覆輪ノ鞍ヲ置テ、近キ所ヨリ僧ヲ請ジテ、「志計ハイカニトオボセドモ、カヽル軍場ナレバ不力及一。コヽニテ一日経ヲ書テ、佐藤三郎兵衛ガ後生能々訪給へ」ト宣ケレバ、是ヲ見聞ケル兵共、皆涙ヲ流テ、「此殿ノ為ニハ命ヲ捨ル事不惜二」トゾ各ノ申合ケル。

供養に供された名馬大夫黒に関する叙述に語り本との間に大きな異同がみられるほかは、場面の基本構成は語り本と共通している。詞章面でも、近似している部分は多い。たとえば、三本に近似した表現部分としては次のような箇所があげられる。

【延慶本】継信ヨニ苦シゲニテ気吹出シテ
【屋代本】次信ヨニモ苦シゲニテ
【覚一本】いきのしたに申けるは

【延慶本】余リニ秘蔵シテ、「大夫黒」トモ名付ラレタリ
【屋代本】余リニ秘蔵シテ……大輔黒ト名付ラレタル
【覚一本】判官、五位尉になられし時五位になして、大夫黒とよばれし馬也

【延慶本】是ヲ見聞ケル兵共、皆涙ヲ流テ、「此殿ノ為ニハ命ヲ捨ル事不惜一」トゾ各ノ申合ケル
【屋代本】兵共「此君ノ御為ニ捨レ命事、不レ惜」
【覚一本】これを見つるつは物共、みな涙を流し、「此君の御ために命をうしなはん事、ま（ッ）たく露塵もおしからず」とぞ申ける

これらの箇所においては、表現面で延慶本と屋代本が近似するのに対し、覚一本の表現はやや異なっている。また、供養の依頼を嗣信死亡の後とする点も、屋代本と共通している。このように、延慶本と屋代本には表現や叙述内容に関して多くの近似点が認められる。ただし、嗣信の遺言に関しては内容・表現ともに延慶本は覚一本と近く、屋代本のみが大きく異なっている。なお、供養に供した「大夫黒」命名のいきさつについては、義経が秘蔵のあまりに、五位に叙せられたときにこの位を譲ったとする語り本の叙述は、位を譲るという言い方が実際のどのような行為を意味

しているのか不明である。おそらくは、延慶本のような命名の事情の叙述を簡略化するなかで生じてきた表現であろう。[26]

さて、三本の異同のなかでも従来から注目されてきたのが遺言の相違である。この内容を整理すると次のようになる。

①義経の世を見ずして先立つことが残念（心残り）である。（屋代本・覚一本）
①′義経が平家を滅ぼし、日本をその手に握って支配する様を見ずして先立つことが心残りである。（延慶本）
②武士として敵の矢に当たって死ぬことは覚悟の上である。（覚一本・延慶本）
③主人義経の身代わりとなって後代に名を残すことは名誉である。（覚一本）
④奥州に残る老母に今一度会わずして先立つことが心残りである。（屋代本）

三本に共通するのは①（①′）である。語り本が嗣信の心残りを、漠然と「君ノ世」「君の御世」を見ぬこととしているのに対し、延慶本がより具体的に「君ノ平家ヲ責落給テ、日本国ヲ手ニニギラセ給、今ハカウト思食シ候ワン」と述べている点に相違はみられるものの、本質的には①①′は同じ内容を述べていると見てよい。これに対し、②③④は三本が異なる部分である。②は覚一本・延慶本に共通するが、屋代本にはない。③は覚一本のみにみられる武士的倫理の表明である。①②を受けて、それを主従関係と武士の名誉という論理によって発展させている。これら①②③が、主君への愛情・忠誠心・功名心などの武士的な精神の発露であるのに対して、④の老母思慕は明らかに異質である。これが屋代本の遺言を延慶本・覚一本とは大きく異なるものとしている。

この④の要素は、「おそらく戦場の死の際に母を思う人の子の真情を告白するのが実態に近かろう[27]」という視点から、屋代本の古態性の問題とからめて論じられてきた。この点に関して、諸本の本文は次の通りである。

【延慶本】弓矢ヲ取男ノ、敵ノ矢ニ中テ死ル事ハ、存儲タル事ニ候。全ク恨ト存候ワズ。但奥州ヨリ付進セ候ツルニ、君ノ平家ヲ責落給テ、日本国ヲ手ニニギラセ給、今ハカウト思食シ候ワンヲ見進テ候ハヾ、イカニウレシク候ワン。今ハ夫ノミゾ心ニ係リテ覚候へ。

【長門本】「源平両家の御あらそひのはじめに、屋嶋の浦にて、かばねをさらしたりし次信」と、いはれんこそ、後代のめんぼくなれ。たゞし君の御戦、未をはらぬを、見をきまいらせで、うせ候ぬるこそ、憂世におもひをく事とては候へ。

【盛衰記】弓矢取身ノ習也。敵ノ矢ニ中テ主君ノ命ニ替ハ兼テ存ル処ナレバ更ニ恨ニ非ズ。只思事トテハ老タル母ヲモ捨置、親キ者共ニモ別テ遙ニ奥州ヨリ付奉シ志ハ、平家討チ亡シテ、日本国ヲ奉行シ給ハンヲ見奉ラントコソ存シニ、先立奉計コソ心ニ懸リ侍シ。老母ガ歎モ労シ。

【南都本】今ハカウト存候。何事カ思置候ベキ。サレ共君ノ世ニ渡ラセ給ハンヲ見参候ハデ死候ハン事、口惜ク候。サラデハ弓矢取リ候者ノ矢ニアタリテ死候ハン事、期スル所ニテ候。就中源平ノ御合戦ニ奥州ノ佐藤三郎兵衛次信ト云イケル者、讃岐国八嶋ノ礒ニテ君ノ御命ニ替テ打レニケリト、末代ノ物語ニ申サレン事コソ面目ニテ候へ。

【覚一本】なに事をかおもひをき候べき。君の御世にわたらせ給はんを見まいらせで、死に候はん事こそ口惜覚候へ。さ候はでは、弓矢とる物の、敵の矢にあた(ッ)てしなん事、もとより期する処で候也。就レ中に「源平の御合戦に、奥州の佐藤三郎兵衛嗣信といひける物、讃岐国八島のいそにて、しうの御命にかはりたてま(ッ)て、うたれにけり」と、末代の物語に申されん事こそ、弓矢とる身には今生の面目、冥途の思出にて候へ。

【屋代本】ナドカ此世ニ思置ク事ナウテハ候ベキ。先ッ奥州ニ留置候シ老母ヲ今一度見候ハヌ事、サテハ君ノ世ニ渡セ給ハヌズル事ヲ不二見進一シテ、先立進セ候事コソ、ヨミヂノ障トモ成ヌベウ候へ。

＊片仮名百二十句本、平仮名百二十句本、平松家本、竹柏園本もほぼ同文。

【鎌倉本】ナドカ此世ニ思置事無テハ候ベキ。先奥州ニ留置シ老母ヲ今一度見候ハヌ事。左有テハ君ノ世ニ渡セ給ム事見進ズシテ前立進候事社、次信ガヨミヂノ障共成ヌベウ候。サテハ弓矢取身ノ主君ノ御命ニ替リ奉事コソ、今生ノ面目、後生ノ思出ニテハ候へ。

【八坂本】今生に思ひおく事の、などかはなうて候べき。先は君の平家を亡して世に渡らせ給はむを見奉らぬ事、扨は奥州にとゞめおきし老母を見候はぬ事こそ、よみぢのさはりともなりぬべう候へ。さりながら、御命にかはり参らせ候へば、弓矢とりの本意、只此事に候。弟にて候ひける忠信をば、相構て御不便にせさせおはしますべし。

片仮名百二十句本ほかの多くの語り本が屋代本とほぼ同文であり、鎌倉本は、屋代本の遺言の後に覚一本の遺言の一部（引用傍線部）を付け加えたものと見られる。このような諸本における段階的な変化が、屋代本から覚一本へという仮説と合致することも、屋代本の遺言を古態とする論拠とされてきた（今日では、これらが過渡本ではなく混態本とみるのがほぼ定説となっている）。八坂本は、屋代本の老母思慕・義経将来の順を逆にし、これに弟忠信についての依頼を加えるが、これも屋代本的な遺言の延長とみられる。これに対し、読み本である長門本・南都本は延慶本と同様の内容に覚一本的要素（源平合戦にての討死が後代の面目）をあわせ、盛衰記のみ討死を面目とする内容にかわって老母思慕を加える。(28) こうしてみると、たしかに覚一本は、語り本のなかでは異質である。

老母思慕という素朴な感情が、たとえば琵琶語りや周辺的説話などの〈平家物語〉において、早い時期から嗣信の遺言として伝えられてきた可能性は否定できない。また、屋代本がそうした言説の影響を受けた可能性は十分にある。しかし、遺言以外の語り本本文が明らかに延慶本と共通祖本に依拠したと思われるような近似性を示し、しかも延慶本により古態性が認められる以上、文字テキストとしての『平家物語』というレベルで捉えるならば、延慶本のような遺言が先行した可能性が高いと見ざるをえない。したがって、屋代本のような遺言を古態とするには疑問が残る。

まずは、先に指摘した嗣信最期譚本文の特徴を、もう一度整理しておきたい。

i・延慶本と語り本には多くの共通性が認められる。これ以外の箇所における共通性などを考えあわせると、両者がいずれかの時点で共通祖本のような接点を有した可能性が想定される。

ii・大夫黒の命名のいきさつに関する叙述を考えるならば、語り本のような叙述が延慶本に先行したとは考えにくい。

iii・引用部分についての屋代本と覚一本の近似からみれば、両者が共通祖本から書承的に作り出されてきた可能性が高い。

iv・屋代本の方が覚一本よりもより多くの延慶本と近似する表現を有する。

v・ただし、嗣信の遺言に関しては、覚一本と延慶本が同じ文脈上に存在する。

これを第五章であげたテキスト形成過程のモデルとあわせて検討するならば、次のような推論が可能である。

Ⅰ・この引用箇所について、iiの点からみて、延慶本のような叙述が先行した。

Ⅱ・i iii ivからみて、語り本に共通する祖本は、より延慶本的な表現を残したものであった。その意味では、屋代本の方がより共通祖本に近い。

Ⅲ・ただし、ⅠⅡのように考えるならば、嗣信の遺言の内容に関しても、祖本は延慶本と共通する要素を多く留めていたはずであり、この点では覚一本の方が共通祖本に近い。

Ⅳ．したがって、嗣信の遺言という点に関しては、屋代本の老母思慕という要素は後次的な改変である可能性を想定しなければならない。

では、本来語り本共通祖本により近い要素を多く留めていたはずの屋代本が、あえて祖本にはなかった老母思慕の要素を遺言に持ち込んだのはなぜか。このような遺言を伝える『平家物語』異本が共通祖本以外にあったのか、あるいは『平家物語』テキスト以外に、なんらかのかたちで〈平家物語〉として伝えられていたのであろうか。そこで注目されるのが、嗣信と故郷の老母とを結びつける『義経記』や、謡曲『摂待』、舞曲『八島』などの説話的広がりである。(29)

『摂待』『八島』のような説話の形成・伝承については、古くは折口信夫氏による言及があり(30)、鎌倉末頃における佐藤氏による鎮魂・追善供養的説話の流布の可能性については武久堅氏が指摘している。(31)これについては異論もあり(32)、屋島合戦伝承の流布と『平家物語』との先後関係については今なお結論が出されていない。(33)ただし、ここで問題としているのは屋代本の叙述との関係である。屋代本の成立をいつ頃とするかという点については、今なお不明な点も多いが、現存本の書写年代は室町中期頃とされており(34)、本文的にも延慶本のようなテキスト成立以降であるのは確実である。『摂待』『八島』は十五世紀中期には成立しており、おそらくはそれ以前に嗣信と奥州の老母を結びつけるような要素をもった説話群が形成されていたものと考えてもよかろう。屋代本の嗣信の遺言の背景に、伝承された八島語り（摂待説話の原型）との交流を認め、そうした説話の影響を受けて屋代本の遺言が生まれたという、島津忠夫氏の指摘(35)などもおおむね首肯すべきもののように思われる。屋代本のような遺言の形態は、権威的なテキストである覚一本成立以降も、ある程度の広がりをもって享受されていた。片仮名百二十句本などの混態本が、こうした実態を示唆している。それを支えたのが、『摂待』『八島』に見られるような伝承の広がりである。享受の問題としてこれを捉えるならば、屋代本型の遺言は、当然、その言葉のむこうに母胎となった説話世界を喚起したはずである。主従愛・忠誠心・武士的名誉の希求という文字テキストとしての『平家物語』本来のモチーフに対して、老母思慕という異質な言説を持ち込むことで、屋代本は母子の愛情を主題とした周辺的説話・伝承への回路を開いているといえよう。そして、この屋代本の遺言には、逆にこの母子の物語を〈平家物語〉の一部と認識させる作用もあったはずである。

五　〈平家物語〉と語り本の方法

『平家物語』各テキストの周辺には、中世の享受者達に〈平家物語〉と認識されながらも、文字テキストという言説の固定化によって必然的に生じた境界ゆえに、『平家物語』から除外された数多くの周辺的事象（説話）が存在している。それは語り本・読み本の区別なく、〈平家物語〉が『平家物語』となるための必然であった。読み本は比較的そうした周辺事象の摂取に積極的であったが[36]、語り本は、その叙述方法の特性ゆえにテキストから多くの周辺をふるい落とさなければならなかった。語り本は、歴史的時間軸を意識しつつも、物語内部を流れ支配する時間の原理、事件相互を関連づける物語の論理を重視し、基本的にはこの物語世界内部の時間軸に寄り添う位置に語り手の視点を定めながら叙述を進める。物語内部の時間と論理に依拠したテキスト言説は、語りの時間進行と物語の時間進行の一致という方法的な制約から、単線的に進行せざるをえない。単線的時間進行は、物語展開の緊密性を高めるが、同時にこの時間軸に属さない周辺的事象を、時間進行の中断なしに取り込むことはできない（第七章参照）。第四章で考察したように、そもそも語り本は琵琶法師達によって語られた〈平家物語〉全体を、包摂しようとしたものではない。

その中心となる大きな流れを、一部語りという形式を意識して文字化したものである。語り本は、テキストには含みえない多くの周辺を前提として、〈平家物語〉の『平家物語』化を試みたテキストであった。

周辺的事象を前提とした語り本では、それらは直接的・具体的には叙述の上にあらわれなくても、テキストの上にさまざまな影を落としている。それらは、たとえば成親北方や千手に関する略述的な説話内容の叙述（その多くは佐々木氏の分類でいうところのB型説話ということになろう）に、こうしたテキスト外の説話の痕跡を見出すことができる。あるいは屋代本の嗣信の遺言のような外在する説話モチーフの部分的摂取も、『平家物語』をその周辺的説話とつなぐものであろう。こうした叙述方法が成り立つには、享受者との周辺領域の共有という前提が不可欠であった。語り本はこの共有関係を前提として、共有されるべき周辺説話を喚起するような言説をテキスト内に仕掛けている。それが編者によって綿密に計算された方法であるとは思わない。むしろ、周辺説話の共有が当然であったがゆえに、ごく自然に用いられた叙述方法ではなかったか。『十訓抄』や『今物語』が「物かはと…」の理解の前提となる「待宵の…」の歌について、まったく説明しないのと同様である。それは同時に、文字テキストによって境界を定められた『平家物語』が、多くの周辺的事象を包摂した「歴史の物語」としての〈平家物語〉として意識されていたことの証でもある。

屋代本と覚一本の相違は、〈平家物語〉の記憶が共有されていた時代にはさほど大きな相違とは考えられていなかった。まして〈語り〉という音声によるパフォーマンスを介しての享受においては、テキストのこの程度の相違などは、ほとんど意識されなかったはずである。ただし、どこまでが共有されるべき記憶であったのか、それが問題であろう。たとえば、成親北方について、覚一本が父の名を山城守敦賢とし、後白河院が寵姫を成親に下したとする引用3に対して、屋代本の引用4とほぼ同じ内容を、「彼北方ト申スハ、山城守敦賢ノ息女也。容皃心ザマ及、優ナル人ナリシカバ、互ニ志シ浅カラザリシ中也」と記す片仮名百二十句本（平仮名百十二句本・平松家本・竹柏園本もほぼ同文）ではあるが、屋代本が全くそのいわれを記さない待宵小侍従については、「待宵」の由来に加えて、「成ノ小ニ依テコソ、小侍従トモ召レケレ」と、「小」の由来までも記す[37]（平仮名百二十句本・平松家本・竹柏園本も同じ）。記憶の共有という前提条件が失われてしまった今日、享受に際してこうした説明的言説の有無がもたらす印象の相違は決して小さくない。

　情報が不足していると感じるとき、享受者はそれをテキストの未完成さとして意識する。屋代本が、補足的解説なしには十分に理解できないのに対し、覚一本は周辺的事象が失われても、物語叙述の連続性を大きく阻害しない範囲で、必要な情報を要約的に取り込んでいる。覚一本における説話の要約的摂取は、テキスト世界の自立的完結性を高める一要素となる。「平家の物語」としての物語の論理で一貫した連続性のなかに、周辺的言説を自己完結的に包摂するというその特質が、周辺的領域を喪失した今日にあって、テキストの自立性・物語の完結性という近代的文芸観に基づいて認識された結果、それが覚一本の文芸的評価の一因となっているのではないのか。屋代本の語り手が、物語内部の視点を離れず、語り手としての姿が顕在化しにくいのに比べると、覚一本の語り手は、物語る今という本来の位置・時間に自覚的であり、語り手として享受者と対峙する語りの場をも言説内に包摂し、完結した言説空間としてのテキスト指向する傾向があるのを、〈語り〉による達成として評価してきたことと、近代的文芸観に則った文字テキストによる享受・評価という意味で、その根底において相通づる要素があるように思われるのである。

注

（1）　中世の琵琶語りによる『平家物語』享受の記録には、「座頭光一来、平家両三句語之」（『教言卿記』応永十三年四月十七日条）、「椿一検校参。……則於導場平家三句申」（『看聞日記』応永二十三年六月八日条）などの記事がしばしば見える。こうした記事の背後には、琵琶法師が語るのはあくまでも『平家物語』の一句なのであり、独立した短編物語ではない、との認識が読み取れる。

（2）渥美かをる氏は「三十六冊の本文は十八巻書く上下に分かれ、平家物語各巻から一章段ずつとりこれを各巻上下に収める。従ってこの本の一巻上下を語れば平家物語の各巻から一句ずつ語ったことになり、これによって平家物語全体を語ったことに代える」（『平家物語の基礎的研究』三省堂、一九六二年三月。再刊、笠間書院、一九七八年七月。引用は再刊本六四頁）と指摘する。

（3）第四章参照。

（4）拙稿「『平家物語』における場面描写の方法」（『軍記と語り物』30、一九九四年三月）参照。

（5）学校で使用されている古文の教科書に採用されているのは、ほとんどが覚一本系統のテキストである。また今日数多く出版されている活字化された『平家物語』は、その種類・出版部数ともに覚一本ほかの語り本系統のテキストが圧倒的である。定家・行盛の逸話を載せる延慶本・長門本・盛衰記などの読み本系統のテキストは、それに比べれば、今日では比較的限られた人々に読まれているにすぎない。

（6）「平家物語と説話」（『説話文学研究』2、一九六八年一二月。『平家物語の達成』明治書院、一九七四年四月再録、一八二～一八四頁）。

（7）「ヒトフデ説話試論」（『語文』27、一九六七年五月）。

（8）『太平記』にしるされた「菖蒲前」と『平家物語』諸本の関係については、山下宏明氏「平家物語八坂流初期諸本について――屋代本をめぐって――」（『国文論叢』6、一九五七年一一月）が指摘、『平家物語竹柏園本　下』（天理図書館善本叢書46、八木書店、一九七八年一一月）「解題」では、「『源平盛衰記』―（改作）→『太平記』―（書承）→竹柏園本」という見取り図を示している。なお、『太平記』のなかでは「今川本・相承院本に近い本文らしい」と注記するが未見。管見の限りでは玄玖本が、用字法を含めてかなり近い。なお、源平盛衰記巻十六「菖蒲前ノ事」は本文内容が『太平記』とは大きく異なる。また、竹柏園本の記事は『太平記』とほぼ同文であるが、「後宮三千ノ侍女ノ中ヨリ《花ヲ猜ミ月ヲ妬ム程ノ女房達ヲ、十二人同様ニ装束セサセテ》中々ホノカナル気色モ無ク金沙ノ羅《ウスモノ》ノ中ニゾ置レケル」（玄玖本『太平記』）の《　》に相当する一節が欠けている。書写の際の目移りによる約一行の脱文と思われる。

（9）「讃岐院之御事」「西行讃岐院ノ墓所ニ詣ル事」の叙述・表現は、『保元物語』（ことに金刀比羅本系統）の本文と近似し、そこにはなんらかの書承関係が想定される。

（10）この逸話は蓮如の見た夢として、『保元物語』のいずれの諸本にも載る。

（11）佐々木八郎氏『平家物語評講　上』（明治書院、一九六三年二月）が「『長恨歌』に「時移リ事去リ、楽シミ尽キ悲シミ来タル」とあるのによったものか」（五二九頁）と指摘するほか、日本古典文学大系（岩波書店、一九五九年二月）、日本古典文学全集（小学館、一九七三年九月）、新日本古典文学大系（岩波書店、一九九一年六月）などの諸注も、典拠として『長恨歌』をあげる。

（12）覚一本で成親北方の父とされる「山城守敦方」については、諸注ともに系譜未詳とする。この記事の出所は不明。

（13）このほか、延慶本的本文からの略述の結果、その部分だけでは必ずしも意味が明確に読みとれない言説が語り本に残るという現象については、佐伯真一氏「平家物語の成立と展開――恩愛と持節と――」（『国語と国文学』一九八八年四月）、麻原美子氏「屋代本『平家物語』の成立」（『平家物語の生成』軍記文学研究叢書5、汲古書院、一九九七年六月）などの指摘がある。佐伯氏の論に対しては、山下宏明氏の批判もある（「『平家物語』の説話受容」『文学』一九八一年二月。『平家物語の生成』明治書院、一九八四年一月再録）が、たとえば語り本編者が『平家物語』テキスト以外からすでに説話についての知識を得ていた場合、その既知の解釈に影響されながらもテキスト再編に際しては先行の『平家物語』テキストを利用した、等という可能性も考慮すべきかも知れない。

（14）冨倉徳次郎氏『平家物語全注釈　下（一）』（角川書店、一九六七年一二月）は『吾妻鏡』の記事を指して、「これも何かによるところあったもので、千手の話は鎌倉では有名な話であったかと思う。そうした点から考えると、底本（葉子十行本）の『善光寺云々』は虚構と考えてよいであろう。というのは、これは『平家物語』における女性哀話の結び方の一つの類型的なものにすぎないと思われるからである」（二九〇頁）と指摘する。また、服部幸造氏「覚一本『平家物語』における女人往生」（『福井大学国語国文学』23、一九八二年八月）は、平家一門の菩提を弔う女性が往生することに注目する。たとえば、維盛北方なども『平家物語』では出家したとされるが、実際には後に大納言吉田経房の妻となっており、これなどは類型的発想による明らかな虚構である。

（15）水原一氏は、平安末期から中世以降にかけての善光寺信仰と関連させて、「千手の入寺もこの宗教的機運と関連して語られたものであろう」と指摘する（『新潮日本古典集成　平家物語　下』〔一九八一年一二月〕頭注〔一六六頁〕）。ちなみに、屋代本・覚一本に共通する「中々ニ思ヒ深クハ成ニケル」「中々にものおもひのたねとや成にけん」は、『吾妻鏡』のような内容を想起させる。

（16）第六章参照。

（17）『六代御前物語』との関係については、冨倉徳次郎氏が『平家物語研究』（角川書店、一九六四年一一月）でその存在を紹介、『平家物語』との関係を考察して以降、水原一氏「『平家物語』維盛・六代説話の形成」（『鷹』1、一九六二年四月。『平家物語の形成』加藤中道館、一九七一年五月再録）、島津忠夫氏「鎌倉殿に受領神付き給はずは――『六代御前物語』と『平家物語』――」（『国語国文』一九九〇年一〇月。『平家物語試論』汲古書院、一九九七年七月再録）、岡田三津子氏「六代御前物語の形成」（『国語国文』一九九三年六月）、「六代をめぐる説話」（『平家物語　説話と語り　あなたが読む平家物語2』、有精堂、一九九四年一月）、春日井京子氏「『六代御前物語』と『平家物語』六代説話」（『学習院大学人文科学論集4、一九九五年九月）など多くの論が提出されている。

（18）現存の『六代御前物語』には、惟盛・北方の馴れ初め譚は記されていない。しかし、武久堅氏「失われた人を求めて――維盛伝承と平家物語の抗争――」（『日本文芸研究』40―3・41―2・42―2、一九八八年一〇月・八九年七月・九〇年七月。『平家物語の全体像』和泉書院、一九九六年八月再録）は、「平家物語の惟盛伝承は、その遡源の様態を『維盛北の方物語』と『維盛聖地巡礼物語群』と『六代御前物語』の三様式に還元しうる」として、「平家物語以前から独立的に伝承されていたと推察される維盛とその北の方の愛と別離の物語」の生成過程についての、詳細な考察を試みている。

（19）「平家物語の論――その特殊性と普遍性をめぐって――」（『国文』）91、一九九九年八月）。

（20）「屋代本『平家物語』の成立」（『平家物語の生成』軍記文学研究叢書5、汲古書院、一九九七年六月）。なお、松尾葦江氏は「蔵人」の名が延慶本にはなく、「泰実」とする資料も見あたらないことを指摘、同様の例が散見されるところから、屋代本の依拠本文が現存の延慶本ではないと指摘する。

（21）『十訓抄』『今物語』では、小侍従と実定との後朝の出来事としている。『今物語』と『平家物語』の関係については、松尾葦江氏「今物語と平家物語」（『軍記と語り物』13、一九七六年一二月。『平家物語論究』明治書院、一九八五年三月再録）で、「たとえば延慶本は、今物語若しくは今物語と書承関係にある文献を見ながら改訂を加えられたことがあるであろう」（『平家物語論究』三三五頁）と指摘する。

（22）第四章参照。

（23）『平家物語』諸本は、「待宵の…」の詠歌事情について、異なる伝承を伝える。延慶本は、これを白河院の御宇（後白河院の誤りか）に「待宵与帰朝」という題を与えられて呼んだとする。覚一本はやや異なり、御所で「まつよひ、かへるあした、いづれかあはれはまさる」と尋ねられてのこととする。これに対し、長門本は、実定が侍従のもとに通っていた頃に、ある夜実定の訪れを待ちわびた小侍従が詠んだとする。これなどは、むしろ「物かはの」の逸話から逆に作られたものである可能性があろう。

（24）渥美かをる氏『平家物語の基礎的研究』（三省堂、一九六二年三月）は、「戦場で死に直面した時、このように先ず故郷の母を思うのは人情の常である。古くはかく赤裸々に人間性を描いたのだが、〔覚〕は標記のように忠義を先とし、私情を抑えて死にゆくことに改めたのである」（二九八頁）と述べる。また、冨倉徳次郎氏『平家物語全注釈　下（一）』も「しだいにその武人的なものが定型化してくるのが目につく」（四五二頁）と指摘する。

（25）水原一氏『新潮日本古典集成　平家物語　下』頭注（二二五頁）。

（26）『日本古典文学大系　平家物語　下』頭注は、「馬にも仮に五位の位を与えたのである」（三一六頁）とし、『新日本古典文学大系　平家物語　下』もこれにしたがう。実際には、自らの官位にちなんで命名した、という以上のものではなかったはずであり、その意味で延慶本の叙述が実態に近かったのではないかと思われる。『新日本古典集成　平家物語　下』頭注は、

「五位を「大夫」と称するところから馬の名に当てたのである」（二二六頁）と説明する。
（27）注（25）。
（28）盛衰記・南都本に関しては、覚一本から本文を摂取した可能性が高い。長門本と覚一本の関係の先後・影響関係については不明。
（29）謡曲『摂待』、舞曲『八島』は、頼朝に追われた義経主従が、山伏姿となって平泉へと向かう途中で、奥州で嗣信の母である尼の家に宿を借り、そこで屋島合戦・嗣信最期のありさまを語って聞かせるという結構をとる。ともに、嗣信が遺言で、故郷に思いを馳せたとするが、ことに『摂待』は、「さりながら古里に、八旬に及ぶ母と、十にあまるわらんべ、これらが事の不便さぞ、すこし心にかかる雲の、月におほひて……」と老母や我が子への思いを語る点が、屋代本と共通する。『摂待』は宮増の作といわれ、上演の最古の記録は寛正五年（一四六四）となっている。また、結構・内容面では異なるが、世阿弥作といわれる謡曲『八嶋』などもあり、屋島合戦関連の説話は広く親しまれていたものと思われる。
（30）「『八嶋』語りの研究」（『多磨』8―2、一九三九年二月）。また、天野文雄氏「『摂待』考」（『国語と国文学』一九七八年二月）は、謡曲『摂待』の成立背景・原物語の問題に言及している。
（31）「合戦譚伝承の一系譜――『屋島軍』の場合――」（広島女学院大学『国語国文学誌』6、一九七六年一二月。『平家物語成立過程考』桜楓社、一九八六年一〇月再録）。
（32）岩崎雅彦氏「八島合戦譚への一視点――番外謡曲『屋島寺』の周辺――」（『日本文学論究』46、一九八七年三月）は、『屋島軍断簡』などを使用して佐藤一門末裔の関与を想定するのには、否定的な見解を示している。
（33）たとえば、佐伯真一氏「屋島合戦と『屋島語り』についての覚書」（『青山学院大学総合研究所人文学系研究センター研究叢書』12、一九九八年七月）は、一連の議論を振り返るなかで、「屋島合戦全体を専門的に語るような語り手が『平家物語』よりも早くから存在したという証拠は無いし、蓋然性としても考えにくい」と指摘している。佐藤氏による鎮魂の問題を含めて、現在伝えられる屋島合戦伝承は、『平家物語』以降とする見方が強まっている。最近では大橋直義氏「『嗣信最期』説話の享受と展開――屋島・志度の中世律層唱導圏――」（『伝承文学研究』51、二〇〇一年三月）が、こうした説話群の展開と律僧唱導圏との関わりのなかで、『平家物語』から派生した『平家物語』とは異なる伝承の可能性を指摘している。

（34）　山田孝雄氏「平家物語異本の研究（一）」（『典籍』2、一九一五年七月）は書写年代を応永頃とし、高橋貞一氏『平家物語諸本の研究』（冨山房、一九三三年八月）は室町中期とする。

（35）「八島の語りと平家・猿楽・舞」（『論集日本文学・日本語3　中世』角川書店、一九七八年六月）。また、注（33）大橋氏論文も「たいていの場合は『平家物語』からその外部にある〈平家物語〉へという構図をとっているが、屋代本『平家物語』にみるような、副信の臨終の際、故郷の母を想う描写などのように、ふたたび『平家物語』本文に介入していった〈平家物語〉も存在していたと考えられる」と述べている。

（36）　たとえば、長門本は唱導関係の説話を多く取り込んでいる。また、盛衰記は広範に関連説話を摂取するほか、一字下げ表記で中国説話なども多く取り込んでいる。これなどは〈平家物語〉というよりは、注釈的言説というべきであろう。

（37）　ただし、背丈が小さいから「小侍従」というのはいかにもこじつけ的で、どこまで事実に基づいているのかは疑わしい。むしろ、「待宵」に対する解説に引かれて、「小」についての疑問が生じ、強引な説明を付会したというのが実態ではなかろうか。

第九章　テキストの構想性

――〈平家物語〉と覚一本――

はじめに

『平家物語』前半世界の展開は、基本的には、平家の悪行の増大と反平家運動の拡大のなかで、平家の運命が次第に滅亡へと向かって傾斜していく過程として捉えられる。「世のみだれそめける根本」「是こそ平家の悪行のはじめ」（覚一本、延慶本では「代ノ乱ケル根元」「平家ノ悪行ノ始」）と評される「殿下乗合」にはじまる悪行が、鹿の谷事件や以仁王を奉じた源頼政の反乱事件などの反平家運動との関係性において次第に増大し、それに呼応して平家の滅亡が次第に確実性を増すという基本的構想は、覚一本・屋代本をはじめ、読み本を含むすべての諸本に共通する〈平家物語〉としての枠組みである。こうした共通する大枠としての構想と、それにまつわるさまざまな言説の共有を前提としたところに、『平家物語』の諸本は成り立っている。各テキストは、時に他の異本や、今日では『平家物語』とはみなされない情報までをも享受に際しての前提としながら、編集・享受されていた可能性については、第四～六章および第八章で考察を加えた。その一方で、基本構想は共有しながらも、それを具現化していく叙述・記事配列等のレベルにおいては、読み本と語り本のあいだはもちろん、同じく語り本と分類される覚一本・屋代本のあいだであっても、さまざまな相違が認められ、それが各テキストの性格を特徴づけている。

鹿の谷事件は、実行に移される前に発覚し未遂に終わった平家打倒計画であり、加担したのも院の近臣というごく一部の範囲に限られていた。以仁王・頼政の反乱、頼朝・義仲の挙兵といった他の反平家運動と比べれば非常に小規模な事件であった。それにもかかわらず、『平家物語』においては巻一から巻三にかけての多くの章段を割いて、その経緯を、ことに処断された関係者の運命を、詳細に語る。ひとつには、この事件が当時「一天四海をたなごゝろのうちににぎり給ひし」（覚一本）と評される栄華の絶頂にあった一門に対し、最初に企てられた平家打倒の陰謀であったからであり、悪行の増大と反平家運動拡大のなかで次第に傾斜していく平家の運命を語るという基本構想上、物語の実質的出発点となる事件であったからであろう。それゆえ『平家物語』諸本は、以後の展開における基本的構図ともいうべきさまざまな要素を盛り込むかたちで、この事件を叙述してゆくのである。逆にいえば、鹿の谷事件の叙述にみられる諸本の基本的な相違には、それぞれが描き出そうとする『平家物語』の相違が凝縮されているとみられるのである。そこでまず、この事件についての叙述の比較を通して、覚一本・屋代本・延慶本の有する微妙な相違と、テキストが実現しようとした構想の問題について考えてみたい。

一　鹿の谷事件の記事配列

鹿の谷事件そのものの基本的展開は、諸本間でそれほど大きな差異があるわけではない。院とその近臣による平家打倒計画とその発覚、首謀者達の捕縛・糾弾・処刑、成親・成経・康頼・俊寛といった人々の配流をめぐる運命、建礼門院徳子の懐妊・出産と鬼界が島の流人の赦免、俊寛の悲劇、以上のような要素は諸本に共通する。また、全体の展開が、大きくは、謀議・発覚・捕縛・糾弾・処刑と続く京という空間を舞台とした前半と、流人達の運命に焦点をあわせた後半によって構成されている点も同様である。しかし、これらの要素をいかに配置し、その個々をいかに叙述するかという面については、各テキストはそれぞれに独自の方法を模索しているかにみえる。

まず、諸本の相違として目につくのが、後半の記事配列である。次の〈表1〉は鹿の谷事件の後半（覚一本の章段名でいうと「大納言流罪」から「僧都死去」まで）、清盛によって流刑に処された人々の悲劇的運命を語った章段の記事配列を、覚一本・屋代本・延慶本のあいだで比較してみたものである。

〈表1〉

覚一本	屋代本	延慶本
a. 成親配流（都—大物）治承元6／2	a. 同上	a. 同上（鳥羽殿での御遊の逸話・相人の予言）
b. （回想）成親対山門の抗争　嘉応元冬	b. 同上	b. 同上
c. 成親配流（大物—備前児島）6／3	c. 同上	c. 同上
		A. 資行等捕縛（6／3）＊（　）の日付は記録類による
		B. 師高・師親等の処刑（6／9）
d. 成経配流（都—福原）6／20〜22	d. 同上	d. 同上
e. 成経配流（福原—備中）	e. 同上	e. 同上
f. 阿古屋の松	f.	f. （福原滞在中の出来事とする）
		C. 「迦留大臣之事」
		D. 「式部大夫章綱事」
g. 成経配流（妹尾—鬼界が島）	g.	
h. ①成親出家7／20・信俊来訪7／26（日付は「少将都帰」による）		h. ①成親出家6／23・信俊来訪6／27
	l.	l. （康頼と老母の恩愛）
		g. （成経の悲嘆）

h②成親死去8／19（7／9百練抄・13公卿補任）
i．徳大寺実定の厳島参詣
j①後白河院の灌頂計画9／4山門の騒動
（治承二年1／20。2／5に中止）
j②天王寺での灌頂
j③学生と堂衆の争い・官軍の介入9／20
k．「善光寺炎上」（「平家の末になりぬる先表」）
l．康頼出家
m．康頼・成経の熊野勧進
n．祝詞
o．霊夢（白帆の船）
p．霊夢（南木の葉）
q．卒都婆流・蘇武
↓屋代本はh①を7／20（出家）・25（信俊来訪）、h②を8／17とする
r．治承二年正月
s①建礼門院懐妊・着帯6／1
s②崇徳院・頼長等に追号・贈官
t．流人らの赦免7／下旬〜9／20・俊寛残留

---

m．
×
×
n．
p．
o．
q．
h①②
r．
j①②③
s①同上
s②
t．同上

---

m．熊野詣8月〜（俊寛と康頼の仏法論争）
＊第一本の宗盛の右大将任官記事の後にあり
n．8／28　＊願文中の日付
q．
o．（基康、清水寺に父康頼の帰洛を百日祈願）
h②7／19（7／9百練抄・7／13公卿補任）
s②7／29（7／29）
r．
j①計画を中止2／5（実際には2／1に計画中止）
j②（学生・堂衆の争いの発端）前年春・灌頂5／20以前
s①（着帯）6／28（6／28）
t．7／13〜9／半ば過ぎ
「俊寛一人残留テ嶋ノ巣守トナラム事コソ悲ケレ」
j③8／6〜9／20・官軍介入10／4〜11／5
k．去3／24

u.	建礼門院御産11／12 「俊寛僧都一人、赦免なかりけるこそうたてけれ」	同上 ｜	同上 ｜
v.	「大塔建立」		＊第二中「入道厳島ヲ崇奉由来事」
x.	「頼豪」 「俊寛僧都一人、赦免なかりけるこそうたてけれ」	 ｜	 ｜
y.	康頼・成経帰京　**治承三1／20頃に賀世庄出立、2／10頃備前児嶋着、2／26、3／16帰京**		**治承三1／20頃に賀世庄を出立、2／10頃備前児嶋着、**（宗盛大納言大将を辞任）**2／26、3／16帰京**
z.	有王島渡り・俊寛死去（9月愚管抄） 「か様に人の思歎きのつもりぬる平家の末こそおそろしけれ」	 ○	 ｜

＊覚一本の傍線は日付が延慶本と異なる箇所

覚一本は、鹿の谷事件関係者の記事を大きく二つの話群に分類し、首謀者である成親の運命を追うというかたちで、その配流から死去に至る「成親物語」（a～h）を前半に、康頼・成経・俊寛の運命を語る「鬼界が島流人物語」（1～z）を後半にそれぞれに集約する。[1] その前半の焦点は成親に置かれる。たとえば子息成経が京都から福原へと連行される姿を描いたdにおいても、「され共少将なぐさみ給ふ事もなし。よるひるたゞ仏の御名をのみ唱て、父の事をぞ歎れける」と語られるように、成経の思いは常に父成親へと向かっており、成親が隠れた焦点となっている。この成経の思いを受けるかのように、続くf阿古屋の松譚では、逆に「新大納言はすこしくつろぐ事もやと思はれけるに、子息丹波少将成経も、はや鬼界が嶋へながされ給ひぬときいて」と、成親は子息成経を案じる思いから出家を決意するのである。「成親物語」は、成親一人をクローズアップするのではなく、成親と彼を取り巻く人々（子息・北方・忠臣信俊）との心の交流に焦点をあわせるようにして語られていく。[2] 一方、後半の「鬼界が島流人物語」は、建礼門院の御産記事との対比によって、滅亡へと向かう平家の運命を、流人の運命との因果関係を明らかにしながら浮き彫りにする。(3) 一連の叙述を結ぶ末尾の一節「か様に人の思歎きのつもりぬる平家の末こそおそろしけれ」は、こうした構図を象徴的にあらわしている。また、前後半の結節点に置かれた「霊寺霊山」の滅亡記事ｊｋは、この対比によって示される平家の将来を予見する言葉、「平家の末になりぬる先表やらん」(「善光寺炎上」)をもって結ばれる。

この間の記事配列に関して、覚一本では、史料などから知られる歴史的日付ばかりか、延慶本などの他の『平家物語』とも異なる独自の日付が用いられ、本文上での時間的整合性がはかられている。成親が配流先に向かって京を出立したのが治承元年六月二日、その子息成経に福原からの呼び出しの使者が来たのが六月二十日、成経の福原到着が同二十二日(ｃ)、その後成経は備中に流され(ｅ)、さらには俊寛等とともに鬼界が島へと送られる(ｇ)。一方、成経の鬼界が島配流を聞いた成親は七月二十日出家(ｈ①)、八月十九日に殺害される。こうして「成親物語」が決着したところで、後白河法皇の伝法灌頂計画に端を発した山門の騒動が記され(九月四日～二十日、ｊ)、ついで鬼界が島へと目が転じられて、日付の制約を受けない熊野勧進・祝詞などの鬼界が島流人説話が展開されていくのである。この間、記事配列と時間進行は完全に一致するが、〈表1〉に示したように、この日付は延慶本や史料によって示されるものとはかなり異なっている。後述する覚一本と延慶本との本文関係を考慮するならば、覚一本が本文進行に即した時間的整合性を意識して改変したのは明らかである。しかも鬼界が島の流人達の姿を見つめた語り手の視線は、卒都婆の漂着に導かれるようにして焦点空間を都へと移行し、中宮懐妊に沸く平家一門の姿が流人達の境遇と巧みに対比されていくのである。繰り返される「俊寛僧都一人、赦免なかりけるこそうたてけれ」の一節は、覚一本において両者を対比的に扱おうとする意識を端的に示している。

覚一本の配列ともっとも対照的なのが延慶本の記事配列である。延慶本の記事に記される日付は、知られる範囲で史料などと一致ないし近似する傾向が強く、多くは何らかの史料をもとに記されたものであることがうかがえる。延慶本の記事配列は、基本的にこの日付によって示される歴史的な時間進行を主要な原則としている。(4)まず事件の首謀者であった成親の配流から語りだされ、続いて成親の子息である成経の配流が語られる。父成親の安否を案ずる姿が、成経に即した視点から捉えられ（f阿古屋之松）、その後はこの成経の移動に即するかのように、場面空間は鬼界が島へと移行していく。同時に、この成経とともに流されていく康頼の姿が並列的に取り上げられ、さらには彼らの移動が道行文風にたどられる。こうして、場面空間は鬼界が島へと移され、そこにおける彼らの姿が描き出されていく。

こうした延慶本の構成・叙述を支えているのは、第三章・第七章で検討した延慶本の叙述方法であろう。物語世界とは完全に異なる、物語世界を客体化しえるような視点だからこそ、複数の並列的事象を等しく捉え、時間という客観的な物差しに即してこれを配列しうる。もちろん、h①成親の出家が六月二十三日、h②死去を仮に七月九日として、(5)l～qの出来事がすべてその期間内に生じたわけではない。nの願文の日付は八月二十八日となっているし、卒都婆を流した（漂着した）のもそれ以降であろう。しかしながら、こうした挿話的記事を除けば、h②以降zの俊寛死去にいたるまでもまた、記事上に日付が追える範囲においては、時間軸を原則とする構成方法は一貫し、しかも享受者にもその基準が明確に理解しうるものとなっている。(6)

屋代本の場合は、この両本のちょうど中間的な配列となっている。成親・成経らの配流を語るaからg、建礼門院の懐妊から流人達の赦免・俊寛の死去を語るsからzに関しては、ほぼ覚一本と同様であり、本文自体も近似する。問題は中間部分の構成である。覚一本がgに続けて成親の出家・信俊来訪・成親死去と、成親の運命に関する記事を集めているのに対し、屋代本はこれを巻二の末尾に置き、あいだに成経等の熊野勧進・祝詞・卒都婆流しなどの鬼界が島流人説話を挿む。これら鬼界が島流人説話の配列は三本それぞれであるが、流人説話を先として、その後ろに成親死去譚を置く構成は延慶本と共通する。ただし、個々の記事の本文に関しては、覚一本と屋代本が近似し、両者が共通祖本から分化したものであることをうかがわせる。たとえば成親死去の日付は覚一本で治承元年八月十九日、屋代本で八月十七日となっているが、これは延慶本の七月十九日、史料にみられる日付七月九日・十三日より(7)、約一ヶ月遅れたものである。また、h①の本文中には日付を記さないものの、後に成経が帰洛途中で父成親の墓所を訪ねる場面（「少将都帰」）で、成親の出家が治承元年七月二十日（覚一本・屋代本）、信俊来訪が覚一本では七月二十六日、屋代本では七月二十五日と明かされるが、これもh①本文中に記される延慶本の六月二十三日（出家）六月二十七日（信俊来訪）と約一ヶ月の食い違いを示している。また、成親出家、信俊来訪の日付をh①本文中に記さず、「少将都帰」のなかで明かす点も覚一本と屋代本で共通している。延慶本が本文の日付に即して、成経配流記事の直後に成親出家譚を置き、あいだに鬼界が島流人説話を挿んで出家から一ヶ月たらず後の死去を記すというのを、時間軸に準拠したひとつの物差しとすれば、覚一本は出家譚に続けるかたちで、屋代本は死去譚の直前に出家譚を移すかたちで、それぞれに成親死去にまつわる一連の記事を集約していることになる。

二　記事配列の異同と構想性

これとならんで、三本間で大きく異なるのが、後白河院の伝法灌頂から山門騒動を記すj①〜③の位置である。延慶本はこれらを本文に記される日付のとおりに配列する。まず後白河院の伝法灌頂をめぐる一連の騒動を治承二年の正月記事の後に置き(8)、「山門ノ騒動ヲ鎮ムガ為ニ、園城寺ノ御灌頂ハ止リケレドモ、山上ニハ学生ト堂衆ト不和ノ事有テ、閑ナラズト聞ユ」（「山門ニ騒動出来事」）として、前年春からくすぶる学生と堂衆の不和を記した後（これを「山門ニ事出ヌレバ、世モ必ズ乱ト云リ。又何ナル事ノアラムズルヤラムト、オソロシ」と評する）、建礼門院の懐妊、六月二十八日の着帯[9]、流人達の赦免（七月）、使者の出立（七月十三日）と鬼界が島到着（九月半ば過ぎ）、成経らの九州到着（九月二十三日）と時間軸に即して進行させ、続けてやや時間を重複させるかたちで八月六日より十一月五日におよぶ学生・堂衆の合戦と官兵の介入を記すのである。そして、この争乱の結果荒れはてた山門の姿が、まさに仏法衰微の象徴として描き出される。また、これに関連して仏法の衰微を象徴する事件として、信濃善光寺の炎上が「去三月二十四日」のこととして語られる。これらを総括するのが、善光寺炎上の記事を結ぶ一節、「王法傾ムトキハ仏法先滅ト云ヘリ。サレバニヤ、カヤウニサシモ止事ナキ霊寺霊山ノ多ク滅ビヌルハ、王法ノ末ニ臨メル瑞相ニヤトゾ歎アヘル」である。これは学生と堂衆の不和を最初に記した際の、「山門ニ事出ヌレバ、世モ必ズ乱ト云リ……」とまさに呼応関係にある。そして物語は十一月十二日にはじまる一連の御産記事へと進行していく。延慶本では、流人の運命と御産（平家の繁栄）の対比とならんで、延暦寺を軸とした仏法の混乱・衰微が、物語展開上の大きな柱として意識されているのである。

覚一本の場合、延慶本では建礼門院の懐妊・流人達の赦免記事によって分断されていた伝法灌頂・山門騒動（および善光寺炎上記事）を、一括して成親死去譚の後に置く。これにともなって、伝法灌頂計画の日付を治承元年九月四日に、山門騒動の中心となる官軍の派遣の日付を九月二十日に改め、記事配列と時間進行との整合化をはかっている。屋代本の場合、記事を一括する点は覚一本と同様であり、本文自体もきわめて近似するが、配置そのものは伝法灌頂の史的時間にあわせて巻三冒頭に置かれる。この点で覚一本よりも史実に近く、屋代本の古態性の論拠のひとつともされてきた。しかしながら、本来まったく原因を異にする伝法灌頂に関する山門の不穏な動きと、学生・堂衆の争いを一連として前者に引きつけて叙述しようとすれば、記事配列上、必然的に後者の時間的位置の改編が要求される。

そこで屋代本では、山門騒動が六月と記される建礼門院の懐妊記事（屋代本・覚一本は着帯を六月一日とする）の前に置かれ、これにあわせて騒動の日付が本文から消失しているのである。
具体的に三本を比較してみよう。

①

【覚一本】

さる程に、法皇は三井寺の公顕僧正を御師範として、真言の秘法を伝授せさせまし〱けるが、大日経・金剛頂経・蘇悉地経、此三部の秘法をうけさせ給ひて、九月四日三井寺にて御灌頂あるべしとぞ聞えける。山門の大衆憤申、「むかしより御灌頂御受戒、みな当山にしてとげさせましまします事先規也。就レ中に山王の化導は受戒灌頂のためなり。しかるを今三井寺にてとげさせましまさば、寺を一向焼払ふべし」とぞ申ける。「是無益なり」とて、御加行を結願して、おぼしめしとゞまらせ給ひぬ。

【屋代本】

其比法皇、三井寺ノ公顕僧正ヲ御師範ニテ、真言ノ秘法ヲ伝受セサセ坐々ケルガ、今年大日経、蘇悉地経、金剛頂経、此三部ノ秘経ヲ受サセ坐々ス。三井寺ニテ御灌頂有ベシト聞ヘシ程ニ、山門ノ大衆是ヲ憤リ申ス。「昔ヨリ御灌頂御受戒、当山ニシテ遂サセ御坐事、先規也。中ニモ山王ノ化道ハ受戒灌頂ノタメナリ。而ルヲ園城寺ニテ遂サセ給程ナラバ、寺ヲ焼払ベシ」トゾ申ケル。是無益ナリトテ、御加行ヲ結願シテ思召シトヾマリヌ。

【延慶本】

法皇ハ三井寺ノ公顕僧正ヲ御師範トシテ、真言ノ秘法ヲ受サセオワシマシケルガ、今年ノ春、三部ノ秘経ヲ受サセ給テ、二月五日ニハ園城寺ニテ御灌頂有ベキヨシ思召立ト聞シ程ニ、天台大衆嗔リ申ス。「昔ヨリシテ今ニ至ルマデ、御灌頂、御受戒ハ皆我山ニテ遂サセオワシマス事、既ニ是先規也。就中一山王ノ化道ハ受戒灌頂ノ御為也。三井寺ニテ遂サセ給ワム事、不可然二」ト申ケレバ、サマ〲ニ被誘仰一ケレドモ、例ノ山ノ大衆、一切ニ院宣ヲモ不用一。「三井寺ニテ御灌頂アルベキナラバ、延暦寺ノ大衆発向シテ、園城寺ヲ焼払ベシ」ト僉議スト聞ヘケレ

②
さりながらも猶御本意なればとて、三井寺の公顕僧正をめし具して、天王寺へ御幸な（ッ）て、五智光院をたて、亀井の水を五瓶の智水として、仏法最初の霊地にてぞ、伝法灌頂はとげさせまし／＼ける。

③
山門の騒動をしづめられんがために、三井寺にて御灌頂はなかりしか共、山上には堂衆学生不快の事いできて、かつせん度々に及。毎度に学侶うちおとされて、山門の滅亡、朝家の御大事とぞ見えし…

…堂衆等師主の命をそむいて合戦を企、すみやかに誅罰せらるべきよし、大衆公家に奏聞し、武家に触う（ッ）たう。これによ（ッ）て太政入道院宣を承り、紀伊国の住人湯浅権守宗重以下、畿内の兵二千余騎、大衆にさしそへて堂衆を攻らる。

堂衆日ごろは東陽坊にありしが、近江国

法皇猶御本意也ケレバ、公顕僧正ヲ召具シ天王寺へ御幸成テ、五智光院ヲ建テ、亀井ノ水以五瓶ノ智トシテ、仏法最初之霊地ニテゾ伝法灌頂ヲバ遂サセ御坐ケル。

山門ノ騒動ヲ被レン鎮タメニ、法王三井寺ニテ御灌頂ハ無リケレドモ、山ニハ堂衆学匠不快ノ事出来テ、合戦度々ニ及ビ、毎度学侶被二打落一、山門ノ滅亡、朝家ノ御大事トゾ見ヘシ…

…堂衆等、師主ノ命ヲ背テ企二テ合戦一ヲ、速ニ誅伐セラルベキヨシ、大衆、公家ニ奏聞シ、武家ニ触訴フ。依レテ之ニ大政入道院宣ヲ奉リ、紀伊国ノ家人湯浅ノ権守宗重ヲ大将トシテ、畿内ノ兵ノ二千余人、大衆ニ差シ副テ堂衆ヲ被レ責。堂衆日来ハ東陽坊ニ有ケルガ、近江国三ケノ庄ニ

バ…

…御幸ナリツヽ、天王寺ノ五智光院ニシテ、亀井ノ水ヲ結上テ、五瓶ノ智水トシテ、仏法最初ノ霊地ニテゾ、伝法灌頂ノ素懐ヲ遂サセ御坐ケル…

…山門ノ騒動ヲ鎮ムガ為ニ、園城寺ノ御灌頂ハ止リケレドモ、山上ニハ学生ト堂衆ト不和ノ事有テ、閑ナラズト聞ユ。山門ニ事出ヌレバ、世モ必ズ乱ト云リ。又何ナル事ノアラムズルヤラムト、オソロシ…

…十日、堂衆東陽坊ヲ引テ、近江国三ヶ庄ニ下向シテ、国中ノ悪党ヲ語ヒ、数多ノ勢ヲ引卒シテ、学生ヲ滅ムトス。堂衆ニ被語ル所ノ悪党ト申ハ、古盗人、古強盗、山賊、海賊等也…

…九月廿日、堂衆、数多ノ勢ヲ相具シテ登山シテ、早尾《サウィ》坂ニ城墎ヲ構テ立籠ル…

三ヶの庄に下向して、数多の勢を率し、又登山して、さう井坂に城をしてたてごもる。

同九月廿日辰の一点に、大衆三千人、官軍二千余騎、都合其勢五千余人、さう井坂におしよせたり。今度はさり共とおもひけるに、大衆は官軍をさきだてむとし、官軍は又大衆をさきだてんとあらそふ程に、心々にてはか〴〵しうもたゝかはず。城の内より石弓はづしかけたりければ、大衆官軍かずをつくいてうたれにけり。堂衆に語らふ悪党と云は、諸国の竊盗・強盗・山賊・海賊等也。欲心熾盛にして、死生不知の奴原なれば、我一人と思き（ツ）てたゝかふ程に、今度も又学生いくさにまけにけり…

下向シテ、国中ノ悪党ヲ語ヒ、数多ノ勢ヲ率シテ、早尾坂ノ城ニ楯籠ル。

大衆官軍五千余人、早尾坂城ニ押寄テ、散々ニ戦フ。大衆ハ官軍ヲ前ニ立テントシ、官軍ハ大衆ヲ先ニ立トスル間、心々ニシテハカ〴〵シクモ不レ戦。堂衆ニ語ハル、悪党ト申ハ、諸国ノ窃盗、強盗、山賊、海賊等也。欲心熾盛ニシテ、死生不知ノ奴原也。我一人ト思切テ戦ニ、大衆官軍数ヲ尽テ被ル二打殺一。学匠亦負ニケリ…

…大衆、公家ニ奏聞シ、武家ニ触訴ケルハ、「堂衆等、師主ノ命ヲ背テ悪行ヲ企ル間、衆徒誡ヲ加ル処ニ、諸国ノ悪徒ヲ相語テ、山門ニ発向シテ、合戦既ニ度々ニ及。学侶多ク討レテ、仏法忽ニ失ナムトス…」ト申ケレバ、院ヨリ大政入道ニ被仰一。入道ノ家人、紀伊国住人湯浅権守宗重ヲ大将軍トシテ、大衆三千人、官兵二千余騎、都合五千余騎ノ軍兵ヲ差遣ハス……十月四日、学生、官兵ヲ給テ、早尾坂ノ城へ寄ス。今度ハサリトモト思ケルニ、衆徒ハ官兵ヲス、メムトス、官兵ハ衆徒ヲ先立ムト思ケリ。如ノ此一間、心々ニシテ、ハカ〴〵シク責寄ル者モナシ。堂衆ハ執心深ク、面モフラズ戦ヒケル上ニ、語所ノ悪党等、欲心熾盛ニシテ死生不知ナル奴原ノ、各我一人ト戦ケレバ、官兵モ学生モ散々ニ打落サレテ、戦場ニテ死者二千余人、手負ハ数ヲ不知一トゾ聞ヘシ…

…夫末代の俗に至ては、三国の仏法も次第に衰微せり。遠く天竺に仏跡をとぶらへば、昔仏の法を説給ひし竹林精舎・給孤独園も、此比は狐狼野干の栖とな（ッ）て、礎のみや残らん。白鷺池には水たえて、草のみふかくしげれり。退梵下乗の卒都婆も苔のみむして傾ぬ。震旦にも天台山・五台山・白馬寺・玉泉寺も、今は住侶なきさまに荒はてて、大小乗の法門も箱の底にや朽ぬらん。我朝にも、南都の七大寺荒はてて、八宗九宗も跡たえ、愛宕護・高雄も、昔は堂塔軒をならべたりしか共、一夜のうちに荒にしかば、天狗の棲となりはてぬ。さればにや、さしもや（ン）ごとなかりつる天台の仏法も、治承の今に及で、亡はてぬるにや。心ある人嘆かなしまずと云事なし。離山しける僧の坊の柱に、歌をぞ一首書たりける…

…夫末代之俗ニ至テハ三国之仏法モ次第ニ衰微セリ。遠ク天竺ニ仏跡ヲ訪ヘバ、昔仏ノ法ヲ説給シ祇園精舎、竹林精舎モ、此比ハ虎狼ノ栖ト荒終テ、礎ノミヤ残ケム。白鷺池ニハ水絶テ、草ノミ深ク滋レリ。退凡下乗之率都婆モ苔ノミムシテ傾ブキヌ。震旦ニモ天台山、五台山、白馬寺、玉泉寺モ、今ハ無キ二住侶一様ニ荒終テ、大小乗ノ法文モ箱ノ底ニヤ朽ヌラム。我朝ニモ南都ノ七大寺モ荒終テ、東大興福両寺ノ外残レル堂舎モナシ。愛当護、高雄モ昔ハ堂塔軒ヲ並タリシカドモ、一夜ノ内ニ荒ニシカバ、今ハ天狗ノ栖ト成ニケリ。サレバニヤ、サシモヤゴト無リツル天台ノ仏法サヘ、及テ二治承今ニ一滅ビ終ヌルニヤ。有レ心人、莫シレ不云コトレ悲。離山シケル僧ノ坊ノ柱ニ、如何ナル人カ書タリケム、一首ノ歌ヲゾ書タリケル…

…夫末代ノ俗ニ至テハ、三国ノ仏法モ次第ニ以テ衰微セリ。遠ク訪二天竺之仏跡ヲ一者、昔シ仏ノ法説給ケル、鷲ノ御山モ、竹林精舎モ、給孤独園モ、中古ヨリハ虎狼野干ノ栖トナリハテヌ。祇園精舎ノ四十九院、名ヲノミ残テ礎アリ。白路池ニハ水絶テ、草ノミ深ク生シゲリ、退凡下乗ノ率都婆ノ銘モ、霧ニ朽テ傾キヌ。振旦ノ仏法モ同ク滅ニキ。天台山、五台山、双林寺、玉泉寺モ、此比ハ住侶ナキサマニ成ハテ、、大小乗ノ法文ハ箱ノ底ニゾ朽ニケル。吾朝仏法モ又同ジ。南都ノ七大寺モ皆アレハテ、、八宗九宗モ跡絶ヌ。瑜伽、唯識ノ両部ノ外ハ残レル法文モナク、東大、興福両寺ノ外ハ残レル今ハ堂舎モナシ。愛宕護、高雄ノ山モ、昔ハ堂舎軒ヲキシリタリシカドモ、一夜ノ中ニ荒ニシカバ、今ハ天狗ノ棲トナリタリ。……サレバヤラム、無止事一ツル天台ノ仏法モ、治承ノ今ニ当テ滅ハテヌルニヤト、

心有キワノ人、悲マズト云事ナシ。離山シケル僧ノ、中堂ノ柱ニ書付ケルトカヤ…

…伝教大師当山草創ノ昔、阿耨タラ三藐三菩提ノ仏達ト、祈申サセ給ケル事ヲ思出シ、読タリケルニヤト、イト艶クコソ聞ヘシカ。

…伝教大師当山草創ノ昔、阿耨多羅三藐三菩提ノ仏達ニ祈申サセ給ケム事ヲ思出テ読タリケルニヤ。イトヤサシウゾ聞ケル。八日ハ薬師ノ日ナレドモ、南無ト唱ル声モセズ、卯月ハ垂跡ノ月ナレドモ、捧ル二幣帛ヲ一人モナシ。明ノ玉垣神サビテ、注連縄ノミヤ残ケム。

…是は伝教大師当山草創の昔、阿耨多羅三藐三菩提の仏たちにいのり申されける事をおもひ出て、読たりけるにや。いとやさしうぞ聞えし。八日は薬師の日なれども、南無と唱るこゑもせず、卯月は垂跡の月なれ共、幣帛を捧る人もなし。あけの玉牆かみさびて、しめなはのみや残らん。

一見して明らかなように、覚一本と屋代本はほぼ同文といってよいほど近似した本文を有する。それらの多くの箇所には、延慶本に非常に近い叙述を見いだすことができる。これは語り本が延慶本のようなテキストを祖本として、それを抄出・略述して作られた可能性を示唆する。覚一本・屋代本はまったくの同文というわけではなく、傍線箇所・二重傍線箇所のように、それぞれに延慶本とより近似した部分を有する。また、波線箇所のように、語り本のみに共通した叙述も確認できる。これは、両本が直接的関係ではなく、それらの箇所を共に有するような共通本文から分化したことを示唆する。

さて、問題はその共通祖本が覚一本・屋代本のいずれに近い記事配列を有していたかである。従来は屋代本古態説を背景に、屋代本の記事配列が覚一本に比べより史実に近いことなどから、屋代本の形態が先行したとされてきた。

たしかに、延慶本の伝法灌頂記事に、山門騒動記事を前に移して連続させれば屋代本のような配列になる。しかし当然のことながら、それは山門騒動に関する時間系列の犠牲をともなう。一方で、時間を意識した配列にこだわりながら、他方、その時間系列を犠牲にする、そのような犠牲を払ってまでも伝法灌頂と山門騒動を連続させなければならなかった必然性とは何か。屋代本の場合、善光寺炎上譚を欠く。そのため覚一本や延慶本で一連の記事の結びとして、事件全体を物語に位置づける叙述、「『王法つきんとては仏法まず亡ず』といへり。さればにや、『さしもや（ン）ごとなかりつる霊寺霊山のおほくほろびうせぬるは、平家の末になりぬる先表やらん』とぞ申ける」（覚一本、傍点筆者）、「王法傾ムトキハ仏法先滅ト云ヘリ。サレバニヤ、カヤウニサシモ止事ナキ霊寺霊山ノ多ク滅ビヌルハ、王法ノ末ニ臨メル瑞相ニヤトゾ歎アヘル」（延慶本）を有さない。延慶本によれば善光寺炎上は三月二十四日、二月の伝法灌頂と山門騒動を連続させた屋代本にあって、善光寺炎上をこれに続けたとしても、時間的な齟齬は生じないはずである。また、屋代本の叙述は、伝法灌頂を治承二年の正月記事の後に置きながら、延慶本が示すような日付（二月五日）記事を有さない。もし、延慶本的な本文から、この記事配列に準じて山門騒動記事だけを移動したのであれば、当然この日付は残っていてもしかるべきであろう。はたして、屋代本の配列が延慶本や史実に近いというだけで、より古態といえるのかという点には疑問が残る。

他方、覚一本の場合は、古態か否かは別として、jkの事件を一括して、これを「平家の末になりぬる先表」と捉え、続く流人の運命を建礼門院の懐妊・御産に沸く平家と対比する。これは、鹿の谷事件を総括して、「か様に人の思歎きのつもりぬる平家の末こそおそろしけれ」（「僧都死去」）と、平家の運命を予見しようとする構想とも合致しており、jkを一連として成親死去譚の後に置く意図は明確である。延慶本では、「平家の末になりぬる先表」（覚一本）の一節は「王法ノ末ニ臨メル瑞相」となっており、あくまでも「王法傾ムトキハ仏法先滅」（延慶本）という論理の延長として、王法の衰微の予兆と捉えるにとどまっている。「王法つきんとては仏法まず亡ず」（覚一本）という論理からみて、覚一本がこれを「平家の末になりぬる先表」とするのには無理がある。覚一本のなかでは後出とみられる高野本が、「平家」にミセケチをして「王法」と傍書し、流布本に至る一方系諸本がいずれも「王法」を採用しているのも、こうした論理の整合性を求めたためであろう。しかし、古態とされる龍谷大学本・龍門文庫本・寂光院本はいずれも「平家」としているところをみると、「平家」とするのが覚一本本来の本文と思われる。したがって、そこにこそ、「山門滅亡」に続く展開（徳子の御産と鬼界が島流人の赦免・俊寛残留）との関係を意識した覚一本の意図があったと考えられるのである。屋代本＝古態という先入観がなければ、覚一本のような意図のもとでの改編が先行し、後に屋代本がより古い延慶本のようなテキストを参照して再編をはかった可能性も当然浮上してくるはずである（これをもって屋代本が覚一本よりも後出であると主張しているのではない。屋代本＝古態という通念を取り除いたところから検討した場合にどのような可能性が浮上するかを指摘しているのである）。ちなみに、覚一本と屋代本の混態が指摘される片仮名百二十句本・平仮名百二十句本・平松家本・竹柏園本などは、いずれも屋代本と同様の記事配列をとる。

そこで注目されるのが、これら混態本で巻二の大納言死去記事に続く彗星出現記事（治承元年十二月二十四日。屋代本の場合これが巻末になるが、片仮名百二十句本・平仮名百二十句本・平松家本・竹柏園本の場合はこの後に徳大寺厳島参詣記事を置く）と、巻三冒頭（治承二年正月七日〜十八日）に記される彗星出現記事、という二つの彗星出現記事である。この彗星出現記事は、覚一本では巻三冒頭のみに、「同正月七日、彗星東方にいづ。蚩尤気とも申。又赤気共申。十八日光をます」と記され、屋代本では巻二末尾のみに、「同十二月廿四日、彗星東方ニ出ヅ。嗤尤旗トモ申ス。天下大キニ乱テ、国ニ大兵乱起ルトモイヘリ」と記される（混態本はこの両方の叙述を有する）。延慶本は、第一末末尾「同十二月廿四日、彗星東方ニ出ヅ。『又イカナル事ノ有ムズルヤラム』ト人怖アヘリ。彗星ハ五行ノ気、五星之変、内有大兵㆒、外有大乱」ト云ヘリ」、第二本冒頭「七日ノ暁、彗星東方ニミユ。十八日ニ光ヲマス。蚩尤旗トモ申ス。又赤気トモ申ス。何事ノ有ベキヤラムト、人怖ヲナス」と、二箇所に彗星出現記事を有する。この延慶本の叙述をみれば、覚一本の叙述は延慶本の第二本冒頭を整理したもの、屋代本は第一本末尾をもとに第二本冒頭の「蚩尤旗トモ申ス」（この言葉は覚一本にもあり）を取り込み、整理したものである可能性が高い。少なくとも、屋代本的叙述から直接的に覚一本的叙述が生まれることも、その逆もありえない。『玉葉』『百練抄』『山槐記』などの史料によれば、彗星は治承元年十二月二十四日に現れた後、いったんは見えなくなり、翌二年正月七日にふたたび現れたとある。(10) 二度の出現を記す延慶本の叙述が、覚一本・屋代本の両方の記事をそれぞれに取り込んだ結果である可能性は低い。なお、混態本の叙述はまさに覚一本・屋代本それぞれの叙述をそのまま取り込んだものであり、延慶本とは直接的関係は認められない。しかし、このことが単純に覚一本の古態性、覚一本から屋代本へという系統関係を意味するのではないことはいうまでもない。個々の叙述、たとえば、先に引用したような描写を比較した場合、屋代本に対して覚一本が先行したとは、そう簡単にはいいがたいからである。テキストの先後関係についてはなおいっそう詳細な検討が必要とされよう。ただし、結果的には覚一本が明確にしている、平家滅亡への予兆を枠組みとした、流人達の望郷の思い→卒都婆の漂着→清盛の憐憫→徳子の懐妊を契機とした赦免、という物語の文脈は、屋代本の場合、時間軸に即した配列という論理によって置かれた成親死去・山門騒動という二つの記事によって分断されてしまっている。その一方で、f「阿古屋之松」・g成経の鬼界が島配流からl～qの鬼界が島流人譚へというつながりは、あたかも成経に即した視点に立って成経に焦点をあわせた語り手が、対象の移動とともに場面空間を移動しているかのごとき印象を生んでいる。こうした側面が、物語の構想性に対する屋代本のある種の構想的未熟さという印象をもたらしているのは事実であろう。

もっとも、覚一本が明確に意図している（と今日の享受者にはみえる）物語の文脈（これを、仮に構想と呼ぶ）に即した構成も、同時代的には必ずしも広く受け入れられていたというわけではなさそうである。混態が指摘される諸本は、いずれも屋代本の配列に準拠し、鬼界が島流人説話・成親死去譚・彗星出現（治承元年十二月二十四日。本文は屋代本と同）・徳大寺厳島参詣（以上巻二）・治承二年正月・彗星出現（一月七日～十八日。本文は覚一本と同）・後白河院伝法灌頂（日付はなし）という記事配列をとる。覚一本に特に近いとされる鎌倉本のみが、鬼界が島流人説話（熊野参詣・祝詞・卒都婆流し・蘇武）を成親死去譚の後に置くが、徳大寺厳島参詣は流人説話の後に置かれ、続けて彗星出現が記されたところで巻二が結ばれるほか、続く巻三は他の混態本と同様の構成をとる。この徳大寺厳島参詣譚は、覚一本においては、大将任官を否定されて短絡的に平家打倒に走った成親への批判として、その死去記事の直後に対比的に置かれる（延慶本の徳大寺厳島参詣譚「徳大寺殿厳嶋へ詣給事」は、第一本「重盛宗盛左右ニ並給事」と「成親卿人々語テ鹿谷ニ寄会事」の間に置かれる。八坂系諸本もこれに準じる）。混態本が、これを巻二巻末、成親死去記事に続く十二月二十四日の彗星出現記事の後に置く意図が、はたして覚一本のような対比・批判意識に基づくものであるのかははっきりしない。ただし、『玉葉』『公卿補任』によれば、徳大寺実定が念願の左大将に就任したのが治承元年十二月二十七日であり、時間的には符合している。少なくとも鎌倉本の場合は、この歴史的時間認識が、記事配列により強く作用したのはたしかなようで、死去譚とのあいだに流人譚が挿まれることで、対比・批判の機能は大幅に縮小している。[11]

覚一本は、『平家物語』に共通する歴史認識の文脈に加えて、個々の事象をより緊密に独自の物語的文脈によって結びつけることを意図し、独自の記事配列を試みた。それにともない、文脈に矛盾を来さないように日付の変更などを施している。それは、一部分において、従来認識されていた歴史的事実や文脈に抵触する側面があった。にもかかわらず、記事の集約、対比などの方法を模索し、文脈の強調を追求したとみられる。[12]しかしながら、覚一本のこうした構想は、同時代においては必ずしも共有されるものとはならなかった。一方、同じ語り本でありながら、屋代本の試みた再編は、延慶本に代表される、歴史的事実に基づいた時間進行を軸とした記事配列により近いものであった。それは、再編の構想的意図自体は必ずしも明確にはならずとも、『平家物語』に共有される歴史認識の文脈に即した、より穏やかな改編であった。混態によって生まれた諸本は、この屋代本の構成を基本としながら、覚一本的本文（たとえば徳大寺厳島参詣など）を取り込んでゆく。他方、当道の正本という権威を背景に、流布本に至る一方系諸本においては、基本的に覚一本の記事配列が踏襲されたのではなかったか。

三　本文異同と構想性

覚一本の記事配列から読みとれる意図を、具体的叙述のなかでさらに追ってみたい。

仏法の衰微＝王法衰微の前兆という論理のなかで、平家の運命を予見した覚一本は、続けて鬼界が島の流人達の運命と建礼門院の懐妊・御産に沸く平家の運命を対比しながら、ことにただ一人鬼界が島で無念の最後を遂げてゆく俊寛に焦点をあわせて叙述してゆく。俊寛は熊野権現霊験譚としての「鬼界が島流人物語」のなかでは熊野権現に対する不信心のために、現実世界で清盛の怒りをとくことができず、他の流人達が赦免されて帰京した際に、ひとり鬼界が島に残されるという悲惨な運命を強いられる。覚一本の叙述は、こうした俊寛の運命を徳子の御産に賑わう平家の栄華と明確に対比させる。「御産」から「頼豪」までの章段は、徳子の皇子出産に賑わう都における平家の繁栄を、平家の暗い行く末を暗示するような内容（「大塔建立」「頼豪」）を一部含みながら語っているのであるが、覚一本においては、俊寛の悲惨な運命はそうした展開のなかで絶えず想起され、平家の没落の運命の暗示と明確に結びつけられてゆく。

【覚一本巻三・御産】先例、女御后御産の時にぞんで、大赦をこなはる丶事あり。大治二年九月十一日、待賢門院御産の時、大赦ありき。其例とて、今度も重科の輩おほくゆるされにける中に、俊寛僧都一人、赦免なかりけるこそうたてけれ。

【覚一本巻三・頼豪】怨霊は昔もおそろしき事也。今度さしも目出たき御産に、大赦はをこなはれたりといへ共、俊寛僧都一人、赦免なかりけるこそうたてけれ。

こうした叙述は、鬼界が島の俊寛を離れ都の平家へと移行してしまった視線を、絶えず鬼界が島の俊寛へとふり向けるものであり、「有王」「僧都死去」でふたたび鬼界が島へと戻すための布石としての意味をもつものである。そもそも、赦免は怨霊（崇徳院・左大臣頼長・成親等）鎮魂の一貫として企図されたものであった。しかしながら、平家は俊寛を赦免から除外することで、新たな怨霊を生み出してゆくのである。重要なのは、これらの叙述によって、俊寛の悲劇的運命を徳子の御産に際して起こった多くの「勝事」（覚一本。屋代本では「不思議」）、および「大塔建立」における「但悪行あらば、子孫まではかなふまじきぞ」（覚一本）という予言などと結びつけ、平家の運命との関わりにおいて位置づけていこうとする意識が明確に示されている点であろう。平家の運命を語る際に、俊寛の運命が繰り返し喚起されるがゆえに、「僧都死去」を結ぶ「か様に人の思歎きのつもりぬる平家の末こそおそろしけれ」（覚一本）という言葉が、強い説得力をもって機能するのである。そして、俊寛の悲劇的運命が平家の滅亡へと転化するのと同じく、悪行（加害行為にたいする被害者の嘆き）→滅亡の図式で、清盛によって鹿の谷事件関係者にもたらされた悲劇的運命のすべてが、平家の運命と結びつけられていくのである。たとえば、「大納言死去」の段で成親の最期のありさまを語った後、覚一本は「無下にうたてき事共也。ためしすくなうぞおぼえける」という評を加えている（屋代本にはない）。これは成親への同情というよりは、むしろ成親にこのような運命を与えた平家に対する批判の精神の表出であるとみるべきであろう。覚一本の場合、成親に関わる記事が一箇所にまとめられ大きくひとつの物語となるように構成されているゆえに、この批判は、単に成親の死のみに対する評であるにとどまらず、成親の悲劇と彼に連なる人々の悲嘆のすべてを含んで、このような運命を与えた平家を批判したものとして理解されるのである。(13)

このような悪行→滅亡の図式は、本来、すべての『平家物語』によって共有される〈平家物語〉としての認識であろう。覚一本はこれを対比的記事配列や、右に引用したような詞章によって、より鮮明に強調しているのである。他方、屋代本の場合、記事配列の対比構造が弱く、覚一本のような叙述を欠くために、テキスト上ではこの図式がやや希薄となっている。その分、たとえば「加様ニ人ノ思ノツモリヌル平家ノ末ゾ怖シキ」（巻三・「有王丸鬼海島尋渡事幷俊寛死去事」）という結びの言葉の効果なども薄れてみえる。延慶本にはこの一節はなく、第二本「有王丸油黄嶋へ尋行事」の末尾は、有王が高野山に登ったとの記事に続けて記される、堂衆らへの処分の宣旨（治承三年六月二十五日付）で結ばれる。これは、先にも指摘したとおり、延慶本が悪行→滅亡の図式とならんで、仏法の衰微→王法の衰微という図式を強く意識していることを示している。

このように、その叙述には諸本に異同があり、文脈的にどんな要素を強調しているかという点については、それぞれ特色がある。しかし、覚一本が強調した図式・文脈（悪行→滅亡）は、テキスト的に強調されようがされまいが、〈平家物語〉に共有された大前提だったはずである。享受者はこの前提に則って、個別のテキストによって各場面を享受していた。だからこそ、屋代本や他の混態本は、覚一本のような配列を必ずしも必要としなかったともいえるのかもしれない。多くのテキストが、覚一本が歴史的事実や先行テキストの改変によって強調しようとしたこの対比の構図よりも、〈平家物語〉の基本的な柱であった、歴史認識とそれに基づく時間に即した配列にこだわり続けているのである。逆に、覚一本は個々の記事を歴史的時間から逸脱させてまで、この構図を強調しているのであり、それが結果的に今日における覚一本の評価と結びついている面があるのではなかろうか。

四　覚一本の構想性

中世における認識・享受の実態がどのようなものであったにせよ、今日の文芸観からすれば覚一本が示している前述のような側面は、構想の緻密さ、文芸的な完成度として認識されうるものである。それが洗練されたその叙述と結びつけられ解釈されたところに今日の覚一本評価が生み出されてきた（ただし、その「洗練された叙述」は必ずしも覚一本のオリジナルとは限らず、先行テキストから摂取された面も少なくない）。

「洗練された」といわれる要素のひとつに、屋代本に比べ覚一本の方がより場面描写の臨場感が増している、また、登場人物達もよりいきいきと描かれているということなどがあげられてきた。それが琵琶語りによると説明されたために、かつて屋代本から覚一本へという成長の方向性が、「語り」をキーワードとして追求されたのであり、覚一本に文学的な達成をみようとする主張が繰り返されてきたのである。そうした人物達のなかでも、物語展開においてきわめて重要な役割を担っており、かつ、覚一本に至ってひときわ精彩を放つようになるのが平清盛である。

「西光被斬」から「烽火之沙汰」までの章段は、鹿の谷の謀議が多田蔵人行綱の密告によって発覚してからの動きを、西八条殿を視点の中心に据えて語った章段である。この場面における中心人物は清盛であり、西八条殿を舞台に、その空間を支配する清盛と、彼の前に引き出される事件関係者とのさまざまなかたちでの対決によって物語は展開されていく(14)。この一連の場面の叙述における覚一本・屋代本の異同は、小さな語句の異同まで含めるとかなりにおよぶが、その中の最大の相違点は清盛造型に関する叙述に認められる。

A【覚一本巻二・西光被斬】西光法師此事きいて、我身のうへとや思けむ、鞭をあげ、院の御所法住寺殿へ馳参る。平家の侍共道にて馳むかひ、「西八条へめさるゝぞ。き（ッ）とまいれ」といひければ、「奏すべき事があ（ッ）て法住寺殿へ参る。やがてこそ参らめ」といひけれ共、「に（ッ）くひ入道かな、何事をか奏すべき。さないはせそ」とて、馬よりと（ッ）て引きおとし、ちうにくゝ（ッ）て西八条へさげて参る。日のはじめより根元与力の者なりければ、殊につよういましめて、坪の内にぞひ（ッ）すへたる。入道相国大床にた（ッ）て、「入道かたぶけうどするやつがなれるすがたよ。しやつこゝへ引よせよ」とて縁のきはに引よせさせ、物はきながらしや（ッ）つらをむず〳〵とぞふまれける。「もとよりをのれらがやうなる下﨟のはてを、君のめしつかはせ給ひて、なさるまじき官職をなしたび、父子共に過分のふるまひするとみしにあはせて、あやまたぬ天台座主流罪に申おこなひ、天下の大事引出いて、剰此一門亡ぼすべき謀叛にくみして（ン）げるやつ也。有のまゝに申せ」とこその給ひけれ。西光もとよりすぐれたる大剛の者なりければ、ち（ッ）とも色も変ぜす、わろびれたるけひきもなし。居なをりあざわら（ッ）て申けるは…

a【屋代本巻二・西光父子被誅事】西光法師モ此事ヲ聞テ、院ノ御所法住寺殿ニ鞭ヲ揚テ馳参ル。平家ノ侍、道ニテ行合テ、「西八条殿ヘキト参レ。可キ尋ネ聞シ召ル事ノ有ゾ」ト云ケレバ、「是モ法住寺殿ニ可キ奏聞ス事ガアテ参ル成」トテ通ラントシテケルヲ、「悪ヒ奴哉。サナ云ハセソ」トテ馬ヨリ取テ引落シ、中ニクヽテ西八条へサゲテ参ル。入道忿テ、「シヤツ、コヽヱ引寄ヨ」トテ、梃ノ際ニ引寄サセ、「天性己ガ様ナル下臈ノ終ヲ、君ノ召使ハセ給テ、成サルマジキ官職ヲナサレ、父子共ニ過分ノ振舞シテ、誤タメ《ママ》天台座主ヲ流罪ニ申行ヒ、剰サヘ入道ヲ傾ケントスル奴原ノナレル姿ヨ。有ノマヽニ申セ」トゾ宣ケル。西光ハチトモ色モ不レ変ゼ、ワルビレタル景気モナシ。居直テ申ケルハ…

【延慶本第一末・西光法師搦取事】其中ニ左衛門入道西光、根本与力ノ物ナリケレバ、「構テ搦逃スナ」トテ、松浦太郎繁俊ガ奉ニテ、方便ヲ付テ伺ケル程ニ、院御所ニテ人々ノ事ニ合ケル事共聞テ、人ノ上トモ覚ヘズ浅猿ト思テ、アカラサマニ私ノ宿所ニ出テ、即又御所へ参ケルニ、物具シタル武士七八人計先ニ立タリ。後ノ方ニモ十余人有ト見テ、此ノ世ノ習ナレバ、武士ニハ目モ見カケズ、足バヤニ歩ケルヲ、先ニ待懸タル武士、「八条入道殿ヨリ、『キト立寄給へ。忩ギ可申合事アリ』ト被仰候」ト云ケレバ、西光少シ赤面シテ、ニガ咲テ、「公事ニ付テ申ベキ事候。ヤガテ参リ候ベシ」ト云テ、歩ミ過ントスルニ、後ニキツル武士、「ヤハ、入道程ノ者ノ何事ヲカハ君ニ可申。世ノ大事引出テ、我モ人モ煩アリ。物ナイハセソ」トテ、打フセテ縄付テ、武士十余人ガ中ニ追立テ行テ、八条ニテ、「カク」ト申入タリケレバ、門ヨリ内ヘモ入ラレズ、即重俊ガ奉ニテ事ノ発ヲ尋ラレケレバ、初ハ大ニアラガヒ申テ、我身ニアヤマラヌ由ヲ陳ジケレバ、入道大ニ腹ヲ立テ、乱形ニカケテ打セタメテ問ケレバ、有事無事落ニケリ。白状カヽセテ判セサセテ入道ニ奉ル。入道是ヲ見給テ、「西光取テ参レ」ト宣ケレバ、重俊ガ家子郎等、空ニモ付ス地ニモ付ズ、中ニサゲテ参タリ。ヤガテ面道ノマガキノ前ニ引スヘタリ。入道ハ、長絹ノ直垂ニ、黒糸威ノ腹巻ニ、金作ノ大刀、カモメ尻ニハキナシテ、上ウラナシフミチギリテ、スノコノ辺ニタヽレタリ。其気色益ナゲニゾミヘラレケル。サテ西光ヲニラマヘテ宣ケルハ、「イカニ己程ノヤツハ入道ヲバ傾ケムトハスルゾ。元ヨリ下臈ノ過分シツルハカヽルゾトヨ。アレ程ノ奴原ヲ召上テ、ナサルマジキ官職ヲナシタビテ召仕ハセ給之間、ヲヤコ共ニ過分ノ振舞スル者哉トミシニ合セテ、罪モオハセヌ天台座主讒シ奉テ、遠流ニ申行テ、天下ノ大事引出シテ、剰ヘ此事ニ根元与力ノ者ト聞置タリ。其子細具ニ申セ」ト宣ケレバ、西光元ヨリサルゲノ者ナリケレバ、少モ色モ変ゼズ、ワルビレタル気色モナクテ、アザ咲テ、「イデ後言セム」トテ申ケルハ…

B【覚一本巻二・小教訓】入道、猶腹をすへかねて、「経遠、兼康」とめせば、瀬尾太郎・難波次郎、まいりたり。「あの男と（ッ）て庭へ引おとせ」との給へば、これらはさうなうもしたてまつらず、畏て、「小松殿の御気色いかゞ候はんずらん」と申ければ、入道相国大にいか（ッ）て、「よし〳〵、をのれらは内府が命をばをもうして、入道が仰をばかろうしけるごさんなれ。其上は力及はず」との給へば、此事あしかりなんとやおもひけん、二人のもの共立あがり、大納言を庭へ引おとし奉る。其時入道心ちよげにて、「と（ッ）てふせておめかせよ」とぞの給ひける。

b【屋代本巻二・重盛卿父禅門諷諫事】入道猶腹ヲ居ヘカネ給テ、経遠、兼康ヲ召レケリ。難波ノ次郎、妹ノ尾ノ太郎参リタリ。「アノ男取テ庭へ引落セ〳〵」ト宣ケレドモ、暫シハ畏テ候ケルガ、此事悪カリナムトヤ思ケン、大納言ヲ庭へ引落シ奉ル。「其ノ男取テ伏テヲメカセヨ〳〵」トゾ宣ヒケル。

【延慶本第一末・新大納言ヲ痛メ奉ル事】猶腹ヲスヘカネ給テ、「経遠、兼康ハナキカ」ト宣ケレバ、経遠、兼康、季貞、盛国、盛俊ナムド参リタリケレバ、「誰ガ下知ニテ、アノ大納言ヲバ障子ノ内へハノボセケルゾ。アレ坪ニ引下シテ取テフセテ、シタ、カニサイナミテ、オメカセヨ」ト宣ケレバ、経遠已下ノ兵共ツトヨリテ、大納言ヲ庭ニ引落ス。其中ニ季貞ハ元ヨリ情アル者ニテ…

＊傍線は覚一本と屋代本の異同箇所。二重傍線部は覚一本と延慶本の共通箇所。破線は延慶本の独自箇所。

傍線部が両本の異同箇所であるが、Ａａ・Ｂｂともに覚一本の方が叙述が詳細になり、人物、ことに清盛の姿の躍動感が増しているという点がまず目に付く。それによって強調されてくるのが、清盛の「いかなる強大な敵対者をも圧倒しなければやまない強大な意志や激越な性格」であり、「敵対者に対する圧倒的な力や強烈な個性」[15]であろう。

Ａａは、清盛が捕らえられてきた西光と激しく対決する場面であり、清盛の激しい怒りと、それを正面から受け止めていささかもたじろがない西光の扳骨の姿勢とが正面からぶつかりあうなかで、最終的には西光を圧倒していくことで清盛の強者性が浮き彫りにされていく場面である。基本的には、西光と対決する清盛の態度の厳しさや激しさは覚一本・屋代本の（延慶本も）共通項となっている。しかし、傍線を付した異同箇所などをみれば、覚一本の叙述の方がはるかにそうした性格が強調されているのは明らかである。「日のはじめより根元与力の者なれば」「もとよりすぐれたる大剛の者なりければ」という西光像の説明や、清盛の激しい罵りに対する「あざわら（ッ）て」という態度は、西光の豪胆な性格、不敵な反抗の姿勢を浮き彫りにする。それが、結果的に、このような西光さえも圧倒していく清盛の強者性を間接的に強調する効果をも有している。西光に関するこれら二重傍線部の叙述は、延慶本の叙述と近似する。また、「殊につよういましめて」（覚一本）と「打フセテ縄付テ…」（延慶本破線部）など、関連性があるとおぼしき表現も認められる。このほか、延慶本が清盛の装束の描写によってその武士的性格を強調している部分（「入道ハ、長絹ノ直垂ニ…」以下の破線部）に対応するかのように、覚一本は「物はきながらしや（ッ）つらをむず〳〵とぞふまれける」との独自本文によって、清盛の怒りの激しさ、西光を圧倒せずにはおかない性格を強調し、西光像との対比をいっそう際だたせている。こうした点は、本文形成過程における両本の関係という点からも注目される。

Ｂｂで覚一本にみられる場面の具体化も、同様の効果を有するものである。屋代本・延慶本にみられない覚一本の独自本文は、後に展開される重盛との対比の構図を先取りするかたちで怒れる清盛の姿を具体的に形象化する。ことに「其時入道心ちよげにて」という叙述は、敵対者に対し苛烈な態度で臨み、これを完膚無きまで圧倒し去ってはじめて満足する清盛の強者としての性格をよくあらわしている。

以上のように、西八条殿を舞台とした鹿の谷事件の首謀者である西光・成親との対決においては、総じて覚一本はより場面を詳細に具象化し、それによって清盛像をいっそう強く印象づけるものとなっている。

ところが、同じく西八条殿を舞台としながらも、「小教訓」以降「教訓状」「烽火之沙汰」と続く対重盛の場面になると、両本における叙述の異同はもっぱら重盛の言葉のみに限られ、清盛の描写に関する相違はほとんど認められなくなる。一連の場面において清盛は倫理の次元で重盛と対比されるが、王法に対する反逆者として戯画化される傾向を示し、やや矮小化されて捉えられているのである。その叙述に関していえば、三本のあいだにはほとんど異同が認められない。すなわち、悪行者として戯画化され矮小化されていく清盛像という側面に関しては、屋代本・延慶本においても、ほぼ覚一本と同様の叙述が定着している。

このように、覚一本・屋代本・延慶本における清盛像の異同は、清盛の本質的属性である、「いかなる敵対者をも圧倒しなければやまない強大な意志や激越な性格」といった側面の拡大に集中している。これは清盛という個人の形象化の問題としても興味深いものであり、「おごれる心もたけき事も……伝承るこそ心も詞も及ばれね」（覚一本巻一「祇園精舎」）と、当時において当然共有されていたと思われる清盛像を、覚一本がより鮮明に具象化しているものと理解される(16)。

鹿の谷事件の展開は、西八条殿を舞台として人々と対決していく清盛の姿を中心に語られる前半部と、清盛によって圧倒された人々の運命を、建礼門院の安徳天皇御産を軸とした平家の姿と対比的に描き出す後半部とに大きく分けられることについてはすでに述べた。この前半と後半とでは焦点となる場面空間がまったく異なり、ことに後半部分は流刑者達の悲劇的運命の物語として独立性の強い説話群となっている。しかし、それでは両者はそれぞれに独立して物語中に存在しているのかといえば決してそうではなく、やはり両者のあいだには因と果という緊密な関係がみられるのである。後半の流刑者達の悲劇は、その原因をたどれば結局のところ清盛の激しい怒りに行き着かざるをえない。すなわち、前半部分に語られる清盛の敵対者を圧倒してやまない意志と権力が発現した結果として、後半部分の展開が位置づけられているのである。配流者達およびその家族とに繰り広げられる数々の悲嘆、悲劇的運命の展開が、因としての清盛の意志の支配下に置かれていることを強く意識する時、人々はそれを「悪行」と感ずるのである。鹿の谷事件の顚末を結ぶ「僧都死去」、その末尾の一節、「か様に人の思歎きのつもりぬる平家の末こそおそろしけれ」（覚一本）、「加様ニ人ノ思ノツモリヌル平家ノ末ゾ怖シキ」（屋代本）は、そうした関係性を端的に示している。(17)このような図式は、基本的には『平家物語』全諸本に共通し、〈平家物語〉として共有された認識であった。しかしながら、右の一節が延慶本にみられない点に注目するならば、人々の悲嘆をもって、それをもたらした平家への批判と転じる仕掛けは、語り本においていっそう自覚的に強調されているとはいえるであろう。とするならば、弱者の運命を決定づける存在としての清盛の意志と絶対性こそが、後半部分の展開（成親や鬼界が島の流人達の悲劇）を平家の運命を語る流れのなかに位置づける大きな鍵ということになる。すなわち、清盛の怒りの激しさや強烈な個性がより強く印象づけられれば、それだけ成親や俊寛の悲嘆を語る過程において、その背後にある清盛の意志が強く想起されるのであり、彼らの運命が悲劇的であればあるほど、平家の滅亡へと向かう必然性が強調されることになる。この両者の対比的関係こそが、一連の叙述を統括する力として作用し、物語展開に対する事件の意義をより深いものとしている。(18)

こうした作用をもたらす清盛像と対をなすのが、清盛に圧倒される人々の描き方であろう。強者清盛像が悪行者へと転化されるためには、圧倒される弱者への共感・同情が不可欠の要素である。彼らの悲嘆、その過酷な運命への同情が、それをもたらした存在への怒り・批判へと転じてはじめて、清盛の悪行性が浮き彫りにされるからである。逆にいえば、弱者への共感・同情は、強者への批判へと転ぜられるような性質を内包することが求められるのである。(19)

具体的叙述に即して簡潔に確認しておきたい。

清盛の力の前に圧倒され悲劇的運命をたどる人々（弱者）に関する叙述ということになると、諸本比較の作業は清盛の場合よりもいささか複雑になってくる。清盛に関する叙述の場合、屋代本との異同は覚一本の一方的な増補というかたちで捉えられたが、この場合は必ずしもそうとはいえない。ある叙述は屋代本のみにあったり、別の叙述は覚一本のみにあったりということがかなり複雑に入り組んでいるからである。しかし、こうした異同にもかかわらず、両本の性格の相違をごく大雑把にいえば、覚一本において場面性が増大し、臨場感が増すという傾向や、登場人物達の姿がより具象化されるという傾向が認められるのは、先の場合と同様である。その一方で、屋代本の方が覚一本と比較して、これら清盛に圧倒された人々に対して心情的に同化するかのような表現を用いている場合が多いという点には注目すべきである。

たとえば、成経が教盛に伴われて西八条殿に姿をあらわす「少将乞請」の場面で、屋代本では、

少将ヲバイツシカ兵守護シ奉ル。宰相ニハ離レ給ヌ。少将ノ心ノ内コソ悲ケレ。

と、語り手が成経の悲嘆を共有し、その心情に同化するような「悲ケレ」という表現が用いられているのに対し、覚一本では、

少将をば、いつしか兵共打かこんで、守護し奉る。たのまれたりつる宰相殿にははなれ給ひぬ。少将の心のうち、さこそは便なからめ。

と、成経の不安な心情を「便なからめ」と推量しつつ、あくまでも他者として同情するというスタンスをとっている。この他、成親捕縛の知らせをうけた北の方が北山のあたりへと逃れる場面での心情（「小教訓」）や、成親配流の場面での成親および北の方や子供達の心情（「大納言流罪」）に対しても、屋代本では「心ノ内コソ悲ケレ」と登場人物の内面への同化を示唆する表現をとっているのに対し、覚一本では「心のうち、をしはかられて哀也」等と、彼らの心情を推量しつつ第三者としての同情をあらわす「あはれ」という表現をとっているのである。[20]

概して、屋代本ではこうした弱者を語っていくなかで、「糸惜シキ」あるいは「悲ケレ」というような、登場人物の心情に寄り添い同化するかのような表現が多く用いられているのに対し、覚一本の同じ箇所では「おぼつかなし」「便なからめ」「ふしぎなれ」「哀也」などの、同情的ながらも、その同情が対象に対してやや距離をおいた一段高い立場から発せられる表現が用いられる傾向が認められる。叙述全体からみると、屋代本も覚一本も、清盛の強大な力の前に圧倒され悲劇的運命をたどるこうした弱者に対しきわめて同情的であることにかわりはない。評語という面に限ってみれば、屋代本の方がより登場人物の心情への同化傾向が強いとも受けとれる表現を多く用いている。その意味では、弱者への同情が強者への批判へと転じる図式は、屋代本においても機能しているのは確かであろう。図式そのものは、両本に共通しているのは明らかである。ただし、覚一本の叙述があくまでも彼らを対象化し、より高い次元からその姿を捉えようとする姿勢を保っているところに、両本における語り手の視点の差異を認めることができるのである。こうした語り手の視点の差異は、弱者への同情を強者への批判へと意図的に転じる方法意識、「俊寛僧都一人、赦免なかりけるこそうたてけれ」を発する語り手の視点と相通じるものである。この一節は、建礼門院の懐妊・御産という平家繁栄を象徴する事態を、孤島にひとり残された俊寛の悲劇的運命、その悲痛な思いとを対比・対照することで、平家の運命を予見しようとするものであった。とするならば、こうした評語とそれを支える語り手の視点の問題は、記事配列にみる構成意識・構想意識とある側面において不可分のものといわなければならない。(21)

繰り返しになるが、覚一本が追求し強調しているかにみえる構想は、必ずしも覚一本独自のものとはいえない。むしろ〈平家物語〉という世界に共有されたものとしての側面が強かったとみるべきであろう。悪行→滅亡という図式、「おごれる心、たけき者」としての清盛像と、その清盛によって踏みにじられる弱者の悲嘆の対比、弱者の悲嘆が平家の滅亡の必然性を訴えるという感情による連想、それらはいずれも〈平家物語〉の基本的共通項として認識されるべきものである。覚一本は、それをテキストのレベルでより鮮明に、より効果的に表現しようとする。たとえば、鹿の谷事件における清盛の強者性の強調は、その結果生み出される人々の嘆き、悲劇的運命の叙述を際だたせるべく機能していた。記事配列における集約化と対比は、論理によってというよりは感情に訴えることで滅亡という平家の運命をより鮮明に印象づけるのである。こうした効果を生み出す叙述を可能としているのが、覚一本における編纂意識〈叙述主体の視点〉と、それを具体的な言説とする語り手の視点の連関性である。この連関性が、結果的にこれらの要素を有機的に結びつけ、テキストとしての一体性を生み出す重要な要因のひとつとなっている。

今日においては、覚一本の文芸性として、その構想を論じる場合、それをテキスト言説の内部における完結性において理解する。必ずしも〈平家物語〉という共通認識を前提としているわけではない。その結果、各テキストによって異なるさまざまな「構想」が強調され、テキストによって異なる文芸的特質が論じられる結果を生んできた。そのこと自体は、近代的な文芸観によってテキストを読む限りにおいて、決して否定すべきものではない。本章もまた、そうした観点から覚一本の評価を生み出すメカニズムについての分析を試みている。しかしながら、覚一本を評価するさまざまな要素のなかには、中世の当時において、必ずしも全面的に受け入れられていたわけではないものもあった（たとえば本章でみてきた記事配列の問題など）。その理由は必ずしも明らかではないが（文芸観の相違といってしまえばそれまでであるが）、ひとつの要因として、〈平家物語〉という共有された認識、書く必要のなかった前提のようなものがあったのではないか。たとえば、覚一本が強調しようとした構想（悪行によって確定していく平家の運命と、それを支える、弱者の悲劇への同情を平家への批判に転じる図式）が、〈平家物語〉として当然の前提であったならば、混態本の編者・享受者達にとって、それをテキストレベルであえて強調する必要性は必ずしも大きくはなかった。編者達にとっては、それ以上に文字化された先行テキストや歴史の影響力というものが、より無視しえない拘束力として作用していたのではなかったか。構想的な集約化を試みる覚一本に対し、その構想を受けながらも、歴史的時間による配列という先行テキストの方法を踏襲する混態本のあり方は、そのような疑問を投げ掛けている。覚一本にしても、必ずしも文字テキストとして閉鎖的に完結した世界を求めていたわけではない。この可能性については、第四章や第八章で考察を試みたとおりである。また、語り本が、語り本には含まれない情報を前提として、テキストの改編を試みていた点については、第五章・第六章で考察を試みた。そうした背景世界の広がりを支えているのが、ひとつには琵琶語りという享受形態であったろう。そのような視点に立って、〈平家物語〉との関係を意識しながら、覚一本を含め、書かれた『平家物語』テキストの再評価を試みる時期に来ているように思われるのである。

注

（1）渥美かをる氏『平家物語の基礎的研究』（三省堂、一九六二年三月）は屋代本の「編年体的序列」に対し、覚一本が熊野参詣・祝詞などの鬼界が島説話群を堂衆合戦の後にもってくることで、『御産』に続く俊寛物語、有王物語に接近させたのである。要するに〔覚〕は同類説話を終結することの徹底化を図った」（引用は『平家物語の基礎的研究』笠間書院、一九七八年七月、二一四頁）とする。

（2）小林美和氏「『平家物語』と唱導――延慶本巻二を中心に――」（『伝承文学研究』29、一九八三年七月。『平家物語生成論』三弥井書店、一九八六年五月再録）は、こうしたところに唱導的な恩愛・離別のモチーフをみる。そして、こうした要素を強調しながら、「様々の悲哀を個々の人間にもたらす乱世や争乱は、一部の権力者達の常規を逸する悪行やおごりに因があり、彼等の悪行やおごり故の滅亡のなかに作者は歴史の道理を確認しているといってよい」（『平家物語生成論』一七七頁）と結論する。

（3）今成元昭氏『平家物語流伝考』（風間書房、一九七一年三月）は、「鹿の谷事件が、反平氏運動を推進しようとする側の話としてではなく〝おそろしき平家の末〟への傾斜を語る平家一門の話としてこの物語の中に仕組まれている」（一六一頁）と指摘、「か様に……」の一句を、「鹿谷事件関係話全体を総括するもの」であり、平家亡びの要因が、人々の愛情を踏みにじってかえりみなかった点にあることを示す事象として、「『平家物語』の構成・展開上に大きな役割をはたしている」（一六三頁）と結論する。また、拙稿「屋代本『平家物語』と覚一本『平家物語』の性格――「鹿の谷事件」の叙述を中心に――」（『文芸研究』115、一九八七年五月）、「覚一本『平家物語』の「あはれ」と「かなし」――抒情的場面における評語からみた語り手の位置――」（『米沢国語国文』19、一九九一年四月）でも、この問題について触れた。

（4）延慶本が常に史実と整合するというわけではない。たとえば、第六章で検討を加えた都落記事などは、そもそも平家一門が一団となって都落をした、という設定そのものの史実性が疑われる。

（5）『百練抄』治承元年六月二日条「成親卿送[二]備前国[一]〈七月九日薨[二]彼国[一]〉」。

（6）ただし、すべてが歴史事実に基づいての叙述であるわけではなく、たとえば堂衆合戦に関しては、信太周氏「〝歴史そのまま〟と〝歴史ばなれ〟——四部合戦状本平家物語をめぐって——」（『文学』一九九六年一一月）が、四部本を中心に『平家物語』の叙述と史実との齟齬を指摘するほか、小林美和氏「『平家物語』古態論——堂衆合戦の検討——」（『伝承文学研究』15、一九七三年一二月。『平家物語生成論』再録）において、延慶本を中心に、史実との関係を詳しく検証している。なお延慶本の時間構造については第三部第一章参照。
など。

（7）七月九日（『百練抄』）、七月十三日（『公卿補任』「六月一日有事。同二日配流備前国。七月十三日於難波薨。先是出家」）

（8）『玉葉』治承二年正月二十日条「伝聞延暦寺衆徒猶以蜂起、是法皇来月一日於二薗城寺一可レ伝二受秘密灌頂於公顕権僧正一、妬二其事一、彼日以前可レ焼二三井寺一云々、依二其事一、今日遣二僧綱以下於山上一、可レ被レ加二制止一云々」、二月五日条「薗城寺僧、於二延暦寺一、可二受戒一之由、被二仰下一、頗有二承伏之気一、仍可被レ仰下可レ進二請文一之由上之処、為二山門一被レ成レ妨事等、如レ本可レ被二返付一者、申下可レ進二請文一之由上云々、因レ茲御幸必定停止云々、山僧今明猶可レ焼二三井寺一云々、王化已廃、誠是乱世之至也、可レ悲々々」、二月七日条「晩景、頭中将定能朝臣来語云、御灌頂一定停止了、法皇還二御本所一〈日来為二御加行一御二萱御所一也〉者、又云、三井寺僧、強不レ対二捍請文一、只山僧不レ論二是非一、依二此御灌頂事一、一定可レ焼レ寺之由風聞、因レ之御幸停止了候由、重被レ仰二山上一了云々」、『山槐記』治承二年正月二十日条「延暦寺衆徒蜂起、三塔会合、催末寺庄園兵士、是為焼薗城寺云々、法皇来月十日於薗城寺、以前権僧正公顕為大阿闍梨可令受伝法灌頂給、仍来月一日可有御幸平等院〈寺也〉然而叡山衆徒欝之、可令受天台灌頂給者、於延暦寺可有御灌頂也、又於寺被遂其事者、彼寺自往昔宿意也、依此賞被立戒壇歟、不如只依有寺有此事也、速可焼払薗城寺之由議定、此事風聞及叡聞」。

（9）『山槐記』治承二年六月二十八日条「中宮〈一、以下同徳子、御歳廿四、六波羅入道前太政大臣二女、母贈左大臣時信公女、二品時子尼〉御懐妊、当五ヶ月、仍有御着帯事、初度也」。

（10）『玉葉』治承元年正月十八日条「泰茂来云、去七日彗星見、去年十二月廿四日又見云々、今夜公家、有二玄宮北極御祭一、〈泰親朝臣奉二仕之一〉彗星者第一之変也、去年熒惑入二太微一、今年彗星見、乱代之至、以レ之可レ察云々、但時晴、季弘、資元、広元等、申下非二彗星一之由上云々」、『百練抄』治承二年正月七日条「寅刻、彗星見二巽方一之由、泰親朝臣奏聞、又去年十二月廿四日出現云々」、『山槐記』治承二年正月七日条「今暁巽方彗星出、天文参陣、付蔵人勘解由次官基親奏之、去十二月廿四日出、其後不出、今暁又出也」。

（11）『玉葉』治承元年十二月二十七日条「今夜、有二小除目一、於レ陣被レ行レ之、左大将藤実定、右近将監多節遠《近イ》、〈此事無《外イ》二他事一〉」。

（12）これと類似する現象として、成親北方馴れ初め譚を要約的に取り込むに際して、寵臣成親像を強調するような文脈に改変がなされていることを、第八章で指摘した。

（13）注（2）（3）論文参照。

（14）鈴木則郎氏「『平家物語』における平清盛の人物像」（『文化』一九六四年一一月）は、鹿の谷事件に関連した人物達と清盛との人間関係を「清盛と激しく敵対するもの」（西光）、「清盛と対立しながら、清盛の強大な意志と力、乃至は激越な性格によって一方的に圧倒されてゆくという関係」（成親等）、「清盛と嫡子重盛との……内面的、倫理的な意味における人間関係」に分類、成経・康頼・俊寛らの悲運を、「清盛の圧倒的な力による犠牲であり、そこに清盛の激しい性格が示唆されていると考えてよいであろう」と指摘する。なお氏はこの指摘を、「『鹿の谷事件』と平清盛――『平家物語』の構想の一端にふれて――」（『日本文学ノート』12、一九七七年二月）、「『平家物語』における清盛像造型の視点（一）」（『宮城学院女子大学研究論文集』48、一九七八年五月）と発展させている。

（15）注（14）「『平家物語』における清盛造型の視点（1）」。

（16）語り本、ことに覚一本にみられる清盛造型の問題については、近時、呉起熫氏が「『平家物語』の清盛造型――反逆者としての位置付け――」（『日本文芸論稿』25、一九九八年三月）、「『平家物語』清盛追討説話群に関する一考察――諸本の異同とその志向するもの――」（『日本文芸論叢』12、一九九八年三月）、「南都炎上と清盛」（『文芸研究』151、二〇〇一年三月）などの一連の論稿において新しい見方を提示している。従来、悪行性の強調という方向性で論じられがちであった清盛像であるが、覚一本などの語り本においては、清盛のもう一つの側面である「超越的な力の持ち主」という側面や、為政者としての側面を強調し、悪行性についてはむしろこれを薄めるような方向性が認められるとの指摘である。とするならば、今日にもなるのかもしれない。

の読み手もまた、〈平家物語〉に共有された図式に絡め取られるかたちで、『平家物語』テキストを解釈しているということ

(17) 延慶本には、これに類似した表現として、成経・康頼等の鬼界が島配流を記した「成経康頼俊寛等油黄嶋へ被流事」で成経の悲嘆を語るなかに、「人ノ思ノ積コソ怖ケレ」という一節がある。しかし、「僧都死去」に該当する「有王丸油黄嶋へ尋行事」の末尾にこの一節はなく、この論理によって鹿の谷事件の叙述全体を総括する機能は認められない。

(18) 注（14）『鹿の谷事件』と平清盛――『平家物語』の構想の一端にふれて――」で、鈴木氏は成親の配流後の説話や俊寛説話を清盛像との関連で捉えるべきと指摘、語り系諸本は「平氏の運命の体現者としての清盛との関係を重視する方向で、鬼界が嶋流人説話を整理し、位置づけようとしている」と結論づける。

(19) この問題については、注（3）拙稿参照。

(20) 第二・三章参照。なお評語の問題については、注（3）拙稿「覚一本『平家物語』の「あはれ」と「かなし」――抒情的場面における評語からみた語り手の位置――」などでも詳しく論じた。

(21) 評語と語り手の視点の問題については、第二・三章参照。

結　び

『平家物語』は多様な異本群を有する作品である。近代の『平家物語』研究は、『平家物語』に文芸作品という枠をはめ、文字テキストという形態を軸として、これらのテキストを整理し、系統化し、その個別の文芸的特質を解明しながら、『平家物語』の本質を捉えようとする試みとして発展してきた。こうした研究は、異本それぞれについては、さまざまなことを解明してきた。しかし、テキストの系統化の試みに半ば挫折している今日、『平家物語』を全体として捉える視点をなかなか見いだせずにいる。異本それぞれを個別的に相対化し、異なるテキスト相互の関係として諸本を捉えようとしてきた従来の研究方法がこうした状況を生み出した一因を担っているように思われる。考えてみれば、中世の享受者にとっては、多様な異本はあっても、『平家物語』は〈平家物語〉でしかなかったのではないか。こうした反省が、近年、松尾葦江氏（序章・第四章参照）などによって主張され、文字テキストを超えた枠組みで捉える試み（たとえば小峯和明氏編『『平家物語』の転生と再生』など。なお序章参照）がなされるようになってきている。

こうした主張を受けて、本書では、諸本異同を超えて『平家物語』の同一性を認識する枠組みとして〈平家物語〉という概念を設定した。『平家物語』の同一性認識は、『平家物語』が「歴史の物語」であることに起因する。表現や叙述、あるいは内容の範囲に異同があっても、基本的には「祇園精舎」にはじまる平家滅亡の歴史であり、源平合戦・源氏興隆の歴史である、との認識こそが、テキストの異同を超えて『平家物語』の同一性を支えていた。そこに大枠としての〈平家物語〉という認識が認められる。諸本は、この〈平家物語〉に対して相対化されるべきであり、その異同・流動は〈平家物語〉との関係において意識されるべきではなかったか。〈平家物語〉という枠組みが、諸テキストの異同を超えて同一性を保証する。諸本異同は、現象的には個々のテキスト間の個別的関係から生じた、それら相互の影響関係ではあっても、その向こうには〈平家物語〉という共通認識があり、各テキストはつねに〈平家物語〉という枠組みのなかで、他テキストあるいはテキスト外の言説とつながっていたのではないか。

〈平家物語〉の認識は、なにも中世に限ったことではない。近代の一般的な享受者達にも、こうした認識の片鱗はうかがうことができる。倶利迦羅谷における義仲の火牛の計を知っている人は今でも多い。しかしそれが盛衰記という一テキストのみに記された特異な記事であると認識している人はどのぐらいいるだろうか。平清盛という人物像について想い描くとき、『平家物語』と吉川英治『新平家物語』などの近代作品における造型の相違を意識しているのは、ある程度本格的に書物に取り組んだ限られた人々だけであろう。一般的な享受者にとっては、自分の読んだ清盛関係の文章から導き出される総体として、清盛像はイメージされているのではないだろうか。それは、結局のところ、〈平家物語〉が「歴史の物語」であり、登場人物が歴史上実在した人々であるという認識と、それを対象とした作品は歴史的事実を踏まえているという錯覚によって生み出された幻想であろう。しかし、それはまた、『平家物語』享受の本質でもあった。近代以上に『平家物語』を歴史として意識していた中世においては、〈平家物語〉という認識は、より強固であったにちがいない。異本の比較研究においては、近代的なテキスト観に基づく精緻な読解作業と同時に、この〈平家物語〉という幻想を前提としたテキストの位相を十分に意識する必要がある。

〈平家物語〉という認識を支えた大きな要素の一つが、琵琶語りという享受形態であっただろう。第四章で論じた琵琶語りとテキストの関係は、〈平家物語〉という物語の共有の場における「語り」（音声による発話行為としての語り）

の意味と同時に、〈平家物語〉に対する文字テキストの位相差を明らかにする。

『平家物語』は、その形成過程における「語り」との関係が注目されてきたが、テキストの書承的形成の可能性が検証されるにしたがって、その見直しが迫られてきた。第一・二章では、従来の実体的な「語り」を前提としてテキストを論じる方法ではなく、テキスト内部の方法的問題として（〈語り〉として）捉え、逆に、そこに「語り」という行為が叙述方法化されている可能性を探った。こうした分析は、表現・詞句の単位でみれば、書承的関係が認められる延慶本と覚一本・屋代本の間にある、叙述方法の本質的な差異を明らかにする（第三章）。それは、〈平家物語〉という枠組みのなかに延慶本のような先行テキストを置きながら、他方「語り」によって実現される世界を意識しながら生み出された語り本という位相を浮かび上がらせる。

また、語り本は、その略本的性格もあって、たえず〈平家物語〉を意識しながら再編され、あるいは享受されてきた。文字テキスト化されているのは、中核としての『平家物語』ではあっても、〈平家物語〉総体ではない（第四章）。編者自身がそれを自覚し、また享受者もそれを前提としていた。それゆえ、語り本はその改変にあたって、たえず〈平家物語〉としての他本を意識し、ときに（自テキスト内には）文字化されざる情報としてそれを利用してきた（第五・六章）。それは、おそらく読み本の場合も同様であろう。たとえば、長門本や盛衰記に認められる覚一本の影響、あるいは近年指摘されている延慶本（応永書写本）における覚一本の影響なども、個別テキスト対個別テキストの関係としてではなく、〈平家物語〉という認識を介して理解すべきものではないか。この点は、本書では十分に触れることができなかった大きな課題である。

〈平家物語〉という共通認識を想定することで、テキストの享受・理解についても大きな見直しが迫られる。〈平家物語〉を前提とすれば、文字テキストないし「語り」による『平家物語』の享受とは、この享受者の内部にある〈平家物語〉の記憶を甦らせる行為である。テキストの言説にはあらわれていない、あるいは十分には表現されていないという状態でも、記憶の想起にともなって必然的に甦る内容もあったはずである。『平家物語』の享受とは、決していま読んでいる（聞いている）文字列の内容・場面を理解することだけではなかった。〈平家物語〉の一場面として記憶を甦らせる、その記憶を喚起する装置としてテキストが機能していたのである。もちろん、この〈平家物語〉の記憶には個人差・位相差があり、テキストによって、記憶が訂正されたり、記憶に新たな要素が付加される場合もあった。しかし、原則的には『平家物語』が〈平家物語〉に優先するのではなく、〈平家物語〉の内側に『平家物語』は位置した。〈平家物語〉という記憶の共有が失われた享受環境の今日にあって、我々は『平家物語』の文字列の範囲で、物語世界を再構成しようとする。そこに、文芸的なテキスト評価という問題も生じてくるのであって（第八・九章）、近代的文芸評価の基準にしたがってテキストが生成・変化してきたわけでは決してない。「テキストの発達」という仮説の落とし穴は、このあたりにあったように思われる。近代的な文芸評価と、中世におけるテキストの形成・享受の問題を一度区別して、この中世と近代の間にある〈平家物語〉と『平家物語』に関する認識の落差を自覚しながら、我々は『平家物語』と対峙する必要がある。

この〈平家物語〉という枠組みも、決して固定的なものではなかった。その範囲・内容は時代・環境によって変化し、〈平家物語〉と『平家物語』との関係性も変化してきたはずである。一般的には、〈平家物語〉とは認識されていなかったものが、『平家物語』の一異本に取り込まれ、それが広く流通することで、逆に〈平家物語〉と認識されるようになった場合もあったはずである。たとえば、盛衰記には、きわめて特異な記事・異説が取り込まれている。こうした記事が、盛衰記成立当時、〈平家物語〉として認識されていたのか、それとも盛衰記に取り込まれることで〈平家物語〉に組み込まれてきたのかなどについては、十分に検討する必要がある。あるいは、『平家物語』の一テキストに取り込まれても、そのテキストの流通範囲が限定的で、一般的には〈平家物語〉と認識されずに終った場合（たとえば源平闘諍録の千葉氏・妙見伝承等）も考えなければならない。

本書の各論を展開するにあたって想定したのは、十四世紀から十五世紀にかけての、覚一本・屋代本が形成されてきた時代、さかんに『平家物語』が語られていた時代である。『平家物語』の初期的な形成期である十三世紀には、おそらく事情は異なっていたであろう。また、十六世紀以降、さらには近世以降でもその事情は大きく異なっていたはずである。〈平家物語〉と『平家物語』の範囲はしだいに一致する方向に動き、その一方で〈平家物語〉からは逸脱するような、創作活動も行われるようになる。たとえば、『義経記』的な内容は〈平家物語〉に含まれていたのであろうか。『浄瑠璃姫物語』や『御曹司島渡り』のようなものは、〈平家物語〉に対してどのような関係にあったのであろうか。近世において、浄瑠璃など（たとえば『平家女護島』のような）の平家関連情報はどのように理解されていたのであろうか。変化する〈平家物語〉という枠組みをより実態に即して明らかにしながら、その〈平家物語〉との関係性のなかで、文芸としての『平家物語』を捉え直していく必要がある。本書では、あくまでも〈平家物語〉を概念として想定したのみで、実際に時代により、社会的位相により変動したであろうその実態については全く明らかにすることができなかった。今後は、揺れ動く〈平家物語〉の実態を少しでも明らかにすることを課題としながら、中世から近世にかけての『平家物語』の変貌を捉えていきたいと考えている。

初出一覧

本書に収めた論稿の初出は次のとおりである。『平家物語』研究に手を染めて以降の十数年の間に書いてきた論稿をもとに、それらを現在の研究課題に即して大幅に書きあらためた。第一・二章は複数の論稿を整理して二つの章に、第七・八章は一つの論を分割して二章にしたほか、第九章は、初出の一部だけをもとに、大きく書きかえていることをお断りしておく。

序　章　書き下ろし。

第一章　「表現主体の設定と〝語り〟をめぐる試論——屋代本と覚一本の比較を通して——」（『平家物語と語り』三弥井書店、一九九二年一〇月）、「〈語り〉の方法と文字テキスト」（『平家物語　説話と語り　あなたが読む平家物語2』有精堂、一九九四年一月）の二論文を中心に、「覚一本『平家物語』の「あはれ」と「かなし」——抒情的場面における評語からみた語り手の位置について——」（『米沢国語国文』19、一九九一年四月）、「『平家物語』の表現主体——屋代本・覚一本の評語異同をめぐって——」（『軍記と語り物』28、一九九二年三月）の一部をあわせて、理論的考察を第一章、具体的分析を第二章として書き下ろした。

第二章

第三章　書き下ろし。

第四章　「覚一本の位相」（『鎌倉・室町文学論集』三弥井書店、二〇〇二年五月）。

第五章　「『平家物語』覚一本の形成過程に関する試論――語り本とは何かを考えるために――」（『国語と国文学』二〇〇〇年四月）。
第六章　「『平家物語』屋代本の形成過程に関する試論――平家都落記事をめぐって――」（『日本文学』二〇〇〇年二月）。
第七章　「テクスト言説の内部と外部――『平家物語』における時間構造と周辺説話の摂取――」（『中世文芸の表現機構』おうふう、一九九八年一〇月）の、延慶本を中心とした時間構造の考察を一章とした。
第八章　「テクスト言説の内部と外部――『平家物語』における時間構造と周辺説話の摂取――」の、語り本を中心とした考察を一章とした。
第九章　「屋代本『平家物語』と覚一本『平家物語』の性格」（『文芸研究』一一五集、一九八七年五月）の一部をもとに、書き下ろした。
結　び　書き下ろし。

あとがき

本書は、一九八七年以降、今日まで書いてきた論考をもとに、これを改訂・編集したものである。二〇〇二年六月に、東北大学大学院に博士論文「『平家物語』の〈語り〉とテキスト」として提出し、二〇〇三年六月に博士（文学）が授与された。審査にあたられた主査の仁平道明教授、副査の佐藤伸宏教授、佐藤弘夫教授からは、多くのご指摘・ご助言をいただいた。この場をお借りして心から御礼を申し上げたい。非才ゆえにいまだ十分には消化しきれていないが、本書とするに際しては可能な限り取り込むように心がけたつもりである。

大学院に進み『平家物語』を研究テーマとして以降、恩師である菊田茂男先生、鈴木則郎先生を始めとして、多くの方々からの学恩にあずかってきた。〈語り〉に関する論考の多くは、平成三年度国文学研究資料館共同研究（3－5）「平家物語と語り物文芸性に関する研究」の末座に加えていただいたときの成果による。文字テキストの位相に関する論考は、兵藤裕己氏を中心とした歴史学の方々を交えた私的な研究会の中で生まれた問題意識をまとめたものである。このほか多くの方々の学恩にあずかりながら、『平家物語』研究に取り組んできたつもりではあるが、本書を読み返して、成果の拙さ、残された課題の大きさに、我が身の非才を恥じるばかりである。ただ、努力の不足を反省し、一層の精進を心に誓いたい。

これまで書いてきた論文をもとに、学位論文をまとめようと決意したのは、新潟大学の錦仁先生からのお勧めをいただいたことによる。自分の研究がなかなか前進せずに悩んでいたとき、いったん研究を整理し根本から見直してみては、とご助言くださった同窓の大先輩のご厚意に、なんとか応えたいと思って本書をまとめた次第である。恩師である鈴木先生にもご相談し、その後は、両先生から折に触れて厳しいご批判と温かい励ましをいただいた。心から感謝と御礼を申し上げたい。

また、本書の刊行にあたって、この厳しい出版状況の中快くお引き受けくださった汲古書院の石坂叡志社長、編集を担当してくださった飯塚美和子氏に深く感謝を申し上げたい。

二〇〇四年二月

志立正知

軍記文学研究叢書　全十二巻		各8400円
校訂 延慶本平家物語　全十二冊（既刊六）		各2100円
百二十句本平家物語　全二冊	慶応義塾大学 斯道文庫編	15750円
四部合戦状本平家物語　全三冊	慶応義塾大学 斯道文庫編	21000円
小城鍋島文庫本平家物語	島津忠夫 麻生朝道解題	10500円
平家物語試論	島津忠夫著	8925円
平家物語の形成と受容	櫻井陽子著	13650円
平治物語の成立と展開	日下　力著	15750円
平将門伝説	村上春樹著	9450円
軍記文学の位相	梶原正昭著	12600円
軍記文学の系譜と展開	梶原正昭編	26250円
中世文藝比較文学論考	増田　欣著	27300円

（表示価格は二〇〇四年五月現在の税込価格）

著者紹介

志立　正知（しだち　まさとも）

1958年　東京都に生まれる

1982年　東北大学文学部国文学科卒業

1988年　東北大学大学院文学研究科博士課程中退

2003年　博士（文学）

現在　秋田大学教育文化学部教授

専攻　中世文学（軍記を中心とする）

『平家物語』語り本の方法と位相

平成十六年五月二十六日　発行

著　者　志　立　正　知

発行者　石　坂　叡　志

整版印刷　富　士　リ　プ　ロ

発　行　汲　古　書　院

〒102-0072　東京都千代田区飯田橋二-五-四

電　話〇三（三二六五）九七六四

ＦＡＸ〇三（三二二二）一八四五

ISBN4-7629-3459-3　C3093

索　　　引

凡　　　例

・この索引は、人名・書名等を中心に本書で使用した語句を適宜選んで作成したものである。ただし、使用例のすべてを網羅したものではない。
・『平家物語』の章段名は「　」に入れ、後の（　）でテキスト名を示した。
・それ以外の「　」は、記事内容・事件名を示したものである。
・著者名等は姓名で示し、登場人物名等は一部例外を除き名前で示した。
・煩雑を避けるため、『平家物語』諸本名中からは、覚一本・屋代本・延慶本は除外した。ただし、覚一本中の異本名は掲載した。

ア行

カ行

サ行

タ行

ハ行

マ行

ヤ行

ラ行

ワ行